KB164044

춘분 지나고까지

彼岸過迄(1912)
夏目漱石

나쓰메 소세키 소설 전집 10
춘분 지나고까지

초판 1쇄 발행 2015년 8월 28일
초판 5쇄 발행 2023년 11월 25일

지은이 | 나쓰메 소세키
옮긴이 | 송태욱
펴낸이 | 조미현

편집주간 | 김현림
교정교열 | 장미향
디자인 | 나윤영

펴낸곳 | (주)현암사
등록 | 1951년 12월 24일 · 제10-126호
주소 | 04029 서울시 마포구 동교로12안길 35
전화 | 365-5051 · 팩스 | 313-2729
전자우편 | editor@hyeonamsa.com
홈페이지 | www.hyeonamsa.com

ISBN 978-89-323-1747-2 04830
ISBN 978-89-323-1674-1 04830(세트)

이 도서의 국립중앙도서관 출판예정도서목록(CIP)은 서지정보유통지원시스템(http://seoji.nl.go.kr)과
국가자료종합목록시스템(http://www.nl.go.kr/kolisnet)에서 이용하실 수 있습니다.
(CIP제어번호 CIP2015021424)

나쓰메 소세키 소설 전집

10

# 춘분 지나고까지

송태욱 옮김

ଓ 현암사

소세키의 책 중에 작은 판형으로
제작된 책들이 있는데, 장식성이
뛰어나다.(1914~1918)

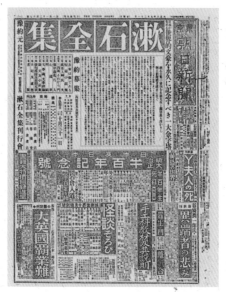

소세키 전집 발간 기사(《아사히 신문》)

소세키 사후 1주년 기념으로 출간된
최초의 소세키 전집(이와나미쇼텐, 1917)

소세키 산방 서재에서(1907). 소세키는 이곳에서 『우미인초』, 『산시로』, 『마음』 등을 집필했다.

도쿄제국대학 강사 시절. 졸업생과 함께(1906)

다섯 살 무렵의 소세키(1872)

도쿄제국대학 재학
시절의 소세키(1892)

1889년 발매된 마사오카 시키의 시문집《나나쿠사슈》에 비평과 함께
9편의 칠언절구 시를 덧붙이면서 처음으로 '소세키'라는 호를 사용한다.

소세키가 『나는 고양이로소이다』와 『도련님』을 집필한 집(1903~1906년 거주)

소세키는 슬하에 2남 5녀를
두었다.(1915)

두 아들과 소세키(1914)

소세키 산방의 서재 모습(1917)

소세키 산방에서(1912)

소세키가 애용한 문방구와 특별히
디자인한 원고용지 판목

『춘분 지나고까지』 단행본과 자필 원고. 『춘분 지나고까지』는 1912년 1~4월에
《아사히 신문》에 연재되었고, 9월 15일에 단행본으로 출간되었다.

슈젠지(修善寺) 온천. 소세키는 위궤양 치료차 1910년 8월 6일부터 슈젠지 온천의
기쿠야(菊屋) 여관에 머물렀다가 24일 밤 다량의 피를 토하며 위독한 상태에 빠졌
다. 이를 '슈젠지의 대환'이라 부른다.

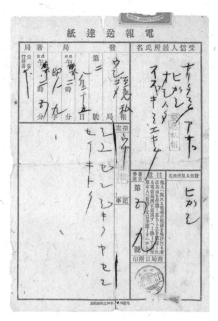

'슈젠지의 대환'을 알리는 전보. 소세키가 쓰러진 다음 날인 1910년 8월 25일에 발신된 전보다.

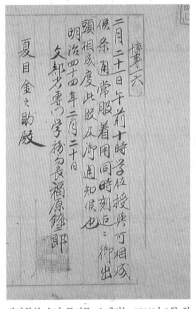

박사학위 수여 통지문. 소세키는 1911년 2월 위 궤양으로 입원했을 당시 문부성으로부터 문학박 사 학위 수여를 통지받지만 거절한다.

히나코. 태어난 지 1년 8개월 만에 세상을 떠난 딸. 소세키는 죄책감에 사로잡혔고 "정신에도 금이 갔다"라고 할 정도로 충격 을 받았다.

상장(喪章)을 달고 있는 나쓰메 소세키(1912년). 소세키는 1911년 11월에 다섯째 딸 히나코를 잃었다.

# 『춘분 지나고까지』에 대하여

독자 여러분께 사실을 고백하자면, 나는 이미 작년 8월경[1]에 소설을 신문 지상에 연재하기로 되어 있었다. 그런데 큰 병[2]을 앓고 난 후 무더위가 한창일 때 이대로 몸을 놀리는 것이 가당키나 한 일이냐며 친절하게 걱정해주는 사람이 있어 그걸 핑계로 다시 두 달의 휴가를 더 얻어낸 것을 시작으로, 결국 그 두 달이 지나 10월이 되어서도 붓

1 『문』(1910. 3. 1~6. 12)의 연재가 끝나고 《도쿄 아사히 신문》에는 이어서 나가쓰카 다카시(長塚節, 1879~1915)의 『흙(土)』(1910. 6. 13~11. 17), 오구리 후요(小栗風葉, 1875~1926)의 『극광(極光)』(1910. 11. 19~1911. 4. 26), 모리타 쇼헤이(森田草平, 1881~1949)의 『자서전(自敍傳)』(1911. 4. 27~7. 31)이 발표된다. 그러나 『자서전』은 아사히 신문사 내의 평판이 좋지 못해 게재를 중지할 수밖에 없게 되고, 소세키는 책임감에서 다음 작품의 집필을 생각하지만 주위의 배려로 당분간 휴양을 취하게 된다. 그 사이를 메워준 것이 도쿠다 슈세이(德田秋聲, 1871~1943)의 『곰팡이(黴)』(1911. 8. 1~11. 3)다.
2 이른바 '슈젠지(修善寺)의 대환(大患)'을 말한다. 1910년 8월 6일 이래 소세키는 위궤양의 전지요양을 위해 이즈 슈젠지 온천의 기쿠야(菊屋) 여관에 머물렀는데 24일 밤 다량의 피를 토하며 30분간 인사불성에 빠져 생사의 기로를 헤맨다. 그리고 10월 11일에 도쿄로 돌아와 곧바로 나가요(長与) 위장병원에 다시 입원할 때까지 약 두 달간 어쩔 수 없이 온종일 자연을 벗 삼을 수밖에 없었다.

을 잡지 못하고 11월, 12월에도 그만 신문 지상과는 아득히 먼 상태로 지내고 말았다. 자신이 당연히 해야 할 일이 파도가 부서지면서 밀려가는 식으로 이렇게 깔끔하지 못하게 늘어지기만 하는 것은 결코 기분 좋은 일이 아니다.

해가 바뀌는 새해 첫날[3]부터 드디어 일을 시작할 실마리가 풀린 것처럼 일이 정해졌을 때는 오래 눌려 있던 것이 펴질 때의 즐거움보다는 등에 짊어진 의무를 수행할 시기가 왔다는 의미에서 무엇보다 기뻤다. 하지만 오랫동안 내팽개쳐둔 이 의무를 어떻게 하면 여느 때보다 더 솜씨 있게 해낼 수 있을지를 생각하면 다시금 새로운 고통을 느끼지 않을 수 없다.

오랜만이니 가능한 한 재미있는 작품을 쓰지 않는다면 마음이 편치 않을 것 같다. 더군다나 내 건강 상태나 그 밖의 사정에 대해 관용의 정신에 가득 찬 대우를 해준 회사 동료[4]들의 호의며 내가 쓴 글을 날마다 일과처럼 읽어주는 독자 여러분의 호의에 보답하지 않으면 송구하다는 마음이 또 어지간히 보태진다. 그래서 어떻게든 괜찮은 작품이 나오기를 마음속으로 빌고 있다. 하지만 마음속으로 빌기만 한다고 해서 작품의 완성도가 높아지는 것은 결코 아니며 아무리 좋은 작품을 쓰겠다고 해도 생각처럼 될지 안 될지는 자신조차 예상할 수 없는 것이 저술의 관례이니 이번에야말로 오랫동안 쉰 벌충을 할 생각이라고 공언할 용기가 나지 않는다. 그것이 말 못 할 고통이다.

이 작품의 발표에 즈음하여 나는 단지 이상의 것만을 말해두고 싶다. 작품의 성격이며 작품에 대한 자신의 견해나 주장은 지금 말할 필

---

3 『춘분 지나고까지』는 1912년 1월 1일부터 연재되었다.
4 아사히 신문사 동료들을 말한다.

요를 느끼지 않는다. 사실 나는 자연파 작가도 아니고 상징파 작가도 아니다. 요즘 자주 들리는 신낭만파[5] 작가는 더더욱 아니다. 나는 이들 주의를 드높이 표방하며 남의 주의를 끌 만큼 내 작품이 고정된 색을 지니고 있다고 자신할 수 없다. 또 그런 자신은 불필요한 것이다. 나는 그저 나라는 신념을 갖고 있을 따름이다. 그리고 내가 나인 이상 자연파가 아니건 상징파가 아니건 또는 신낭만파가 아니건 전혀 개의치 않을 생각이다.

나는 또 내 작품에 대해 새롭다, 새롭다, 하며 떠들고 다니는 것도 좋아하지 않는다. 요즘 세상에 무턱대고 새로운 것을 좇는 자는 미쓰코시 고후쿠텐[6]과 양키[7]와 문단의 일부 작가와 평론가뿐이라고 진작부터 생각하고 있다.

나는 문단에서 남용되는 공소한 유행어를 빌려 내 작품의 상표로 삼고 싶지 않다. 그저 나다운 작품을 쓰고 싶다. 능력이 부족해 자신 이하의 작품을 쓰거나 현시욕에 의해 자신 이상으로 포장한 작품을 써서 독자에게 송구한 결과를 초래하게 되는 것을 우려할 따름이다.

도쿄와 오사카를 합산하면 우리 《아사히 신문》[8]의 구독자는 실로

5 메이지 말기부터 다이쇼에 걸쳐 자연주의 문학에 저항하며 일어난, 향락적이고 관능적인 경향이 강한 문학. 다니자키 준이치로, 나가이 가후, 스즈키 미에키치의 작품이 대표적이다.
6 현재의 미쓰코시 백화점. 1904년 도쿄 니혼바시에 주식회사 미쓰코시 고후쿠텐이라는 이름으로 창업한, 근대적인 경영 형태를 갖춘 일본 최초의 백화점이다. 그 전신은 미쓰이 다카토시(三井高利, 1622~1694)가 1673년에 개인적으로 창업한 에치고야 고후쿠텐(越後屋呉服店)이다. 고후쿠텐은 포목점(드팀전)을 의미한다.
7 미국인에 대한 속칭으로 경멸의 의미가 담겨 있다.
8 소세키는 1907년 4월 도쿄제국대학의 교수를 그만두고 아사히 신문사에 입사했다. "문예에 관한 글을 적당한 때 적당한 양을 쓰면 된다"는 아주 좋은 조건이었다. 당시의 《아사히 신문》은 《도쿄 아사히 신문》과 《오사카 아사히 신문》으로 나뉘어 있었는데 소세키의 작품은 이 두 신문에 다 게재되었다. 하지만 실리는 시기는 다소 차이가 있었다.

수십만 명에 이른다. 그중에 내 작품을 읽어주는 사람이 몇 명이나 되는지는 모르지만, 그들 대부분은 아마 문단 뒷골목도 들여다본 경험이 없을 것이다. 그저 평범한 인간으로서 대자연의 공기를 진솔하게 호흡하며 평온하게 살아갈 뿐이리라. 나는 교육을 받았으며 또 평범하기도 한 교양인들 앞에 작품을 내놓을 수 있는 자신을 행복한 사람이라 믿고 있다.

『춘분 지나고까지』라는 제목은 새해 첫날부터 시작해서 춘분[9] 지나고까지 쓸 예정이라 그냥 그렇게 붙인 것에 지나지 않는, 실로 허망한 것이다. 예전부터 나는 각각의 단편을 쓴 뒤에 그 각각의 단편이 합쳐져 하나의 장편이 되도록 구성[10]하면 신문소설로서 의외로 재미있게 읽히지 않을까 하고 생각했다. 하지만 그것을 시도할 기회도 없이 어느덧 오늘에 이르고 말았으니 만약 능력이 허락한다면 『춘분 지나고까지』를 전에 생각했던 대로 완성하고 싶다. 그런데 소설은 건축가의 도면과 달리 아무리 어설픈 것이라도 활동과 발전을 포함하지 않을 수 없으니 설사 내가 쓴다고 해도 계획대로 진행되지 못하는 경우가 자주 생기는 것은, 평범한 실제 세상에서 우리가 계획한 일이 뜻밖의 장애에 부딪혀 예상대로 진행되지 못하는 것과 같다. 따라서 이는 계속 써나가지 않으면 알 수 없는, 전적으로 미래에 속하는 문제일지도 모른다. 하지만 만약 잘되지 않더라도 떨어져 있는지 붙어 있는지

---

9 춘분이라고 번역한 히간(彼岸)은 24절기 이외의 절기 중 하나로 춘분이나 추분을 중심으로 앞뒤 각각 3일을 합친 7일간을 말한다. 그러나 히간이라고 하면 주로 춘분을 말한다. 이 기간에 절에서는 히간카이(彼岸会)라는 법회를 열고 신자는 절에 참례하고 설법을 듣고 성묘도 하는데, 이런 풍습은 일본 특유의 것이다.

10 작중에서도 언급되고 있지만 이 발상은 소세키가 좋아하던 작가 로버트 루이스 스티븐슨의 『신 아라비안나이트』(1882)에서 힌트를 얻은 것이라고 한다.

도 알 수 없는 단편이 이어진 것이라는 점은 예상할 수 있다. 나는 그래도 상관없을 거라고 생각한다.[11]

---

11 1912년 1월, 이 작품을 《아사히 신문》에 발표할 때의 머리말.

## 목욕탕에 다녀온 후

### 1

게이타로는 얼마 전부터 해온 별 성과도 없는 취직 활동과 그 분주함이 다소 지겨워졌다. 원래부터 튼튼하게 생겨먹은 몸이라 그저 뛰어다니는 노력이라면 그다지 힘들지 않을 거라는 건 자신도 알고 있지만, 생각한 일이 뭔가에 걸려 꼼짝 않고 버티고 있거나 또는 붙잡으려고 손을 내미는 순간 쓰윽 빠져나가는 실패가 거듭되다 보니 몸보다는 머리가 점차 말을 듣지 않게 되었다. 그래서 오늘 밤에는 은근히 부아도 나고 해서 내키지도 않는 맥주[1]를 일부러 펑펑 따서 마시며 가능한 한 스스로 호쾌한 기분을 내보려고 했다. 하지만 아무리 시간이 지나도 일부러 남의 옷을 빌려 입고 쾌활해지려고 하는 느낌이 가시지 않아 급기야는 하녀를 불러 주변을 치우게 했다. 하녀는 게이타

---

1 1899년 교바시에 에비스 맥주의 비어홀이 생겼고 그 후부터 맥주는 일반에 널리 보급되었다.

로의 얼굴을 보고 "어머, 다가와 씨" 하더니 그 뒤에 다시 "어머, 정말" 하고 덧붙였다. 게이타로는 자신의 얼굴을 쓰다듬으며 "빨갛지? 이렇게 근사한 색을 언제까지고 전등에 비추고 있는 건 아까우니까 이제 자야겠다. 치우는 김에 이부자리도 좀 펴줘" 하고는 하녀가 뭐라 대꾸하려는 것을 일부러 피해 복도로 나갔다. 그리고 변소에서 돌아와 이불 속으로 파고들 때, 이제 당분간은 휴식을 취해야겠다고 입속으로 중얼거렸다.

게이타로는 밤중에 두 번 눈을 떴다. 한 번은 목이 말라서 또 한 번은 꿈을 꾸어서였다. 세 번째로 눈을 떴을 때는 이미 날이 밝아 있었다. 세상이 움직이기 시작했다는 것을 깨닫자마자 게이타로는 휴식, 휴식 하며 다시 눈을 감아버렸다. 그런 다음에는 눈치 없는 괘종시계의 시끄러운 타종 소리가 서슴없이 귓전을 때렸다. 그러자 아무리 애를 써도 잘 수가 없었다. 어쩔 수 없이 드러누운 채 궐련 한 대를 피우고 있는데 절반쯤 타들어간 시키시마[2] 끄트머리가 부서지더니 하얀 베개가 재투성이가 되고 말았다. 그래도 게이타로는 가만히 있을 생각이었으나 결국에는 동쪽 창문으로 쏟아져 들어오는 강한 햇살을 받아서인지 살짝 두통이 나기 시작하여 마침내 고집을 꺾고 일어나 이쑤시개를 입에 문 채 수건을 손에 들고 공중목욕탕으로 갔다.

목욕탕의 시계는 이미 10시가 좀 지나 있었는데 몸을 씻는 곳은 말끔히 치워져 있고 물바가지 하나 나와 있지 않았다. 다만 욕조 안에 혼자 모로 누워 유리창 너머로 쏟아져 들어오는 햇빛을 바라보며 태평

2 속이 빈 필터가 달려 있는 중급품의 궐련. 1904년 전매법이 실시되어 관제담배가 일제히 발매되었는데 '시키시마'는 '야마토', '아사히', '야마자쿠라', '카나리아' 등과 함께 등장한 담배 이름이다.

하게 첨벙거리고 있는 사람이 있을 뿐이었다. 게이타로와 같은 하숙에 있는 모리모토라는 사내여서 게이타로는 안녕하세요, 하고 말을 걸었다. 그러자 그쪽에서도 야, 이거, 안녕하시오, 하고 인사를 하고는, "뭔가, 이제 와서 이쑤시개 같은 걸 물고, 어처구니가 없군그래. 그러고 보니 어젯밤 자네 방에 전등이 안 켜져 있던 것 같은데" 하고 말했다.

"전등이야 초저녁부터 환하게 켜져 있었지요. 저는 당신과 달리 품행이 방정해서 밤놀이 같은 건 좀처럼 해본 적이 없거든요."

"정말 그렇지. 자네는 건실하니까. 부러울 정도로 건실하니까 말이야."

게이타로는 좀 겸연쩍었다. 상대를 보니 횡격막 아래를 물에 담근 채 질리지도 않은지 여전히 첨벙거리고 있었다. 그리고 자못 진지한 얼굴이었다. 게이타로는 무사태평한 이 사내의 콧수염이 물에 젖어 칠칠맞지 못하게 한 올 한 올 아래로 축 늘어진 모습을 보면서,

"저야 아무래도 좋지만 당신은 어쩐 일입니까? 관청은요?" 하고 물었다. 그러자 모리모토는 권태로운 듯 욕조 가장자리에 양 팔꿈치를 올리고 팔에 이마를 대고 엎드린 채,

"관청은 쉬네" 하고 두통이라도 있는 사람처럼 대답했다.

"왜요?"

"왜고 뭐고 그냥 내가 쉬는 거지."

게이타로는 뜻하지 않게 자신과 동류의 인간을 한 사람 발견한 것 같았다. 그래서 그만 "역시 휴식입니까?" 하자 상대도 "그래, 휴식이네" 하고 대답하고는 원래대로 욕조 옆에 푹 엎드렸다.

## 2

게이타로가 나무 물바가지 앞에 앉아 때밀이에게 때를 밀게 하고 있을 때가 되어서야 모리모토는 김이 모락모락 피어오르는 벌건 몸을 탕 밖으로 완전히 드러냈다. 그러고는 아아, 기분 좋다, 하는 표정으로 몸 씻는 곳에 책상다리를 하고 털썩 주저앉나 싶더니,

"자네는 체격이 썩 좋군그래" 하며 게이타로의 몸을 칭찬했다.

"요즘은 상당히 안 좋아진 편입니다."

"왜, 왜, 그게 안 좋은 편이면, 나 같은 사람은?"

모리모토는 스스로 자신의 배를 통통 두드려 보였다. 쑥 들어간 배는 등짝에 들러붙어 있는 것 같았다.

"여하튼 직업이 직업이다 보니 몸이 점점 망가지네. 하긴 어지간히 건강에 무신경하긴 했지" 하고 말한 뒤 갑자기 무슨 생각이라도 난 것처럼 아하하하, 하고 웃었다. 게이타로는 거기에 장단을 맞추는 기분으로,

"오늘은 저도 한가하니까 오랜만에 또 당신의 왕년 이야기라도 들어볼까요?" 하고 말했다. 그러자 모리모토는,

"좋지, 이야기해주지 뭐" 하며 곧바로 마음이 내킨다는 대답을 했으나 활발한 것은 그저 대답뿐으로 거동은 느릿느릿하다기보다는 뜨거운 물에 모든 근육이 삶아져 당분간 움직임을 멈추고 있는 꼴이었다.

게이타로가 비누칠한 머리를 박박 소리 내며 감고 딱딱한 발바닥과 발가락 사이를 문지르는 동안에도 모리모토는 여전히 책상다리를 하고 앉아 어느 한 군데 씻는 시늉도 하지 않았다. 마지막으로 야윈 살덩이를 탕 속에 풍덩 처넣듯이 담갔다가 게이타로와 거의 동시에 몸

을 닦으면서 나왔다. 그러고는,

"가끔 아침에 목욕하러 오면 깨끗해서 기분이 좋지" 하고 말했다.

"예, 당신은 씻는 게 아니라 말 그대로 탕에 담그기만 하니까 특히 그렇겠지요. 실용을 위한 목욕이 아니라 쾌감을 탐하기 위한 목욕이니까요."

"그렇게 어려운 목욕법은 아니고, 아무래도 이런 시간에는 몸을 씻는 게 귀찮아서 말이야. 그냥 멍하니 담갔다가 멍하니 나오는 거지. 그런 점에서 보면 자네는 나보다 세 배나 성실하군. 머리부터 발끝까지 정말 한 군데도 빠짐없이 구석구석 씻으니 말이야. 게다가 이쑤시개까지 써가면서. 그런 주도면밀한 점에는 정말 감탄했네."

두 사람은 나란히 목욕탕 문을 나섰다. 모리모토가 잠깐 큰길까지 가서 두루마리를 사야 한다고 해서 게이타로도 같이 갈 생각으로 골목을 동쪽으로 꺾어 들자 갑자기 길이 나빠졌다. 어젯밤에 내린 비가 흙을 불려놓은 데다 오늘 아침부터 말이며 인력거, 사람들이 지나다녀 뒤엎어지고 차올려진 흙탕길을 두 사람은 꺼리듯, 경멸하듯 이리저리 피하며 걸었다. 해는 높이 떠올라 있었지만 지면에서 빨아올려지는 수증기는 아직도 지평선 위에 희미한 파동을 그리고 있는 듯한 느낌이었다.

"오늘 아침 경치는 잠꾸러기인 자네한테 보여주고 싶을 정도였네. 여하간 해가 쨍쨍 내리쬐는데도 안개가 자욱하지 뭔가. 여기서 그 안개를 뚫고 전차를 보니까 승객이 마치 장지문에 비친 실루엣처럼 한 사람 한 사람 또렷이 분간이 되었네. 그런데도 해님이 반대쪽에 있어서 그 한 사람 한 사람이 하나같이 회색 요괴로 보이는 것이 무척이나 기이한 광경이었지."

이런 이야기를 하면서 모리모토는 지물포로 들어가 두루마리와 봉투를 넣어 불룩해진 품을 살짝 누르면서 나왔다. 밖에서 기다리고 있던 게이타로는 곧장 왔던 길로 발길을 돌렸다. 두 사람은 그대로 함께 하숙으로 돌아왔다. 슬리퍼 뒤축을 울리며 계단 둘을 다 올랐을 때 게이타로는 자기 방의 장지문을 재빨리 열고,

"자, 들어오시죠" 하며 모리모토를 청했다. 모리모토는,

"이제 곧 점심땐데" 하며 주저하나 싶더니 뜻밖에도 마치 자기 방에라도 들어가는 듯이 대수롭지 않게 게이타로의 뒤를 따라 들어왔다. 그러고는,

"자네 방에서 보는 경치는 언제 봐도 좋군" 하며 스스로 미닫이 창문을 열면서 난간에 깔린 널조각 위에 젖은 수건을 놓았다.

3

몸은 야위었지만 큰 병치레 없이 매일 신바시 역[3]으로 가는 사내에게 게이타로는 평소부터 일종의 호기심을 갖고 있었다. 모리모토는 이미 서른 살이 넘었다. 그런데도 아직 혼자 하숙 생활을 하며 역으로 통근하고 있었다. 그러나 역에서 무슨 일을 맡고 있고 어떤 사무를 보는지 여태껏 당사자에게 물어본 적이 없을 뿐 아니라 그쪽에서도 이야기하려고 한 적이 없어서 게이타로에게는 모든 것이 미지수였다. 이따금 배웅하러 역에 가는 일도 있지만 그런 때는 그만 혼잡한 데 정

---

3 신바시 역은 일본 최초의 철도역이다.

신이 팔려 역과 모리모토를 연관 지어 생각할 여유가 없었고, 그렇다고 모리모토가 자신의 존재를 상기시키듯이 게이타로의 눈에 띌 만한 곳에 얼굴을 내미는 일도 없었다. 그저 오랫동안 같은 하숙에 틀어박혀 있다는 연고인지 동정인지로 어느덧 인사를 나누거나 세상 돌아가는 이야기를 하는 사이가 되었을 뿐이다.

그러므로 모리모토에 대한 게이타로의 호기심은 현재의 그에게 있다기보다 오히려 과거의 그에게 있다고 하는 것이 더 타당할지도 모른다. 게이타로는 언젠가 모리모토의 입에서 그가 한 가정의 어엿한 가장이었던 시절의 이야기를 들었다. 그의 아내 이야기도 들었다. 두 사람 사이에 생긴 아이가 죽었다는 이야기도 들었다. "아이가 죽어준 덕에 살아난 거나 마찬가지지. 산신(山神)⁴의 재앙을 정말 무서워하고 있었으니까" 했던 그의 말을 게이타로는 아직도 기억하고 있다. 더군다나 그때 산신이 무슨 말인지 몰라서 그게 뭐냐고 물었더니 산(山)의 신(神)이라는 한자어 아니냐고 가르쳐주던 우스갯소리까지 기억에 남아 있다. 그런 이야기를 떠올려도 모리모토의 모든 과거는 게이타로가 보기에 일종의 로맨스 냄새가 혜성⁵의 꼬리처럼 뿌옇게 뒤덮인 채 괴이한 빛을 발하고 있었다.

여자와 배가 맞았다느니 헤어졌다느니 하는 일화 외에도 모리모토는 다양한 모험담의 주인공이었다. 아직 가이효토(海豹島)⁶에 가서 물개를 쏘지는 않은 것 같지만 홋카이도 어딘가에서 연어를 잡아 한몫

---

4 산신은 여신이라는 뜻 외에 속칭 아내, 여편네, 마누라라는 뜻이 있다. 여기서는 마누라를 가리킨다.
5 이 작품이 발표되기 2년 전인 1910년 핼리 혜성이 지구에 접근하여 신문 등에 대대적으로 소개됨으로써 널리 화제가 되었다.
6 물개 번식지로 유명한 사할린 동쪽의 작은 섬.

잡은 것은 분명한 사실 같았다. 그리고 시코쿠 근방의 어느 산에서 안티몬[7]이 나온다며 떠들고 다녔는데 하나도 나오지 않았던 일도 본인이 그렇게 고백할 정도이니 사실임에 틀림없다. 하지만 가장 기발한 것은 꼭지 회사를 계획한 일인데, 이는 도쿄에 술통 꼭지를 만드는 장인이 아주 적다는 점에 착안한 것으로 애써 오사카에서 불러들인 장인과 충돌하는 바람에 성사되지 못했다며 그는 못내 아쉬워했다.

돈벌이가 아니라 평범한 세상 돌아가는 이야기를 할 때도 모리모토는 자신이 굉장히 풍부한 소재를 갖고 있다는 사실을 간단히 증명해 보였다. 지쿠마가와 강 상류의 어떤 곳에서 강 너머의 산을 바라보니 바위 위에서 곰이 뒹굴며 낮잠을 자고 있더라는 이야기는 그래도 평범한 편이고, 이야기가 한층 무르익으면 신슈(信州) 도가쿠시야마(戶隱山)의 오쿠노인(奧の院)이라는 곳은 보통 사람도 오를 수 없는 험난한 곳인데 맹인이 그곳 꼭대기까지 오르는 것을 보고 깜짝 놀랐다고 한다. 그 신사에 참배하려면 아무리 다리가 튼튼한 사람이라도 도중에 하룻밤 묵어가지 않으면 안 되기 때문에 모리모토도 어쩔 수 없이 오부 능선쯤에서 모닥불을 피우고 밤 추위를 견디다 아래쪽에서 방울 소리가 들려와 이상하다고 생각하고 있는데 방울 소리가 점점 가까이 다가오더니 마침내 장님이 올라오더라는 것이다. 게다가 장님이 모리모토에게 안녕하세요, 하며 인사를 하고는 지체 없이 다시 척척 올라가더라고 해서 참 이상하다 싶었는데, 좀 더 들어보니 실은 안내자 한 사람이 붙어 있었다고 한다. 그의 허리에 방울을 달아 뒤에서 따라오는 맹인이 방울 소리에 의지하여 오를 수 있게 했던 거라는 설명을 듣

7 푸른빛을 띠는 은백색의 금속으로 납과 주석에 넣어 활자 합금을 만든다.

고서야 조금 납득할 수 있었는데, 아무리 그렇다고 해도 게이타로에게는 상당히 뜻밖의 이야기였다. 하지만 그 이야기가 조금 심해지면 거의 괴담에 가까운 아주 묘한 것이 되어 칠칠치 못한 그의 콧수염 밑에서 아주 정중하게 발표된다. 그는 야바케이(耶馬溪) 계곡을 지나는 길에 라칸지(羅漢寺)라는 절로 올라갔다가 저물녘에 삼나무가 늘어선 외길을 서둘러 내려오다 돌연 한 여자와 마주쳤다. 여자는 분과 연지를 바르고 혼례 때 하는 머리를 했으며 옷단에 무늬가 있는 긴소매 옷에 두꺼운 오비8를 매고 조리9를 신은 차림으로 혼자 부리나케 라칸지 쪽으로 올라가더란다. 절에 볼일이 있을 리 없고 또 절 문은 이미 닫혔는데도 여자가 곱게 차려입고 어두운 곳을 혼자 올라가더라는 것이다. ……게이타로는 이런 이야기를 들을 때마다 아, 저런, 하며 믿을 수 없다는 의미의 미소를 흘리면서도 역시 상당한 흥미와 긴장감을 갖고 모리모토의 능란한 말솜씨를 받아들이는 것이 보통이었다.

## 4

이날도 여느 때와 마찬가지로 그런 이야기를 기대하고 일부러 길을 돌아오면서까지 공중목욕탕에서 같이 돌아온 것이다. 나이는 별로 많지 않지만 모리모토처럼 세상의 관문을 통과해왔다고 볼 수밖에 없는 사내의 경험담은 올여름에야 학교를 졸업한10 게이타로에게는 무척

8 기모노를 입을 때 허리 부분을 감고 조여 묶는 좁고 긴 천.
9 끈이 달린, 샌들처럼 생긴 일본의 전통적인 신발. 메이지 시대 이후 서양의 신발이 보급될 때까지 널리 사용되었다.

흥미로울 뿐 아니라 듣기에 따라서는 상당히 유익하기도 했다.

더군다나 게이타로는 유전적으로 평범함을 싫어하는 로맨틱한 청년이었다. 일찍이 도쿄의 《아사히 신문》에 고다마 오토마쓰(兒玉音松)[11]라는 사람의 모험담이 연재되었는데 그는 마치 미성년의 중학생 같은 열정으로 날마다 그 모험담을 읽었다. 그중에서도 고다마 오토마쓰가 동굴 안에서 튀어나온 거대한 문어와 싸운 이야기를 무척 재미있게 읽고 같은 학과 학생에게 자네, 문어의 커다란 대가리를 겨누고 권총을 탕탕 쐈는데 주르르 미끄러져 전혀 반응이 없었다지 뭔가, 머지않아 대장 뒤를 졸졸 따라 나온 새끼 문어들이 둥글게 원을 만들어 그를 둘러싸기에 뭘 하나 봤더니 어느 쪽이 이기는지 열심히 구경하고 있더라네, 하고 아주 신이 나서 이야기한 적이 있다. 그러자 그 친구가 놀리는 투로, 자네 같은 익살꾼은 도저히 문관시험[12] 같은 걸 쳐서 착실하게 세상을 살아갈 마음이 안 들 거네, 졸업하면 차라리 과감하게 남양에라도 가서 좋아하는 문어잡이라도 하는 게 어떻겠나, 하고 말해 그 이후로 '문어잡이 다가와'라는 말이 친구들 사이에서 꽤 유행했다. 얼마 전 학교를 졸업하고 다리가 뻣뻣해지도록 세상으로 나갈 출구를 찾아다니는 게이타로를 만날 때마다 친구들은 어떤가, 문어는 잡았나, 하고 묻는 것이 상례가 되었을 정도다.

아무리 게이타로라고 해도 남양의 문어잡이는 너무 기발한 일이라

---

10 당시의 학제는 9월에 학년이 시작하고 7월에 끝났다. 따라서 졸업식도 7월에 있었다.

11 남양(南洋) 탐험가. 《도쿄 아사히 신문》에 「최근의 남양 탐험」(1908)과 「모험 여행-남양의 미개한 섬」(1910)을 게재했다. 남양은 태평양의 적도를 경계로 하여 그 남북에 걸쳐 있는 지역을 말한다.

12 구(舊)제도의 고등문관시험을 말한다. 외교관, 판사, 검사, 변호사 등 고등 문관이 되기 위한 자격시험인데 무척 어려웠으며 1948년에 폐지되었다.

진지하게 계획을 세워볼 용기도 나지 않았지만, 싱가포르의 고무나무 재배 같은 것은 학생 시절에 이미 계획해본 일이 있다. 당시 게이타로는 고무나무 수백만 그루가 끝없는 광야를 다 뒤덮을 기세로 우거져 있는 한복판에 단층 방갈로를 지어놓고 그 안에서 재배 감독자인 자신이 아침저녁으로 생활하는 모습을 상상해보았다. 그는 방갈로 바닥에 아무것도 깔지 않고 커다란 호랑이 가죽만 깔 생각이었다. 벽에는 물소 뿔을 박아 총을 걸어두고 그 밑에는 비단 주머니에 싼 일본도를 놓을 작정이었다. 그리고 자신은 순백의 터번을 머리에 둘둘 감고 넓은 베란다에 놓인 등의자에 기대앉아 향이 강한 아바나산(産) 시가를 뻐끔뻐끔 느긋하게 피울 생각이었다. 그뿐 아니라 그의 발밑에는 수마트라산 검은 고양이, 즉 벨벳 같은 털에 황금 그 자체인 눈, 그리고 키보다 훨씬 긴 꼬리를 가진 신비한 고양이가 등을 산처럼 높이 한 채 웅크리고 앉아 있을 터였다. 그는 이렇게 모든 상상의 광경을 자신이 만족할 수 있도록 미리 준비해둔 다음 드디어 실제로 주판알을 튕겨보았다. 그런데 뜻밖에도 우선 고무나무 심을 땅을 빌리는 데 상당한 품과 시간이 필요했다. 그리고 빌린 땅을 개간하는 것도 쉬운 일이 아니었다. 다음으로 땅을 고르고 나무를 심는 데 들어갈 금액이 의외로 컸다. 게다가 끊임없이 인부를 써서 잡초를 제거하고 6년간 묘목이 자라는 것을 손가락을 빨며 바보처럼 가만히 지켜보고 있어야 하는 단계에 이르자 게이타로는 이미 포기하기에 충분하다고 생각했다. 그때 그에게 여러 가지 사정을 알려준 고무 전문가는, 이제 조금 있으면 그 근방에서 나는 고무 공급이 세계의 수요를 초과하여 고무를 재배하는 사람은 틀림없이 굉장한 공황에 직면할 것이라고 위협했기 때문에 그 후로 그는 고무의 '고' 자도 입에 담지 않았다.

# 5

하지만 이상한 것에 대한 그의 흥미는 이 정도의 일로 쉽사리 식을 것 같지 않았다. 그는 수도(首都) 한복판에 있으면서 먼 곳의 나라와 사람을 상상의 꿈속으로 불러들여 즐길 뿐 아니라 매일 전차에서 마주치는 평범한 여자, 또는 산책길에 지나치는 남자를 볼 때도 다들 예사롭지 않은 것을 망토나 코트 소매에 숨기고 있지나 않을까 생각했다. 그리고 단 한 번이라도 좋으니 어떻게든 망토나 코트를 뒤집어 그 기이한 것을 슬쩍 보고 난 다음 모른 체하며 지나치고 싶었다. 게이타로의 이러한 경향은 그가 아직 고등학교에 다니던 시절, 영어 교사가 교과서로 스티븐슨[13]의 『신 아라비안나이트』[14]라는 책을 읽히던 무렵부터 점점 고개를 쳐들기 시작한 것 같다. 그때까지 그는 영어를 무척 싫어했는데 이 책을 읽고 나서는 한 번도 예습을 게을리하지 않았고 지명이라도 받으면 반드시 일어나 해석을 한 것만 봐도 그가 얼마나 재미있어했는지는 알 수 있다. 한번은 너무 흥분한 나머지 소설과 사실을 구별하지 못하고 진지한 표정으로 선생에게 19세기 런던에서 실제로 그런 일이 있었느냐고 물었다. 선생은 바로 얼마 전에 영국에서 귀국한 사람이었는데, 검정색 멜턴 모닝코트 뒤에서 마로 된 손수건을 꺼내 코밑을 닦으면서 19세기는 말할 것도 없고 지금도 그럴 거

---

13 로버트 루이스 스티븐슨(Robert Louis Stevenson, 1850~1894). 영국의 소설가이자 시인. 프랑스 남부 여행기 『세벤에서 당나귀와 함께한 여행』, 모험소설 『보물섬』, 이중인격을 다룬 이야기 『지킬 박사와 하이드 씨』 등을 썼다. 환상적이고 비현실성이 강한 작품을 박진감 있게 그리는 것이 특색이다. 소세키는 이야기를 조형하는 데 그의 작품으로부터 상당한 영향을 받았다.

14 『New Arabian Nights』(1882). 독립된 7편의 단편이 수록되어 있는데 모든 작품에 보헤미아의 왕자가 등장하고 이야기가 서로 관련되어 있어 형태상 『아라비안나이트』와 유사하다.

라며 런던이라는 곳은 실제로 신기한 도시라고 대답했다. 그때 게이타로의 눈은 경탄의 빛으로 빛났다. 그러자 선생은 의자에서 일어나 이렇게 말했다.

"하긴 작가가 작가인 만큼 관찰력도 기발하고 자연히 사건에 대한 해석도 보통 사람하고는 다르니까 이런 것을 쓸 수 있었는지도 모르지. 실제로 스티븐슨이라는 사람은 노상에서 손님을 기다리는 마차를 보고서도 로맨스를 찾아내는[15] 사람이었으니까 말이야."

게이타로는 노상에서 손님을 기다리는 마차와 로맨스에 대해서는 다소 이해가 되지 않았지만, 설명을 다 듣고 나서는 아, 그렇구나, 하고 깨달았다. 그런 일이 있고 나서는 도쿄 어디에나 굴러다니는 지극히 평범한, 노상에서 손님을 기다리는 인력거를 볼 때마다 이 인력거도 어젯밤 살인을 하려는 손님을 식칼과 함께 태우고 쏜살같이 달렸을지도 모른다거나 추적자의 예상과는 달리 반대 방향으로 달리는 기차 시간에 대기 위해 아름다운 여인을 덮개 안에 숨기고 어떤 역으로 내달렸을지도 모른다고 생각하며 혼자 무서워하거나 재미있어하면서 몹시 즐겼다.

그런 상상을 거듭함에 따라 이만큼 복잡한 세상이니 설사 자신이 추측한 그대로는 아니더라도 어딘가 그의 신경에 평소와는 다른 새로운 장단을 울려줄 수 있는 사건과 한번쯤은 맞닥뜨리게 될 것이라는 생각이 자연스레 생겨났다. 그런데 그의 생활은 학교를 졸업한 이래로 그저 전차를 타는 것과 소개장을 받고 모르는 사람을 찾아가는 것 정도고, 그 밖에 이렇다 하게 내세울 만한 소설 같은 일은 전혀 일

15 『신 아라비안나이트』에 실린 「자살클럽」의 세 번째 이야기 '이륜마차를 타고 겪은 모험'의 첫머리에 나온다.

어나지 않았다. 그는 날마다 보는 하숙집 하녀의 얼굴에 몹시 질려 있
었다. 매일 먹는 하숙집 반찬도 아주 신물이 났다. 적어도 이 단조로
움을 깨기 위해 남만주철도[16]가 생긴다거나 조선 문제라도 해결된다
면 그래도 먹고사는 문제 외에 얼마간 자극을 받을 수 있겠지만 양쪽
다 이삼일 전에 당분간 가망이 없다는 게 분명해지고 보니 점점 더 눈
앞의 평범함이 자신의 무능력과 밀접한 관계라도 있는 것 같아 아주
명해지고 말았다. 그래서 호구지책을 위한 동분서주는 물론이고 거리
에 떨어진 동전을 주우러 다니는 한가한 기분으로 전차에 올라 명하
니 인간 세상을 탐험할 용기도 없어져 어젯밤에는 별로 내키지도 않
는 맥주를 잔뜩 마시고 잔 것이다.

이럴 때 비범한 경험이 풍부한 평범한 사람이라고 평하지 않을 수
없는 모리모토의 얼굴을 보는 것만도 게이타로에게는 일종의 흥분되
는 일이었다. 두루마리를 사는 데까지 따라갔다가 그를 자신의 방으
로 데려온 것도 그 때문이었다.


6


모리모토는 창가에 앉아 잠시 아래를 내려다보았다.

"자네 방에서 보는 경치는 여전히 좋군그래. 특히 오늘은. 씻어낸

---

16 일본이 대륙 침략 정책의 일환으로 중국 동북부에 부설한 철도. 소세키는 1909년 가을 대
학 예비문(大学予備門, 제일고등학교의 전신이며 나중에 도쿄 대학을 구성하게 된다) 이래의 친구이자 당
시 남만주철도주식회사의 총재였던 나카무라 제코(中村是公, 나마무라 요시코토)의 초대로 만주와
조선을 여행하고 『만한 이곳저곳(滿韓ところどころ)』을 썼다.

듯한 하늘가에 곱게 물든 나무가 군데군데 다정하게 모여 있고 그 사이로 붉은 벽돌이 보이는 모습은 과연 그림이 될 법하네."

"그렇군요."

게이타로는 어쩔 수 없이 이렇게 대답했다. 그러자 모리모토는 자신이 팔꿈치를 올리고 있는 창에서 30센티미터쯤 튀어나와 있는 널조각을 보면서,

"여기는 아무래도 분재 한두 개쯤 올려놔야 할 곳이군" 하고 말했다.

게이타로는 아, 과연 그런 거구나, 하고 생각했지만 이제 '그렇군요'라는 말을 되풀이할 용기도 나지 않아서,

"그림이나 분재도 아십니까?" 하고 물었다.

"아십니까, 라는 건 좀 송구스럽군그래. 전혀 분수에 맞지 않으니 그런 질문을 받아도 어쩔 도리가 없네만, ……자네 앞이라 좀 뭐하지만 이래 봬도 분재도 좀 만져보고 금붕어도 키워보고, 한때는 그림도 좋아해서 자주 그렸다네."

"뭐든지 다 하시는군요."

"뭐든지 하는 사람치고 제대로 하는 사람 없다고, 결국 이렇게 되고 말았지."

모리모토는 이렇게 잘라 말하고 자신의 과거를 후회하는 것도 현재를 비관하는 것도 아닌 날카로운 표정이라고는 거의 찾아볼 수 없는 평소의 얼굴로 게이타로를 쳐다보았다.

"하지만 저는 조금이라도 좋으니까 당신처럼 변화무쌍한 경험을 해보고 싶다는 생각을 늘 하고 있습니다." 게이타로가 진지하게 말하자 모리모토는 마치 주정뱅이처럼 오른손을 자신의 얼굴 앞으로 내밀고는 과장되게 좌우로 흔들어 보였다.

"그게 참 안 좋다네. 젊을 때, ……그렇다고 해봐야 자네하고 그리 나이 차가 많이 나는 것 같지는 않지만, 아무튼 젊을 때는 뭐든지 색다른 것을 해보고 싶어 하는 법이지. 그런데 그 색다른 일을 다 해보고 나서 생각해보면 어쩐지 바보 같고, 그런 일이라면 하지 않는 게 훨씬 나았을 거라는 생각이 들 뿐이네. 자네 같은 사람은 이제부터지. 착실히만 한다면 어떤 발전도 가능한데, 중요한 때에 투기적 모험심이다 반항심이다 해서 언짢게 하면 불효 아니겠나? ……그런데 어떤가? 얼마 전부터 물어봐야지, 물어봐야지 생각만 하고 바빠서 그만 물어보지 못했네만, 어디 좋은 자리라도 찾았나?"

솔직한 게이타로는 사실대로 허탈하게 대답했다. 그리고 당분간은 도저히 가망이 없어서 분주하게 뛰어다니는 일은 그만두고 잠시 휴식을 취할 생각이라고 덧붙였다. 모리모토는 약간 놀란 표정을 지었다.

"허어, 요즘은 대학을 나와도 쉽사리 일자리를 찾을 수 없나 보군그래. 어지간히 불경기인 모양이로군. 하긴 메이지도 벌써 사십 몇 년[17]이 되었으니 그럴 법도 하지만 말이야."

모리모토는 여기까지 말하고 고개를 살짝 갸우뚱하며 자신의 철학을 스스로 음미하는 듯한 표정을 지었다. 게이타로는 모리모토의 모습을 보고 그렇게까지 우스꽝스럽다고는 생각하지 않았지만, 마음속으로 이 사람이 얼마큼 이해하고 일부러 이런 말을 하는 걸까, 아니면 무식해서 이렇게밖에 표현할 줄 모르는 걸까, 하고 생각했다. 그러자 모리모토가 갸우뚱한 고개를 갑자기 똑바로 세웠다.

"어떤가, 싫지 않다면 철도 일이라도 해보는 건? 괜찮다면 이야기해

---

17 이 소설이 연재된 1912년은 메이지 45년이다.

볼까?"

아무리 로맨틱한 게이타로도 이 사람에게 부탁해서 좋은 자리를 얻으리라고는 상상할 수 없었다. 하지만 자못 가볍게 말하는 그의 붙임성을 농락으로 해석할 만큼 비뚤어지지도 않았다. 어쩔 수 없이 쓴웃음을 지으며 하녀를 부르고는,

"모리모토 씨 밥상도 이리 가져와" 하고 이르며 술도 가져오도록 했다.


7


모리모토는 요즘 건강을 위해 술을 삼가고 있다고 거절하면서도 따라주는 대로 바로바로 술잔을 비웠다. 마지막에는 이제 그만하자는 말이 끝나기가 무섭게 스스로 술병을 기울였다. 그는 평소 조용하지만 어딘가 태평한 분위기의 사람이었는데, 술잔이 거듭됨에 따라 그 조용함은 달아오르고 태평함은 점차 팽창하는 것처럼 보였다. 모리모토 자신도 "이렇게 되면 대담해져서 아무것도 개의치 않게 되지. 내일 면직을 당한다고 해도 놀라지 말게" 하며 배짱을 부리기 시작했다. 술을 못하는 게이타로가 이따금 생각날 때마다 술잔에 입술을 대는 식으로 상대해주고 있는 것을 보고 모리모토는,

"다가와, 자네 정말 못 마시나? 이상하군. 술도 못 마시는 주제에 모험을 사랑하다니. 모든 모험은 술로 시작하는 거네. 그리고 여자로 끝나지" 하고 말했다. 그는 조금 전까지만 해도 자신의 과거를 변변치 못하다고 폄하하더니 술에 취하자 갑자기 상황이 바뀌어 후광이 역으로 비친다고 할 만한 태도로 기염을 토했다. 그러나 그 기염은 대개

실패로 끝났다. 더군다나 게이타로를 앞에 두고,

"미안하네만 자네 같은 사람은 이제 막 학교를 나와서 진짜 세상을 모르니까 말이야. 아무리 학사입네 박사입네 하고 직함만 내세워봤자 나는 겁내지 않네. 나는 현장을 제대로 경험해왔거든" 하며 조금 전까지 교육에 크나큰 존경을 표했던 일은 깡그리 잊어먹은 듯이 멋대로 단정했다. 그런가 하면 트림 같은 한숨을 내쉬며 자신에게 학문이 없는 것을 자못 한심하다는 듯이 원망하기도 했다.

"뭐, 간단히 말하자면 이 세상을 원숭이나 마찬가지로 살아온 거지. 이렇게 말하면 우습지만, 분명히 자네보다 열 배나 많은 경험을 쌓아왔다고 생각하네. 그런데도 아직 이 모양으로 해탈하지 못한 것은 전적으로 무학, 다시 말해 학문이 없기 때문이지. 하기야 교육을 받았다면 이렇게 무턱대고 변화무쌍하게 살아올 수 없었을지도 모르지만 말이야."

게이타로는 조금 전부터 상대가 가엾은 선각자라도 된 것처럼 여기고 그에 걸맞은 주의를 기울이며 듣고 있었는데, 술을 어설피 마신 탓인지 오늘은 평소보다 기염이나 푸념이 많아 여느 때처럼 순수한 흥미가 일지 않는 것이 안타까웠다. 적당한 선에서 술자리를 일단락 지었지만 역시 뭔가 아쉬웠다. 그래서 새로 끓인 차를 권하면서,

"당신의 경험담은 언제 들어도 재미있습니다. 그뿐 아니라 저처럼 세상 물정을 모르는 사람은 이야기를 들을 때마다 도움이 되는 것 같아 감사하게 생각합니다만, 당신이 지금까지 해온 생활 가운데 가장 유쾌했던 건 뭡니까?" 하고 물어보았다. 모리모토는 뜨거운 차를 후후 불며 살짝 충혈된 눈을 두세 번 깜박이며 잠자코 있었다. 이윽고 깊은 찻잔을 다 비우고 이렇게 말했다.

"글쎄, 나중에 생각해보면 모든 게 재미있기도 하고 또 모든 게 시시하기도 해서 나야 잘 분간이 안 되지. ……그러니까 유쾌하다는 건 여자가 나오는 뭐 그런 걸 말하는 건가?"

"꼭 그런 건 아닙니다만, 있어도 상관은 없습니다."

"뭘, 사실은 그런 이야기가 듣고 싶은 거 아닌가? ……하지만 농담이 아니라, 자네, 재미있고 말고는 제쳐두고 세상에 그렇게 태평한 생활이 또 있을까 싶은 일을 한 기억이 있네. 그 이야기를 한번 해볼까, 차에 곁들이는 과자 대신 말이야."

게이타로는 흔쾌히 좋다고 했다. 모리모토는, "그럼 잠깐 소피 좀 보고 오겠네" 하며 일어서더니, "그 대신 미리 말해두는데 여자는 안 나오네. 여자는커녕 사람 자체가 아예 안 나온다네" 하며 거듭 확인하고는 복도 밖으로 나갔다. 게이타로는 일종의 호기심을 안고 그가 돌아오기를 기다렸다.


8


그런데 5분을 기다려도, 10분을 기다려도 모험가는 좀처럼 얼굴을 드러내지 않았다. 마침내 가만히 있을 수가 없어 게이타로가 직접 아래층으로 내려가 변소를 둘러봤으나 모리모토는 그림자도 보이지 않았다. 혹시나 해서 계단을 올라가 그의 방 앞으로 가자 장지문이 15센티미터 남짓 열려 있고 그가 맞은편을 향해 팔베개를 한 채 방 한가운데에 벌렁 드러누워 있었다. "모리모토 씨, 모리모토 씨" 하고 두세 번 불러봤으나 좀처럼 일어날 것 같지 않았기 때문에 아무리 게이타로라도 화가 치밀어 방으로 들어가자마자 다짜고짜 모리모토의 목덜미를 잡고 세차게 흔들어댔다. 모리모토는 별안간 벌에라도 쏘인 듯이 앗 하며 벌떡 일어났다. 하지만 고개를 돌려 게이타로의 얼굴을 보자마자 곧바로 다시 비몽사몽의 나른한 눈빛으로 돌아가,

"어, 자넨가? 너무 많이 마신 탓인지 기분이 좀 이상해져서 여기로 와서 잠깐 쉬고 있었더니 졸려서 그만" 하고 변명하는 모습에서 특별히 남을 우롱하는 태도가 보이지 않아 게이타로도 그만 화를 낼 수 없게 되었다. 하지만 그가 잔뜩 기대하고 있던 모험담은 그것으로 일시 중단된 것이나 마찬가지여서 혼자 자기 방으로 돌아가려고 하자 모리모토는 "정말 미안하네, 고생했겠군그래" 하면서 다시 게이타로의 뒤를 따라왔다. 그리고 조금 전까지 자신이 앉았던 방석에 무릎을 꿇고 똑바로 앉더니,

"그럼 이제 세상에 유례가 없는, 태평한 생활 이야기[18]라도 시작해 볼까" 하고 말했다.

모리모토의 태평한 생활이란 지금으로부터 15, 6년 전 그가 기수(技手)[19]로 고용되어 홋카이도 내륙을 측량하러 다니던 때의 이야기였다. 원래 사람이 없는 곳에 텐트를 치고 기거하다가 일이 끝나는 대로 다시 텐트를 짊어지고 앞으로 나아가는 생활이라 본인이 미리 말한 대로 도저히 여자가 등장할 리는 없었다.

"여하튼 크기가 6미터나 되는 얼룩조릿대를 베어내고 길을 내는 일

---

18 스즈키 하루키치(鈴木春吉)의 실화를 소재로 하고 있다. 1911년 6월 15일 일기에 "○ 밤, 스즈키 하루키치가 왔다 / ○ 하루키치가 홋카이도로 측량하러 간 이야기를 했다"라고 그 내용을 적고 있다.

19 구(舊)관제에서 기술 관리의 하나로 기사(技師) 밑에 속한 판임관.

이었으니까 말이네." 그는 오른손을 이마보다 높이 올려 얼룩조릿대가 얼마나 크게 우거져 있었는지를 묘사했다. 아침에 일어나서 보면 그런 식으로 낸 길 양쪽에 살무사가 비늘에 햇빛을 받으며 똬리를 틀고 있었다고 한다. 그것을 멀리서 막대기로 누르고 옆으로 다가가 때려잡아 구워 먹었다고 그는 이야기했다. 게이타로가 무슨 맛이었느냐고 묻자 모리모토는 잘 기억나지는 않지만 어쩌면 생선과 육류 중간쯤이었을 거라고 대답했다.

텐트 안에 얼룩조릿대 잎과 작은 가지를 산처럼 쌓고 그 위에 지친 몸을 파묻듯이 내던지는 것이 보통이었지만, 때로는 밖으로 나가 모닥불을 피웠는데 눈앞에서 커다란 곰을 본 일도 있었다. 벌레가 많아 하루 종일 모기장을 쳐두고 있었다. 한번은 그 모기장을 짊어지고 계곡으로 내려가 뭐라고 하는 민물고기를 잡아서 돌아왔더니 그날 밤부터 모기장에서 갑자기 비린내가 나서 무척 괴로웠다. ……이것들은 모두 모리모토가 말하는 태평한 생활의 일부분이다.

그는 또 산에서 온갖 버섯을 따 먹었다고 한다. 송이버섯은 큼직한 쟁반만 한데 잘라서 된장국에 넣고 끓이면 어묵 같다느니, 끈적노랑꽃버섯은 한 아름이나 되지만 안타깝게도 먹을 수 없다느니, 싸리버섯은 파드득나물의 뿌리 같아서 예쁘다느니 하며 상당히 자세하게 설명했다. 커다란 삿갓 안에 개머루를 가득 따와 걸신들린 것처럼 그것만 먹어대다가 나중에는 혀가 깔깔해져 밥을 먹을 수 없게 되는 바람에 무척 애를 먹었다는 이야기도 내친김에 덧붙였다.

먹는 이야기만 하나 싶더니 또 일주일을 쫄딱 굶었다는 비참한 이야기도 했다. 일행의 식량이 동나서 인부가 마을까지 쌀을 가지러 간 사이에 엄청난 호우가 쏟아졌을 때의 일이라고 한다. 마을로 가려면 계곡 옆으로 내려가 그 계곡을 따라 내려가야 하는데 갑작스러운 소나기로 계곡물이 불어나는 바람에 쌀을 지고 돌아올 형편이 아니었다. 모리모토는 배가 고파 어쩔 수 없이 가만히 드러누워 그저 하늘만 바라보고 있었는데, 나중에는 정신이 몽롱해지더니 밤낮이 뒤죽박죽되어 뭐가 뭔지 알 수 없게 되었다고 한다.

"그렇게 오랫동안 먹지도 마시지도 않으면 용변도 나오지 않겠네요?" 하고 게이타로가 묻자 "아니, 뭐 그래도 여전히 나오지" 하고 모리모토는 아주 태평하게 대답했다.

## 9

게이타로는 웃지 않을 수 없었다. 하지만 그것보다 이상하게 여긴 것은 모리모토가 묘사한 강풍의 기세였다. 그들 일행이 측량을 하고 있을 때 망망한 억새밭 가운데서 돌연 얼굴도 들 수 없을 만큼 거센 바람이 불어와 그들은 네 발로 기어 바로 근처의 밀림 속으로 피했는데, 한 아름, 두 아름이나 되는 커다란 나무의 가지도 줄기도 무시무시한 소리를 내며 한꺼번에 몹시 흔들렸고 그 흔들림이 뿌리에 전해져 지진이 났을 때처럼 그들이 밟고 있는 지면까지 흔들흔들했다는 것이다.

"그럼 숲 속으로 피해봤자 서 있을 수도 없었겠네요?" 하고 게이타로가 묻자 "물론 푹 엎드려 있었지" 하고 대답했는데, 아무리 심한 바람이라도 땅속으로 뻗은 큰 나무의 뿌리가 움직여 지진을 일으킬 만큼의 위력이 있을 것 같지는 않아서 게이타로는 자기도 모르게 그만

웃음을 터뜨리고 말았다. 그러자 모리모토도 마치 남 일이라도 되는 양 똑같이 큰 소리로 웃기 시작했는데, 웃음을 그치자 별안간 진지해져서 게이타로의 입을 막는 듯한 손짓을 했다.

"우습지만 진짜라네. 어차피 상식과는 아주 동떨어진 경험을 해온 나니까 아무 도움이 안 되는 쓸모없는 이야기임에는 틀림없지만 그건 사실이네. ……하기야 자네처럼 학문이 있는 사람 귀에는 새빨간 거짓말처럼 들리겠지. 하지만 세상에는 강풍만이 아니라 꽤 재미있는 일이 잔뜩 있고 또 자네 같은 사람이 그런 재미있는 일에 맞닥뜨리려고 애를 쓰는 모양인데, 대학을 졸업하면 그때는 이미 어렵네. 막상 일이 닥치면 대개는 자신의 신분을 생각하니까 말이야. 설사 자신이 아무리 몸을 던질 각오로 덤빈다고 해도, 그렇다고 그게 부모의 원수를 갚는 일도 아니고, 그렇게 본격적으로 자신의 지위까지 버리고 떠돌아다닐 만큼 유별난 사람은 요즘 세상에는 없으니까 말이지. 무엇보다 옆에서 그렇게 하도록 내버려두지 않으니까 괜찮은 거네."

모리모토의 이 말은 실의에 빠진 말로도 또 자랑스러워하는 말로도 들렸다. 그리고 속으로 아하, 보통의 학사 같은 사람은 보통 이상의 색다른 생활을 할 수 없을지도 모르겠구나, 하고 생각했다. 그런데 자신에게조차 그것을 억제하고 싶은 마음이 들어 일부러 저항하는 듯한 어조로,

"하지만 저는 학교를 졸업하기는 했지만 아직 지위 같은 건 없어요. 당신은 자꾸 지위, 지위, 하지만 말이에요. ……실제로 지위를 얻으려고 애써 뛰어다니는 것도 이제 질렸고요" 하고 내뱉듯이 말했다. 그러자 모리모토는 비교적 엄숙한 표정으로,

"자네의 지위는 없어도 있는 거네. 나 같은 사람의 지위는 있어도

없는 거고. 그만큼 다른 거지" 하고 젊은이에게 가르치는 듯한 태도로 대답했다. 하지만 게이타로에게는 그런 점괘 같은 말이 그리 의미 있게 들리지는 않았다. 두 사람은 잠깐 담배를 피우며 말없이 있었다.

"나도 말이지." 모리모토가 이윽고 입을 열었다. "나도 말이야, 이렇게 3년 넘게 철도 일을 하고 있네만 이제 지겨워져서 조만간 그만둘 생각이네. 하긴 내가 그만두지 않으면 그쪽에서 그만두게 할 테지만 말이야. 3년 넘게 일한 건 나한테는 긴 편이지."

게이타로는 그만두는 게 좋다고도 그만두지 않는 게 좋다고도 말하지 않았다. 자신이 그만둔 경험도, 잘린 경력도 없기 때문에 남이 일을 그만두고 말고는 아무래도 좋다는 생각이 들었다. 다만 이야기가 이치에 치우친 바람에 재미없어졌다는 자각만은 들었다. 모리모토는 그것을 눈치챘는지 갑자기 어조를 바꾸어 세상 돌아가는 이야기를 10분쯤 쾌활하게 한 다음, "이야, 이거 잘 먹었네. ……아무튼 자네, 젊을 때 해야 하네, 뭘 하든 말이야" 하고 마치 자신이 오십쯤 되는 노인이라도 되는 것 같은 말을 하고 돌아갔다.

그러고 나서 일주일쯤 게이타로는 모리모토와 차분히 이야기를 나눌 기회가 없었지만 두 사람이 같은 하숙에 있기에 아침이나 밤에 그의 모습을 볼 수 없는 날은 거의 없었다. 세면장 근처에서 마주칠 때 게이타로에게는 그가 입고 있는 검정색 옷깃이 달린 방한복이 항상 눈에 띄었다. 그는 또 관청에서 돌아오면 새로 장만한 옷깃이 벌어진 양복에 묘한 지팡이를 들고 자주 외출을 했다. 그 지팡이가 봉당의 도자기 우산꽂이에 꽂혀 있으면 게이타로는 아, 선생이 오늘은 집에 있는 모양이구나, 하고 생각하며 하숙집 문을 드나들었다. 그런데 지팡이가 늘 있던 자리에 엄연히 꽂혀 있는데도 돌연 모리모토의 모습이 보이지 않게 되었다.


## 10


하루 이틀은 그만 인식하지도 못한 채 지나갔지만 닷새째쯤 되고 나서도 모리모토의 모습이 보이지 않자 게이타로는 드디어 미심쩍은 마음이 들기 시작했다. 식사 시중을 들러 온 하녀에게 물어보니 그는 관청 일로 어딘가에 출장을 갔다고 한다. 물론 관리라서 언제든지 출장을 갈 수야 있지만, 게이타로는 평소 그 사내의 상을 보건대 어쩌면 역 구내에서 화물 운송 업무나 담당하고 있을 거라고 여기고 있어서 출장이라는 말을 듣고 조금 의외라고 생각했다. 하지만 떠날 때 이미 대엿새라고 알리고 갔으니 오늘이나 내일쯤 돌아올 거라는 하녀의 말을 듣고 보니, 아, 그렇구나, 하는 생각도 들었다. 그런데 예정된 날이 지나도 모리모토의 묘한 지팡이는 여전히 우산꽂이에 꽂혀 있을 뿐 방한복을 입은 그의 모습은 세면장에 전혀 나타나지 않았다.

결국에는 하숙집 안주인이 와서 모리모토 씨에게서 무슨 소식이라도 온 게 있느냐고 물었다. 게이타로는 자신이야말로 아래층으로 내려가 물어볼 참이었다고 대답했다. 안주인은 부엉이처럼 동그란 눈에 다소 불안한 기색을 내비치며 돌아갔다. 그러고 나서 일주일쯤 지나도 모리모토는 돌아오지 않았다. 게이타로도 다시 의심을 품기 시작했다. 관리실 앞을 지날 때마다 아직 소식 없나요, 하며 일부러 발길을 멈추고 묻는 일조차 있었다. 하지만 그 무렵은 생각을 고쳐먹고 다시 한창 일자리를 알아보기 시작한 때라 자연히 이쪽에만 정신이 팔려 있는 날이 많아 그 이상 개입하여 군이 뭔가를 알아보는 일은 하지 않았다. 솔직히 말하면 그는 모리모토의 예언대로 먹고살기 위해 호기심 많은 사람의 권리를 포기했던 것이다.

그러던 어느 날 밤 주인이 잠깐 실례해도 되겠느냐면서 장지문을 열고 들어왔다. 그는 허리에서 고색창연한 담배통을 꺼내더니 퐁 하는 소리를 내며 통을 빼냈다. 그러고는 은색 담뱃대에 살담배를 채우고 콧구멍으로 짙은 연기를 능숙하게 내뿜었다. 게이타로는 상대가 확실히 어떻다는 말을 꺼낼 때까지는 이렇게 느긋한 자세를 취하는 그의 본심을 알지 못해 어쩐지 이상하다고만 생각하고 있었다.

"실은 부탁할 일이 좀 있어 올라왔습니다만" 하고 말한 주인은 목소리를 조금 낮추더니 "제발 모리모토 씨가 있는 곳 좀 가르쳐줄 수 없겠습니까? 당신한테 폐가 되는 일은 절대 없을 테니까요" 하며 아닌 밤중에 홍두깨 격으로 덧붙였다.

게이타로는 이 의외의 질문을 받고 한동안 아무런 대답도 못 하다가 가까스로 "대체 무슨 일입니까?" 하며 주인의 얼굴을 들여다보았다. 그리고 그가 한 말의 뜻을 읽어내려고 했지만 주인은 담뱃대가 막혔는지 게이타로의 부젓가락으로 담뱃대의 대통을 파고 있었다. 그일이 끝나고 나서 설대가 잘 통하는지 후후 불어본 뒤 슬슬 설명하기 시작했다.

주인의 말에 따르면 모리모토의 하숙비가 여섯 달쯤 밀려 있다는 것이다. 하지만 3년 넘게 있던 사람이고 또 놀고먹는 사람도 아니라 올 연말까지는 어떻게든 해주겠다는 당사자의 말만 믿고 별다른 재촉도 하지 않는데 이번 출장 건이 터진 것이다. 집사람은 처음부터 출장을 간 거라고만 믿고 있었는데 정해진 날짜가 지났는데도 아무리 기다려도 돌아오지 않을 뿐 아니라 아무런 소식도 없어서 끝내 의심을 하게 되었다. 그래서 한편으로는 그 사람의 방을 살펴보고 또 한편으로는 신바시 역으로 가서 출장 간 곳을 알아보았다. 그런데 방에는 짐이 그대로 있고 그가 있었던 때와 달라진 게 하나도 없었지만 신바시 역의 대답은 뜻밖이었다. 출장을 떠난 줄로만 알았던 모리모토는 지난달 직장을 그만두었다는 것이다.

"그래서 평소에 모리모토 씨하고 친한 사이니까 당신한테 물어보면 필시 어디로 갔는지 알 수 있을 것 같아서 올라온 거지요. 절대 당신한테 모리모토 씨의 밀린 하숙비에 대해 이러쿵저러쿵 말할 생각은 없으니까 아무쪼록 그 사람 있는 곳만이라도 알려줄 수 없겠습니까?"

게이타로는 주인으로부터 실종자의 친구로서 그의 명예롭지 못한 행위에 깊숙이 관계하기라도 한 것처럼 취급당하는 것이 심히 못마땅했다. 바로 얼마 전까지는 어떤 의미에서 마음속으로 찬탄했던 모리모토와 친해진 것은 틀림없는 사실이지만, 이런 실제적인 문제까지 비밀리에 상의했을 것으로 간주되는 것은 미래가 창창한 젊은이로서 자못 큰 불명예라고 느꼈다.


11


정직한 게이타로는 주인의 착각에 내심 화가 났다. 하지만 화를 내기 전에 우선 차가운 구렁이라도 손에 쥔 듯한 섬뜩함을 느꼈다. 묘하게 침착한 모습을 보이며 고풍스러운 담배통에서 살담배를 집어내 대통에 채우는 주인의 오해는 게이타로에게 사실인 것과 마찬가지의 불안을 안겨주었다. 주인은 담판에 따르는 일종의 예술처럼 교묘하게 담뱃대를 다루었다. 게이타로는 그의 모습을 잠시 바라보았다. 그리고 그저 모른다고 말하는 것 말고는 상대의 의혹을 풀어줄 방법이 없다는 사실이 안타까웠다. 예상한 대로 주인은 쉽사리 담배통을 허리춤에 넣지 않았다. 담뱃대를 통에 넣었다 뺐다 했다. 그때마다 퐁퐁하는 예의 그 소리가 났다. 마침내 게이타로는 어떻게 해서든 그 소리를 물리치고 싶어졌다.

"나는 말이지, 알다시피 이제 막 학교를 졸업하고 아직 직업도 뭐도 없는 가난한 서생에 지나지 않지만, 이래 봬도 교육을 받은 사람이오. 모리모토 같은 부랑배하고 한통속이라고 생각한다면 내 체면이 말이 아니지. 더군다나 그렇게 모른다고 하는데도 뒤로 무슨 구린 관계라도 있는 것처럼 집요하게 의심하는 것은 괘씸한 일 아니오? 2년이나 된 손님을 당신이 그런 태도로 대할 생각인가 본데 아무래도 좋소. 이쪽도 다 생각이 있으니까. 내가 지난 2년 동안 당신 집에 신세를 지고 있소만 한 달이라도 하숙비를 밀린 적이 있소?"

물론 주인은 게이타로의 인격에 대해 실례가 될 만한 의심은 털끝만치도 하지 않는다고 거듭 말했다. 그리고 만약 모리모토로부터 무슨 소식이라도 와서 그가 있는 곳을 알게 되면 아무쪼록 잊지 말고 알려달라고 부탁한 다음 혹시라도 조금 전에 물어본 것 때문에 심기가 불편했다면 얼마든지 사죄할 테니 용서해달라고 했다. 게이타로는 주인이 담배통을 재빨리 허리춤에 쑤셔 넣게 할 생각으로 그저 알겠다고만 대답했다. 주인은 드디어 담판 도구를 허리띠 뒤에 쑤셔 넣었다. 주인이 방에서 나갈 때의 모습에 게이타로를 의심하는 기색이 별로 보이지 않아서 게이타로는 화를 내길 잘했다고 생각했다.

그런 일이 있고 얼마 지나지 않아 모리모토의 방에는 어느새 새로운 손님이 들어왔다. 게이타로는 주인이 모리모토의 짐을 어떻게 처리했는지가 의문스러웠다. 하지만 주인이 그 담배통을 꽂고 담판하러 온 이래로 모리모토에 대해서는 더 이상 묻지 않기로 결심했기 때문에 속으로야 어떻든 겉으로는 모르는 척하고 있었다. 그리고 전처럼 초조해하지 않으면서도 여전히 생길 것 같기도 하고 안 생길 것 같기도 한 일자리를, 일단 자신이 해야 할 첫 번째 의무로 삼아 끈기 있게 찾아다니고 있었다.

어느 날 밤 그 일로 우치사이와이초(內幸町)까지 찾아갔는데 만나야 할 사람이 집을 비운 탓에 어쩔 수 없이 전차를 타고 돌아오다가 우연히 맞은편 자리에서 노란색 바탕에 줄무늬가 들어간 짧은 겉옷으로 갓난아기를 업은 여성을 보았다. 여자는 눈썹이 가늘고 짙으며 목덜미가 아름다운, 말하자면 세련된 부류에 속했는데 아무리 봐도 짧은 겉옷으로 아기를 업을 만한 사람으로는 보이지 않았다. 그렇지만 등에 업은 아기는 분명히 그녀의 아기일 거라고 게이타로는 생각했다. 또한 자세히 보니 앞치마 밑으로 격자무늬 비슷한, 주로 귀인들이 입는 표면이 오글쪼글한 비단 기모노가 보여서 게이타로는 더욱 이상하게 생각했다. 밖에는 비가 내리고 있어서 승객 대여섯 명은 우산을 접어 지팡이로 삼고 있었다. 여자의 우산은 중간은 하얗고 중심과 주변이 검은색인 뱀 눈 모양이었다. 그런데 찬 것을 손에 드는 것이 싫은 모양인지 우산을 옆에 세워두었다. 그 접은 우산 끝에 붉은 옻칠로 가루타(加留多)[20]라고 쓰여 있는 것이 게이타로의 눈에 들어왔다.

화류계 여성인지 여염집 여성인지 알 수 없는 이 여자와 사생아인지 보통의 아이인지 미심쩍은 갓난아기, 짙은 눈썹을 약간 팔자로 모으고 자주 눈을 내리뜨는 하얀 얼굴과 표면이 오글쪼글한 비단 기모노, 검은색 우산에 선명하게 쓰인 가루타라는 글자가 엇갈리며 게이타로의 신경을 자극했을 때 그는 문득 모리모토와 결혼하여 아이까지 낳았다는 여자를 떠올렸다. 모리모토 자신이 직접 "이렇게 말하면 미련이 남은 것 같아 이상하지만, 얼굴 생김새는 나쁜 편이 아니었네. 말을 할 때면 짙은 눈썹을 때때로 팔자로 모으는 버릇이 있었지"라고 했던 말을 띄엄띄엄 머릿속에 떠올리면서 가루타라고 쓰인 우산의 주인을 주시했다. 그런데 이윽고 여자는 전차에서 내려 빗속으로 사라졌다. 뒤에 남은 게이타로는 혼자 모리모토의 얼굴이나 모습을 마음속에 그리면서 운명이 지금 그를 어디로 데려갔을까, 하는 생각을 거듭하며 하숙으로 돌아왔다. 그리고 자신의 방 책상 위에 발신자의 이름이 적히지 않은 편지 한 통이 있는 것을 발견했다.

12

호기심에 사로잡힌 게이타로는 발신자 이름이 없는 편지를 찢을 듯이 펼쳐보았다. 그러자 서양 괘지의 첫 번째 줄에 친애하는 다가와 군, 이라고 쓰고 그 밑에 모리모토로부터, 라고 쓰여 있는 것이 제일 먼저 눈에 들어왔다. 게이타로는 곧장 봉투를 다시 집어 들었다. 그는 시선의 각도를 이리저리 바꿔가며 거기에 찍혀 있는 소인을 읽으려고

---

20 포르투갈어 carta에서 온 말로 놀이나 도박에 쓰이는, 그림 또는 문자가 그려져 있는 직사각형의 작은 카드를 말한다. 주로 정초에 즐기는, 시구(주로 『햐쿠닌잇슈』의 단가)가 적힌 카드와 그에 맞는 그림이 그려진 카드를 찾는 게임이다.

애를 썼다. 하지만 인주가 엷어서 그런지 도저히 알아볼 수가 없었다. 하는 수 없이 다시 본문으로 돌아가 우선 그것부터 해치우기로 했다. 본문에는 이렇게 쓰여 있었다.

돌연 사라져서 필시 놀랐을 거네. 자네는 놀라지 않았다고 해도 뇌수[21]와 부엉이(모리모토는 평소 하숙집 주인 부부를 뇌수와 부엉이라고 불렀다) 그들 두 사람은 틀림없이 놀랐겠지. 툭 터놓고 얘기하자면 실은 하숙비가 좀 밀렸는데 그 이야기를 하면 뇌수와 부엉이가 귀찮게 할 것 같아서 일부러 알리지도 않고 자유행동을 취한 거네. 내 방에 놔둔 짐을 처리하면…… 고리짝 안에 옷이나 그 밖의 것이 몽땅 다 들어 있으니까 상당한 돈이 될 거라고 생각하네. 그러니 두 사람에게 그것들을 팔든지 입든지 하라고 전해주게. 하긴 알다시피 뇌수는 수상한 놈이라 내 허락도 받지 않고 진작 처리했을지도 모르겠군. 그뿐 아니라 이쪽에서 그렇게 순순히 나가면 아직 남아 있는 내 뒷일을 자네한테 처리해달라는 당치도 않은 생트집을 잡을지도 모르는데, 거기에 응하면 절대 안 되네. 자네처럼 고등교육을 받고 이제 막 세상에 나온 사람은 뇌수와 부엉이가 먹이로 삼고 싶어 하니 그 점은 유념하지 않으면 안 되네. 교육은 받지 않았지만 나도 빚을 떼먹는 것이 좋지 않다는 것 정도는 익히 알고 있네. 내년에는 반드시 갚아줄 생각이네. 내게 의외의 경력이 아주 많다고 해도 자네한테 이것마저 의심받는다

---

21 중국에 전하는 상상의 동물. 비바람이 불고 천둥번개가 치면 하늘을 날다가 벼락과 함께 땅에 떨어져 사람과 가축을 해친다고 한다. 작은 개를 닮았고 회색이며, 머리는 길고 주둥이는 검으며, 꼬리는 여우를, 발톱은 수리를 닮았다고 한다.

면 애써 얻은 친구 하나를 잃는 것과 마찬가지라 유감스럽기 짝이 없는 일이니 아무쪼록 뇌수 같은 자 때문에 나를 오해하지 않기를 바라네.

모리모토는 다음으로 자신이 지금 다롄(大連)에 있는 전기공원(電氣公園)[22]에서 오락 담당으로 일하고 있는 사정을 쓰고 내년 봄에는 활동사진 매입 건으로 반드시 도쿄에 갈 테니 그때는 오랜만에 거기서 만나는 것을 기대하며 기다리고 있겠다고 덧붙였다. 그리고 그 뒤에 자신이 여행한 만주 지방의 상황을 자못 재미있다는 듯이 한마디씩 늘어놓았다. 그중에서 가장 게이타로를 놀라게 한 것은 창춘(長春)인가에 있는 도박장의 광경이었는데, 이는 일찍이 마적의 두목이었다는 일본인이 경영에 관여하는 곳으로 그곳에 가보면 지저분한 중국인 수백 명이 도시락에 담긴 음식처럼 빽빽이 들어차 도박에 혈안이 된 채 일종의 악취를 풍기고 있다고 한다. 더군다나 창춘의 부호가 심심풀이로 때 묻은 옷을 입고 몰래 그곳에 들락거린다고 하니 모리모토도 무슨 짓을 했을지 알 수 없다고 게이타로는 생각했다.

편지 말미에는 분재 이야기가 적혀 있었다.

그 매화나무 화분은 도자카(動坂)[23]에 있는 조경원에서 산 것이

---

22 다롄에 있던 오락 유희 시설. 『만한 이곳저곳』에는 소세키가 친구인 남만주철도주식회사 총재 나카무라 제코에게 전기공원에 대해 묻는 장면이 나온다. "저건 뭐지, 하고 인력거 위에서 물으니 저건 전기공원이라고 하며 일본에는 없는 것이라고 한다. 전기 장치로 여러 가지 오락거리를 제공하여 다롄 사람에게 휴양을 시키기 위해 회사에서 만든 것이라는 설명이다"(『만한 이곳저곳』).
23 현재의 도쿄 분쿄 구에 있는 곳의 지명.

어서 줄기는 그리 오래되지 않았지만 하숙방 창문 같은 데 올려 두고 아침저녁으로 바라보기에는 제격일 걸세. 그걸 줄 테니 자네 방으로 가져가게. 하긴 뇌수와 부엉이는 둘 다 아주 풍류가 없는 사람들이라 도코노마[24]에 놓고 그대로 방치해서 이미 말라비틀어졌을지도 모르겠네. 그리고 입구의 봉당에 있는 우산꽂이에 내 지팡이가 꽂혀 있을 걸세. 그것도 값으로 치면 결코 비싸게 매길 수 있는 것은 아니지만 내가 애용해온 것이니 꼭 자네한테 기념으로 주고 싶네. 제아무리 뇌수와 부엉이라도 자네가 그 지팡이를 가진다고 아무려면 이의를 제기하진 않겠지. 그러니 결코 사양하지 않아도 되네. 가져다 쓰시게. ……만주, 특히 다롄은 아주 좋은 곳이네. 자네와 같은 유망한 청년이 발전할 만한 곳은 당분간 여기밖에 없을 거네. 큰맘 먹고 꼭 와보지 않겠나? 이곳에 온 이래 남만주철도주식회사(만철) 쪽에도 지인이 꽤 생겼으니 만약 자네가 정말 올 생각이라면 상당한 도움을 줄 수 있을 거라 생각하네. 다만 그럴 때는 미리 알려주기 바라네. 그럼 잘 있게.

게이타로는 편지를 접어 책상 서랍에 넣고 주인 부부에게는 모리모토의 소식에 대해 아무 말도 하지 않았다. 지팡이는 여전히 우산꽂이에 꽂혀 있었다. 게이타로는 드나들 때마다 그 지팡이를 보고는 묘한 느낌을 받았다.

---

24 일본식 다다미방 한쪽 바닥을 한 층 높게 만들어 벽에는 족자를 걸고 바닥에는 꽃이나 장식물을 꾸며놓은 곳.

# 정거장

## 1

게이타로에게는 스나가라는 친구가 있다. 이 친구는 군인의 아들이면서 군인을 몹시 싫어하고 법률을 공부하면서 관리도 회사원도 될 생각이 없는, 지극히 퇴영적인 사람이다. 적어도 게이타로에게는 그렇게 보였다. 하지만 그의 아버지는 꽤 오래전에 돌아가셔서 지금은 어머니와 단둘이 쓸쓸한 듯하면서도 그윽하고 고상한 생활을 하고 있다. 그의 아버지는 주계관(主計官)[1]으로서 꽤 높은 지위에까지 오른 데다 원래부터 재산을 늘리는 데 밝은 사람이라, 지금은 모자가 먹고 사는 데 별걱정이 없는 아주 편한 신세. 그의 퇴영주의도 반쯤은 그런 안온한 처지에 익숙해져 분투의 자극을 잃어버린 결과로 보이기도 한다. 그것은 아버지가 비교적 높은 지위에 있었던 탓인지 그에게는

---

1 회계 담당 공무원으로 구(舊)육해군에서 많이 채용했다.

세상의 체면에도 좋을 뿐 아니라 실제로 도움이 될 만한 친척이 있어서 출세할 수 있도록 얼마든지 도와주려고 하는데도 이러쿵저러쿵 멋대로 된 말만 늘어놓으며 지금까지 꾸물거리고 있는 것만 봐도 알 수 있다.

"그렇게 분에 넘치는 소리만 하고 있다니 아깝군. 싫으면 나한테 양보하게"하며 게이타로가 스나가에게 농담 삼아 조를 때도 있었다. 그러면 스나가는 쓸쓸한 듯하면서도 딱하다는 듯한 미소를 흘리며 "하지만 자네로는 안 되니 어쩌겠나"하며 거절하곤 했다. 거절당한 게이타로는 아무리 농담이라도 기분이 좋지 않았다. 자기 나름대로 어떻게든 해보겠다며 기개를 떨쳐보기도 했다. 하지만 천성적으로 집념이 강하지 못한 성격이라 이쯤의 일로 스나가에 대한 반항심 같은 게 오래 지속될 리 없었다. 게다가 사회적 신분이 정해지지 않아 마음이 차분해질 배경을 갖지 못한 그는 아침부터 밤까지 하숙방에 가만히 앉아 있는 고통을 견딜 수 없었다. 볼일이 없어도 밖으로 나가 한나절은 꼭 걸어 다녔다. 그리고 자주 스나가의 집을 찾았다. 무엇보다 언제가도 스나가는 집을 비우는 일이 거의 없어 게이타로에게도 찾아가는 보람이 있어서인지도 모른다.

"일자리도 일자리지만 그보다 먼저 뭔가 경탄할 만한 사건을 만나고 싶은데, 전차를 타고 이리저리 아무리 돌아다녀도 전혀 소용이 없네. 소매치기도 못 만난다니까"하고 말하는가 하면 "이보게, 교육은 일종의 권리라고 생각했는데 이건 뭐 완전히 속박이네. 아무리 학교를 졸업해도 먹고사는 게 힘들다면 그게 무슨 권리라고 할 수 있겠나? 그렇다고 지위는 아무래도 좋으니까 멋대로 무슨 짓을 해도 상관없느냐 하면 또 그런 것도 아니니 말일세. 지독하게 사람을 속박하네,

교육이 말이야" 하며 분하다는 듯이 탄식하는 일도 있었다. 스나가는 게이타로의 어떤 불평에도 그다지 동정이 가지 않는 모양이었다. 무 엇보다 게이타로의 태도부터가 정말 진지한 것인지 아니면 그저 공연 히 떠들어대는 것인지 분간이 안 되었기 때문일 것이다. 언젠가 스나 가는 게이타로가 이렇게 너무 들뜬 말만 심하게 해서,

"그럼 자네는 어떤 일을 해보고 싶나? 생계 문제는 별도로 하고 말 일세" 하고 물었다. 게이타로는 경시청의 탐정[2] 같은 일을 해보고 싶 다고 대답했다.

"그럼 하면 될 거 아닌가, 간단한 일이네."

"그런데 그렇지도 않다네."

게이타로는 진심으로 자신이 탐정을 할 수 없는 이유를 설명했다. 본디 탐정이란 세상의 표면에서 밑으로 기어드는 사회의 잠수부 같 은 존재라 그만큼 인간의 불가사의함을 포착하는 직업도 없을 것이 다. 게다가 그들의 입장은 그저 남의 어두운 면을 관찰할 뿐이고 스스 로 타락할 위험성은 없어 더욱 괜찮은 일임은 틀림없지만, 애석하게 도 그 목적이 이미 죄악의 폭로에 있기 때문에 사전에 남을 함정에 빠 뜨리려는 속셈 위에 성립된 직업이다. 그런 고약한 일을 나는 할 수 없다. 나는 그저 인간 연구자, 아니 인간의 이상한 장치가 깜깜한 밤 에 어떻게 작동하는지 그 모습을 경탄하는 마음으로 바라보고 싶다. 이런 것이 게이타로의 주된 뜻이었다. 스나가는 방해하지 않고 들었

---

2 '호기심'이라는 관점에서 보면 '탐정'이라는 직업은 무척 흥미로운 것인데, '도의'적인 면에 서 소세키는 이 직업을 몹시 싫어했다. 특히 전기 작품에서 소세키는 탐정을 철저하게 싫어했다. 하지만 『춘분 지나고까지』에서부터는 자신 및 타인의 마음을 날카롭게 통찰할 필요에서 그다지 싫어하지 않게 되었다.

고, 이렇다 할 비판도 하지 않았다. 그것이 게이타로에게는 원숙하게 보이면서도 실은 평범한 것으로만 받아들여졌다. 더군다나 자신을 상대해주지 않겠다는 듯이 태연자약한 모습을 보인 것도 밉살스럽다고 생각하며 헤어졌다. 하지만 닷새도 지나지 않아 다시 스나가의 집에 가고 싶어 밖으로 나와서는 곧장 간다행 전차에 올랐다.

## 2

스나가의 집은 예전의 오가와테이(小川亭)[3], 즉 지금의 덴카도(天下堂)[4]라는 높은 건물을 표지로 삼고 스다초 쪽에서 오른쪽의 완만한 오르막 골목길로 접어들어 불규칙적으로 두세 번 돌아가야 하는, 아주 찾기 힘든 곳에 있었다. 물론 야마노테[5]와 달리 집들이 빽빽이 들어찬 뒷골목이어서 부지를 넓게 잡을 만한 여지는 없었지만, 그래도 대문에서 현관까지 3, 4미터쯤 되는 화강암 포석을 지나야만 현관 격자문 앞의 벨을 누를 수 있을 만큼 번듯한 집이었다. 원래 자기 집이었는데 오래전에 친척인 아무개에게 세를 주었다가 아버지가 돌아가신 후에는 단출한 살림에 위치도 크기도 이 집이 적당할 거라는 어머니의 의견에 따라 스루가다이의 본가를 팔고 이곳으로 옮겨온 것이다. 그렇지만 옮겨올 때 상당히 손을 봤다. 예전에 스나가가 거의 새로 지은

3 메이지 40년대 초까지 간다 구(현재의 지요다 구) 오가와마치에 있던 요세(만담 등을 공연하는 곳)의 이름. 소세키에게 간다 부근은 청춘의 땅인데, 이 요세도 자주 찾았다고 한다.
4 오가와테이 터에 새롭게 지어진 3층 건물의 간코바(勸工場, 백화점의 전신으로 한 건물 안에 여러 상점이 들어서서 물건을 판매했다).
5 도쿄의 분쿄 구, 신주쿠 구 일대의 고지대로 에도 시대에는 무사들의 저택이 많았다.

거나 마찬가지라고 설명해주었을 때 게이타로는 아, 그렇구나, 하고 생각하며 2층의 도코노마 한편의 장식 기둥이며 반자널을 둘러본 일이 있다. 이 2층은 스나가의 서재로 쓰기 위해 나중에 증축한 것이어서 바람이 세게 부는 날에는 조금 흔들리는 느낌이 들기는 하지만 그 밖에 이렇다 할 흠을 찾아볼 수 없는, 다다미 네 장짜리와 여섯 장짜리 방 두 개가 이어져 있는 깨끗하고 밝은 곳이었다. 그 방에 앉아 있으면 뜰에 심어놓은 소나무 가지와 자귀로 다듬어 울퉁불퉁한 흔적이 있는 널판장 위쪽과 도둑이 들지 못하도록 그 위에 박아놓은 뾰족한 것들도 내려다보였다. 게이타로는 툇마루로 나가 난간에서 소나무 뿌리에 가득 핀 해오라기난초를 내려다보며 저 하얀 것은 뭐지, 하고 스나가에게 물은 적도 있다.

게이타로는 스나가를 찾아가 이 방으로 안내될 때마다 서생과 부잣집 도련님의 확연한 차이를 상기하지 않을 수 없었다. 그리고 이렇게 아담하게 정리된 생활을 하는 스나가를 경멸하는 동시에 조용하면서도 여유 있는 이 벗의 생활이 부럽기도 했다. 청년이 그래서는 안 된다고 생각하기도 하고 또 그렇게 되어보고 싶다고 생각하기도 하면서 오늘도 그 두 가지 모순으로 얼룩진 흥미를 품고 그는 스나가를 찾아간 것이다.

예의 골목길을 두세 번 꺾어 스나가의 집이 있는 길모퉁이까지 가자 그보다 한발 앞서 한 여자가 그의 집 문으로 들어갔다. 게이타로는 여자의 뒷모습을 힐끗 한 번 봤을 뿐이지만 청년에게 공통된 호기심과 특유의 낭만적인 취향이 더해져 질질 끌리듯이 그는 그 문 앞으로 서둘러 갔다. 살짝 들여다보니 여자의 그림자는 이미 사라지고 없었다. 문고리 언저리에 단풍잎을 넣고 바른 장지문이 평소처럼 조용하게 닫혀 있을 뿐이어서 게이타로는 조금 의외라고도, 좀 아쉽다고도 생각하며 바라보고 있었다. 곧 신발 벗는 곳에 벗어둔 게다가 보였다. 게다는 물론 여자용이었는데 예의 바르게 바깥쪽을 향해 단정히 놓여 있을 뿐 하녀가 다시 가지런히 정리해놓은 흔적은 없었다. 게이타로는 게다가 놓인 방향과 생각보다 빨리 들어가버린 여자의 거동을 아울러 생각해보고, 안내를 청하지 않고 혼자 마음대로 장지문을 열고 들어갈 수 있는 무척 가까운 손님일 거라고 추측했다. 그렇지 않다면 집안사람일 텐데 그렇다면 좀 이상하다. 스나가의 집은 그와 그의 어머니와 집안일을 하는 하녀 둘, 이렇게 네 명이 살고 있다는 것을 게이타로는 잘 알고 있었기 때문이다.

게이타로는 스나가의 집 문 앞에 잠시 서 있었다. 널판장 밖에서 방금 들어간 여자의 동정을 살짝 살펴본다기보다는 오히려 스나가와 이 여자가 자신들의 로맨스를 어떤 무늬로 짜고 있을지를 상상해볼 생각이었으나 귀는 여전히 쫑긋 세우고 있었다. 하지만 안은 여느 때와 마찬가지로 쥐 죽은 듯 조용하기만 했다. 요염한 여자 목소리는커녕 기침 소리조차 들리지 않았다.

'약혼자인가?'

게이타로는 제일 먼저 이렇게 생각했지만 그의 상상이 그쯤에서 멈출 만큼 훈련을 받지는 않았다. ……어머니는 하녀를 데리고 친척 집에 가서 오늘은 집에 안 계신다. 밥을 짓는 하녀는 자기 방으로 물러가 있다. 스나가와 여자는 지금 마주 보고 뭔가 속삭이고 있을 것이다. ……과연 그렇다면 평소처럼 격자문을 드르륵 열고 실례합니다, 라고 큰 소리로 부르는 것도 이상하다. 어쩌면 어머니, 하녀와 함께 스나가도 나갔을지 모른다. 부엌일을 보는 하녀는 아마 낮잠을 자고 있을 것이다. 그때 여자가 들어간 것이다. 그렇다면 도둑이다. 이대로 물러나서는 안 된다. ……게이타로는 여우에 홀리기라도 한 듯 우두커니 서 있었다.

3

그때 2층 장지문이 쓰윽 열리고 파란색 유리병을 든 스나가의 모습이 툇마루에 불쑥 나타나는 바람에 게이타로는 살짝 놀랐다.

"뭘 하고 있나? 뭘 잃어버리기라도 한 건가?" 위에서 이상하다는 듯이 묻는 스나가를 올려다보니 그는 목에 하얀 플란넬을 두르고 있었다. 손에 든 것은 함수제[6]인 듯하다. 게이타로는 올려다보고 감기에 걸렸느냐는 등 두세 마디를 나눴지만 여전히 밖에 선 채 움직이려고 하지 않았다. 결국 스나가가 들어오라고 말했다. 게이타로는 일부러 들어가도 되나, 하고 마음을 쓰며 되물었다. 스나가는 그 말의 의미를 거의 깨닫지 못하는 사람처럼 가볍게 고개를 끄덕이기만 하고 장지문 안으로 들어가버렸다.

계단을 올라갈 때 게이타로는 안쪽 방에서 희미하게 옷 스치는 소리가 들린 것 같았다. 2층에는 지금까지 스나가가 걸치고 있었던 듯한 검정색 무지의 두꺼운 명주 옷깃이 달린 방한복이 벗어 던져져 있을 뿐 그 밖에 평소와 다른 점은 없었다. 게이타로의 성격이나 스나가에 대한 그의 우정에서 봐도 이만큼 신경 쓰이는 여자에 대해 솔직하

6 입안이나 목구멍의 세균 증식을 방지하거나 염증을 치료하기 위하여, 입에 머금고 있다가 씻어내는 물약.

게 물어보지 못할 것도 없지만, 지금까지 어딘가 죄스러운 상상을 멋대로 했다는 것이 꺼림칙하기도 하고 또 얼굴을 맞대고 직접 물어보기 힘든 짓궂은 추측을 했다는 자각도 있어서 방금 자네 집으로 들어온 여자는 대체 누군가, 하고 아무렇지 않게 물어볼 용기가 나지 않았다. 오히려 자신보다 앞으로만 자꾸 앞서가려는 마음을 애써 감추려는 듯이,

"이제 공상은 당분간 그만두기로 했네. 그보다는 생계를 해결하는 문제가 중요하니까 말이야" 하며 전에 스나가로부터 들었던 우치사이와이초의 이모부라는 사람을, 일단 그쪽 일로 만나고 싶으니 소개해달라고 진지하게 부탁했다. 이모부라는 사람은 스나가 어머니의 여동생 남편으로, 관리였다가 실업계로 들어가 지금은 네다섯 군데의 회사와 관계를 맺고 있는 상당한 지위에 있는 사람이었다. 하지만 스나가는 그 이모부의 힘을 빌려 어떻게 해볼 생각도 없는 모양인지,

"이모부가 이런저런 말을 하지만, 나는 그다지 내키지 않아서" 하며 일찍이 게이타로에게 이야기한 적이 있는데 게이타로는 그것을 기억하고 있었던 것이다.

스나가는 오늘 아침에 그 이모부를 만날 예정이었으나 목이 아파서 외출을 미뤘다며 대충 사오일 안에는 갈 수 있을 테니 그때는 꼭 이야기해보겠노라고 대답한 후 "이모부도 바쁜 몸이고, 게다가 여러 군데서 부탁을 받는 것 같으니까 꼭 된다는 보장은 없지만, 뭐 한번 만나보게" 하며 확실히 다짐을 해두기 위해서인지 이렇게 덧붙였다. 너무 큰 기대를 하면 곤란하다는 말일 거라고 게이타로는 해석했지만, 그래도 만나지 않는 것보다는 낫다는 정도로 생각하고 평소와 달리 부탁해볼 마음이 들었다. 하지만 속으로는 말로 부탁할 만큼의 걱정도

고생도 하고 있지 않았다.

원래 그가 학교를 졸업한 후에 상당한 지위를 얻기 위해 부심하고 알아보고 분주하게 뛰어다녔으며 지금도 여전히 그러는 것은 본인이 공언하는 대로 틀림없는 사실이지만, 아직도 성공의 서광이 비치지 않는다며 우는소리를 하는 데는 적어도 반쯤은 과장이 섞여 있었다. 그는 스나가처럼 외아들은 아니지만 (누이가 시집을 가서) 어머니 혼자 남아 있는 것은 그와 마찬가지였다. 그는 스나가처럼 토지와 셋집을 소유하고 있지는 않지만 그 대신 고향에 전답이 약간 있었다. 물론 대단한 수확량은 아니지만 매년 한 가마니에 얼마라고 정해진 금액의 돈으로 바꿀 수 있어서 2, 30엔의 하숙비에 궁한 처지는 아니었다. 게다가 어머니의 엄하지 않은 성격을 이용하여 지금까지 제 살 깎아먹기와도 같은 임시비용을 청구한 일도 한두 번이 아니었다. 그러므로 지위, 지위, 하며 떠들어대는 것이 완전한 헛소동은 아니었다고는 하나 고향 사람들이나 친구들 또는 자신에 대한 허영심에 의해 부추겨진 것만은 분명했다. 그렇다면 학교에 다닐 때 좀 더 열심히 공부해서 좋은 성적을 받아두었을 법한데도 로맨티스트인지라 학업은 되도록 게을리하자, 게을리하자, 하는 마음가짐으로 내내 지내온 결과 몹시 좋지 못한 성적으로 졸업하고 말았던 것이다.


4


그래서 한 시간쯤 스나가와 이야기하면서 게이타로는 스스로 신분이라든가 생계라든가 하는 답답한 문제를 꺼냈으면서도 여전히 조금 전에 본 뒷모습의 여자가 마음에 걸린 나머지 정작 중요한 세상살이에 관한 일에는 말만큼 진지해질 수 없었다. 아래층 방에서 젊은 여자의 웃음소리가 한 번 들렸을 때는 누구 손님이 와 있는 모양이군, 하고 물어볼까 하는 생각을 했을 정도다. 그런데 그런 생각을 하는 시간이 이미 자연스러움을 깨는 도구가 되어 애써 물어볼 타이밍을 놓치게 하는 바람에 결국 말을 꺼내보지도 못한 채 그만두고 말았다.

그래도 스나가는 최대한 게이타로의 호기심을 자극하는 화제를 꺼냈다고 생각했다. 스나가는 자신이 살고 있는, 전찻길 뒷골목이 아주 작은 집과 좁은 골목 때문에 주사위의 눈처럼 구획되어 이름도 모르는 도회인의 둥지를 형성하고 있는데 그 대부분의 집에서는 사회의 표면에 떠오르지 않는 드라마가 펼쳐지고 있다는 사실을 게이타로에게 이야기해주었다.

먼저 스나가의 집에서 대여섯 채 앞집에는 니혼바시 부근에서 철물점을 하는 영감의 첩이 살고 있다. 그 첩이 미야토자(宮戸座)[7]인가에 나가는 배우를 정부로 두고 있는데, 영감은 그것을 알면서도 잠자코 있다. 그 맞은편 골목에는 변호사인지 알선업자인지 알 수 없는 사람의 집이 있는데 깔끔하게 겉에 격자를 댄 구조다. 때때로 집 바깥에 '여자 서기 1명, 여자 요리사 1명 급구'와 같은 광고를 칠판에 적어 내놓는다. 언젠가 그 집에 주름 잡힌 감색 능직의 긴 망토를 푹 뒤집어쓴 스물일고여덟 살의 아름다운 여자가 마치 서양 간호사 같은 복장을 하고 와서 직업 알선을 부탁했다. 그런데 그 집 주인이 예전에 서생으로 있던 집의 아가씨여서 주인은 물론이고 아내도 놀랐다는 이야

---

7 아사쿠사에 있던 대표적인 소규모 극장. 1937년에 없어졌다.

기가 있다. 다음으로 등을 맞대고 있는 뒷골목으로 가면 스무 살가량의 아내를 둔 백발의 고리대금업자 집이 있다. 사람들 말로는 빚 저당으로 얻은 아내라고 한다. 근처의 노름꾼들이 패거리를 잔뜩 불러서 다들 한창 핏발 선 눈을 비비고 있을 때 포대기로 갓난아기를 업은 안주인이 승부에 정신이 팔려 있는 남편을 부르러 간 일이 있다. 안주인이 울면서 제발 같이 돌아가자고 하자 남편은 가기는 하겠는데 한 시간만 더 해서 본전을 뽑고 돌아가겠다고 한다. 그러자 안주인은 그런 고집을 부릴수록 잃기만 할 뿐이니 지금 당장 돌아가자고 매달리듯이 부탁한다. 아니, 못 가, 아니, 돌아가자, 고 하면서 길이 얼어붙은 한밤중에 이웃의 잠을 깨운다.

스나가의 이야기를 하나하나 듣는 중에 게이타로는 이런 현장 소설 같은 일이 횡행하는 가운데 몇 해 전부터 살아서 익숙해진 스나가 역시 남몰래 사람들이 안 보는 연극을 하면서 입을 싹 씻고 시치미를 떼고 있는지도 모른다는 생각이 강하게 들었다. 물론 그런 추측 뒤에는 조금 전에 본 뒷모습의 여자가 연한 그림자를 던지고 있었다. "이왕 이야기가 나왔으니 자네 이야기도 좀 들어보세" 하고 추궁해봤지만 스나가는 흠 하며 희미하게 웃을 뿐이었다. 그런 연후에 간단히 "오늘은 목이 아파서" 하고 말했다. 진짜 소설을 갖고 있지만 자네에게는 이야기하지 않겠다고 말하는 것처럼 들렸다.

게이타로가 2층에서 현관으로 내려왔을 때 예의 그 여자의 게다는 이미 보이지 않았다. 돌아간 건지 신발장에 넣은 건지, 아니면 눈치 빠르게 숨긴 건지 전혀 짐작할 수가 없었다. 밖으로 나가자마자 무슨 생각에선지 그는 바로 담배 가게로 뛰어들었다. 그리고 엽궐련 하나를 물고 나왔다. 엽궐련을 피우며 스다초까지 가서 전차를 타려는 순간 끽연 금지라는 전차회사의 규칙이 떠올라 다시 만세이바시(万世橋) 쪽으로 걸었다. 그는 혼고에 있는 하숙으로 돌아갈 때까지 이 엽궐련을 피울 생각으로 천천히, 아주 천천히 발길을 옮기면서 다시 스나가를 떠올렸다. 평소처럼 스나가가 단독으로는 결코 머릿속에 들어오지 않았다. 떠올릴 때마다 반드시 뒷모습의 여자가 어른어른 따라나왔다. 나중에는 스나가로부터 '혼고다이마치의 3층에서 조그만 망원경으로 세상이나 엿보면서 어떻게 낭만적인 탐험 같은 멋진 일을 할 수 있겠는가' 하고 놀림을 당한 것 같은 기분이 들었다.

5

지금까지 게이타로는 흔히 말하는 시타마치 생활[8]에 친숙함도 취미도 가질 수 없는 사람이었다. 이따금 니혼바시 뒷골목 같은 데를 지나며 몸을 옆으로 돌리지 않으면 드나들 수 없는 격자문이며 회삼물 바닥 위에 아무 까닭도 없이 매달려 있는 쇠 등롱, 귀틀 밑을 빈틈없이 붙인 예쁘게 빛나는 대나무, 삼나무인지 뭔지로 만들었는지 햇빛이 붉게 내비칠 만큼 얄팍한 장지문 아랫부분을 볼 때마다 너무나도 좀스럽다는 느낌을 받았다. 이렇게 모든 것이 조그맣고 빈틈없이 다듬어지고 빛나서는 답답해서 견딜 수 없을 것 같았다. 이만큼 조촐하

8 봉급생활자가 많이 사는 도쿄의 '야마노테'에 비해 상가가 많은 아사쿠사, 간다, 니혼바시, 후카가와 등의 지역을 말한다. 이 지역에는 아직 에도 시대의 풍습이 남아 있어 독특한 생활을 하고 있었다. 앞에서 나온 "자귀로 다듬어 울퉁불퉁한 흔적이 있는 널판장"이나 "문고리 언저리에 단풍잎을 넣고 바른 장지문" 등도 이른바 시타마치풍의 취향 가운데 하나다.

고 아담하며 꼼꼼하게 살아가는 그들은 아마 식후에 사용하는 이쑤시개를 깎는 방법까지 신경 쓰고 있지 않을까 하는 생각마저 들었다. 그리고 그것이 모두 전설적인 법칙에 지배되어 마치 그들이 쓰는 담배합처럼 선조 대대로 반들반들하게 닦인 습관을 배경으로 지독하게 빛나고 있을 것이라고 추측했다. 스나가의 집에 가서도 쓸모도 없는 소나무에 설해 방지 설비를 해둔 것이나 좁은 뜰에 지나치게 정성을 들여 마른 솔잎을 깔아둔 모습[9] 같은 것을 볼 때도 그는 섬세한 에도식 문명개화의 품속에서 멍하게 자란 부잣집 도련님을 연상하지 않을 수 없었다. 무엇보다 허리띠를 꼭 졸라매고 똑바로 앉아 있는 스나가의 모습부터가 이상했다. 이따금 나가우타[10]를 좋아한다는 스나가의 어머니가 나와 매끄러우면서도 악센트가 강한 말로 혀에 감기는 느낌 좋은 애교를 부릴 때는 오래전부터 찬합에 보기 좋게 담아 창고 2층에 보관해둔 음식을 방금 꺼내온 것처럼, 이미 만들어진 것 이상으로 뛰어나서 물론 판에 박힌 양식이라고는 생각하지 않지만, 몇 대에 걸쳐 형식적인 인사말을 연습해온 솜씨가 그 밑에 숨어 있을 거라고밖에 생각하지 않을 수 없었다.

요컨대 게이타로는 보통과 다른 좀 더 자유로운 것을 원했다. 하지만 지금의 그는, 적어도 상상 속에서는 평소의 그와 달랐다. 게이타로는 도쿠가와 시대의 음습한 분위기가 아직 떠돌고 있는 검은 창고형 주택이 늘어선 뒷골목에 부모가 물려준 집이 있으며, 게이타로, 놀자, 하는 친구들과 도둑 놀이나 대장 놀이를 하면서 성장하고 싶었다. 한

9 겨울에 서리를 맞지 않도록 뜰에 마른 솔잎을 깔았다.
10 에도 시대에 가부키의 반주 음악으로 발달한 샤미센 음악.

달에 한 번씩 가키가라초의 스이텐구(水天宮)[11] 신사와 후카가와의 부동명왕(不動明王)상[12]에 참배하고 호마(護摩) 의식이라도 올리고 싶었다. (실제로 스나가는 어머니를 따라서 이런 구습을 당연한 듯이 하고 있다.) 그리고 쇠처럼 검푸른 민무늬 직물로 만든 하오리[13]라도 걸치고 가부키를 현대풍으로 바꿔 거리에 뿌려놓은 듯한 분위기가 감도는 동네를 황홀하게 걷고 싶었다. 또한 거기에서 관습에 얽매이기도 하고 그것을 뛰어넘기도 한 요염한 갈등을 발견하고 싶었다.

그때 그는 순간적으로 모리모토라는 네 글자를 떠올렸다. 그러자 그 네 글자 주위에 있는 공상이 묘하게 색을 바꿨다. 그는 호기심에 자진해서 뒤가 구린 그 기인에게 악수를 청했다가 하마터면 엉뚱한 피해를 당할 뻔했다. 다행히 하숙집 주인이 자신의 인격을 믿었기에 망정이지 의심하려고 들었다면 얼마든지 의심할 수 있는 일로 주인의 태도에 따라서는 경찰서쯤은 가야 했을지도 모른다. 이렇게 생각하자 그가 허공에 펼쳐놓은 멋대로 된 로맨스가 갑자기 온기를 잃더니 추한 상상으로 만들어진 뭉게구름처럼 허무하게 허물어지고 말았다. 하지만 그 안쪽에 칠칠치 못하게 늘어뜨린 콧수염과 쌍꺼풀진 눈, 야위어 뼈가 앙상한 모리모토의 얼굴만은 끈질기게 남아 있었다. 그는 그 얼굴을 사랑하고 싶기도 하고 깔보고 싶기도 하고 가엾게 여기고 싶기도 한 심정이었다. 그 평범한 얼굴 뒤에 이해할 수 없는 괴상한 것이 우두커니 서 있는 것 같았다. 그리고 그가 기념물로 준다고 한 묘한 지팡이를 떠올렸다.

11 수난(水難) 방지와 안산(安産)의 수호신을 모신 신사.
12 후카가와 공원 안에 있는 후카가와 부동명왕상으로 시타마치에서 널리 숭배되었다.
13 기모노 위에 걸치는 짧은 겉옷.

지팡이는 대나무 뿌리를 구부려 손잡이로 만든 아주 간단한 것이었는데, 다만 뱀을 새겨 넣은 것이 보통의 지팡이와는 달랐다. 하지만 수출용에서 흔히 보이는 것처럼 뱀의 몸뚱이를 대나무에 칭칭 감은 독살스러운 것이 아니라 입을 벌리고 뭔가를 삼키고 있는 머리만 손잡이에 새긴 지팡이였다. 하지만 삼키고 있는 것이 뭔지는 손잡이 끝이 둥글고 매끈하게 깎여 있어 개구리인지 달걀인지 짐작할 수가 없었다. 모리모토는 직접 대나무를 잘라 그 뱀을 새겼다고 했다.

6

게이타로는 하숙집 문으로 들어설 때 제일 먼저 지팡이에 눈길을 주었다. 길을 걸어오면서 하던 연상이 유리문을 열자마자 그의 눈을 도자기 우산꽂이 쪽으로 이끌었던 것이다. 사실 그는 모리모토의 편지를 받고 지팡이를 볼 때마다 자신에게도 설명할 수 없는 묘한 느낌이 들어 가능한 한 보지 않으려고 드나들 때마다 시선을 피했을 정도다. 그런데 그렇게 하다 보니 이번에는 일부러 보지 않는 척하며 우산꽂이 옆을 지나치는 게 마음에 걸려 아주 경미한 정도이기는 하지만 그 요상한 지팡이에게 스스로 벌이라도 받은 것처럼 되고 말았다. 그 자신도 끝내 자신의 신경을 이상하게 여기기 시작했다. 게이타로는 일종의 이해관계로부터 과거로 거슬러 올라가 의심받을 것을 우려하여 모리모토가 있는 곳도 그의 전언도 주인 부부에게 알릴 수 없는 약점을 갖고 있는 것은 분명하지만, 그렇다고 양심에 비추어 떳떳하지 못한 점은 하나도 없었다. 일부러 기념품으로 주겠다고 한 것을 흔쾌히 받을 용기가 나지 않는 것은 남의 호의를 헛되이 한다는 점에서 좋지 않은 것은 분명하지만, 그렇다고 마음에 부담이 될 정도는 아니었다. 다만 모리모토가 이 세상에서 괴로운 일을 당할 운명이 가까이 왔다고 치자, (아마 객사라는 형태로 종말을 고할 것이다) 지금부터 그 불쌍한 최후를 예상하고 이 지팡이가 우산꽂이에 꽂혀 있다고 치자, 그리고 다재다능한 그의 손으로 새긴 몸통 밑이 없는 뱀 대가리가 뭔가를 삼키려고 하나 삼키지 못하고 뱉어내려고 하나 뱉어내지 못하고 언제까지고 대나무 막대기 끝에 입을 벌린 채 붙어 있다고 치자, ……이런 식으로 모리모토의 운명과 그 운명을 말없이 대표하는 뱀 대가리를 연결해서 생각한 다음, 가까운 시일 안에 객사할 사람으로부터 매일 그 대표자인 뱀 대가리를 쥐고 걷도록 부탁받았다고 하자, 게이타로는 그제야 비로소 묘한 느낌이 들었다. 그는 자신이 지팡이를 우산꽂이에서 꺼낼 수도 없고 또 하숙집 주인에게 시켜서 자신의 눈에 띄지 않는 곳으로 치워달라고 할 수도 없는 것을, 과장되기는 하지만 일종의 업보처럼 생각했다. 하지만 시로 물든 성격과 산문으로 이루어진 생계는 꽤 일치하지 않는 점도 있어서 사실상 이것 때문에 하숙을 바꿔 안정을 찾는 것이 편할 거라고 생각할 만큼 지팡이의 화를 입고 있지는 않았다.

오늘도 지팡이는 여전히 우산꽂이에 꽂혀 있었다. 낫처럼 굽은 뱀 대가리는 신발장을 향하고 있었다. 게이타로는 그것을 곁눈질하며 자신의 방으로 올라갔는데, 이윽고 책상 앞에 앉아 모리모토에게 편지를 쓰기 시작했다.

먼저 얼마 전 그쪽에서 온 소식에 대한 고마움을 표한 뒤 왜 일찍 답장을 보내지 않았는가 하는 변명을 두세 줄이라도 좋으니 덧붙이고 자 했지만, 그것을 사실대로 털어놓자면 당신 같은 방랑자를 지기로 둔 내 불명예를 생각하면 서신을 주고받을 생각이 들지 않았기 때문이었다고 쓸 수밖에 없기 때문에 그 부분은 일자리를 얻기 위해 분주하게 뛰어다니는 데 정신이 팔려서라는 말로 간단히 얼버무렸다. 다음으로 그가 다렌에서 안성맞춤인 직업을 얻게 된 것을 축하한다는 말을 짧게 쓰고, 그다음에 도쿄도 차츰 추워지는 때이니만큼 만주의 서리나 바람은 필시 견디기 힘들 것이다, 특히 당신 몸으로는 심하게 영향을 받을 게 분명하니 부디 병에 걸리지 않도록 조심하라는 친절한 말도 몇 줄 적었다. 게이타로의 입장에서 보면 바로 이것이 편지를 쓰는 주된 이유여서 가능한 한 자신의 동정이 상대에게 사무치도록 솜씨 있고도 길게, 그리고 누가 보더라도 진심이 담겨 있는 것처럼 쓰고 싶었다. 하지만 다시 읽어보니 역시 보통 사람이 보통의 계절 인사로 쓰는 용어 이외에 새로운 것은 아무것도 없어서 약간 실망스러웠다. 그렇다고 물론 연인에게 보내는 연서만큼 열렬한 진심을 담은 것이 아니라는 것은 이미 각오한 바다. 그래서 자신은 문장이 서툴러 아무리 고쳐 써봤자 소용없다는 정도의 구실로 그 부분은 그대로 두고 계속 써나갔다.


7


모리모토가 하숙에 두고 간 짐의 처리에 대해서는 빈말이라도 뭐라고 써넣지 않을 수 없었다. 하지만 그것을 어떻게 처리했는지 주인에게 묻는 것은 싫었고 묻지 않으면 자세한 소식을 전할 수 없었기에 게이타로는 붓끝을 허공에 멈춘 채 생각에 잠겨 있다가 결국 "당신 짐은 어떻게든 편할 대로 처리하도록 주인에게 말해달라고 저에게 의뢰하셨는데, 당신이 천리안으로 내다본 것처럼 제가 뭐라 말하기도 전에 뇌수가 멋대로 처리해버린 모양이니 그런 줄 아시기 바랍니다. 또 매화나무 분재를 주신다고 하셨는데, 그것은 흔적도 찾아볼 수 없는 것 같으니 받지 못합니다. 다만 감사하다는 말씀만 드립니다. 그리고" 하며 말을 이어놓고 다시 붓을 멈췄다.

드디어 지팡이 이야기를 할 때가 온 것이다. 천성이 솔직한 사람이라 지팡이는 애써 호의를 베푼 것이니 받아서 매일 산보할 때 짚고 나가겠다는 빤한 거짓말은 할 수 없고, 그렇다고 친절한 말씀은 고맙지만 저는 받지 않겠다는 말은 더욱 할 수 없었다. 하는 수 없이 "지팡이는 아직도 우산꽂이에 꽂혀 있습니다. 주인이 돌아오기를 매일 밤낮으로 기다리는 양 꽂혀 있습니다. 뇌수도 그 뱀 대가리는 감히 손대지 않습니다. 저는 그 대가리를 볼 때마다 당신의 조각 솜씨에 탄복을 금할 수 없습니다" 하고 적당히 인사치레를 늘어놓아 사실을 애매하게 얼버무리는 수단으로 삼았다.

봉투에 수신인 이름을 쓸 때 모리모토의 이름을 기억해내려고 했으나 도저히 떠오르지 않아 어쩔 수 없이 '다롄 전기공원 내 오락 담당 모리모토 귀하'라고만 썼다. 지금까지의 사정으로 볼 때 주인 부부의 눈에 띄면 안 되는 편지라 하녀를 불러 우체통에 넣으라고 시킬 수도 없어 게이타로는 곧장 편지를 소맷자락에 감추었다. 저녁을 마친 후 산보도 할 겸 편지를 갖고 밖으로 나갈 생각으로 차가운 계단을 다 내려갔을 때 스나가로부터 전화가 왔다.

오늘 우치사이와이초에서 이종사촌이 찾아와 이모부는 사오일 내에 볼일이 있어 오사카에 갈지도 모른다고 해서 너무 늦어지면 안 되겠다 싶어 전화로 떠나기 전에 만나주지 않겠느냐고 물어봤더니 좋다고 했다, 가볼 생각이라면 되도록 빨리 가서 만나보는 게 좋을 것이다, 물론 전화상으로는 목이 아파 자세한 이야기는 할 수 없었으니 그런 줄 알고 가라는 것이 그의 용건이었다. 게이타로는 "정말 고맙네. 그럼 되도록 빨리 가보겠네" 하며 전화를 끊었는데, 어차피 갈 거라면 당장 오늘 밤에라도 가보자는 생각이 들어 다시 3층으로 돌아가 얼마 전에 장만한 서지 천의 하카마[14]를 입고 드디어 집을 나섰다.

길모퉁이에 이르러 우체통에 편지를 넣는 건 잊지 않았지만, 이때 게이타로의 가슴에는 정작 중요한 모리모토의 안부 같은 것은 이미 희미한 여운밖에 남지 않았다. 그래도 봉투가 우체통 입구를 미끄러져 들어가 통 하는 소리를 내며 바닥에 떨어졌을 때는 수취인이 일주일 안에 봉투를 뜯어볼 모습을 상상했는데 아주 나쁜 기분은 들지 않을 거라고 생각했다.

그러고 나서 전차에 탈 때까지는 그저 일직선으로 총총히 걸었다. 생각도 일직선으로 우치사이와이초를 향하고 있었는데 전차가 간다(神田)의 묘진시타에 이르렀을 무렵 무심히 방금 스나가로부터 전화로 들은 말을 머릿속으로 되새겨보다가 자기도 모르게 퍼뜩 생각나는 것이 있었다. 스나가는 "오늘 우치사이와이초에서 이종사촌이 찾아와"라고 분명히 말했는데, 그 이종사촌이 이모부의 자식이라는 것은 의심할 여지가 없다. 하지만 그 사람이 남자인지 여자인지는 불완전한 일본어가 전혀 상관하지 않는 점이다.

14 기모노 위에 덧입는 주름 잡힌 폭이 넓은 하의로, 허리에서 발목까지 덮으며 끈으로 묶는다.

'어느 쪽일까?'

게이타로는 갑자기 신경이 쓰이기 시작했다. 만약 그 사람이 남자라면 그 뒷모습의 여자에 대한 실마리가 되지는 않는다. 따라서 그 사람은 쓸데없이 그의 호기심만 자극했을 뿐 아무것도 달라지지 않는다. 하지만 만약 여자라면, 날짜도 그렇고 시각도 그렇고 스나가의 집 현관으로 들어가는 모습도 그렇고 아무래도 자신보다 한발 앞서 들어간 그 여자일 것 같았다. 상상과 사실을 이어 붙이는 데 능숙한 게이타로는 확실히 그렇다고 확인해보기도 전에 틀림없을 거라고 단정해버렸다. 이렇게 해석했을 때 그는 지금까지 거품이 일었던 자신의 호기심에 얼마간 찬물을 끼얹은 것 같은 만족감을 느끼는 동시에 예상했던 것보다 평범한 방향에서 한 가닥 실마리가 생겼다는 시시함도 느꼈다.

## 8

게이타로는 오가와마치에 이르렀을 때 잠깐 전차에서 내려 스나가의 집으로 찾아가 친구에게 직접 사실을 확인해보고 싶었지만 단순한 호기심 이외에 그런 주제넘은 조사를 해야 할 이유를 어디에서도 찾을 수 없어 꾹 참고 미타 선(三田線)[15]으로 갈아탔다. 하지만 곧장 간다바시를 빠져나가 마루노우치를 질주할 때도 자신은 지금 스나가 이종사촌의 집을 향해 달려가고 있다는 마음을 잊지 않았다. 권업은행[16] 근처에서 내려야 했는데 그만 사쿠라다 혼고초[17]까지 가버린 바람에

15 혼고 3초메에서 히비야를 거쳐 미타 방면으로 가는 시가전차 노선. 게이타로가 가려고 하는 우치사이와이초는 오가와마치에서 간다바시를 경유하여 히비야 다음 정거장이다.

그는 깜짝 놀라 다시 어두운 쪽으로 되돌아갔다. 쓸쓸한 밤이었지만 찾아가는 집은 금방 알 수 있었다. 대문에 달아놓은 둥근 가스등 아래 다구치(田口)라고 쓰여 있고, 문 안을 들여다보니 생각보다 안쪽으로 깊숙이 이어져 있는 구조였다. 하지만 실제로는 자갈을 깐 길이 거리에서 비스듬히 현관을 가리고 있고 정원수가 정면을 가로막으며 거무스름하게 빽빽이 서 있어 어두운 밤에 얼마간 위압적인 분위기를 더했을 뿐, 문 안으로 들어가서 보니 겉에서 보기보다는 널찍한 집이 아니었다.

현관에는 서양풍의 유리문 두 짝이 닫혀 있었는데 계십니까, 하고 불러도 벨을 눌러도 좀처럼 사람이 나오지 않아 게이타로는 어쩔 수 없이 잠시 그 옆에 서서 안쪽의 동정을 살폈다. 그러자 이윽고 어딘가에서 발소리가 들리더니 눈앞의 간유리가 확 밝아졌다. 그러고 나서 뜰에서 신는 게다를 신고 회삼물을 밟는 소리가 두 발 세 발 들리나 싶더니 한쪽 현관문이 열렸다. 게이타로는 그때 안에서 나오는 사람의 풍채를 상상할 만큼의 호기심도 없이 그저 멍하니 서 있었는데, 그래도 비백 무늬의 하오리를 입은 서생이나 쌍올실로 짠 솜옷을 입은 하녀가 일단 고개를 숙여 인사하고 그의 명함을 받아갈 것으로만 기대하고 있었지만, 지금 문을 반쯤 열고 앞에 선 사람은 뜻밖에도 근사한 차림의 노신사였다. 전깃불을 등지고 있어서 얼굴은 또렷이 보이지 않았지만 흰색의 오글쪼글한 비단 허리띠만은 바로 눈에 들어왔다. 순간 바로 이 사람이 스나가의 이모부라는 다구치 씨일 거라는 느

16 일본권업은행. 1897년 농공업의 발전을 위해 자금을 장기 저리로 빌려주기 위해 설립된 은행으로 우치사이와이초에 있었다.

17 미타 선의 우치사이와이초 다음 정거장이다.

낌이 들었다. 하지만 너무 뜻밖의 일이라 곧장 인사를 할 여유도 없이 약간 어안이 벙벙한 채 멍하니 서 있었다. 게다가 자신을 무척 어리다고 생각하고 있는 게이타로는 마흔이든 쉰이든 아니면 예순이든 거의 구별하지 않고 모두 할아버지로 볼 만큼 노인에게 친숙하지 않았다. 그는 마흔다섯과 쉰다섯을 구별할 만큼 연장자에게 동정심을 갖고 있지 않은 동시에 그 누구에 대해서든 친숙해지기 전에는 다른 인종 같은 까닭 모를 두려움을 느끼는 터라 더욱 갈팡질팡했던 것이다. 하지만 상대는 전혀 개의치 않는 듯 "무슨 용건이라도?" 하고 물었다. 공손하지도 않고 경멸하는 것도 아닌 지극히 간결한 말투가 게이타로의 배짱을 다소 회복시켜주어서 그는 가까스로 자신의 이름을 밝히는 동시에 찾아온 이유를 간단히 설명할 수 있었다. 그러자 나이 많은 남자는 그제야 생각났다는 듯이 "그래, 그래, 아까 이치조(스나가의 이름)가 전화로 얘기했었네. 하지만 오늘 밤에 찾아올 줄은 몰랐는걸" 하고 말했다. 그리고 그 뒤로 자네, 이렇게 급히 찾아오면 곤란하지, 하는 눈치가 보였기 때문에 게이타로는 최대한 변명을 해야 할 필요를 느꼈다. 노인은 듣는 둥 마는 둥 말없이 서 있다가, "그럼 다시 오게. 사오일 안에 잠깐 어디를 가봐야 하니까 그 전에 시간이 있으면 봐도 좋을 거고" 하고 말했다. 게이타로는 정중히 인사를 하고 문을 나섰는데, 어두운 밤중에 감사하다는 인사가 지나치게 공손했다고 생각했다.

이는 시간이 많이 지난 다음 게이타로가 스나가에게 들은 이야기인데, 이곳 주인은 그때 현관에서 가까운 응접실의 바둑판 앞에 혼자 앉아 흰 돌과 검은 돌을 번갈아 놓으면서 생각에 잠겨 있었다고 한다. 손님과 바둑 한 판을 두고 나서 곧장 그 문제를 해결하지 않으면 직성이 풀리지 않았기 때문인데, 그 중요한 순간에 게이타로가 아주 촌놈답게 현관에서 소란을 피우는 바람에 먼저 그 방해꾼을 쫓아낼 생각에 초조한 나머지 직접 문을 열러 나왔다고 한다. 스나가에게 그 자초지종을 들었을 때 게이타로는 더더욱 자신의 인사가 지나치게 공손했다는 생각이 들었다.

9

이틀 후 게이타로는 당당히 다구치 씨 집에 전화를 걸어 지금 바로 찾아가도 되겠느냐고 물었다. 전화를 받은 사람은 게이타로의 말투나 태도가 비교적 건방져서 지위가 꽤 높은 사람이라고 생각한 모양인지 "잠시만 기다려주십시오. 지금 어르신께 여쭤보고 오겠습니다" 하고 정중히 대답하고 물러갔는데, 잠시 후 대답을 전해줄 때는 "아, 여보세요, 지금은 손님이 와 계셔서 좀 곤란하다시네요. 오후 1시쯤이라면 와도 좋답니다" 하고 전보다 말투가 훨씬 더 거칠어져 있었다. 게이타로는 "그렇습니까? 그럼 1시쯤에 찾아갈 테니 주인 어르신께 그렇게 전해주십시오" 하고 대답하고는 전화를 끊었는데, 속으로는 좀 불쾌한 느낌이 들었다.

12시 정각에 점심을 먹을 거라고 하녀에게 미리 일러두었는데 밥상이 제시간에 오지 않아서 게이타로는 시끄럽게 울리는 대학의 종소리[18]에 쫓기기라도 하듯이 하녀를 다그쳐 최대한 빨리 식사를 마쳤다. 전차에서는 그제 밤에 만난 다구치의 태도를 떠올리며 오늘도 그

18 게이타로의 하숙은 혼고다이마치에 있어서 근처 도쿄제국대학의 종소리가 잘 들렸을 것이다.

런 식으로 대수롭지 않은 대접을 받게 될까, 아니면 그쪽에서 만나겠다고 한 만큼 좀 더 붙임성 있는 인사라도 해줄까, 하고 생각했다. 게이타로는 그 신사의 호의로 적당한 지위만 얻을 수 있다면 허리를 굽히며 다소 구차한 생각을 하는 정도는 참을 요량이었다. 하지만 조금 전에 전화를 받은 사람처럼 채 5분도 지나지 않아 말투가 좋지 않은 쪽으로 바뀌자 이미 불쾌해져 제발 그 녀석이 안내하러 나오지 않았으면 좋겠다고 생각했다. 그러면서도 성격상 자신의 말투가 지나치게 건방졌다는 사실은 전혀 깨닫지 못했다.

오가와마치 길모퉁이에서 스나가의 집 쪽으로 비스듬히 구부러진 골목길을 봤을 때 게이타로는 예전의 그 뒷모습의 여자를 퍼뜩 떠올리고 갑자기 상상을 응달에서 양달로 옮겼다. 게이타로로서는 오늘도 내키지 않는 폐를 끼치면서까지 반기지도 않는 노인에게 먹고살 길을 마련해달라며 애원하러 가는 거라고 생각하기보다는 스나가의 아름다운 이종사촌이 사는 곳을 찾아간다고 생각하는 편이 훨씬 마음이 가벼웠기 때문이다. 게이타로는 스나가의 이종사촌과 다구치 영감을 멋대로 부녀지간이라고 단정하면서도 어디까지나 두 사람을 따로 떼어놓고 생각하고 있었다. 요 전날 밤 현관 앞에서 다구치와 마주하고 섰을 때도 불빛 때문에 상대의 인품은 확실히 알 수 없었지만, 이목구비의 윤곽만으로 평하기에는 밤눈에도 그다지 훌륭한 편이 아니었다는 것이 노인의 첫인상으로 게이타로의 가슴에 분명히 새겨졌던 것이다. 그런데도 게이타로는 여자가 스나가와 어떤 관계든 이 남자의 딸이라면 용모가 그리 좋지 못할 거라는 생각은 전혀 들지 않았다. 그래서 게이타로는 다구치 집안에 대해 떨어졌다가 만나고 만났다가 떨어지는 듯이 음지와 양지가 한 덩어리가 된 생각을 품고 있었던 것이다.

그런 생각을 번갈아 되풀이한 후 게이타로는 다구치의 집 문 앞에 섰다. 그런데 운전사가 커다란 자동차[19]를 타고 문 앞에 대기하고 있어 마음이 좀 편치 않았다.

현관에 이르러 명함을 내밀자 두꺼운 무명 직물 하카마를 입은 젊은 서생이 받아 들고 "잠깐만요" 하고는 안으로 들어갔다. 그 목소리가 분명히 조금 전에 전화기를 통해 들은 목소리가 틀림없어서 게이타로는 그의 뒷모습을 보며 불쾌한 녀석이라고 생각했다. 잠시 후 그가 명함을 든 채 다시 나타났다. 그러고는 "죄송합니다만 지금 손님이 와 계시니 다음에 다시 오시지요" 하며 게이타로 앞에 우뚝 섰다. 게이타로도 조금 발끈했다.

"아까 전화로 물었을 때는 지금 손님이 있으니 오후 1시경에 오라고 하지 않았소?"

"실은 그 손님이 아직 돌아가시지 않은 데다 밥상이 들어가고 해서 아주 어수선합니다."

차분히 들어보기만 한다면 억지스러운 해명은 전혀 아니었지만, 전화를 하고 나서 이 안내인에게 화가 나 있던 게이타로로서는 그의 말투가 아주 못마땅했다.

그래서 자신이 선수를 칠 생각으로 "아, 그렇소? 번번이 이렇게 나오시게 해서 미안하오. 그럼 주인 어르신께 안부나 전해주시오" 하며 앞뒤가 맞지 않는 말을 던지고 나서, 뭐야, 이깟 자동차가, 하는 듯이

19 이 무렵에 자동차가 막 보급되기 시작했다. 이시이 겐도(石井研堂)의 『메이지 사물 기원(明治事物起源)』(1908)에 "1908년 10월 8일경 도쿄에서 자동차를 소유한 자는 150여 명이고 그중에는 한 사람 또는 한 회사가 몇 대를 소유한 경우도 있었다. 차 대수는 160여 대이고, 그 외에 황족 및 군용 차량을 포함하여 외국 대사나 공사가 소유한 것이 약 20대였다"라고 쓰여 있는 걸로 보아 자동차는 굉장히 드물었다고 할 수 있다.

그 옆을 스쳐 밖으로 빠져나왔다.


## 10


이날 게이타로는 필요한 면담을 순조롭게 마친 후 쓰키지에 신접살림을 차린 친구 집에 들러 스나가와 그의 이종사촌, 그리고 그의 이모부인 다구치를 상상의 실로 교묘하게 잇고 있는 자초지종을 안주 삼아 밤늦게까지 이야기할 생각이었다. 하지만 다구치의 집 문을 나서 히비야 공원[20] 옆에 선 그의 머리에는 그런 여유가 전혀 없었다. 뒷모습을 봤을 뿐이지만 여자가 어디 사는지는 이미 알아냈고 지금 그녀의 집을 찾아갔다는 쾌활한 기분은 아예 없었다. 일자리를 얻으려고 여기까지 왔다는 자각은 더더욱 없었다. 그저 굴욕감에 부아가 치밀었을 뿐이다. 그리고 자신을 다구치 같은 사람에게 소개한 스나가야말로 자신이 그런 대접을 받은 일에 당연히 책임을 져야 한다고 생각했다. 게이타로는 돌아가는 길에 스나가의 집에 들러 자초지종을 말하고 실컷 불만을 터뜨릴 작정이었다. 그래서 다시 전차를 타고 일직선으로 오가와마치까지 돌아왔다. 시계를 보니 2시가 되려면 아직 20분쯤 남아 있었다. 스나가의 집 앞으로 간 게이타로는 일부러 길에서 스나가, 스나가, 하며 두 번쯤 불렀다. 하지만 있는지 없는지 2층 장지

20 1903년 6월 일본 최초의 근대적인 공원으로 개원했다. 운동장, 음악당과 분수가 있는 연못, 수많은 수목과 화훼가 심어진 대규모 공원으로서 사계절 내내 시민의 휴식처로 이용되었다. 소세키는 『문』을 완성한 후 '슈젠지의 대환'을 당하기 직전인 1910년 6월 중순부터 7월 말까지 우치사이와이초에 있던 나가요 위장병원에 입원한 적이 있는데, 건강을 회복한 7월 하순부터 매일 아침 히비야 공원을 산책했다.

문은 굳게 닫힌 채 끝내 열리지 않았다. 스나가는 체면을 중시하는 사람이라 평소부터 이렇게 부르는 것을 촌스럽다며 싫어했으니 듣고도 모른 체하고 있는 게 아닐까 싶어 정식으로 현관 격자문 앞으로 갔다. 그런데 문을 열러 나온 하녀가 "정오가 좀 지나서 나가셨어요"라고 말했을 때는 맥이 풀려 잠시 우두커니 서 있었다.

"감기에 걸린 것 같았는데."

"네, 감기에 걸렸는데 오늘은 많이 좋아졌다며 나가셨어요."

게이타로는 돌아가려고 했다. 하녀는 "잠깐 마님께 말씀드릴게요" 하며 게이타로를 격자문 앞에 세워두고는 안으로 들어갔다. 잠시 후 장지문 뒤에서 스나가의 어머니가 나타났다. 키가 크고 얼굴이 갸름한 시타마치풍의 기품 있는 부인이었다.

"자, 들어오게. 머지않아 돌아올 테니까."

스나가의 어머니가 이렇게 말하자 도회의 풍습에 익숙하지 않은 게이타로는 어떻게 거절하고 밖으로 나가야 할지 알 수 없었다. 무엇보다 거절할 틈도 없이 요령 좋은 말이 꼬리에 꼬리를 물고 주르르 그의 귓전을 울렸다. 그 말이 듣기 좋으라고 하는 인사치레가 아니어서 붙잡는 말을 듣고 있는 사이에 들어가면 폐가 될 것 같아 꺼리는 마음은 어느새 사라지고 그만 송구한 마음에 잠깐 이야기나 하다 갈까 하는 마음이 들었다. 게이타로는 시키는 대로 결국 예의 그 서재에 앉았다. 스나가의 어머니가 춥지, 하며 칸막이 장지문을 닫아주기도 하고 자, 손 좀 쬐어, 하며 사쿠라산 숯[21]을 넣은 화로를 권하기도 하는 사이에 일시적으로 흥분했던 그의 기분은 차츰 안정을 찾았다. 게이타로는

---

21 지바 현 북부 나리타 근처의 사쿠라(佐倉)에서 산출되는 상수리나무 숯은 질이 좋기로 유명하다.

괘사(絓絲)²²로 짠 하얀 비단에 아키타산 머위가 큼지막하게 가득 찍힌 장지문의 무늬며, 중국산 뽕나무인 듯 반질반질한 노란색 손화로를 바라보며 달변이어서 남의 기분을 상하게 할 줄 모를 것 같은 단아한 스나가의 어머니와 이야기를 나누었다.

그녀의 말에 따르면 스나가는 오늘 야라이에 사는 외삼촌²³ 집에 갔다고 한다.

"그럼 이왕 가는 김에 돌아오는 길에 고비나타²⁴에 들러 절에 참배라도 하고 오라고 했더니, 어머니도 요즘 게을러지신 모양이네요, 얼마 전에도 남을 대신 보내지 않았나요, 나이가 든 탓인가, 하며 흉을 보고 나갔다네. 그런데 요전부터 내내 감기에 걸려 목이 아프다고 해서 오늘도 웬만하면 그만두는 게 낫지 않겠느냐고 말려봤지만 역시 젊은 사람은 신중한 것 같아도 어딘가 앞뒤를 안 가리고 늙은이가 하는 말은 도대체 들어먹지를 않으니 원⋯⋯."

스나가가 집에 없을 때 가면 그의 어머니는 유일한 낙인 듯 이런 식으로 아들 이야기를 하는 것이 보통이었다. 게이타로가 스나가에 대한 평판 이야기라도 꺼내면 언제까지고 그 이야기의 꽁무니를 물고 늘어지며 좀처럼 화제를 바꾸지 않았다. 게이타로도 거기에는 상당히 익숙해져서 이때도 스나가의 어머니가 하는 말에 그저 예, 예, 하며 얌전히 들으면서 이야기가 일단락되기를 기다렸다.

---

22 누에고치의 외피에서 뽑은 질 낮은 견사.
23 나중에 나오는 마쓰모토 쓰네조(松本恒三)를 말한다.
24 『도련님』(1906) 주인공 집안의 위패를 모시는 보리사(菩提寺)는 고비나타(小日向, 지금은 고히나타로 읽는다)의 요겐지(養源寺)에 있다. 그리고 『도련님』의 마지막에는 기요(淸)의 묘도 고비나타의 요겐지에 있다고 되어 있다.

그러다가 이야기가 어느새 중요한 스나가를 떠나 야라이에 사는 외삼촌이라는 사람으로 옮겨갔다. 스나가 어머니의 친동생이라는 이 사람은 우치사이와이초의 이모부와 달리 일종의 사치스러운 사람이라는 말을 게이타로는 스나가로부터 들었다. 외투의 안감은 새틴이 아니면 볼썽사나워서 입을 수 없다고 한다거나 필요하지도 않은데 아주 옛날에 외국에서 들여온 돌인지 산호인지 모를 기이한 무늬의 원추형 조개를 애지중지한다는 이야기는 지금도 기억하고 있다.

"아무 일도 안 하고 사치스럽게 놀 수 있는 것만큼 좋은 일은 없으니까, 정말 신세가 좋은 분이로군요" 하는 게이타로의 말끝을 이어받듯이 어머니는 "천만의 말씀, 툭 까놓고 말하자면 그럭저럭 살아갈 뿐이라네. 아직 편하다고도 사치한다고도 할 처지가 아니니까 곤란한 거지" 하며 게이타로의 말을 부정했다.

스나가의 친척에 해당하는 사람의 재력이 어떻든 간에 자신과는 별로 관계도 없는 이야기라서 게이타로는 그대로 입을 다물었다. 그러자 어머니는 조금이라도 이야기가 끊기는 것이 자신의 잘못이라도 되는 양 곧바로 말을 이었다.

"그래도 제부 되는 사람은 아무튼 여기저기 회사에 고개를 내밀고 있으니까 별다른 불편 없이 살고 있는 것 같은데, 나나 야라이의 동생 같은 경우는 실업자나 마찬가지니까 옛날에 비하면 꽁지 빠진 새처럼 영락하여 초라해진 꼴이라며 동생하고 자주 웃는다네."

게이타로는 자신의 처지를 돌아보고 어쩐지 부끄럽다는 생각이 들었다. 상대가 술술 이야기를 늘어놓아서 응수할 말을 생각할 필요가 없는 것을 그나마 다행이라 여기며 계속 듣고 있었다.

"게다가 알다시피 이치조가 그렇게 소극적인 성격이라 나도 학교를 졸업시킨 것만으로는 마음이 안 놓여서 정말 애를 먹고 있다네. 얼른 마음에 드는 색시라도 얻어서 이 늙은이를 안심시켜달라고 말하면 세상은 그렇게 어머니 입맛대로 돌아가지 않는다며 아예 상대도 안 해준다네. 그렇다면 소개해줄 사람한테 부탁해서 어디라도 좋으니까 일이라도 하러 나갈 생각을 한다면 그런대로 괜찮을 것 같은데 그런 일에는 도무지 관심이 없으니……."

게이타로는 평소부터 이 점에서 실제로 스나가가 너무 뻔뻔하다고 생각했다. "주제넘은 말씀입니다만, 손윗사람한테 무슨 말이라도 해달라고 하는 건 어떨까요? 지금 말씀하신 야라이의 외삼촌이라든가요" 하고 늙은이를 진심으로 동정하는 마음으로 말했다.

"그런데 그 동생이 또 교제하는 걸 아주 싫어하는 괴짜라서 충고는 커녕 뭐, 은행에 들어가서 주판알이나 튕기다니 그런 바보 같은 일이 어디 있느냐고 하는 사람이라 아예 의논이고 뭐고 안 된다네. 그 동생을 또 이치조가 아주 좋아하고 말이지. 야라이의 외삼촌이 좋다느니 마음이 맞는다느니 하면서 자주 찾아간다네. 오늘도 일요일이고 날씨가 좋으니까 우치사이와이초의 이모부가 오사카로 떠나기 전에 잠깐 얼굴이라도 비치면 좋을 텐데, 역시 야라이로 가겠다면서 결국 자기 좋은 쪽으로 간 거지."

게이타로는 이때 자신이 오늘 무엇 때문에 뛰어들듯이 이 집에 들이닥쳤는지를 새삼 다시 생각했다. 그는 스나가의 얼굴을 보면 아주 과격한 말을 써서라도 그 고약한 일을 성토한 후 나는 두 번 다시 그 집에는 가지 않을 작정이니까 그리 알게, 하는 정도의 말을 하고 돌아올 생각이었는데, 정작 스나가는 집에 없고 사정이고 뭐고 아무것도 모르는 그의 어머니에게서 오히려 여러 가지 이야기를 듣다 보니 화를 내겠다는 생각 같은 건 싹 가시고 말았다. 하지만 그래도 내친걸음이니 이 어머니에게라도 상관없으니 일단 다구치와 면담을 할 수 없게 된 자초지종만은 들려줄 필요가 있을 것이다. 그렇게 하려면 이야기 중에 우치사이와이초로 간다거나 가지 않는다는 것이 문제가 된 지금이 가장 좋을 것이다. ……게이타로는 이렇게 생각했다.


## 12


"실은 저도 오늘 우치사이와이초에 갔었습니다만" 하고 말을 꺼내자 자기 아들 일만 생각하고 있던 어머니는, "어머, 그랬나?" 하고 그제야 알고는 미안한 표정을 지었다. 얼마 전부터 게이타로가 기를 쓰고 일자리를 찾아다니고 있는 일이나 찾다 못해 스나가에게 소개를 부탁한 일, 스나가가 그것을 받아들여 우치사이와이초의 이모부를 만나도록 주선한 일은 스나가 옆에 있는 어머니로서 모두 보고 들었을 테니 두루 마음을 쓰는 사람이라면 상대가 뭐라고 말을 꺼내기 전에 자신이 어떻게 되어가고 있는지 정도는 물어봐야 한다고 생각했을 것이다. 이렇게 관찰한 게이타로는 이 한마디를 서두로 삼아 지금까지의 일을 남김없이 얘기하려고 애를 썼는데, 때때로 상대가 "그렇고말고"라거나 "아이고 저런, 마침 안 좋을 때에" 하며 양쪽 모두를 동정하는 듯한 말을 해서 자신이 공연히 버럭 화를 내며 욕지거리를 퍼부은 일은 이야기에서 쏙 빼버렸다. 스나가의 어머니는 미안하다는 말을 몇 번이나 되풀이한 다음 다구치를 변호하듯이 말했다.

"그건 정말 바쁜 사람이라서 그럴 거네. 여동생도 그렇게 한집에 살고 있지만…… 뭐랄까, 마음 놓고 이야기를 나눌 수 있는 건 아마 일주일에 하루도 안 될 거야. 보다 못한 내가 제부, 아무리 돈을 많이 번다고 해도 그렇게 일하다가 몸이라도 상하는 날엔 아무 소용이 없으니까 가끔은 좀 쉬세요, 몸이 재산이라고 하잖아요, 하고 말했더니 자기도 그렇게 생각하지만 일이 꼬리에 꼬리를 물고 솟아나서 옆에서 퍼내지 않으면 썩어버리니 어쩔 수가 없다고 웃으면서 상대를 해주지 않는다네. 그런가 하면 또 안사람이나 딸한테 오늘은 가마쿠라에 데려갈 테니 지금 바로 채비를 하라고, 마치 발밑에서 새가 날아오르듯이 느닷없이 재촉하는 일도 있지만 말이야……."

"따님이 있습니까?"

"그럼, 둘이라네. 둘 다 과년하니 이제 슬슬 어디로 시집을 보내든지 데릴사위를 들이든지 해야 할 텐데."

"그중 한 사람이 스나가한테 놀러 오는 거 아닌가요?"

어머니는 잠깐 멈칫거렸다. 게이타로도 단지 자신의 호기심을 충족시키기 위해 너무 파고든 질문을 했다는 걸 깨달았다. 어떻게든 화제를 돌리려고 생각하는 사이에 어머니가,

"글쎄, 어떻게 될는지. 부모 생각도 있을 거고. 당사자들 의견도 확실히 물어보지 않으면 알 수 없는 거고 말이야. 나 혼자만 이러면 좋겠다, 저러면 좋겠다, 아무리 애를 태워봤자 이런 일만은 어쩔 도리가 없지" 하고 어딘지 모르게 의미심장한 말을 했다. 일단 물러가려던 게이타로의 호기심은 이 답변으로 다시 되돌아오려고 했으나 좋지 않다는 극기심에 의해 곧바로 제지당했다.

어머니는 다시 다구치를 변호했다. 그렇게 바쁜 몸이라 때에 따라서는 마음에도 없이 약속을 어기는 일도 있지만, 일단 받아들인 이상 잊어버리는 사람은 아니니 여행에서 돌아올 때까지 기다렸다가 천천히 만나면 될 거라는 주의인지 위로인지 모를 조언도 해주었다.

"야라이의 동생은 있으면서도 만나주지 않는 사람이라 어쩔 수 없지만, 우치사이와이초의 제부는 여기 없어도 사정만 허락한다면 달려와서 만나주는 성격이니까 이번에 여행에서 돌아오기만 하면 이쪽에서 뭐라고 하지 않아도 그쪽에서 아마 이치조한테 무슨 말인가 해올 거네. 틀림없이."

이런 말을 듣고 보니 정말 그런 사람 같기도 하지만 그것은 이쪽이 얌전히 있을 때 가능한 거고 조금 전처럼 씩씩 화를 내서는 도저히 뜻대로 되지 않을 것임에 틀림없다. 하지만 이제 와서 사실대로 털어놓을 수도 없어 게이타로는 그저 침묵만 지키고 있었다. 스나가의 어머니는 다시 "얼굴은 그래 보여도 겉보기와는 달리 진실한 면이 있는 익살꾼이라네" 하고 말하며 혼자 웃었다.


13


익살꾼이라는 말은 다구치의 풍채나 태도에 비추어볼 때 게이타로에게는 도저히 납득이 가지 않는 형용이었다. 하지만 사실을 들어보니 역시 맞는 구석이 있는 것 같기도 했다. 다구치가 한번은 찻집(茶屋)[25]에 가서, 이보게, 이 전등은 너무 달아올랐네, 조금만 더 어둡게 해주게, 하고 부탁한 적이 있다고 한다. 하녀가 의아하다는 얼굴로 작은 전구로 바꿔드릴까요, 하고 묻자 아니, 그걸 살짝만 돌려서 어둡게 해주게, 하고 진지하게 일렀다. 그래서 하녀는 이 양반은 전등도 없는 시골에서 올라온 사람임에 틀림없다고 생각했는지 키득키득 웃으면서 손님, 전등은 남포등하고 달라서 돌린다고 어두워지지 않습니다, 꺼지기만 할 뿐이거든요, 보세요, 하면서 찰칵하는 소리를 내며 방을 어둡게 했다가 다시 원래대로 환하게 켜면서 큰 소리로 확 하고 말했다. 다구치는 조금도 기죽지 않고 아니, 저런, 아직도 구식을 쓰고 있군, 보기 흉하잖나, 이 집에도 어울리지 않는 일이네, 빨리 회사에 신청해서 바꿔달라고 하게, 순서대로 고쳐주니까, 하며 정말 그럴듯한 충고를 해서 하녀도 결국 곧이듣고는 정말 이건 불편해요, 무엇보다 켜놓고 잘 때는 너무 밝아서 곤란해하는 사람이 많거든요, 하면서 자못 감탄한 듯 바꾸는 데 찬성했다고 한다. 언젠가 볼일이 생겨 모지(門司)라든가 바칸(馬關)²⁶까지 갔을 때의 이야기는 이보다 훨씬 공들인 것이었다. 함께 가기로 한 A라는 사람에게 사정이 생겨 그는 숙소에서 이틀 동안 A를 기다리고 있었다. 그동안 지루한 나머지 그는 A를 골려줄 계획을 꾸몄다. 이는 그 동네를 걷다가 한 사진관 앞에서 문득 떠오른 못된 장난이었는데, 그래서 그는 사진관에서 그 지역의 게이샤 사진을 한 장 샀다. 사진 뒷면에 A님께, 라고 쓰고 편지를 곁들인 선물처럼 꾸몄다. 편지는 여자 한 명을 사서 충분한 시간을 주고 가능한 한 A의 마음을 움직일 수 있도록 요염하게 몸을 비비 꼬는 것

---

25 차나 과자를 팔며 휴식할 수 있는 곳. 일본에서 중세부터 근대에 걸쳐 일반적이었던 휴게소의 한 형태였다. 나중에는 술집이나 유곽 같은 역할을 하는 곳도 생겼다.
26 지금의 시모노세키(下關). 1902년에 시모노세키로 바뀌었으나 메이지 말까지는 옛 명칭인 바칸이 즐겨 쓰였다.

이어서 누가 받아도 기쁜 얼굴을 하기에 충분할 뿐 아니라, 오늘 신문을 봤더니 내일 이곳에 오신다고 해서 오랜만에 이 편지를 드리니 부디 읽으시는 대로 어디어디로 와주셨으면 합니다, 하는 결코 천박하지 않은 문면이었다. 그는 그날 밤 자신이 직접 편지를 우체통에 넣고 다음 날 다시 그 편지를 자신이 받아서는 A가 오기를 기다리고 있었다. A가 도착해도 그는 편지를 좀처럼 꺼내지 않았다. 애써 진지한 용건에 대한 이야기를 큰일이나 된다는 듯이 계속하다가 이윽고 같은 식탁에 마주 앉아 저녁을 먹을 때 갑자기 생각났다는 듯이 소맷자락에서 편지를 꺼내 A에게 건넸다. A는 겉봉에 긴급히 수신인이 직접 편지를 뜯어보라고 적혀 있어 젓가락을 내려놓고 바로 봉투를 뜯었는데, 잠깐 읽어 내려가다 동봉된 사진을 꺼내 뒷면을 보자마자 서둘러 뭉치듯이 품속에 넣어버렸다. 무슨 급한 일이라도 생겼나, 하고 물으니 아니, 아무것도 아닐세, 하고만 말하고 요령부득인 채 다시 젓가락을 들었는데 어딘지 모르게 안절부절못하는 모습으로 아직 마무리하지도 못한 용건을 그대로 놔둔 채 잠깐 실례하겠네, 속이 좀 안 좋아서, 하며 자신의 방으로 돌아갔다. 다구치는 하녀를 불러 앞으로 15분 안에 A가 외출할 테니 나갈 때는 인력거가 마치 기다리고 있었다는 듯이 A가 무슨 말을 하기도 전에 그를 태우고 달려 예정대로 어디의 뭐라는 집 문 앞에 내려주도록 하라고 일렀다. 그리고 자신은 A보다 먼저 같은 집으로 가서 안주인을 불러서는 지금 내가 묵고 있는 숙소의 초롱을 밝힌 인력거를 타고 이러이러한 사람이 올 테니 그 사람이 오면 바로 깨끗한 방으로 안내하여 정중히 모시고 상대가 무슨 말을 하기도 전에 먼저 손님이 아까부터 기다리고 있습니다, 라고만 말하고 물러나 곧장 자기한테 알려달라고 부탁했다. 그리고 혼자 담배를 피우며 팔짱을 끼고는 사건의 경과를 기다리고 있었다. 그러자 모든 일이 예정대로 순조롭게 진행되어 드디어 자신이 나갈 차례가 되었다. 그래서 A의 방 옆으로 가서 장지문을 열면서 이야, 빨리 왔군, 하며 인사를 하자 A는 무척 놀라며 안색이 바뀌었다. 다구치는 그 앞에 앉아 실은 이러저러하다고 자신의 장난을 남김없이 털어놓은 뒤 "속여먹었으니 오늘 밤엔 내가 한턱내겠네" 하고 웃으면서 말했다고 한다.

"이런 익살스러운 짓을 하는 사람이니까 말이야" 하고 말한 후 스나가의 어머니도 우습다는 듯 웃었다. 게이타로는 그 자동차도 설마 장난은 아니었겠지, 하고 생각하며 하숙으로 돌아왔다.


14


자동차 사건 이후 게이타로는 이제 다구치의 신세를 질 가망은 없을 거라며 체념했다. 그와 동시에 스나가의 이종사촌으로 짐작되는 예의 그 뒷모습의 정체를 밝히는 일도 거의 발단의 입구에 해당하는 얕은 데서 뚝 막혔다고 생각하니 그 밑바닥에는 답답한 것 같기도 하고 미적지근한 것 같기도 한 불쾌감이 남았다. 게이타로는 지금껏 무엇 하나 자신의 힘으로 뚫고 나왔다는 자각이 없었다. 공부든 운동이든 그 밖에 무슨 일이든 본격적으로 시작해서 끝까지 해낸 적이 없다. 태어나서 딱 한 번 갈 데까지 가본 것은 대학을 졸업한 것 정도다. 그조차 애써 하지 않고 그저 똬리만 틀고 있다가 대학에서 끌어내준 것이어서 도중에 꼼짝할 수 없게 된 답답함이 아닌 가까스로 우물을 파냈을 때의 시원한 마음도 몰랐다.

　게이타로는 멍하니 사오일을 보냈다. 문득 학창 시절 학교에 초대된 어느 종교가의 이야기를 떠올렸다. 그는 가정에도 사회에도 아무런 불만이 없는 처지였는데도 스스로 중이 된 사람으로, 당시의 사정이 아무리 해도 이상해서 견딜 수 없어 그 길로 들어섰다고 말했다. 그 사람은 아무리 쾌청한 하늘 아래 있어도 사방이 꽉 막힌 것 같아 괴로웠다고 한다. 나무를 봐도 집을 봐도 거리를 걷는 사람을 봐도 또렷이 보이지만 자신만 유리 상자에 넣어져 바깥 존재와 직접 연결되지 않았다는 생각이 끊이지 않아 결국에는 질식할 것같이 힘들었다고 한다. 게이타로는 그 이야기를 듣고 그것은 일종의 신경병이 아닐까 하고 의심해봤을 뿐 여태껏 한 번도 마음에 두지 않았다. 하지만 지난 사오일을 끙끙 앓기만 하며 멍하니 있는 중에 곰곰이 생각해보니 그 자신이 지금껏 살아오면서 끝까지 해내 통쾌감을 맛본 적이 한 번도 없는 것은 중이 되기 전 그 종교가의 마음과 어딘지 비슷한 데가 있는 것 같았다. 물론 자신의 느낌은 비교가 안 될 만큼 미약한 데다 성격도 전혀 다르기 때문에 그 스님처럼 용단을 내릴 필요는 없었다. 좀 더 분발하기만 한다면 되든 안 되든 그래도 지금보다는 통쾌하게 살아갈 수 있을 텐데 오늘에 이르기까지 한 번도 그렇게 마음 쓸 일을 하지 않았던 것이다.

　게이타로는 혼자 이렇게 생각하며 어디로든 나아가자고 생각했지만 또 한편으로는 이제 사후약방문(死後藥方文) 같다는 생각이 들어 이렇다 할 목적도 없이 다시 삼사일을 빈둥빈둥 보냈다. 그사이에 유라쿠자(有樂座)[27]에 가기도 하고 라쿠고(落語)[28]를 듣기도 하고 친구와 이야기를 나누기도 하고 거리를 걷기도 하는 등 여러 가지를 했지만 어느 것이나 대머리를 붙잡는 것처럼 세상은 전혀 손에 잡히지 않았다. 바둑을 두고 싶은데 바둑 두는 것을 보고만 있어야 하는 느낌이었다. 그리고 이왕 보고 있어야 한다면 좀 더 재미있는 파란만장한 바둑을 보고 싶었다.

그러자 곧 스나가와 뒷모습의 여자 사이의 관계가 상상되었다. 원래 머릿속에서 무턱대고 윤색하여 깊이가 있는 것처럼 구성할 만큼의 관계도 아닐 것이고, 있다고 해봐야 남의 일에 쓸데없이 참견하는 것이라며 스스로를 비웃으면서 아아, 한심해, 하고 생각하고 나서 역시 그래도 뭔가 있을 것 같다는 호기심이 지금처럼 문득문득 고개를 쳐들곤 했다. 그리고 이 길을 좀 더 참을성 있게 밀고 나가면 자신이 지금까지 경험한 적이 없는 낭만적인 어떤 것에 맞닥뜨리게 될지도 모른다고 생각했다. 그러자 다구치의 집 현관에서 화를 내고는 그길로 그 여자에 대한 탐구마저 내팽개쳐버린 자신의 성급함이, 자신의 호기심에 어울리지 않는 약점으로 여겨졌다.

직업에 대해서도 그런 사소한 어긋남 때문에 설령 한마디라도 정나미 떨어지는 말을 해서 자신과 다구치 사이의 문턱을 높여서는 안 된다고 생각했다. 될지 안 될지 아직 알 수도 없는 미래를 이런 식으로 어중간하게 매듭짓고 말았다. 그리하여 기꺼이 분명치 않은 생각에 고민하는 꼴이 되고 말았다. 스나가의 어머니가 보증하는 바에 따르면 다구치라는 노인은 겉보기와 달리 친절한 마음이 있는 사람이라

<hr>

27 1908년 유라쿠초에서 개장한 극장으로 신극 운동의 중심이었다.

28 일본의 근세에 생겨나 현재까지 계승되고 있는 전통적인 화술 기반의 예술 장르로, 라쿠고카(落語家)라 불리는 사람이 부채를 들고 무대 위에 앉아 청중을 대상으로 이야기를 풀어가는 형식이다.

고 하니 어쩌면 여행에서 돌아온 뒤 다시 만나줄지도 모르는 일이다. 하지만 이쪽에서 다시 한번 면담을 요청했다가 상식도 없는 바보라며 경멸당하는 것도 한심한 노릇이다. 하지만 여하튼 끝까지 해내겠다는 마음을 다잡기 위해서는 바보라는 말을 들을지언정 거기까지 밀고 나갈 필요가 있을 것이다. ……게이타로는 끙끙 앓으면서도 이런저런 생각을 했다.


# 15


하지만 자신의 중대사를 즉석에서 결정해야 하는 긴급한 경우와 달리 게이타로의 근심에는 끙끙 앓는 가운데서도 어딘가 느긋한 느낌이 감돌았다. 이 길을 끝까지 나아가볼까, 아니면 여기서 그만두고 새로운 곳으로 옮겨갈 준비를 할까? 문제는 따져볼 것도 없이 처음부터 지극히 간단한 것이었다. 그런데도 망설이는 것은 한번 제비를 잘못 뽑으면 더 이상 헤어날 길이 없는 곤경에 빠지기 때문이 아니라 어느새 뭐가 나와도 큰 상관이 없어 아무래도 좋다는 게으른 마음이 작동하기 때문이다. 그는 졸릴 때 책을 읽는 사람이 졸음에 저항하는 노력을 하지 않고 문자의 의미를 확실히 머리에 집어넣으려고 시도하는 것처럼 무사태평한 품으로 결단의 알을 품고 있으면서도 그저 제대로 부화하지 않는 것만 걱정하고 있었다. 이 우유부단함을 벗어나야 한다는 구실로 은근히 자신의 호기심에 아양을 떨려고 했다. 그리고 자신의 미래를 점쟁이의 점괘에 호소하여 판단해볼 생각을 했다. 그는 주문, 기도, 부적, 액막이, 무당 같은 것을 믿을 만큼 결코 비과학적인 교육을 받지는 않았지만 옛날부터 어느 것에 대해서도 흥미를 잃지 않고 오늘에 이르렀다. 그의 아버지는 음양오행과 방위에 민감한 신경질적인 사람이었다. 그가 소학교에 다닐 때의 일이다. 어느 일요일 그의 아버지가 뒷자락을 걷어 허리춤에 지르고 괭이를 짊어진 채 마당으로 뛰어내려서 뭘 하시나 싶어 그도 뒤따라가려고 하자 아버지는 게이타로에게 너는 거기서 시계를 보고 있어라, 그리고 12시를 치면 큰 소리로 신호를 해라, 그러면 아버지가 서북쪽의 매화나무 뿌리를 팔 테니까, 하고 일렀다. 게이타로는 어린 마음에도 또 그 가상(家相)[29]이라는 거구나, 하면서 시계가 땡 하고 울리자마자 시키는 대로 12시예요, 하고 큰 소리로 외쳤다. 그것으로 그 일은 무사히 끝났지만, 그만큼 시간에 맞춰 정확하게 괭이를 내리찍을 생각이라면 정작 시계가 틀리지 않도록 미리 맞춰두어야 할 텐데, 하며 게이타로는 아버지의 어수룩함을 우습게 여겼다. 그때 학교 시계와 집 시계는 20분쯤 틀렸기 때문이다. 그런데 그 후 풀을 뽑으러 갔다가 돌아오는 길에 말에 차여 제방에서 굴러떨어진 일이 있었다. 신기하게도 아무 데도 다치지 않은 것을 보고 할머니는 무척 기뻐하며 정말 지장보살님이 네 대역을 세워주신 덕분이다, 이것 봐라, 하며 말이 매여 있던 곳 옆에 있는 지장보살 앞으로 데려갔는데 돌로 된 지장보살의 머리는 쏙 빠지고 턱받이만 남아 있었다. 게이타로의 머리에는 그때부터 괴이한 빛을 띤 구름이 조금씩 흘러들었다. 그 구름이 몸 상태나 주변의 사정에 따라 짙어지기도 하고 옅어지기도 하는 변화는 있었지만, 성장한 지금에 이르기까지 아직도 다 빠져나가지 않고 있는 것만은 분명했다.

29 음양오행설에 근거를 둔 것으로 집의 위치나 방향, 구조 따위를 보고 집안의 길흉을 판단하는 일.

그런 까닭에 그는 메이지 세상에 전해지는 재미있는 직업의 하나로, 활 모양으로 굽은 대막대기 양끝에 초롱을 걸고 있는 길거리 점쟁이를 바라보고 있었다. 하지만 돈을 지불하고 점대 흔드는 소리를 들을 만큼 열심이지는 않았는데, 산보하다가 초롱 빛에 비친 차가운 얼굴의 여자가 풀이 죽은 채 서 있는 것을 보면 그 어두운 그림자를 미래에 드리우고 근심에 빠져 있는 가련한 사람에게 점쟁이가 어떤 희망과 불안과 두려움과 자신감을 줄까 하는 호기심에 이끌려 재미 삼아 슬쩍 옆으로 다가가 엿듣곤 했다. 그의 친구 아무개가 자신의 능력을 비관하여 시험을 볼지 학교를 그만둘지 고민하고 있을 때 어떤 사람이 여행길에 젠코지(善光寺) 아미타여래상의 제비를 뽑아 제55 길(吉)이라는 것을 우편으로 보내주었는데, 그 제비에는 구름이 흩어지니 달이 다시 밝아지는구나, 하는 글귀와 꽃이 피어 다시 번성하네, 라는 글귀가 있어 하여간 일단 해보는 것이 좋으니 시험을 보겠다며 봤는데 보란 듯이 합격했다. 그때 게이타로는 흥이 나서 여기저기 신사를 돌아다니며 닥치는 대로 제비를 뽑았다. 더군다나 그것은 특별히 이렇다 할 목적도 없이 뽑은 것이라 그는 평소에도 점쟁이의 고객이 될 자격을 충분히 갖추고 있었음에 틀림없다. 그 대신 이번 같은 경우에는 어딘가 위안이나 얻을 겸해서 어디 한번 봐볼까 하는 변덕스러운 마음이 다분히 섞여 있었다.

16

게이타로는 어느 점쟁이를 찾아가야 하나 하고 생각해봤지만 공교

롭게도 마땅한 데가 없었다. 하쿠산(白山) 뒤나 시바(芝) 공원 안, 긴
자 몇 가 등 지금까지 이름을 들어본 집은 두세 군데 있었지만 터무니
없이 번창하는 곳은 사기꾼 같아서 갈 마음이 들지 않고, 그렇다고 스
스로 거짓말인 줄 알면서 무리해서 엉터리 같은 말을 그럴듯하게 늘
어놓는 놈은 더욱 괘씸하고, 가능하다면 그다지 사람이 붐비지 않는
집에서 수염을 기른 조용한 할아버지가 기발한 말로 척척 간결하게
말해주는 곳이면 좋겠다고 생각했다. 이런 생각을 하면서 그는 아버
지가 곧잘 의논하러 간 고향 잇폰지(一本寺) 노스님의 얼굴을 머릿속
에 그려보았다. 그러다 문득 정신을 차리고는 생각하는 건지 그냥 앉
아 있는 건지 알 수 없는 자신의 모습이 너무나도 한심한 나머지 아무
튼 나가서 근방을 걸어 다니다 보면 운명이 자신을 끌어들이는 것 같
은 점쟁이의 간판을 맞닥뜨리게 될 거라는 막연한 생각을 하는 머리
에 모자를 썼다.

그는 오랜만에 시타야의 구루마자카[30]로 가 거기에서 동쪽으로 절
의 문, 불상 만드는 집, 오래된 약종상, 먼지를 뒤집어쓰고 있는 도쿠
가와 시대의 잡동사니를 늘어놓은 골동품상을 좌우로 보면서 일부러
몬제키(門跡)[31] 가운데를 똑바로 통과해 얏코우나기[32] 모퉁이로 빠져
나왔다.

어린 시절 그는 에도 시대의 아사쿠사를 알고 있는 할아버지로부
터 종종 관세음당[33]에 수많은 사람들이 모여들어 북적거렸다는 이야

---

30 우에노 역 공원 입구 근처의 언덕.
31 교토에 있는 히가시 혼간지(東本願寺)의 별원을 이르는 속칭으로 도쿄 아사쿠사에 있다.
32 아사쿠사에 있던 장어 요릿집.
33 아사쿠사의 센소지(淺草寺)에 있는 불당.

기를 들었다. 나카미세(仲見世)[34], 오쿠야마(奧山)[35], 나미키(並木)[36], 고마카타(駒形)[37] 등 여러 가지 것들을 들었는데 그중에는 요즘 사람들이 잘 쓰지 않는 이름도 있었다. 아사쿠사 히로코지(廣小路)[38]에 나물밥과 두부에 된장을 발라 구운 꼬치 요리를 파는 스미야라는 멋진 가게가 있었다는 둥 고마카타의 불당 앞에 있는 예쁜 줄을 엮어 만든 포렴을 늘어뜨린 미꾸라지 요릿집은 옛날부터 유명했다는 둥 먹을 것이나 요릿집 이야기도 꽤 들었는데, 그중에서도 게이타로의 머리를 가장 자극한 것은 나가이 효스케(長井兵助)[39]가 재빨리 칼을 뽑아 베고넣는 검술을 보여주었다는 이야기와 허리에 차는 작은 칼을 꿀꺽꿀꺽 삼켰다는 마메조(豆藏)[40] 이야기, 고슈(江州) 이부키야마(伊吹山)[41]의 기슭에 있는 앞발이 네 개고 뒷발이 여섯 개인 말린 왕두꺼비 이야기였다. 창고 2층의 길쭉한 궤짝에 담겨 있던 구사조시(草双紙)[42]의 그림풀이가 아이의 상상에 딱 맞는 설명을 얼마든지 해주었다. 굽이 하나인 높은 게다를 신고 굽이 달린 작은 나무 쟁반 위에 웅크리고 앉은 남자가 소매를 걷어붙이고 제 몸보다 높이 휘어진 칼을 빼내려는 모

34 센소지 경내의 상점가.
35 아사쿠사 공원 북쪽 일대를 이르는 속칭. 에도 시대부터 곡예나 요술 따위의 흥행이 이루어지던 곳이다.
36 아사쿠사 가미나리몬에서 남쪽의 고마카타 방향으로 이어지는 길.
37 아사쿠사의 고마카타초(駒形町).
38 가미나리몬 앞의 넓은 길. 히로코지는 대형 화재를 막기 위해 만든 넓은 길이다.
39 아사쿠사에서 유명했던 길거리 상인.
40 아사쿠사에서 대대로 마술이나 곡예를 보여주던 길거리 예인.
41 고슈는 시가(滋賀) 현에 있다. 이부키야마는 시가와 기후(岐阜) 현에 걸쳐 있는 산으로 약초 산지다.
42 에도 시대에 유행했던 삽화가 들어간 통속적인 이야기물.

습이나 커다란 두꺼비 위에 책상다리를 하고 앉은 지라이야(児雷也)[43]
가 마법인가 뭔가를 부리고 있는 모습, 얼굴보다 큰 것 같은 돋보기
를 들고 당궤 앞에 앉은 백발의 할아버지가 넙죽 엎드린 상투머리를
위에서 내려다보는 모습 등 아주 불가사의한 것들은 모두 그림책에
서 빠져나와 상상의 아사쿠사에 늘어서 있었다. 그런 까닭에 어린 시
절부터 게이타로의 머리에 비치는 관세음당 경내에는 늘 역사적으로
우아하게 빛나는 색채가 열여덟 칸 본당을 감싸며 어른거리고 있었던
것이다. 물론 도쿄로 오고 나서 이 괴이한 꿈은 여지없이 깨져버렸지
만 지금도 이따금 관세음당 지붕에 황새가 둥지를 틀고 있을 거라는
정도의 생각에 휘청거리는 일이 있다. 오늘도 아사쿠사에 가면 어떻
게든 되지 않을까 하는 생각이 은근히 작동하여 발이 저절로 그쪽으
로 향했다. 하지만 루나파크[44] 뒤에서 활동사진관 앞으로 나왔을 때는
새삼스럽게 붐비는 인파에 놀라며 이곳은 점쟁이가 있을 만한 데가
아니라고 생각했다. 적어도 빈두로상(像)[45]이라도 쓰다듬고 갈까 싶었
지만 어디에 있는지 생각나지 않아서 본당으로 들어가 어시장 사람들
이 기증한 커다란 초롱과 요리마사가 누에(鵺)를 퇴치하는 그림[46]만
보고 곧바로 가미나리몬(雷門)[47]을 나왔다. 여기서 아사쿠사바시(淺草

---

43 구사조시『지라이야 호걸담(児雷也豪傑譚)』이나 가부키, 고단(講談, 야담) 등에서 활약하는,
두꺼비를 조종하는 요술을 부리는 괴도.

44 lunar park, 즉 달의 공원이라는 뜻이다. 1910년 9월 아사쿠사 롯쿠(六區)의 파노라마관 터
에 개장한 미국식 유원지. 미국의 코니아일랜드에 있던 루나파크에서 힌트를 얻은 것이라고 한
다. 원내에는 국내외 물산 판매소나 음식점, 끽다점을 비롯하여 남극여행관, 천문관, 해저여행관,
자동기계관, 목마관, 기차활동관, 스모활동관 등의 진기한 시설이 있었다. 1911년 기차활동관에
서 화재가 발생하여 전소했다. 그렇다면 이 소설의 서술 시간, 즉 게이타로가 아사쿠사를 배회한
시기는 1910년 겨울로 설정되어 있을 것이다.

45 열여섯 나한 중의 하나로 이 상을 쓰다듬으면 병이 낫는다고 한다.

橋)로 나가는 길에 점집이 한두 군데 있을 것 같았다. 만약 있다면 아무 데나 좋으니 들어가자, 아니면 고등공업학교[48] 앞에서 야나기바시(柳橋) 쪽으로 꺾어서 빠져나가도 좋을 것이라며, 마치 밥때에 적당한 식당이라도 찾는 기분으로 걸었다. 그런데 평소에는 산보를 나가기만 해도 가는 곳마다 걸려 있던 점집 간판이 막상 찾으려고 하니 그 넓은 대로에 하나도 보이지 않았다. 게이타로는 이 계획도 여느 때와 마찬가지로 끝까지 해내지 못하고 도중에 끝나버릴지도 모른다고 생각하며 다소 실망하면서 구라마에(藏前)까지 갔다. 그러자 찾는 집이 가까스로 한 군데 눈에 띄었다. 길쭉하고 두꺼우며 단단해 보이는 간판에 '운명 판단'이라고 작은 글씨로 쓰고 그 밑에 '분센점(文錢占)'[49]이라는 글자를 하얗게 새겨놓았으며 그 밑에는 또 옻칠을 한 새빨간 고추가 그려져 있었다. 이 기괴한 간판이 먼저 게이타로의 시선을 끌었다.

## 17

자세히 보니 이 집은 약종상의 칸을 막아 좁은 쪽에 산뜻한 달개집 같은 것을 만들었는데 그 안에 시치미(七味)[50] 봉지가 쭉 놓여 있는 것

---

46 헤이안 말기의 무장 미나모토노 요리마사(源賴政)가 궁중에서 누에를 퇴치한 이야기가 유명하다. 누에는 전설상의 동물로 머리는 원숭이, 다리는 호랑이, 몸은 너구리, 꼬리는 뱀, 소리는 호랑지빠귀와 비슷하다고 한다.
47 센소지의 문. 가미나리몬 오른쪽에는 바람의 신상이, 왼쪽에는 천둥의 신상이 자리 잡고 있다.
48 도쿄공업대학의 전신인 구라마에(藏前) 고등공업학교다.
49 에도 막부가 분큐(文久) 3년(1863)에 만든 구멍 뚫린 동전으로 치는 점.
50 고추를 주로 하고 깨, 진피, 앵속, 평지, 삼씨, 산초를 빻아서 섞은 일본 조미료.

으로 보아 간판에 그려진 대로 그런 것을 팔면서 한편으로는 점도 봐주는 곳임에 틀림없었다. 이렇게 살펴본 게이타로가 살며시 떡집을 닮은 달개집 안을 들여다보니 몸집이 자그마한 한 노파가 바느질을 하고 있었다. 좁은 방이 하나뿐인 것 같은데 정작 중요한 점쟁이는 그림자조차 보이지 않아서 주인은 출타 중이고 아내가 가게를 지키고 있나 싶었는데, 가게의 구조로 보건대 안쪽은 약종상과 이어져 있을지도 모르기에 가게를 비웠다며 무조건 단념할 수도 없는 노릇이었다. 그래서 두세 걸음 앞으로 나아가 약종상 쪽을 들여다보니 말린 칠성장어도 걸려 있지 않을 뿐 아니라 커다란 거북 등딱지도 장식되어 있지 않고 사람 모형의 몸통을 비우고 다섯 색깔의 오장을 밖에서 보이도록 배 안의 선반에 올려놓은 고풍스러운 장식도 없었다. 잇폰지의 노스님과 닮은 수염 기른 할아버지는 아예 앉아 있지도 않았다. 그는 다시 운명 판단, 분센점이라는 간판이 걸려 있는 입구로 돌아가 포렴을 들추고 안으로 들어갔다. 바느질을 하던 노파는 손을 멈추고 커다란 안경 위로 쏘아보듯이 게이타로를 봤는데, 단 한마디로 점 보시게? 하고 물었다. 게이타로는 "예, 좀 봤으면 하는데, 안 계시는 것 같네요" 하고 말했다. 그러자 노파는 무릎 위의 감촉 좋은 비단을 구석으로 치우면서 들어오세요, 했다. 게이타로가 시키는 대로 순순히 들어가서 보니 좁기는 해도 불편해서 있지 못할 만큼 지저분한 방은 아니었다. 실제로 다다미 같은 것은 새로 깔았는지 새것 냄새가 났다. 노파는 부글부글 끓는 쇠 주전자의 물을 찻잔에 따라 만든 미숫가루를 게이타로 앞에 내놓았다. 그리고 옛날에는 약상자라도 올려놓았을 법한 선반 같은 곳에 치워둔 작은 탁자를 내려놓았다. 탁자에는 무늬 없는 나사 천이 깔려 있었는데, 노파는 그것을 그대로 게이타로 정면에 놓고 다시 원래의 자리로 돌아왔다.

"점은 제가 칩니다."

게이타로는 뜻밖이라고 생각했다. 마루마게[51]로 틀어 올렸으며 검은색 공단 옷깃이 달린 기모노에 수수한 줄무늬 하오리를 입고 열심히 바느질을 하던 아주 가정적으로 보이는 자그마한 여자가 자신의 미래에 가로놓인 운명의 예언자일 거라고는 상상도 못 했던 것이다. 더군다나 이 부인의 탁자 위에는 점대도 산가지도 돋보기도 없어 그는 이상히 여기며 바라보았다. 노파는 탁자 위에 놓여 있는 길쭉한 주머니 안에서 구멍이 뚫린 동전 아홉 개를 짤랑짤랑 소리를 내며 꺼냈다. 게이타로는 그제야 이게 간판에 '분센점'이라고 쓰여 있는 분큐 동전인 모양이라고 짐작했는데, 이 동전 아홉 개가 어둠 속에서 자신을 조종하고 있는 운명의 실과 어떤 관계가 있는지는 물론 상상할 수 없었기에 그저 동전에 새겨진 무늬와 그것이 담겨 있던 주머니를 번갈아 볼 뿐 아무 말도 하지 않고 가만히 있었다. 주머니는 노(能)를 할 때 입는 의상의 자투리거나 족자를 표구하고 남은 천으로 만든 것인 듯 금실이 곳곳에서 빛나고 있었지만 상당히 오래된 것인 듯 손에 닳아 화려한 색은 다 사라지고 없었다. 노파는 늙은이에게 어울리지 않는 하얗고 가느다란 손가락으로 분큐 동전 아홉 개를 세 개씩 세 줄로 늘어놓다가 불쑥 고개를 들고 "운명을 보시겠습니까?" 하고 물었다.

"글쎄요. 평생의 일을 한꺼번에 들어두는 것도 손해는 없겠지만 그보다는 지금 여기서 어떻게 하면 좋을지 그걸 믿어 의심치 않는 것이 제게는 중요할 것 같으니까, 일단 그것 좀 부탁합시다."

51 에도 시대부터 메이지 시대에 걸쳐 가장 대표적인 기혼 여성의 머리 모양.

노파는 그렇습니까, 하고 대답하더니 나이는, 하고 게이타로의 나이를 물었다. 그러고 나서 태어난 달과 날을 확인했다. 그다음 암산이라도 하는 듯이 손을 꼽아보기도 하고 가만히 생각하고 있다가 이윽고 다시 예쁜 손가락으로 동전을 새롭게 다시 늘어놓았다. 게이타로는 앞면에 파도가 나오기도 하고 글자가 나오기도 하며 세 개가 세 줄로 이어지는 순서와 배열을 깊은 의미라도 있는 듯한 눈빛으로 지켜보았다.

## 18

노파는 잠시 손을 무릎 위에 올리고 말없이 오래된 동전의 표면을 가만히 주시하더니 이윽고 생각의 중심점이 확실히 정해졌다는 듯 "당신은 지금 망설이고 있어요" 하고 딱 잘라 말하고는 게이타로의 얼굴을 쳐다보았다. 게이타로는 일부러 아무 대답도 하지 않았다.

"나아갈지 말지 고민하고 있는데, 그건 손해입니다. 설사 일시적으로 바람직하지 않은 것 같아도 일단 앞으로 나아가는 것이 결국은 이득이 될 테니까요."

노파는 일단락을 짓고 나자 다시 입을 다물고 게이타로의 눈치를 살폈다. 게이타로는 처음부터 점쟁이의 말에 예, 예, 하며 그저 듣고만 있을 뿐 이쪽에서는 아무 말도 하지 않기로 속으로 작정하고 있었지만 노파의 이 한마디에 멍한 자신의 머리가 상대의 목소리를 통해 살짝 드러난 것 같은 기분이 들어 그만 그 자극에 응해보고 싶어졌다.

"나아가도 실패하는 일은 없을까요?"

"네. 그러니 되도록 얌전히, 성급하게 굴지 않도록 하세요."

이건 예언이 아니다, 상식이 모든 사람에게 가르쳐주는 충고에 지나지 않는다, 라고 생각했지만 노파의 태도에 이렇다 하게 부자연스러운 점이 보이지 않아 그는 다시 질문을 이어갔다.

"나아가다니 대체 어느 쪽으로 나아간다는 거죠?"

"그건 당신이 잘 알 텐데요. 저는 그저 좀 더 앞으로 나아가시라, 그러는 편이 도움이 될 거라고 말씀드리는 것뿐입니다."

이렇게 되자 내친걸음이라 게이타로도 아, 그렇습니까, 하며 물러설 수도 없는 노릇이었다.

"하지만 길이 두 갈래라 그중 어느 길로 나아가면 좋을지를 묻는 겁니다."

노파는 다시 묵묵히 동전을 바라보았는데, 전보다 무거운 어조로 "뭐, 마찬가지네요" 하고 대답했다. 그리고 조금 전에 바느질을 할 때 떨어진 실보무라지를 주워 그중에서 꽤 긴 감색과 빨간색 비단실을 골라내 게이타로가 보는 앞에서 예쁘게 꼬기 시작했다. 게이타로는 그저 할 일이 없어 하는 장난인 줄로만 알고 특별히 마음에 두지 않았는데 노파는 15센티미터에서 18센티미터쯤 되는 길이로 열심히 꼬아서는 동전 위에 올려놓았다.

"이걸 보세요. 이렇게 꼬아서 합치면 한 올의 실이 두 가닥의 실이고 두 가닥의 실이 한 올의 실이 되지 않습니까? 보세요, 화려한 빨간색과 수수한 감색이 말이에요. 젊을 때는 여하튼 화려한 쪽으로만 달려가 실패하기 십상이지만 당신은 지금 이렇게 꼰 실처럼 딱 좋은 상태로 서로 얽혀 있는 것 같으니 다행인 거지요."

비단실의 비유는 뭔가 재미있었지만, 다행이라는 말을 듣고 보니 게이타로는 기쁘기보다는 오히려 우습다는 생각이 들었다.

"그럼 이 감색 실로 착실히 나아가면 그사이에 이따금 화려한 빨간색이 나타날 거라는 말인가요?" 게이타로는 상대의 말을 납득한다는 듯이 물었다.

"그렇습니다. 그렇게 되겠지요." 하고 노파는 대답했다. 처음부터 게이타로는 점쟁이의 말 한마디로 왼쪽이나 오른쪽으로 방향을 정해야 한다고 절실히 생각한 것은 아니었지만 이런 상태로 돌아가는 것도 뭔가 좀 미진한 것 같았다. 노파가 하는 말이 마치 자신의 생각과 동떨어진 별세계의 상황이라면 물론 더 할 말은 없지만, 이해하기에 따라서는 자신의 현재 운명에 응용할 폭이 꽤 넓기 때문에 게이타로는 거기에 약간의 미련이 남았던 것이다.

"이제 해주실 말씀은 더 없습니까?"

"글쎄요, 가까운 시일 내에 사소한 일이 생길지도 모르겠네요."

"재난인가요?"

"재난까지는 아니지만, 조심하지 않으면 일을 그르치게 될 겁니다. 그리고 한번 그르치면 더 이상 돌이킬 수 없는 일입니다."


19


게이타로의 호기심은 약간 예민해졌다.

"대체 어떤 성격의 일입니까?"

"그건 일어나기 전에는 모릅니다. 하지만 도난(盜難)이나 수난(水難)은 아닌 것 같습니다."

"그럼 일을 그르치지 않게 어떤 궁리를 해야 좋을지 그것도 알 수 없겠네요?"

"모를 것도 없습니다만, 만약 원하시면 다시 한번 점을 쳐드릴까요?"

게이타로는 그럼 부탁합니다, 하고 말하지 않을 수 없었다. 노파는 다시 가냘픈 손끝을 재빠르게 움직여 동전을 늘어놓았다. 게이타로가 보기에는 조금 전과 지금 동전을 늘어놓는 방식이 거의 같았지만 노파에게는 거기에 뭔가 중대한 차이가 있는 모양인지 하나를 뒤집을 때도 경솔하게 손을 대지 않았다. 이윽고 아홉 개를 각각 정성껏 정리한 후 노파는 게이타로에게,

"대충 알았습니다" 하고 말했다.

"어떻게 하면 되겠습니까?"

"어떻게 하다니요, 점은 음양의 이치로 큰 형태만 보는 거라 실제로 각자가 그런 경우에 처했을 때 그 큰 형태에 맞춰 생각할 수밖에 없습니다만, 뭐 이렇습니다. 당신은 자기 것 같기도 하고 또 남의 것 같기도 한, 긴 것 같기도 하고 짧은 것 같기도 한, 나가는 것 같기도 하고 들어오는 것 같기도 한 물건을 갖고 있으니까 다음에 무슨 일이 일어나면 제일 먼저 그것을 잊지 않도록 하세요. 그렇게 하면 잘될 겁니다."

게이타로는 어리둥절하지 않을 수 없었다. 아무리 음양의 이치로 큰 형태가 나타난다고 해도 이 정도로는 방향조차 알 수 없는 안개 속이라 설사 거짓말이든 참말이든 응용할 수 있는 좀 더 구체적인 것을 꼭 들어야겠다고 생각하고 두세 번 입씨름을 해봤지만 이야기는 전혀 진척되지 않았다. 게이타로는 결국 선승의 잠꼬대 같은 말을 수건에

싼 손난로처럼 품속에 넣고 밖으로 나왔다. 게다가 나오는 길에 시치미 두 봉지를 사서 소맷자락에 넣었다.

이튿날 게이타로는 아침 밥상 앞에 앉아 김이 모락모락 피어오르는 된장국 뚜껑을 열었을 때 순간적으로 어제의 시치미를 떠올리고 소맷자락에서 봉지를 꺼냈다. 그것을 국에 잔뜩 뿌리고 입이 얼얼한 것도 참아가며 식사를 마쳤는데, 노파가 말한 '음양의 이치에 따라 나타난 큰 형태'를 머릿속에 떠올려보니 짙은 안개처럼 아직도 막연하게 남아 있었다. 하지만 손쓸 방도가 없는 수수께끼에 마음을 졸일 만큼 열성적인 점 신봉자도 아니어서 어떻게든 그것을 해석해보려고 안달하며 고민하지도 않았다. 다만 알 수 없다는 점에 묘한 정취가 있어 노파가 했던 말을 잊어버리기 전에 그대로 종이에 적어 책상 서랍에 넣어두었다.

다시 한번 다구치와 만날 수단을 강구해보는 일의 가부는 어제 노파가 해준 조언으로 이미 결정이 난 것이라고 게이타로는 해석했다. 하지만 그는 점을 믿고 움직이는 것이 아니다, 막 움직이려고 하는 참에 노파가 움직일 계기를 만들어준 것에 지나지 않은 것이라고 생각했다. 게이타로는 스나가의 집으로 가서 그의 이모부가 오사카에서 이미 돌아왔는지 물어볼까도 싶었지만 자동차 사건에 대한 기억이 아직도 생생하게 그의 가슴을 압박하고 있어 도무지 발길을 옮길 엄두가 나지 않았다. 이런 때는 전화도 이용하기 힘들었다. 그는 어쩔 수 없이 편지로 용건을 말하기로 했다. 그는 얼마 전에 스나가의 어머니에게 이야기한 것과 비슷하게 자초지종을 간략하게 쓴 뒤 다구치가 이미 여행에서 돌아왔는지, 만약 돌아왔다면 바쁜 중에 송구하지만 사정을 보아 만나줄 수 없겠는지, 자신은 어차피 한가한 몸이라 언제든지 지정된 날에 갈 생각이다, 하는 내용을 지난번에 화를 낸 것은 깨끗이 잊어버린 듯한 어조로 썼다. 게이타로는 편지를 보내고 내일이라도 당장 스나가의 답장이 올 것이라 예상했다. 그런데 이틀이 지나고 사흘이 지나도 아무런 소식이 없어서 조금 불안해지기 시작했다. 섣불리 점쟁이의 말에 넘어가 창피를 당하는 건 한심한 일이라며 후회도 되었다. 그런데 나흘째가 되는 날 오전 다구치가 불쑥 전화를 걸어왔다.

20

전화를 받으니 뜻밖에도 다구치의 목소리였는데, 지금 당장 와줄 수 있느냐고 간단히 물었다. 게이타로는 바로 가겠습니다, 하고 대답했지만 그것으로 전화를 끊는 것은 어쩐지 너무 무뚝뚝하고 붙임성이 없는 것 같아 덤으로 살짝 스나가한테서 무슨 말이라도 들으셨습니까, 하고 물어보았다. 그러자 다구치는 그렇네, 이치조한테서 자네가 원하는 걸 들었는데, 번거로우니 내가 직접 사정을 묻는 거네, 그럼 기다리고 있을 테니 어서 오게, 하고 말해서 그대로 전화를 끊었다. 게이타로는 다시 예의 하카마를 입으면서 이번에는 느낌이 좋다고 생각했다. 그리고 얼마 전에 산 중절모자를 모자걸이에서 꺼내 미래가 창창하고 생기가 흘러넘치는 얼굴로 상쾌하게 집을 나섰다. 밖에는 하얀 서리도 단숨에 녹여버린 해가 초겨울의 찬바람도 불지 않는 온화한 거리를 온통 느긋하게 비추고 있었다. 그 길 한복판을 뚫고 지나는 전차 안에서 게이타로는 빛을 가르며 나아가는 듯한 기분을 느꼈다.

다구치의 집 현관은 얼마 전과 달리 쥐 죽은 듯 조용했다. 하카마를 입은 예의 그 서생이 안내하러 나왔을 때는 다소 멋쩍었지만, 그렇다고 저번에는 실례했습니다, 라고 말할 수도 없는 노릇이라 시치미를 떼고 찾아온 이유를 정중하게 알렸다. 서생은 게이타로를 기억하고 있는지 없는지, 그저 예, 하고만 말하고 명함을 받아 안으로 들어갔는데, 잠시 후 다시 나와서는 자, 이쪽으로, 하며 응접실로 안내했다. 게이타로는 그가 내준 슬리퍼를 신고 손님답게 들어가기는 했지만 너덧 개의 의자 중 어디에 앉아야 할지 잠깐 망설였다. 가장 작은 의자에만 앉으면 틀림없을 거라는 겸손한 마음에 그는 팔걸이도 장식도 없는 가장 가벼워 보이는, 높은 의자를 골라 일부러 안 좋은 곳에 자리를 잡고 앉았다.

이윽고 다구치가 나왔다. 게이타로가 익숙지 않은 격식 차린 말로 초대면의 인사를 하고 면담을 해준 것에 감사하다는 말을 늘어놓자 다구치는 가볍게 흘려들으면서 그저 그래, 그래, 하고만 대답했다. 그리고 아무리 말이 끊어져도 아무 말도 해주지 않았다. 게이타로는 다구치의 태도에 실망할 정도는 아니었지만, 자신의 말이 생각대로 그렇게 길게 이어지지 않아 난처했다. 일단 머릿속에 있는 인사말을 다 꺼내고 나자 더 이상 할 일이 없어 무료한 것을 알면서도 입을 다물 수밖에 없었다. 다구치는 궐련 통에서 시키시마 한 대를 꺼내고는 그 통을 게이타로 쪽으로 약간 밀었다.

"이치조한테서 자네 이야기는 좀 들었는데, 대체 어떤 쪽 일을 희망하나?"

사실 게이타로는 특별히 이렇다 할 희망이 없었다. 그저 적당한 자리를 얻을 수 있으면 좋겠다고만 생각하고 있었던 탓에 이런 질문을 받으니 막연한 대답밖에 할 수 없었다.

"모든 방면에 희망을 갖고 있습니다."

다구치는 웃음을 터뜨렸다. 그리고 기분 좋은 얼굴로 학사의 수가 이렇게 늘어난 요즘에는 아무리 소개해주는 사람이 있다고 해도 처음부터 그렇게 좋은 자리를 얻을 수 있는 건 아니라는 사정을 친절하게 설명해주었다. 하지만 그런 사정은 새삼스럽게 다구치에게 듣지 않아도 진작부터 뼈저리게 느끼고 있는 점이었다.

"뭐든 하겠습니다."

"뭐든 하겠다고? 설마하니 기차 검표하는 일은 못 하겠지?"

"아뇨, 할 수 있습니다. 노는 것보다는 나으니까요. 장래성이 있는 일이라면 정말 뭐든지 하겠습니다. 우선 놀고 있는 고통에서 벗어날 수 있다는 것만으로도 좋습니다."

"그런 생각이라면 나도 좀 신경을 써보도록 하겠네. 당장 어떻게 될 수 있는 건 아니겠지만 말이야."

"아무쪼록…… 시험 삼아 한번 써보십시오. 이렇게 말하면 좀 이상하지만, 댁의 개인적인 일이라도 좋으니 한번 써보십시오."

"그런 일이라도 해볼 생각이 있나?"

"있습니다."

"그렇다면 어쩌면 뭔가 부탁해볼지도 모르겠네. 언제든지 상관없나?"

"예, 되도록 빠른 편이 좋습니다."

게이타로는 이것으로 면담을 마치고 환한 얼굴로 밖으로 나왔다.

## 21

온화한 겨울날이 다시 이삼일 이어졌다. 3층 방에서 게이타로는 창으로 들어오는 하늘과 나무와 기와지붕을 바라보며 자연을 주황색으로 따뜻하게 해주는 온화한 이 햇빛이 마치 자신을 위해 세상을 비춰주고 있는 것 같아 유쾌했다. 게이타로는 얼마 전의 면담으로 조만간 자신의 머리 위에 좋은 결과가 떨어질 거라고 굳게 믿고 있었다. 그리고 그 결과가 어떤 이상한 형태를 가장하고 앞에 나타날지 몹시 기대하며 지내고 있었다. 그가 다구치에게 부탁한 일 중에는 보통 사람들이 부탁하는 것 이상의 일까지 포함되어 있었다. 그는 다구치에게 일정한 직업에서 생기는 의무를 희망했을 뿐 아니라 자극으로 가득 찬 일시적인 일도 기대했다. 게이타로의 성격으로 보아 만약 성공의 그림자가 그를 스치며 번뜩인다면 아마 보통의 잡무와는 다른 특별한 빛을 띤 것이 돌연 그 앞에 던져질 거라는 정도로 생각했다. 그런 희망을 품고 그는 매일 아름다운 햇빛을 받고 있었던 것이다.

그리고 사흘이 지나 다시 다구치로부터 전화가 왔다. 부탁할 일이 좀 생겼는데 일부러 부르는 것도 미안하고 전화로는 품이 들어 오히려 번거롭기만 하니 어쩔 수 없이 속달 편지를 보내기로 했다, 자세한 것은 그 편지를 보면 알 것이다, 만약 모르는 것이 있으면 다시 전화로 물어봐도 좋다고 했다. 게이타로는 흐릿하게 보였던 망원경의 초점이 딱 맞을 때처럼 유쾌한 기분이 들었다.

그는 책상 앞을 한 치도 벗어나지 않고 속달 편지가 도착하기를 기다렸다. 그리고 그사이 끊임없이 예의 상상을 마음껏 펼치면서 다구치가 말하는 용건을 마음속으로 그려보았다. 언젠가 스나가의 집 문 앞에서 본 뒷모습의 여자가 허락도 없이 걸핏하면 상상 속으로 들어왔다. 문득 정신을 차리고 좀 더 실제적인 일일 거라고 생각할 때만은 스스로 자신의 공상을 꾸짖으며 답답한 시간을 보냈다.

드디어 애타게 기다리던 봉투가 손에 들어왔다. 그는 찌지직 소리를 내며 봉투를 뜯었다. 숨도 쉬지 않고 두루마리를 처음부터 끝까지 단숨에 다 읽고 무심코 앗 하고 희미하게 소리를 질렀다. 그에게 주어진 일은 기다리고 있던 공상보다 더욱 낭만적이었기 때문이다. 편지 문구는 물론 간단해서 용건 이외의 말은 한마디도 쓰여 있지 않았다. 오늘 4시와 5시 사이에 미타 방면에서 전차를 타고 와 오가와마치 정거장에서 내리는 마흔 살쯤 되는 사내가 있을 것이다. 그는 검은색 중절모자에 희끗희끗한 외투를 걸친 얼굴이 길쭉하고 키가 크며 비쩍 마른 신사로, 눈썹 사이에 커다란 점이 있으니 그 특징을 표지 삼아 그가 전차에서 내리고 나서 두 시간 이내의 행동을 정찰하고 보고하라는 것이었다. 게이타로는 비로소 자신이 위험한 탐정소설 속에서 중요한 역할을 하는 주인공이 된 것 같은 기분이 들었다. 동시에 다구치가 자신의 사회적 이해관계를 지키기 위해 굳이 남의 눈에 띄지 않게 이런 짓을 해서 훗날 이용할 남의 약점을 쥐고 있으려는 게 아닐까 하는 의심이 들었다. 그렇게 생각하자 그는 남의 개로 부려지는 불명예와 부도덕함을 느끼고 겨드랑이에서는 괴로운 진땀이 흘렀다. 편지를 손에 들고 가만히 눈동자를 고정시키자 몸이 굳어졌다. 하지만 스나가의 어머니에게서 들은 다구치의 성격과 자신이 직접 만났을 때의 인상을 종합해서 생각해보면 결코 나쁜 사람으로 보이지 않았기 때문에 설사 몰래 남의 사생활을 캔다고 해도 꼭 그렇게 천박한 의도에서 나온 것이라고는 할 수 없다는 추단이 들고 보니 일단 경직되었던

근육 밑에 다시 따뜻한 피가 통하기 시작하고 도의를 거스른다는 메
슥거림도 없이 그저 흥미라는 관점에서만 이 문제를 재미있게 바라
볼 여유도 생겼다. 그래서 세상과 접촉하는 경험의 첫 번째 일로 여하
튼 다구치로부터 의뢰받은 대로 그 일을 끝까지 해보려는 마음이 들
었다. 그는 다시 한번 다구치의 편지를 차분히 읽었다. 그리고 거기에
쓰여 있는 특징과 조건만으로 과연 만족할 만한 결과를 실제로 얻을
수 있을지 어떨지를 확인했다.


## 22

다구치가 알려준 특징 중에서 실로 그 사람의 몸을 떠날 수 없는 것
은 눈썹 사이의 까만 점뿐인데, 해가 짧은 요즘 4시나 5시의 어둑어둑
한 햇빛 아래 바삐 타고 내리는 수많은 승객 속에서 지정된 부분의 점
하나를 표지로 바로 그 사내를 실수 없이 찾아내는 것은 쉬운 일이 아
니다. 특히 4시와 5시 사이라면 마침 관청의 퇴근 시간이라 마루노우
치에서 하나뿐인 노선의 전차를 타고 간다바시(神田橋)[52]를 건너는 관
리의 수만 해도 엄청날 것이다. 게다가 다른 곳과 달리 오가와마치 정
거장이라면 연말이 다가와 전등 말고도 좌우의 가게 앞을 휘장으로
장식하고 악대와 축음기를 갖춘 채 분위기를 띄우며 손님을 불러들이
는 때아닌 혼잡도 고려하지 않으면 안 될 것이다. 이런 것을 상상하며
일의 성패를 생각해보니 도저히 혼자 해낼 수 없을 거라는 불안한 마

---

52 오테마치와 간다를 잇는 다리로 관청가의 출입구에 해당했다.

음이 일었다. 하지만 또 찾아내야 하는 그 사람이 희끗희끗한 외투에 까만 중절모자라는 복장으로 전차를 내리기만 한다면 거기에 일말의 희망이 있을 것 같기도 했다. 물론 희끗희끗한 외투만으로는 그것이 어떤 차림이든 단서가 될 것 같지 않지만, 까만 중절모자라면 요즘에는 아주 유별난 사람이 아니라면 그런 걸 쓰는 사람이 없을 테니 금방 눈에 띌 것이다. 그걸 표적으로 삼아 주의해서 본다면 성공하지 못하리란 법도 없을 것이다.

이렇게 생각한 게이타로는 여하튼 정거장에 가봐야겠다고 마음먹었다. 시계를 보니 아직 1시가 막 지난 시각이었다. 4시 30분 전에 거기에 도착하려면 3시쯤 집을 나서면 충분하기에 아직 두 시간의 여유가 있었다. 그는 이 두 시간을 가장 유익하게 이용할 생각으로 가만히 앉아 있었다. 하지만 눈앞에 미토시로초(美土代町)와 오가와마치가 정(丁) 자로 교차하는 삼거리의 혼잡한 인파가 뒤섞여 비칠 뿐 성공을 이끌어줄 만한 이렇다 할 묘안이 떠오르지 않았다. 생각하면 할수록 그의 머리는 같은 곳에 들러붙어 도무지 움직일 줄 몰랐다. 그때 그 사람을 도저히 찾을 수 없을 거라는 걱정이 불안과 함께 마음을 술렁이게 했다. 게이타로는 차라리 시간이 될 때까지 바깥을 계속 걸어다녀볼까 하는 생각을 했다. 그렇게 마음먹고 두 손을 책상 가장자리에 대고 기세 좋게 일어나려는 순간 얼마 전 아사쿠사에서 점쟁이 노파가 말한 '가까운 시일 내에 무슨 일이 생길 테니 그때는 이런저런 것을 잊지 않도록 하세요'라고 주의를 주었던 일이 떠올랐다. 그는 그때 노파가 해준 말을 풀지 못할 수수께끼로 간주하고 머리에서 거의 지워버렸지만, 참고하기 위해 일부러 메모하여 책상 서랍에 넣어두었다. 그래서 다시 그 종이 쪼가리를 꺼내 자기 것 같기도 하고 남의 것 같기도 한, 긴 것 같기도 하고 짧은 것 같기도 한, 나가는 것 같기도 하고 들어오는 것 같기도 한 것이라는 구절을 질리지도 않고 바라보았다. 처음에는 지금까지와 마찬가지로 도저히 의미가 있을 것 같지 않은 것으로만 보였는데 차근차근 되풀이해서 읽다 보니 참을성 있게 생각만 한다면 이런 묘한 특성을 가진 것이 어쩌면 나올지도 모르겠다는 생각이 들었다. 게다가 게이타로는 노파로부터 자신이 갖고 있는 것이니 만일의 경우 잊어버리지 않도록 주의하라는 말을 들은 것을 기억하고 있었기 때문에 뭐가 됐든 그저 자기 주변의 물건 중에서 자기 것 같기도 하고 남의 것 같기도 한, 긴 것 같기도 하고 짧은 것 같기도 한, 나가는 것 같기도 하고 들어오는 것 같기도 한 것을 찾아내기만 하면 비교적 좁은 범위 안에서 이 문제를 해결할 수 있는 것이고 의외로 빨리 해결될지도 모른다고 생각했다. 그래서 자신에게 자유롭게 쓸 수 있는 앞으로의 두 시간을 온전히 그 수수께끼를 풀기 위한 시간으로 소중히 이용하려고 마음먹었다.

그런데 우선 눈앞에 놓인 책상, 책, 수건, 방석에서부터 차례로 진행하여 고리짝, 가방, 양말에 이르렀지만 그럴듯한 것을 찾아내기도 전에 결국 한 시간이 다 지나가버렸다. 마음이 초조해지고 동시에 머릿속이 어지러워졌다. 그의 관념은 방 안을 돌아다녀도 진정되지 않았기에 제지하는 것도 무시하고 문 밖으로 나가 종횡으로 내달렸다. 얼마 후 그의 앞에 희끗희끗한 외투를 입고 까만 중절모자를 쓴 키가 크고 깡마른 신사가, 앞으로 찾으려는 그 사람의 권위를 또렷이 갖추고 나타났다. 그러자 그 얼굴이 순식간에 다롄에 있는 모리모토의 얼굴이 되었다. 칠칠치 못한 수염을 기른 모리모토의 용모를 상상의 눈으로 바라보았을 때 그는 돌연 전기에 감전된 사람처럼 앗 하고 소리쳤다.

# 23

모리모토라는 네 글자는 진작부터 게이타로의 귀에 이상한 울림을 주는 매개체였는데, 요즘은 그게 한층 심해져 완전히 일종의 기호로 변해버렸다. 원래부터 이 사람의 이름만 나오면 반드시 예의 그 지팡이를 연상했는데, 지팡이가 두 사람을 잇는 인연이라고 해석해도, 아니면 두 사람 사이를 갈라놓는 장애물로 끼어 있다고 간주해도 여하튼 모리모토와 이 대나무 막대기 사이에는 일정한 거리가 있어 그렇게 한쪽에서 다른 쪽으로 건너뛰어 옮겨갈 수는 없었는데도 지금은 그것이 하나가 되어 모리모토 하면 지팡이, 지팡이 하면 모리모토라고 할 정도로 심하게 게이타로의 머리를 자극했다. 그 자극을 받은 머리에 자신의 소유물 같기도 하고 모리모토의 소유물 같기도 해서 어느 쪽이 소유자인지 알 수 없다는 관념이 따뜻한 피로 흐르면서 우연히 떠올랐을 때 그는 아, 이거다, 하고 외치며 흩어져 달아나는 까만 그림자 안에서 그 지팡이만 꼭 잡았다.

'자기 것 같기도 하고 남의 것 같기도 한'이라고 했던 노파의 수수께끼는 이것으로 풀린 것이라 믿고 게이타로는 혼자 기뻐했다. 하지만 아직 '긴 것 같기도 하고 짧은 것 같기도 한, 나가는 것 같기도 하고 들어오는 것 같기도 한'이라는 것까지는 생각해보지 않아서 그는 지팡이에서 나머지 두 가지 조건의 특징도 모두 찾아낼 생각으로 더욱 새로운 노력을 기울이기 시작했다.

처음에는 보기에 따라 길어지기도 하고 짧아지기도 하는 정도의 의미일지도 모른다고 생각해봤는데, 그 정도로는 너무 평범하여 해석하나 마나 똑같은 것 같았다. 그래서 다시 돌아가서 '긴 것 같기도 하고 짧은 것 같기도 한'이라는 말을 몇 번이고 입 안으로 중얼거리며 여러 가지로 생각해보았다. 하지만 쉽사리 해결될 것 같지 않았다. 시계를 보니 자유롭게 쓸 수 있는 두 시간 중에서 이제 30분밖에 남지 않았다. 그는 뚫려 있는 뒷골목이라고 착각하여 막다른 길로 들어섰다가 자진해서 제자리걸음을 하는 상태에 빠져 고민하고 있는 게 아닐까 하는 생각에 스스로 자신의 판단을 의심하기 시작했다. 빠져나갈 수 없는 막다른 길에 서 있을 바엔 다시 한번 돌아가 새로운 길을 찾는 게 낫다고 생각했다. 하지만 이렇게 시간이 촉박한데 처음부터 다시 하면 도저히 제시간에 맞출 수 없다, 이미 여기까지 왔다는 부분적인 성공을 좋은 징조로 삼아 아무쪼록 앞으로 뚫고 나가는 것이 순리라고도 생각했다. 이러는 게 좋을지 저러는 게 좋을지 우왕좌왕하며 마음이 어지러운 가운데 그의 상상은 문득 전체적인 지팡이를 벗어나 손잡이에 새겨진 뱀 대가리로 옮겨갔다. 그 순간 자기도 모르게 비늘이 번들거리는 가늘고 길쭉한 몸뚱이와 숟가락 끝을 닮은 짤막한 대가리를 비교하며 몸뚱이가 없는 낫 모양의 굽은 목이라서 길어야 할 텐데도 짧게 잘라져 있는 그것이 바로 긴 것 같기도 하고 짧은 것 같기도 한 것이라는 걸 깨달았다. 그는 이 해답이 머릿속에서 번개처럼 번뜩이자 득의양양한 나머지 덩실거렸다. 이제 남은 '나가는 것 같기도 하고 들어오는 것 같기도 한' 것은 별 어려움 없이 대략 5분 만에 풀었다. 달걀인지 개구리인지 알 수 없는 것이 반쯤은 뱀의 입속에 들어가 있고 반쯤은 밖으로 드러나 있어 먹히지도 않았고 도망치지도 못한, 그래서 나가는지 들어오는지 알 수 없는 상태인 것을 떠올리고 바로 이거라고 판단한 것이다.

이것으로 모든 것이 깨끗이 해결되었다고 생각한 게이타로는 펄쩍 뛰어오르듯이 책상을 박차고 일어나 시곗줄을 허리띠에 찔러 넣었다. 모자는 손에 든 채 하카마도 걸치지 않고 방을 나가려고 했는데 지팡이를 어떻게 들고 나갈 것인가, 하는 문제로 약간 망설여졌다. 지팡이에 손을 대는 것은 물론이고 설령 우산꽂이에서 꺼낸다고 한들 모리모토가 놔두고 간 지 이미 오래되었으니 주인에게 양해를 구하지 않아도 비난을 사거나 의심받을 염려는 없을 게 분명하지만, 그래도 그들이 옆에 없을 때, 또한 있다고 해도 들키지 않고 그것을 들고 나가려면 상당한 궁리나 준비가 필요하다. 미신이 판치는 가정에서 자란 게이타로는 고향에 있을 때 어머니로부터 주문(呪文)에 쓰는 물건을 (앞으로 그런 목적에 쓸 거라는 생각이 들어서) 입수할 때는 반드시 남이 안 보는 틈에 하지 않으면 효험이 없다는 말을 자주 들었던 것이다. 게이타로는 하숙 입구 정면에 걸려 있는 시계를 보는 척하며 2층 계단 중간까지 내려가 아래층 상황을 살폈다.


24


주인은 다다미 여섯 장짜리 거실에서 여느 때와 마찬가지로 도자기로 만든 동그랗고 커다란 화로를 끼고 앉아 있었다. 안주인의 모습은 어디에도 보이지 않았다. 게이타로가 계단 중간에서 엉거주춤한 자세로 서서 유리 너머로 장지문 안을 들여다보고 있으니 주인의 머리 위에서 돌연 벨이 요란하게 울렸다. 주인은 고개를 젖혀 번호를 보면서 이봐, 누구 없어, 하고 옆방에 대고 소리쳤다. 게이타로는 다시 슬금슬금 3층의 자기 방으로 돌아갔다.

게이타로는 일부러 장을 열고 고리짝 위에 던져둔 서지 천 하카마를 꺼냈다. 그는 고시이타[53]를 뒤로 질질 끌고 방 안을 돌아다니면서 하카마를 입었다. 그러고 나서 버선을 벗고 양말로 갈아 신었다. 이렇게만 옷차림을 바꾸고 다시 3층에서 아래층으로 내려갔다. 거실을 들여다보니 여전히 안주인의 모습은 보이지 않았다. 그 근처에는 하녀도 없었다. 이번에는 벨도 울리지 않았다. 집 안이 쥐 죽은 듯 조용했다. 다만 주인만은 조금 전처럼 커다랗고 동그란 화로에 기대어 입구를 향한 채 가만히 앉아 있었다. 게이타로는 계단을 다 내려가기 전에 높은 데서 비스듬히 주인의 굽은 등을 보며 지금은 아직 사정이 좋지 않다고 생각했지만, 결국 큰맘 먹고 입구로 내려갔다. 아니나 다를까 주인은 "나가십니까?" 하고 인사했다. 그리고 여느 때와 마찬가지로 하녀를 불러 신발장에 넣어둔 신발을 꺼내라고 지시하려고 했다. 게이타로는 주인 한 사람의 눈을 피하는 것만도 고심했던 터라 하녀까지 나와서는 안 되겠다 싶어 아니, 괜찮소, 하면서 자신이 직접 신발장의 발을 걷어 올리고 재빨리 구두를 꺼냈다. 다행히 하녀는 그가 봉당에 내려설 때까지 나오지 않았다. 하지만 주인은 여전히 이쪽을 향하고 있었다.

"부탁이 좀 있소만. 내 방 책상 위에 이번 달 《법학협회 잡지》[54]가 있을 텐데, 좀 가져다주지 않겠소? 구두를 신어버려 다시 올라가는 게 귀찮아서 말이오."

게이타로는 주인에게 다소 법률에 대한 소양이 있다는 것을 알고

53 하카마를 입을 때 등허리에 대는 헝겊으로 싼 판자 조각.
54 1884년에 창간된 법학협회의 기관지. 이 잡지를 구독하고 있는 걸로 보아 게이타로는 법학부 출신일 것이다.

일부러 이렇게 부탁한 것이다. 주인은 자신 말고는 도저히 할 수 없는 용건이라 "예, 알았습니다" 하며 싹싹하게 일어나 계단을 올라갔다. 게이타로는 그 틈에 우산꽂이에서 예의 그 지팡이[55]를 꺼내 안듯이 하오리 속에 넣고 주인이 자리로 돌아오기 전에 슬쩍 밖으로 나왔다. 그는 지팡이 머리의 구부러진 곳을 오른쪽 겨드랑이 밑으로 느끼며 총총걸음으로 혼고 거리까지 갔다. 거기서 일단 하오리 속에서 지팡이를 꺼내 뱀 대가리를 가만히 바라보았다. 그리고 소맷자락에서 손수건을 꺼내 위에서 아래까지 깨끗하게 먼지를 훔쳤다. 그러고 나서는 보통의 지팡이처럼 오른손에 들고 힘껏 휘두르며 걸었다. 전차에서는 뱀 대가리에 두 손을 포개서 얹고 그 위에 턱을 올렸다. 그리고 이제야 간신히 일단락된 자신의 노력을 돌아보며 안도의 한숨을 내쉬었다. 동시에 앞으로 지정된 정거장에 가서 해야 할 일의 성패가 다시 걱정되기 시작했다. 생각해보니 이만큼 애를 써서 훔치듯이 가지고 나온 지팡이가 어떻게 눈썹 사이의 까만 점을 분간해낼 필수품이 된다는 건지 그로서는 도무지 짐작조차 할 수 없었다. 그는 그저 노파가 말한 대로 자기 것 같기도 하고 남의 것 같기도 한, 긴 것 같기도 하고 짧은 것 같기도 한, 나가는 것 같기도 하고 들어오는 것 같기도 한 것을 열심히 찾아냈고 그것을 잊어먹지 않고 휴대하고 있을 뿐이다. 수상해 보이지만 평범한, 게다가 지나치게 가벼운 대나무 막대기를 눕히든 세우든 손에 들든 소매에 감추든 그것이 미지의 사람을 찾아내는 데 과연 무슨 도움이 될지 모르겠다고 의심했을 때 그는 학질을 떨쳐낸 사람처럼 잠깐 동안 천연덕스럽게 차 안을 둘러보았다. 그리고

---

55 분큐 동전으로 점을 치는 노파의 '음양의 이치'를 믿은 게이타로는 여기서 처음으로 모리모토가 남기고 간 뱀 대가리가 새겨진 지팡이를 들고 자신의 행동에 이용하려고 한다.

머리의 모공에서 김이 날 만큼 속을 태웠던 조금 전의 노력이 부끄럽기도 했다. 그는 스스로 자신이 했던 행동을 떨쳐버리기 위해 일부러 지팡이를 다시 잡고 전차 바닥에 가볍게 통통 두드렸다.

얼마 뒤 목적지에 도착했을 때는 일단 청년회관[56] 앞에서 발길을 돌려 오가와마치 거리로 나갔는데 4시가 되려면 아직 15분쯤 남아 있어 오가는 사람들과 전차의 울림을 가로질러 맞은편으로 건너갔다. 거기에는 파출소가 있었다. 그는 파출소 앞에 서 있는 순사와 같은 자세로 빨간 우체통 옆에서부터 남쪽으로 똑바로 뻗어 있는 대로[57]와 완만한 커브를 그리며 좌우로 돌아드는 넓은 거리[58]를 바라보았다. 앞으로 자신이 활약해야 할 무대를 일단 이런 식으로 답사한 후 곧장 정거장의 소재 확인에 나섰다.

<h2 style="text-align:center">25</h2>

빨간 우체통에서 10미터쯤 동쪽으로 내려가자 흰 페인트[59]로 오가와마치 정거장[60]이라고 쓰인 쇠기둥이 바로 눈에 들어왔다. 여기서 기

---

56 간다 미토시로초에 있는 그리스도교 청년회관.
57 간다바시 방면으로 향하는 도로. 현재의 혼고 거리.
58 구단(九段)에서 스다초(須田町) 방면으로 뻗어 있는 도로. 이 도로는 완만한 커브를 그리며 간다바시로 향하는 도로와 '정(丁) 자 모양'을 이루고 있었다. 게이타로는 다구치로부터 "미타 방면에서 전차를 타고 와 오가와마치 정거장에서 내리는 마흔 살쯤 되는 사내"를 찾아내 몰래 살펴보라는 지시를 받았기 때문에 일단 청년회관 앞까지 갔고, 거기서 오가와마치 방향으로 돌아와 정 자로 된 거리를 바라보고 있다.
59 당시에는 빨간 쇠기둥에 하얀 페인트로 정거장 이름을 적었다. 『그 후』에도 '정거장의 빨간 기둥'이라는 표현이 나온다.

다리고 있기만 하면 설령 혼잡한 인파에 섞여 자신이 찾는 사람을 놓치더라도 정해진 시간에 임무를 수행할 장소에 도착했다는 유리한 점은 있다고 생각한 그는 이만큼의 안심을 가슴에 안고 다시 표지인 쇠기둥을 벗어나 주변의 광경을 둘러보았다. 바로 뒤에는 사방의 벽을 흙과 회로 두껍게 바른, 내화 구조로 지어진 도자기 가게가 있었다. 조그만 잔이 잔뜩 들어 있는 상자를 액자처럼 만들어 처마 밑에 걸어두고 있었다. 큼직한 철제 새장에 도기로 만든 모이 그릇을 여러 개 매달아둔 것도 늘어뜨려져 있었다. 그 옆은 가죽 가게였다. 눈도 발톱도 살아 있을 때 그대로인 커다란 호랑이 가죽에 주홍색 나사로 테두리를 두른 것이 이 가게의 주된 장식이었다. 게이타로는 호박 비슷한 호랑이의 눈을 유심히 바라보며 서 있었다. 가늘고 긴 새하얀 가죽으로 만들어진 목도리 같은 것 앞에 작은 너구리 같은 얼굴이 부착되어 있는 것도 우스꽝스럽게 보였다. 그는 시계를 꺼내 시간을 보면서 다시 다음 가게로 이동했다. 그리고 마노(瑪瑙)로 조각한 투명한 토끼, 자수정으로 만든 각진 도장 재료, 비취로 만든 머리 장식, 주머니를 졸라매는 끈에 꿰는 공작석으로 만든 구슬, 금반지나 커프스단추가 아름답게 늘어서 있는 보석상의 유리창을 들여다보았다.

게이타로는 이렇게 가게들을 차례로 보면서 그만 덴카도 앞을 지나 열대산 목재를 세공하는 가게 앞까지 갔다. 그때 뒤에서 온 전차가 갑자기 자신이 걷고 있는 길 건너편에 멈춰 서 혹시나 하는 마음에 비스듬히 길을 가로질러 좁은 골목 모퉁이에 있는 양품점 옆으로 다가가

60 오가와마치는 다섯 개의 노선이 복잡하게 얽혀 있었다. 따라서 승강장도 동쪽, 서쪽, 남쪽에 있었다. 게이타로가 서 있는 이곳은 '동쪽 승강장'이다. 당시에는 좌측통행이었기 때문에 혼고-미타 노선의 혼고행은 여기서 멈춘다. 나중에 '동쪽 정거장'이라는 언급이 나온다.

자 거기에도 쇠기둥 하나에 조금 전에 본 것과 같은 오가와마치 정거장[61]이라는 흰 글씨가 쓰여 있었다. 그는 확인하기 위해 모퉁이에 서서 전차를 두세 대 기다려보기로 했다. 그러자 처음에는 아오야마(靑山)라고 쓰인 전차가 왔다. 다음에는 구단 신주쿠(九段新宿)라고 쓰인 전차가 왔다. 그런데 만세이바시 쪽에서 똑바로 다가왔기 때문에 그는 겨우 안심했다. 이것으로 설마 하는 걱정도 할 필요가 없어져서 슬슬 원래 자리로 돌아갈 생각으로 발길을 돌리려는 순간 남쪽에서 온 전차 한 대가 미토시로초의 모퉁이를 빙 돌아 다시 게이타로가 서 있는 곳 옆에 멈췄다. 그 전차 운전수의 머리 위에 검게 걸린 스가모(巢鴨)[62]라는 두 글자를 읽었을 때야 비로소 그는 자신이 부주의했음을 깨달았다. 미타 방면에서 마루노우치를 지나 오가와마치에서 내리려면 간다바시 대로를 끝까지 똑바로 가서 왼쪽으로 꺾어도 지금 게이타로가 서 있는 정거장에서 내릴 수 있고 또 오른쪽으로 꺾어도 조금 전에 그가 답사해둔 도자기 가게 앞에서 내릴 수 있었다. 그리고 양쪽 다 오가와마치 정거장이라고 흰 페인트로 쓰여 있는 이상, 앞으로 뒤를 밟아야 할 까만 중절모자의 사내가 어느 쪽으로 내릴지는 전혀 짐작할 수 없게 된 셈이었다. 눈을 재빨리 움직여 붉은 쇠기둥 두 개 사이의 거리를 눈대중으로 재보니 채 백 미터가 안 되는 정도였는데, 아무리 엎어지면 코 닿을 거리라고는 하나 한쪽만 집중해서 본다고 해도 미덥지 못한 그의 감시 능력으로 양쪽 다 실수 없이 지켜본다는 것

<hr>

61 서쪽 승강장을 말한다. 만세이바시 방면에서 오는 아오야마행이나 구단 신주쿠행의 전차는 직진해 와 이 정거장에서 멈춘다. 나중에 '서쪽 정거장'이라는 언급이 나온다.
62 스가모-미타 노선에서 스가모 방면으로 갈 때는 오가와마치 정거장의 '서쪽 승강장'을 이용한다.

은 자신의 솜씨를 아무리 높이 평가하고 싶은 지금의 게이타로에게도 절대 불가능한 일이었다.[63] 그는 자신이 살고 있는 곳의 지리적 특성상 늘 혼고와 미타 구간을 운행하는 전차만 탔기 때문에 스가모 방면에서 스이도바시(水道橋)를 지나 똑같이 미타로 이어지는 노선이 있다는 것을 지금껏 모르고 있었던 자신의 부주의함이 몹시 후회되었다.

그는 문득 생각해낸 궁여지책으로 스나가의 도움이라도 빌리러 갈까 하고 생각했다. 하지만 시간은 이미 4시 7분 전이었다. 스나가가 바로 이 뒷골목에 살고 있다고 해도 문 앞까지 달려가는 시간과 용건을 간추려 이해시킬 시간을 계산하면 도저히 제시간에 맞출 수 없을 것 같았다. 설사 그 정도의 시간이 있다고 해도 스나가에게 한쪽의 감시를 맡기는 이상, 만약 그 신사가 그가 있는 쪽으로 내린다면 게이타로에게 뭔가 신호를 보내지 않으면 안 된다. 그것도 이렇게 많은 인파 속에서는 손을 든다거나 손수건을 흔드는 것 정도로는 제대로 알릴 수 없을 것이다. 게이타로에게 확실히 알리려면 오가는 사람들을 놀라게 할 만큼 큰 소리로 외칠 수밖에 없을 텐데, 어지간한 경우에도 체면을 중시하는 스나가 같은 사람이 그렇게 별난 행동을 할 수 있을 리 없다. 만약 참고 해준다고 해도 이쪽에서 쫓아가는 동안 까만 중절모자를 쓴 사내의 모습이 사라지지 않는다고 장담할 수도 없다. ……이렇게 생각한 게이타로는 이제 어쩔 수 없으니 운을 하늘에 맡기고 어느 한쪽 정거장만 지키자고 결심했다.

63 혼고다이마치에서 하숙하고 있는 관계로 혼고-미타 노선만 이용하는 게이타로는 '동쪽 승강장'과 '서쪽 승강장'이 떨어져 있고 승객이 전차에서 내릴 때 전차에 가려 잘 보이지 않는다는 사실을 비로소 알게 된 것이다.

## 26

결심은 했지만, 그렇게 하면 지금 서 있는 곳에서 움직이지 않기 위해 뺀들거리는 것이나 마찬가지가 되기 때문에 일부러 성공할 것인지는 생각도 안 해보고 일에 착수했다는 불안감을 느끼지 않을 수 없었다. 목을 길게 빼고 다시 동쪽 정거장을 바라보았다. 위치 탓인지, 방향 탓인지, 아니면 자신이 늘 타고 내린 곳이라 익숙한 탓인지 아무래도 그쪽이 활기차 보였다. 찾아야 할 사람도 어쩐지 건너편에서 내릴 것만 같았다. 그는 다시 한번 지켜볼 정거장을 옮길까 생각하면서도 여전히 마음을 정하지 못하고 잠시 망설이고 있었다. 그러자 그때 에도가와(江戶川)행 전차 한 대가 미끄러져 들어와 멈췄다. 내리는 사람이 아무도 없다는 것을 확인한 차장은 1분도 지나지 않아 다시 전차를 출발시키려고 했다. 게이타로는 니시키초(錦町)로 빠지는 좁은 골목길을 등지고 눈앞의 전차에는 거의 신경도 쓰지 못할 만큼 여기에 있을까 저쪽으로 갈까 망설였다. 그때 뒤쪽 골목에서 느닷없이 뛰쳐나온 한 사내가 게이타로를 밀어젖히듯이 하며 운전수가 핸들에 손을 올린 순간 전차에 뛰어올랐다. 게이타로가 놀란 마음을 아직 추스르기도 전에 전차는 덜컹거리는 소리를 내며 이미 움직이기 시작했다. 뛰어오른 사내는 유리문 안으로 몸을 반쯤 넣으면서 실례했다고 말했다. 게이타로는 그 사내와 얼굴을 마주했을 때 그의 마지막 시선이 자신의 발밑에 떨어진 것을 알았다. 그가 부딪칠 때 게이타로가 들고 있던 지팡이를 차는 바람에 땅바닥에 떨어진 것이다. 게이타로는 바로 몸을 굽혀 지팡이를 집어 들려고 했다. 그는 그때 뱀 대가리가 우연히 동쪽을 향해 쓰러져 있다는 걸 알았다. 그리고 대가리의 모양이 왠지 모르게 방향을 가르쳐주는 표지처럼 느껴졌다.

'역시 동쪽이 좋겠군.'

그는 잰걸음으로 도자기 가게 앞으로 돌아갔다. 거기에서 혼고 3가라고 쓰인 전차에서 내리는 손님을 한 사람도 빠짐없이 지켜볼 요량으로 서 있었다. 처음 두세 대를 부모의 원수라도 노려보듯이 무서운 눈빛으로 살펴보고 나서 다소 마음의 여유가 생기자 마음도 점차 든든해졌다. 자신의 눈이 닿는 광장 일대를 무대라고 생각하고 둘러보다 거기에 자신과 같은 자세의 사내가 세 명 있다는 것을 발견했다. 그중 한 사람은 파출소 순사였는데, 이 사람은 자신과 같은 쪽을 향한 채 똑같이 서 있었다. 또 한 사람은 덴카도 앞에 있는 전철수(pointsman)[64]였다. 마지막 한 사람은 광장 한가운데서 파란색과 빨간색 깃발을 신성한 상징처럼 구별해서 흔드는, 한창 세상 이치를 분별할 만한 중년의 사내였다.[65] 그중 언제 생길지도 모르는 일을 기대하면서 남이 보기에 자못 무료한 듯이 서 있는 사람은 순사와 자신일 거라고 게이타로는 생각했다.

전차는 번갈아가며 그 앞에 멈췄다. 타는 사람은 무리해서라도 답답한 상자 안으로 몸을 밀어 넣으려 하고 내리는 사람은 우격다짐으로 위에서 덮치듯이 나온다. 게이타로는 어디의 어떤 사람인지도 모르는 남녀가 모였다 흩어졌다 하며 자기 앞에서 버릇없이 연출하는 1분의 실랑이를 몇 번이고 지켜봤다. 하지만 그가 찾는 까만 중절모자의 사내는 아무리 기다려도 나타나지 않았다. 어쩌면 진작 서쪽 정거장에서 내린 게 아닐까 생각하니 이렇게 도움도 안 되는 사람의 얼

---

64 이 무렵에는 수동으로 전철기를 조종해 선로를 바꿨다.
65 이 사람은 신호수다.

굴만 바라보며 눈이 어른어른할 정도로 한곳에 서 있는 것이 너무나도 바보 같은 짓이라는 생각이 들었다. 게이타로는 하숙방의 책상 앞에서 열에 들뜬 사람처럼 정신없이 허비한 조금 전의 두 시간을, 스나가와 충분히 상의하고 그의 도움을 얻기 위해 쓰는 것이 훨씬 상식에 부합한 방식이었다고 생각했다. 그가 이 씁쓸한 기분을 통절하게 느낄 무렵부터 하늘은 점차 빛을 잃고 눈에 비치는 사물의 색은 온통 파르스름하게 가라앉았다. 음울한 겨울의 황혼을 벌충하는 가스등과 전깃불이 슬슬 근처 가게의 유리를 채색하기 시작했다. 문득 정신을 차리고 보니 게이타로로부터 2미터쯤 떨어진 곳에 히사시가미[66]를 한 젊은 여자가 서 있었다. 사람들이 전차에 타고 내릴 때마다 그는 좌우에 주의를 기울이고 있었다고 생각했는데 언제 어디서 걸어왔는지 모르는 여자가 뜻밖에 가까이에 있는 것을 봤을 때는 무엇보다도 그 존재에 깜짝 놀랐다.

## 27

여자는 나이에 비해 수수한 코트를 바닥에 끌릴 듯이 입고 있었다. 게이타로는 젊은 사람의 몸을 장식하는, 코트 안의 화려한 색을 상상했다. 여자는 또 일부러 세상으로부터 그것을 애써 감추듯이 서 있었다. 속옷의 옷깃마저 윤이 나는 순백색의 비단 목도리로 감추고 있었

66 속발의 한 형태로 앞머리와 살쩍을 앞으로 내밀어 차양처럼 튼 머리 모양. 메이지 30년대 중반부터 여학생들 사이에서 유행하기 시작했고 러일전쟁 전후를 절정으로 일반 가정의 여성들에게까지 퍼졌다.

다. 그 비단 목도리의 순백색이 황혼이 짙어짐에 따라 도드라져 보이는 것 외에 여자는 남의 주의를 끌 만한 것은 무엇 하나 몸에 걸치고 있지 않았다. 하지만 계절에 개의치 않고 자신의 취향을 드러낸 이 한 가지 색이 게이타로에게는 무엇보다 두드러져 보였다. 그는 빛이 물러가는 추운 하늘 아래에서 조화롭지 못한 야릇한 것을 만났다는 느낌보다는 거무스름한 거리에서 맑디맑은 한 점을 본 듯한 기분이 들어 여자의 목덜미 언저리를 유심히 쳐다보았다. 여자는 게이타로의 시선을 정면으로 받았을 때 살짝 몸을 틀었다. 그래도 여전히 마음이 가라앉지 않은 모양인지 오른손을 귀 있는 데까지 가져가 살쩍에서 삐져나온 머리를 뒤로 넘기는 시늉을 했다. 원래부터 여자의 머리는 가지런했기 때문에 게이타로에게는 그 거동이 실없는 교태로만 보였는데, 그 손을 봤을 때는 새삼 여자를 주시하지 않을 수 없었다.

여자는 보통의 일본 여성처럼 비단 장갑을 끼고 있지 않았다. 꼭 맞는 염소 가죽 장갑으로 가녀린 손가락을 다소곳이 감싸고 있었다. 색이 있는 밀랍을 손등에 얇게 부은 것으로 보일 만큼 살과 장갑이 딱 밀착되어 한 줄의 주름도, 늘어진 곳도 없었다. 게이타로는 여자가 손을 올렸을 때 그 장갑이 여자의 하얀 손목을 10센티미터나 깊이 감추고 있다는 것을 알았다. 그는 그쯤에서 눈을 돌려 다시 전차를 봤다. 하지만 타고 내리는 혼잡함이 일단 그치고, 찾고 있는 사람이 나타나지 않으면 다시 마음에 2, 3분의 여유가 생기기 때문에, 그것을 이용하려고 기다릴 만큼의 집착은 없었다 하더라도 전차가 지나가는 사이사이에 눈치채지 못할 정도로 내내 여자 쪽을 주시했다.

처음에 그는 이 여자가 '혼고행'이나 '가메자와초행' 전차를 탈 거라고 생각했다. 그런데 양쪽의 전차가 한 바퀴 돌고 와서 자기 앞에 멈춰도 타려는 기색을 보이지 않자 좀 이상하다고 생각했다. 어쩌면 북적이는 전차에 무리하게 타서 눌려 찌부러질 것 같은 답답함을 참는 것보다는 시간을 다소 낭비하는 것이 득이라고 생각하는 사람인가 하고도 여겨봤지만, 만원이라는 팻말도 걸리지 않았고 한두 자리 빈 자리가 있을 것 같은 전차가 와도 여자는 전혀 탈 기색을 보이지 않았기 때문에 게이타로는 더더욱 이상하게 생각했다. 여자는 게이타로로부터 보통 이상의 주의를 받고 있다는 것을 깨달은 듯 그가 조금이라도 손발의 자세를 바꾸면 비가 내리기 전에 우산을 펴는 사람처럼 일부러 그의 관찰을 피할 준비를 했다. 그리고 고의로 반대쪽을 보거나 아니면 저쪽으로 두세 걸음 걸어가기도 했다. 그 때문에 묘하게 조심스러워진 게이타로는 노골적으로 여자 쪽을 보는 걸 되도록 삼가고 있었다. 하지만 나중에는 이 여자가 이곳 사정을 몰라 자기 멋대로 적당히 정한 정거장 앞으로 와서 언제까지고 오지 않는 전차를 기다리고 있는 게 아닐까 하는 생각이 문득 들었다. 그렇다면 친절하게 가르쳐주어야 한다는 용기가 불쑥 들어서 그는 머뭇거리는 기색도 없이 똑바로 여자 쪽으로 갔다. 그러자 여자는 갑자기 걷기 시작해 4, 5미터 앞에 있는 보석상 창가로 가서는 마치 게이타로의 존재를 알아채지 못한 것처럼 이마를 유리창에 밀착하듯이 하여 안에 진열된 반지며 오비에 두르는 끈이며 가지 모양의 산호 장식물을 들여다보기 시작했다. 게이타로는 낯선 타인에게 불필요한 호의를 베풀려다가 오히려 자신의 품위를 떨어뜨린 것이 한심하게 느껴졌다.

여자의 용모는 처음부터 대단한 게 아니었다. 정면에서 보면 그나마 괜찮았지만 옆에서 보면 누가 봐도 코가 너무 낮았다. 대신 살갗이 하얗고 시원한 느낌이 드는 눈동자를 갖고 있었다. 비스듬히 서 있는 게이타로의 눈에는 보석상의 전등이 지금 유리 너머로 그 여자의 코와 볼록한 뺨의 일부분과 이마를 비추고 있어 빛과 그림자로 구성된 일종의 묘한 윤곽을 그려내고 있었다. 그는 그 윤곽과 긴 코트에 감싸인 그녀의 멋진 모습을 가슴에 담고 다시 전차 쪽으로 향했다.

28

다시 전차가 두세 대 들어왔다. 그리고 두세 대 모두 게이타로를 거듭 실망시키며 동쪽으로 사라졌다. 그는 성공을 단념한 사람처럼 허리띠 안에서 시계를 꺼내 봤다. 진작 5시가 지나 있었다. 그는 이제 와서 깨달은 것처럼 머리 위를 덮고 있는 검은 하늘을 올려다보며 씁쓸하게 혀를 찼다. 이만큼 애를 써서 그물을 쳤는데도 그것에 걸리지 않은 새가 서쪽 정거장에서 태연히 도망쳤을 거라고 생각하니 남을 속이기 위해 일부러 들어둔 노파의 예언도, 소중하게 들고 나온 대나무 지팡이도, 그 지팡이가 가르쳐준 방향의 암시도 모조리 화가 치미는 이유가 되었다. 어두운 밤을 무색게 하며 눈앞에서 반짝이는 전등 불빛을 둘러보며 자신을 그 중심에서 발견했을 때 그는 이 환한 빛도 필경 자신이 못다 꾼 꿈의 그림자일 거라고 생각했다. 그만큼 흥이 가셨지만 또 그만큼 잠에 취한 마음을 잃지 않고 서 있던 그는 이윽고 빨리 하숙으로 돌아가 제정신을 차리자고 다짐했다. 자신의 어리석음을 조롱하는 기념물인 지팡이는 돌아가는 길에 사람이 보지 않는 곳에서 두 동강을 내고 뱀 대가리도, 끄트머리에 붙은 쇠고리도 엉망으로 망가뜨려 만세이바시 다리에서 오차노미즈의 강물에 던져버리자고 마음먹었다.

막 움직이려고 한 발을 옮겨놓으려고 했을 때 그는 다시 조금 전의 그 젊은 여자의 존재를 깨달았다. 여자는 어느새 보석상 창에서 벗어나 원래대로 그로부터 2미터쯤 떨어진 자리에 서 있었다. 키가 커서 보통 사람보다 멋지게 뻗은 손발을 그는 처음부터 기분 좋게 바라보았는데, 이번에는 특히 오른손이 그의 마음을 끌었다.

여자는 자연스럽게 팔을 쭉 늘어뜨린 채 다른 사람의 주의를 전혀 예상하지 않고 있었다. 그는 곧고 가지런한 다섯 손가락과 보들보들한 가죽으로 단단히 조인 손목, 그리고 손목의 소맷부리 사이로 희미하게 드러난 피부색을 밤의 불빛으로 볼 수 있었다. 바람이 거의 불지 않는 밤이었으나 움직이지 않고 오래 한곳에 서 있는 사람에게는 추위가 매서웠다. 여자는 턱을 목도리 안에 살짝 파묻고 자주 눈을 내리뜨면서 가만히 서 있었다. 게이타로는 자신의 존재를 일부러 안중에 두지 않는 그 눈매가 오히려 자신을 신경 쓰고 있는 증거라고 생각했다. 그가 조금 전부터 두리번거리며 샅샅이 살피는 눈매로 까만 중절모자를 쓴 신사를 찾고 있는 동안 이 여자도 똑같이 예리한 주의를 기울여 끊임없이 이쪽에 관찰의 화살을 쏘고 있었던 게 아닐까? 여기서 그는 한 사내를 정찰하면서 또 한 여자에게 정찰을 받으면서 한 시간 남짓을 보낸 게 아니었을까? 하지만 어디서 온 어떤 사람인지도 모르고 뭘 할지도 모르는 사내를 무엇 때문에 살피는 것인지 그에게는 아무런 생각이 없었던 것처럼, 어디서 온 어떤 사람인지도 모르는 여자로부터 왜 자신이 무슨 짓을 저지를지 모르는 사람으로 정찰을 당하는 것인지, 거기에 이르면 역시 요령부득이었다. 게이타로는 자기가 살짝 걸어가보면 그쪽의 상황을 좀 더 명확히 알 수 있을 거라는 생각이 들어 슬쩍 파출소 뒤쪽에서 서쪽으로 움직였다. 물론 여자가 눈치 채지 못하도록 그는 뒤를 돌아보는 동작을 신중하게 피했다. 하지만 언제까지고 앞만 보며 가다가는 정작 중요한 목적을 달성할 기회가 없기 때문에 그는 20미터쯤 갔나 싶었을 때 보고 싶지도 않은 유리문을 일부러 들여다보며 거기에 장식되어 있는 벨벳 옷깃이 달린 여자용 망토를 바라보는 척하면서 살짝 뒤를 돌아보았다. 그런데 자신의 등 뒤에는 여자가 있을 형편이 아니었다. 발돋움을 해도 자신을 추월하듯이 차례로 뒤에서 다가오는 많은 사람들에 가려 그의 눈에는 하얀 목도리도 긴 코트도 전혀 들어오지 않았다. 그는 그대로 앞으로 나아갈 용기가 있는지 자신을 의심했다. 지금은 5시가 지났으니 까만 중절모자를 쓴 사람에 대해서는 단념한다고 해도 별 유감은 없었지만, 여자 쪽은 아무리 시시한 결과로 끝나더라도 좀 더 관찰해보고 싶었다. 그는 여자로부터 자신이 정찰당하고 있다는 의심을 역으로 이용하여 이쪽에서 여자의 행동을 잠시 주시해보고 싶은 호기심이 일었다. 그는 떨어뜨린 물건을 주우러 돌아가는 사람처럼 바쁜 걸음으로 다시 원래의 파출소 가까이로 돌아갔다. 그곳의 어두운 그림자에 몸을 숨기고 살펴보니 여자는 여전히 도로를 향해 오도카니 서 있었다. 게이타로가 돌아온 것은 전혀 눈치채지 못한 것처럼 보였다.


## 29


그때 게이타로에게는 이 여자가 처녀일까 유부녀일까 하는 의문이 생겼다. 여자는 오늘날 일본 여성들 사이에서 널리 유행하는 히사시가미로 머리를 틀어 올리고 있어 머리 모양으로 구별하는 것은 처음부터 분명하지 않았다. 그런데 드디어 어두운 곳으로 와서 거의 뒷모습에 가까운 그녀의 모습을 바라보았을 때 제일 먼저 어떤 계급에 속하는 사람일까 하는 문제가 새롭게 그를 덮쳐왔다.

겉모습으로 보면 어쩌면 시집을 간 경험이 있을 것 같기도 했다. 하지만 신체의 발육이 보통 사람보다 훨씬 좋은 것으로 보아 어쩌면 의외로 나이를 먹지 않았을지도 모른다. 그렇다면 왜 저렇게 수수한 복장을 하고 있을까? 게이타로는 여성이 입은 옷의 색이나 줄무늬에 대해 뭐라고 말할 권리도 없는 남자지만, 젊은 여자라면 이렇게 음울한 섣달 공기를 단호히 거부하듯이 화려한 색을 몸에 걸치는 법이라는 것 정도의 막연한 관찰력은 있었다. 그는 이 여자가 어디에서도 아주 젊은 자신의 피에 뜨거운 열기를 부여하는 자극적인 무늬를 보여주지 않는 것을 신기하게 생각했다. 여자가 몸에 걸치고 있는 것 중에서 조금이라도 남의 주의를 끄는 것은 목덜미를 감싸고 있는 보들보들한 순백색의 비단 목도리뿐이었는데, 그것은 그저 청결한 느낌을 주는 차가운 색에 지나지 않았다. 나머지는 다 겨울의 추운 하늘과 어울리는 긴 코트로 감추고 있었다.

게이타로는 나이에 비해 교태를 부리는 느낌을 지나치게 잃어버린 그 차림새를 뒤에서 다시 보며 아무래도 이미 남자를 알아버린 결과일 거라고 판단했다. 게다가 이 여자의 태도에는 어딘가 어른스러운 차분함이 있었다. 그 차분함이 오로지 품성과 교육을 통해서만 나온 것으로는 간주할 수 없었다. 가정 이외의 분위기를 접했기 때문에 숫된 수줍음이 손수건에 뿌린 향수의 향기처럼 자연스럽게 빠져나간 것이 아닐까 하는 의심이 들었다. 그뿐 아니라 이 여자의 차분함에는 침착하지 못한 근육의 작용이 이따금 몸 전체의 움직임으로, 눈썹이나 입의 움직임으로 나타나는 것을 그는 조금 전에 목격했다. 그 눈이 가장 예민하게 움직인다는 것을 그는 진작부터 알고 있었다. 하지만 예민하게 움직이려는 그 눈을 억지로 움직이지 않으려고 애쓰는 여자의 태도 역시 눈치채지 않을 수 없었다. 그러므로 여자의 차분함은 스스로 자신의 신경을 억제하려는 자각을 동반한 것이라고 그는 판단했다.

그런데 지금 뒤에서 본 여자는 몸과 마음이 비교적 차분해서 양쪽 사이의 균형을 잘 잡고 있는 것으로 보였다. 그녀는 조금 전과 달리 그다지 자세를 바꾸지도 않고 서서히 걷지도 않으며 보석상 창에 기대지도 않고 추위를 견디기 힘들어하는 기색도 없이 거의 우아하다고 형용하고 싶은 모습으로 한 단 높은 보도 가장자리에 서 있었다. 옆에는 다음 전차를 기다리는 두세 사람이 흩어져 있었다. 그들은 모두 저편에서 오는 전차를 바라보고 있었는데, 어서 자기 옆으로 불러들이고 싶어 하는 것처럼 보였다. 게이타로가 물러나서 무척 안심한 듯한 그녀는 그중에서 가장 열심히 뭔가를 기다리면서 비스듬히 마주 보이는 건너편 길모퉁이를 가만히 주시하기 시작했다. 게이타로는 파출소 건물의 그림자를 따라 위쪽으로 돌아가 차도로 내려섰다. 그리고 페인트칠을 한 파출소 건물을 방패 삼아 순사가 서 있는 곳 옆에서 여자의 얼굴을 엿보았다. 그리고 그 표정의 변화에 또다시 깜짝 놀랐다. 지금까지 보이지 않는 곳에서 뒷모습을 바라보고 있을 때는 그녀를 감싸고 있는 눈에 띄지 않는 단색 코트와 큰 키, 큼직한 히사시가미를 재료로 상상의 나라에서 오히려 지나치게 자유로운 결론을 즐기고 있었는데, 이렇게 그녀가 모르는 사이에 그 얼굴을 거리낌 없이 바라보니 완전히 새로운 사람을 처음 만난 것 같은 기분이 들지 않을 수 없었다. 요컨대 여자는 조금 전보다 훨씬 젊어 보였다. 간절히 누군가를 기다리고 있는 그 눈도 입도 그저 생생하고 화려한 기색으로만 가득 차 있고 그 외의 표정은 털끝만치도 찾아볼 수 없었다. 게이타로는 그 안에서 처녀의 천진난만함까지 볼 수 있었다.

이윽고 여자가 바라보고 있는 쪽에서 전차 한 대가 활처럼 구부러 진 선로를 완만하게 빙 돌아 들어왔다. 여자 앞에 미끄러지듯이 멈췄 을 때 안에서 사내 둘이 내렸다. 한 사람은 종이에 싼 골판지 상자 같 은 것을 들고 부리나케 순사 앞을 지나 보도로 뛰어올랐지만, 다른 한 사람은 내리자마자 바로 여자 앞으로 가서 멈춰 섰다.


## 30

게이타로는 그때 처음으로 여자의 웃는 얼굴을 보았다. 그는 처음 부터 입술이 가는 대신 입이 큰 것이 특징이라고 생각하며 보고 있었 는데, 아름다운 이를 다 드러내고 촉촉이 물기를 머금은 까맣고 커다 란 눈을 위아래 속눈썹이 맞닿을 만큼 가늘게 떴을 때는 이 여자에게 서 꿈에도 예상하지 않았던 새로운 인상이 그의 머리에 새겨졌다. 게 이타로는 여자의 웃는 얼굴에 넋을 잃었다기보다는 오히려 놀라서 상 대 남자에게 시선을 옮겼다. 그러자 남자의 머리 위에는 까만 중절모 자가 올려져 있었다. 외투가 확실히 희끗희끗한지는 분간할 수 없었 지만 게이타로의 눈에는 모자와 같은 어두운 빛으로 보였다. 게다가 키가 컸다. 깡마르기까지 했다. 다만 나이에 대해서는 아무튼 판단하 기 힘들었다. 하지만 수명의 눈금에서 보면 그 사람이 자신과는 한참 떨어진 저편에 있다는 것만은 확실해서 그는 이 남자의 나이를 주저 없이 마흔쯤이라고 판단했다. 이만큼의 특징을 앞뒤 없이 거의 동시에 가슴에 넣을 수 있었을 때 그는 자신이 조금 전부터 온갖 바보짓을 하며 찾고 있던 당사자가 이제야 전차에서 내린 거라고 단정하지 않을 수 없었다. 그는 예정된 시간인 5시가 한참 지났는데도 묘한 호기심이 발동하여 여전히 같은 장소에 어정거리고 있었던 것을 다행이라 여겼다. 그런 별난 짓을 하게 하려고 젊은 여자가 자신의 호기심을 자극하며 우연히 나타나준 것을 고맙게 생각했다. 더군다나 젊은 여자가 자신이 찾는 사람을 자신보다 배 이상의 자신감과 인내심을 발휘하며 끝까지 기다려준 것도 행운의 하나로 꼽을 수 있었다. 그는 다구치에게 X라는 이 남자에 대한 어떤 정보를 제공할 수 있는 동시에 그 정보가 Y라는 여자에 대한 자신의 호기심을 얼마간 만족시킬 수 있을 거라고 믿었기 때문이다.

남자와 여자는 게이타로의 존재를 전혀 눈치채지 못한 듯 전후좌우를 조심하는 기색도 없이 여전히 서서 이야기를 나누고 있었다. 여자는 내내 미소를 그치지 않았다. 남자도 이따금 소리를 내어 웃었다. 두 사람이 처음으로 얼굴을 마주했을 때 인사하는 모습을 봐도 그들은 결코 소원한 사이가 아니었다. 그들에게서는 이성(異性)을 이어주는 듯하지만 사실 두 사람 사이를 갈라놓는 남녀 사이의 정중한 예의는 찾아볼 수 없었다. 남자는 모자 테에 손을 대는 수고조차 하지 않았다. 게이타로는 모자 차양 밑에 있을 터인 큼직한 점을 면전에서 꼭 확인하고 싶었다. 만약 여자가 없었다면 피부에 남아 있는 그 이상한 점 하나를 확인하기 위해 서슴지 않고 남자 앞으로 나아가 뭐든지 좋으니 그저 입에서 나오는 대로 뭔가를 물어봤을지도 모른다. 그게 아니면 곧바로 그 사람 옆으로 다가가 만족스러울 때까지 그 얼굴을 들여다봤을 것이다. 지금 그런 대담한 행동을 막는 것은 남자 앞에 서 있는 여자였다. 여자가 게이타로의 태도를 나쁘게 보며 의심했는지 어떤지는 별도로 하고 그의 거동에서 수상함을 느끼고 있던 기색은, 같은 곳에 오랫동안 꼼짝 않고 있던 그의 눈에 직접 비쳤던 것이다. 그것을 알면서도 다시 자신의 얼굴을 그 시선 안에 거리낌 없이 들이미는 것은 다소 신사적이지 않은 데다 일부러 의혹의 불길을 치솟게 하여 스스로 자신의 목적을 깨부수는 것과 같은 결과를 낳는다.

이렇게 생각한 게이타로는 검은 점의 유무를 확인하는 것만은 자연스럽게 적절한 기회가 찾아올 때까지 삼가는 것이 상책일 거라고 판단했다. 그 대신 숨바꼭질하듯이 두 사람의 뒤를 밟아 단편적이라도 좋으니 가능하다면 그들의 대화를 엿들어보고 싶었다. 그는 상대의 허락을 받지 않고 그들의 언동을 남몰래 자신의 마음에 담아두는 일의 도의적 가치에 대해서는 특별히 양심과 의논할 필요를 느끼지 않았다. 그리고 자신이 애써 얻은 결과는 세상 물정에 밝은 다구치에 의해 반드시 선의로 이용될 것이라고 그저 담백하게 믿고 있었다.

드디어 남자는 여자에게 뭔가를 권하는 것 같았다. 여자는 웃으면서 그것을 거부하는 것처럼 보였다. 나중에는 거의 마주 보고 있던 두 사람이 어깨를 나란히 하고 도자기 가게 처마 끝 가까이로 걸어갔다. 거기서부터 손을 잡기라도 할 듯이 나란히 동쪽으로 걸어갔다. 게이타로는 4, 5미터를 빠른 걸음으로 걸어 그들 바로 등 뒤에 따라붙었다. 그리고 그들과 같은 속도로 보조를 맞췄다. 만약 여자가 돌아봐도 의심을 사지 않기 위해 그는 결코 그들의 뒷모습에는 시선을 주지 않았다. 사람이 많은 거리에서 우연히 같은 방향으로 앞뒤에서 가는 것처럼 일부러 딴 데를 보며 걸었다.


31


"그래도 너무해요. 이렇게 사람을 기다리게 해놓고."

게이타로의 귀에 들어온 첫 번째 말은 여자의 입에서 나온 이런 의미의 말이었는데, 여기에 대한 남자의 대답은 전혀 알아들을 수 없었다. 그러고 나서 10미터쯤 갔나 싶을 무렵 두 사람의 발이 갑자기 지금까지의 보조를 잃고 느려져 두 사람의 나란한 그림자가 거의 게이타로의 앞을 가로막을 지경이었다. 게이타로는 그들에게 부딪치지 않으려면 앞으로 지나칠 수밖에 없는 난처한 상황이었다. 그는 두 사람이 뒤로 돌아설까 봐 급히 옆에 있는 과자 가게 앞으로 몸을 붙여 피했다. 그리고 거기에 진열되어 있는 커다란 유리 항아리 안의 비스킷을 보는 척하며 두 사람이 움직이기를 기다렸다. 남자는 외투 안에 손을 넣는 것 같았는데, 그러고는 살짝 몸을 옆으로 돌려 고개를 숙이고 오른손에 든 것을 가게 불빛에 비춰보았다. 그때 게이타로는 남자의 얼굴 아래로 빛나는 것이 금시계라는 것을 알았다.

"아직 6시야. 그렇게 늦지 않았어."

"늦었어요, 6시면. 저도 조금만 더 있다가 돌아갈 참이었단 말이에요."

"정말 미안해."

두 사람은 다시 걷기 시작했다. 게이타로도 항아리 안의 비스킷을 내버려두고 뒤를 따랐다. 두 사람은 아와지초까지 갔다가 거기에서 스루가다이시타로 빠지는 좁은 골목길로 꺾어 들었다. 게이타로도 따라서 꺾어 들려고 하는데 두 사람은 그 모퉁이에 있는 서양 요릿집으로 들어갔다. 그때 게이타로는 그 문에서 쏟아져 나온 강렬한 빛을 받은 남자와 여자의 얼굴을 옆에서 흘낏 봤다. 그들이 정거장을 떠날 때는 어디로 갈지 게이타로는 전혀 상상할 수 없었는데 갑자기 이런 가게로 들어가는 것을 보니 특별한 곳이 아니라서 오히려 뜻밖이라는 느낌을 지울 수 없었다. 그곳은 게이타로가 전부터 알고 있던 다카라테이(宝亭)[67]라는 요릿집으로, 예전부터 그곳 요리사가 대학에 드나들던 집이었다.[68] 최근에 공사를 하고 나서 새로 칠한 페인트 색을 전찻길에 반쯤 내보이며 비스듬히 잘린 듯한 용마루가 남쪽을 향하고 있는 모습을 게이타로는 거리를 지나며 가끔 본 일이 있다. 게이타로는 파르스름한 페인트가 빛나는 가게 안에서 액자에 든 뮌헨 맥주의 광고사진을 올려다보며 나이프와 포크를 서먹서먹하게 맞부딪친 기억도 몇 차례 있다.

두 사람의 행선지에 대해서는 분명하게 이렇다 할 희망도 예상도 없었지만 조금은 보랏빛을 띤 공기가 떠도는 미로 속으로 끌려 들어갈지도 모른다는 정도의 느낌이 암암리에 작용하여 여기까지 뒤를 밟아온 게이타로에게는 조리실에서 감자나 쇠고기를 튀기는 냄새가 거리로 물씬 풍겨 나오는 서양 요릿집은 너무나 평범해 보였다. 하지만 자신이 도저히 다가갈 수 없는 그윽한 곳으로 모습을 감춘 채 나오지

---

67 간다 구(현재의 지요다 구) 아와지초 1가 1번지에 있던 서양 요릿집.

68 서양 요릿집 '다카라테이'의 요리사였던 호리구치 이와키치(堀口岩吉)는 도쿄제국대학에서 철학교수로 초빙한 폰 쾨베르 박사의 전속 요리사였다. 쾨베르의 강의를 들었던 나쓰메 소세키가 예고 없이 쾨베르의 집을 방문했을 때 주인의 요청으로 호리구치는 있는 재료로 즉석에서 튀김 요리를 만들어 소세키의 호평을 받았다. 1907년 호리구치는 소세키가 먹었던 그 요리를 주요 메뉴로 하는 '쇼에이테이(松榮亭)'를 창업했는데, 지금도 그 메뉴를 그대로 팔고 있다.

않는 것보다는 훨씬 낫다고 생각을 고쳐먹자 두 사람이 누구라도 다 가갈 수 있는 평범한 서양 요릿집의 페인트 안에 둘러싸여 있는 것이 오히려 마음 든든했다. 다행히 게이타로는 이 정도의 가게에서 겨울의 바깥 공기에 자극받은 식욕을 채우기에 족할 만큼의 돈을 지니고 있었다. 그는 곧장 두 사람의 뒤를 따라 그곳 2층으로 올라가려고 했지만 전등의 강렬한 불빛이 거리로 쏟아져 나오는 입구까지 갔을 때 문득 깨달았다. 여자가 이미 얼굴을 기억하고 있는 이상, 거의 동시에 2층으로 올라가는 것은 곤란하다. 어쩌면 상대에게 그가 자신을 따라 왔을지도 모른다는 의심을 새삼 품게 하는 셈이다.

게이타로는 아무렇지 않은 척하며 거리로 쏟아지는 빛을 가로질러 어두운 골목길을 백 미터쯤 걸어 들어갔다. 그리고 그 골목길이 끝나는 고개 밑에서 다시 까만 사람이 되어 자신의 그림자를 자신의 몸 안으로 접어 넣듯이 하여 가만히 환한 입구까지 돌아왔다. 그러고 나서 문 안으로 들어갔다. 이따금 온 적이 있는 게이타로는 이 요릿집의 내부 사정을 대충 알고 있었다. 아래층에는 손님을 안내할 방이 없고 2층과 3층만 쓰고 있는데 어지간히 붐비지 않으면 3층으로는 안내하지 않는다. 대개는 2층으로 족하기 때문에 올라가서 오른쪽 안쪽 방이나 왼쪽 옆에 있는 넓은 방을 들여다보면 대체로 두 사람이 앉아 있는 자리가 보일 것이다. 만약 거기에 없다면 바깥쪽의 길쭉한 방까지 열어보겠다는 정도의 생각으로 계단을 올라가려고 하자 흰옷을 입은 보이가 그를 안내하기 위해 계단 입구에 서 있는 것이 보였다.

# 32

게이타로는 지팡이를 손에 든 채 그대로 계단을 다 올라갔기 때문에 보이는 그를 자리로 안내하기 전에 우선 그 지팡이를 받아 들었다. 동시에 이쪽으로 오시죠, 하면서 등을 보이며 오른쪽의 넓은 방으로 그를 안내했다. 게이타로는 보이 뒤에서 자신의 지팡이가 어디에 놓이는지 힐끗 확인했다. 그러자 거기에 조금 전에 주의해서 봤던 까만 중절모자가 걸려 있었다. 희끗희끗한 외투도, 여자가 입고 있던 색의 코트도 걸려 있었다. 보이가 그 옷자락을 움직여 대나무 지팡이를 넣었을 때 무늬 없는 큼직한 순백색 비단 목도리의 뒷면이 게이타로의 눈에 어른거렸다. 게이타로는 뱀 대가리가 코트 안으로 감춰지는 것을 기다렸다가 다시 코트의 소유자 쪽으로 눈을 돌렸다. 다행히 여자는 남자와 마주 본 채 입구 쪽으로 등을 보이고 있었다. 새로운 손님이 온 소리에 돌아보고 싶어도 고개를 휙 돌리는 것이 일단 자리에 앉은 사람의 품위를 손상시킬 우려가 있어 꼭 필요하지 않는 한 보통의 여성은 그런 동작을 피할 것이라고 생각한 게이타로는 여자의 뒷모습을 바라보며 일단 안도의 한숨을 내쉬었다. 여자는 역시 그의 추측대로 뒤를 돌아보지 않았다. 그사이에 그는 여자가 앉아 있는 자리 바로 뒤로 가서 두 번째 열 식탁에 그녀와 등을 맞대고 앉으려고 했다. 그때 남자가 고개를 들어 아직 앉지도 않고 방향도 정하지 않은 게이타로를 쳐다봤다. 남자의 탁자 위에는 중국풍의 화분에 심은 소나무와 매화 분재가 놓여 있었다. 남자 앞에는 수프 접시가 있었다. 남자는 그 안에 커다란 스푼을 넣은 채 게이타로의 얼굴을 마주 보았던 것이다. 두 사람 사이에 놓여 있는 채 2미터가 안 되는 거리는 환한 전등이 빈틈없이 비추고 있었다. 탁자에 깔린 하얀 천이 또 그 밝기를 더해주듯이 사방의 탁자로부터 깨끗한 빛을 반사하고 있었다. 게이타로는 이런 좋은 조건이 구비된 방에서 남자의 얼굴을 충분히 살필 수 있었다. 그리고 남자 얼굴의 눈썹 사이에 다구치가 말해준 대로 커다란 점이 있는 것을 확인했다.

그 점을 빼면 남자의 용모에는 이렇다 할 특이한 점이 없었다. 눈도 코도 입도 모두 평범했다. 하지만 따로따로 보면 평범한 부분들이 길쭉한 얼굴 표면의 제 위치에 다 갖춰졌을 때는 누구의 눈에도 보통 이상의 품격 있는 신사로 비쳤다. 게이타로와 얼굴을 마주했을 때 수프 안에 스푼을 넣은 채 후루룩거리던 손을 잠시 멈춘 태도에는 어딘가 고상한 분위기마저 감돌았다. 게이타로는 그대로 남자 쪽을 등지고 자리에 앉았는데, 일반적으로 탐정이라는 글자에 붙어 있는 의미를 마음속으로 생각해내고 이 남자의 풍채나 태도는 탐정과 도저히 어울리지 않는 성질의 것이라고 생각했다. 게이타로가 보기에 남자의 인상에는 탐정의 조사 대상이 되어야 할 어떤 것도 보이지 않았다. 남자의 얼굴 표면에 자리 잡고 있는 눈, 코, 입, 그 어느 것도 그 안에 비밀을 감추고 있기에는 너무나도 평범했던 것이다. 게이타로는 자기 자리에 앉았을 때 다구치로부터 의뢰받은 오늘 저녁의 일에 대한 흥미가 이미 3분의 1쯤 증발한 듯한 실망감을 느꼈다. 무엇보다 다구치로부터 이런 성격의 일을 의뢰받은 것이 도의상 괜찮은 것인지조차 의심스러워졌다.

게이타로는 주문을 하고 멍하니 앉아 빵에는 손도 대지 않고 있었다. 남자와 여자는 그들 뒤에 앉은 새로운 손님에게 얼마간 조심하는 기색으로 잠깐 이야기를 멈췄다. 하지만 게이타로 앞에 데워진 하얀 접시가 나올 무렵부터는 다시 분위기가 무르익었는지 두 사람의 목소리가 번갈아가며 게이타로의 귀에 들어왔다.

"오늘 밤은 안 돼. 볼일이 좀 있거든."

"무슨 일요?"

"무슨 일이라니, 중요한 일이지. 그렇게 경솔하게 말할 수 없는 일이야."

"어머, 좋아요. 전 다 알고 있어요. ……사람을 실컷 기다리게 해놓고."

여자는 약간 토라진 듯한 말투였다. 남자는 주변을 꺼리는 듯이 나지막하게 웃었다. 두 사람의 대화는 그것으로 끊겼다. 얼마 후 갑자기 남자의 목소리가 들렸다.

"아무튼 오늘 밤은 좀 늦었으니까 그만두자."

"하나도 안 늦었어요. 전차를 타고 가면 금방이잖아요?"

여자가 권하고 있다는 것도, 남자가 주저하고 있다는 것도 게이타로는 훤히 알 수 있었다. 하지만 그들이 어디로 갈 생각인지, 정작 중요한 목적지에 대해서는 아무런 짐작도 할 수 없었다.


33


좀 더 들어보면 혹시 짐작이 갈지도 모른다고 생각하며 게이타로는 자기 앞에 놓인 접시 위의 나이프와 그 옆에 놓인 붉은 당근 조각을 바라보았다. 여자는 여전히 남자에게 강권하는 일을 그만두지 않는 것 같았다. 남자는 그때마다 뭐라고 하며 피하고 있었다. 하지만 상대의 화를 돋우지 않으려는 다정한 태도는 내내 변함이 없었다. 게이타로 앞에 새로운 고기와 그린피스가 나왔을 때는 여자도 결국 자신의 의견을 굽히기 시작했다. 게이타로는 마음속으로 여자가 끝까지 고집을 부리거나 아니면 남자가 적당히 항복하거나 그 어느 쪽이 되면 좋겠다고 은근히 바라고 있었기 때문에 여자가 생각했던 것만큼 강하지 않은 것을 발견했을 때는 적잖이 아쉬웠다. 적어도 두 사람 사이에는 말할 필요도 없는 것으로서 이름이 생략되고 있는 목적지만이라도 어떤 기회에 언뜻 들어두고 싶었으나 결국 이야기가 매듭지어지지 않게 되면 남녀의 대화는 자연스럽게 다른 것으로 옮겨가야 하기 때문에 당분간 그런 바람도 꺾이고 말았다.

"그럼 안 가도 좋으니까 그걸 주세요." 이윽고 여자가 말을 꺼냈다.

"그거라니, 그거라고만 하면 뭔지 모르잖아."

"그거 말이에요. 저번의 그거, 알겠죠?"

"전혀 모르겠는데."

"무례하시기는. 다 알고 있으면서."

게이타로는 잠깐 뒤를 돌아보고 싶었다. 그때 계단을 밟는 커다란 소리가 들리더니 세 명쯤 되는 손님이 한꺼번에 우르르 올라왔다. 그중 한 사람은 카키색[69] 옷에 목이 긴 구두를 신은 군인이었다. 그리고 바닥을 걷는 소리와 함께 허리에 찬 검이 찰가닥찰가닥 울렸다. 세 사람은 올라와 왼쪽 방으로 안내되었다. 그 소리가 남녀의 대화를 어지럽혔기 때문에 게이타로의 호기심도 번뜩이는 검의 빛이 가라앉을 때까지는 정지되어 있었다.

"저번에 보여준 거 말이에요. 알겠죠?"

---

69 황색에 옅은 갈색이 섞인 색으로 당시 육군의 군복 색이다.

남자는 알겠다고도 모르겠다고도 하지 않았다. 게이타로는 물론 상상조차 할 수 없었다. 게이타로는 여자가 왜 담백하게 자신이 바라는 것의 이름을 확실히 말해주지 않는지 원망스러웠다. 왠지 모르게 알고 싶었던 것이다. 그러자,

"지금 어떻게 그런 걸 갖고 있겠어?" 하고 남자가 말했다.

"누가 지금 갖고 있다고 했어요? 그냥 달라는 거예요. 다음에라도 좋으니까."

"그렇게 갖고 싶다면 가져도 좋아. 하지만……."

"아이, 좋아라."

게이타로는 다시 뒤로 돌아 여자의 얼굴을 보고 싶었다. 내친김에 남자의 얼굴도 봐두고 싶었다. 하지만 여자와 일직선으로 등을 맞대고 앉아 있는 자신의 위치를 생각하면 지금 그런 경거망동은 삼가야 하기 때문에 어디다 눈을 둬야 할지 난감하다는 식으로 그저 앞쪽만 멍하니 둘러보았다. 그러자 조리실 입구 쪽에서 보이가 하얀 접시 두 개를 들고 들어와 두 사람 앞에 놓고, 놓여 있던 접시를 가져갔다.

"작은 새야. 안 먹어?" 남자가 말했다.

"전 이제 됐어요."

여자는 작은 새 구이에는 손을 대지 않는 모양이었다. 그 대신 여유가 생긴 입을 남자보다 더 많이 놀렸다. 두 사람의 대화로 추측건대, 여자가 남자에게 달라고 조른 것은 산호 구슬인 것 같았다. 남자는 이런 일에 정통하다는 어조로 여자에게 여러 가지를 설명해주었다. 하지만 게이타로에게 그것은 흥미도 없을뿐더러 알지도 못하는 것이며 호사가나 기뻐하는 지식에 지나지 않았다. 때로는 모조품으로 만든 것에 손가락 지문을 찍거나 해서 감쪽같이 속인 가짜가 있지만 그것

은 어딘가 감촉이 까칠까칠해서 진짜 옛날에 외국에서 들어온 것과는 금방 구별된다는 등 여자에게 친절하게 설명해주고 있었다. 게이타로는 앞뒤 이야기를 종합해서, 남자는 여자에게 상당히 귀하고 아주 진기한, 그래서 요즘은 쉽게 구할 수 없는 오래된 구슬을 주기로 약속했다는 사실을 알았다.

"주기는 하겠는데, 그런 걸 받아서 뭐하려고?"

"그럼 뭐하려고 그러는 건데요? 그런 걸 갖고, 남자가."

## 34

잠시 후 남자는 "과자 먹을래, 과일 먹을래?" 하고 여자에게 물었다. 여자는 "아무거나 좋아요" 하고 대답했다. 그들의 식사가 드디어 끝나가고 있다는 신호로도 보이는 이 간단한 대화가 지금까지 무심코 두 사람의 이야기에 정신이 팔려 있던 게이타로에게 순간 자신의 의무를 일깨워주는 것처럼 울렸다. 게이타로는 이 요릿집을 나간 후에도 두 사람의 행동을 관찰할 필요가 있다고 스스로 자신의 역할을 정해놓고 있었던 것이다. 게이타로는 두 사람과 동시에 2층에서 내려가는 것은 좋은 계책이 아니라는 것을 처음부터 잘 알고 있었다. 그렇다고 뒤늦게 자리를 뜬다면 궐련을 한 대 피우기도 전에 밤과 사람, 인파와 어둠 속에서 그들을 놓칠 게 분명했다. 만약 틀림없이 그들의 그림자를 밟으며 뒤따라가려고 한다면 어떻게 해서든 한발 먼저 나가 상대에게 들키지 않게 보이지 않는 데서 기다리고 있을 수밖에 없다고 생각했다. 게이타로는 얼른 계산을 마쳐두지 않으면 안 되겠다는 생각이 들어 곧바로 보이를 불러 계산서를 청구했다.

남자와 여자는 아직 차분히 이야기를 나누고 있었다. 하지만 두 사람 사이에는 딱히 정해진 이야깃거리가 없었기 때문에 그것으로 의견이나 감정 교환을 시작할 기회도 없이 그저 깔끔하지 못한 구름처럼 잇따라 흘러가기만 할 뿐이었다. 남자의 특징이라고 한 눈썹 사이의 점에 대한 이야기도 우연히 여자의 입에 올랐다.

"왜 그런 데에 점이 생겼을까요?"

"뭐, 요즘 들어 갑자기 생긴 것은 아니고, 태어날 때부터 있었어."

"그래도 보기 흉해요, 그런 데 있어서."

"아무리 보기 흉해도 어쩔 수 없지. 날 때부터 그런 거니까."

"얼른 대학병원[70]에 가서 빼달라고 하세요."

게이타로는 이때 핑거볼의 물에 자신의 얼굴이 비칠 만큼 고개를 숙이고 양손으로 자신의 관자놀이를 누르면서 몰래 키득키득 웃었다. 그때 보이가 거스름돈을 쟁반에 올려 가져왔다. 게이타로가 살짝 일어나 눈에 띄지 않도록 계단 입구까지 얌전히 걸어가자 거기에 서 있던 보이가 큰 소리로 "손님 가신다" 하며 아래층에 알렸다. 동시에 게이타로는 들어올 때 보이에게 맡긴 지팡이를 가져오지 않았다는 사실을 깨달았다. 지팡이는 아직 방의 구석진 곳에 놓여 있는 모자걸이 밑에 처박힌 채 여자의 긴 코트 자락에 감춰져 있다. 게이타로는 방 안에 있는 남녀를 꺼리듯이 살금살금 돌아가서 조용히 지팡이를 꺼냈다. 게이타로가 뱀 대가리를 쥐었을 때 반들반들한 순백색 비단 목도리의 안감과 보드라운 외투의 안감이 그의 손등에 부드럽게 닿는 것

70 도쿄제국대학 의과대학 부속병원을 가리킨다.

이 느껴졌다. 그는 또 발꿈치로 걷는 것처럼 조심스럽게 계단 있는 데까지 가서, 거기서부터는 갑자기 태도를 바꿔 뛰다시피 종종걸음으로 쿵쿵거리며 내려갔다. 밖으로 나가자마자 전찻길을 가로질렀다. 막다른 곳에 헌옷 가게인 것 같기도 하고 양복점 같기도 한 커다란 가게가 있어 게이타로는 그 가게의 전등 빛을 등지고 섰다. 여기서 이렇게 서 있기만 하면 요릿집에서 나오는 두 사람이 큰길에서 오른쪽으로 돌든, 왼쪽으로 돌든, 또는 나카가와(中川) 쇠고깃집 모퉁이를 따라 렌자쿠초 쪽으로 빠지든 아니면 입구에서 곧장 골목을 따라 스루가다이 시타로 향하든 놓칠 염려가 없다고 생각한 게이타로는 든든한 마음으로 지팡이를 짚고 요릿집 입구를 지켜보았다.

10분쯤 기다리던 게이타로는 주시의 초점이 되는 빛 속으로 사람의 그림자가 전혀 비치지 않는 것을 수상히 여기기 시작했다. 어쩔 수 없이 그곳만 환한 창문의 안쪽을 들여다보는 것처럼 2층을 바라보며 그들이 빨리 자리에서 일어서기를 빌었다. 그리고 기다림에 지친 눈을 옮길 때마다 지붕 위로 펼쳐지는 검은 하늘을 올려다보았다. 지금까지 땅바닥을 비추고 있는 사람의 빛에 속아 그 존재가 까맣게 잊혀 있던 그 커다란 밤은 어두운 머리 위에서 조금 전부터 차가운 비를 만들고 있었던 듯 게이타로의 마음을 쓸쓸하게 했다. 문득 생각하면 지금까지 자신을 의식해서 쓸데없는 이야기만 나누고 있던 두 사람은 자신이 자리를 떠난 것을 다행으로 여기며, 자신의 임무상 꼭 들어두어야 할 중요한 의논이라도 시작한 것이 아닐까? 게이타로는 이런 의혹과 함께 검은 하늘을 올려다보며 그 안에서 두 사람이 마주하고 있던 모습을 생생하게 떠올렸다.

## 35

게이타로는 지나치게 주의 깊게 행동하는 바람에 오히려 서양 요릿집의 문을 너무 일찍 나선 것을 후회했다. 하지만 두 사람이 그를 의식하고 있는 이상, 설령 같은 자리에 언제까지고 뿌리를 내린 듯이 앉아 있어봤자 역시 보통의 세상 돌아가는 이야기 외에는 들을 수 없었을 것이다. 만약 지금까지 꼼짝 않고 앉아 있었다고 해도 그 결과는 일찍 자리를 뜬 것과 거의 같았을 거라는 생각이 들자 게이타로는 추위를 참으며 그 자리에서 계속 지키고 서 있을 수밖에 없었다. 그때 모자챙에 비가 두 방울쯤 떨어진 것 같아 그는 다시 검은 하늘을 올려다보았다. 어둠 외에 시선을 가로막는 것이 아무것도 없는 머리 위는 그가 서 있는 전찻길과 달리 굉장히 조용했다. 뺨에 비 한 방울이 떨어지기를 기다릴 요량으로 오랫동안 얼굴을 든 채 형체조차 알 수 없는 커다란 어둠을 응시하는 동안 당장이라도 비가 쏟아져 내릴 것 같은 걱정은 어디론가 사라지고 이렇게 차분한 하늘 밑에 있는 자신이 왜 이렇게 차분하지 못한 짓을 기꺼이 하는 걸까 하는 생각이 우연히 들었다. 동시에 모든 책임이 자신이 지금 짚고 있는 대나무 지팡이에 있는 것 같았다. 게이타로는 여느 때처럼 뱀 대가리를 쥐고 추위에 대한 울분을 풀기라도 하듯이 지팡이를 두세 번 세차게 흔들었다. 그때 학수고대하던 사람들의 그림자가 나란히 서양 요릿집 문을 나섰다. 게이타로는 무엇보다 먼저 여자의 가늘고 긴 목을 감싼 하얀 목도리에 눈을 주었다. 두 사람은 곧장 큰길로 나와 게이타로의 건너편 길을 전과는 반대 방향인 원래 왔던 길로 돌아가기 시작했다. 게이타로도 지체 없이 맞은편으로 건넜다. 그들은 화려하게 꾸며진 가게를 집

집마다 들여다보며 느릿느릿 걸음을 옮겼다. 뒤에서 따라가는 게이타로는 반드시 두 사람과 보조를 맞추어야 했기 때문에 천천히 걷는 것이 아주 고역이었다. 남자는 향이 진한 궐련을 물고 가면서 밤 속으로 희미한 색의 연기를 토했다. 연기가 바람을 타고 뒤에서 쫓아가는 게이타로의 코를 때때로 기분 좋게 침범했다. 게이타로는 그 향기를 맡으며 느린 걸음을 참고 착실하게 뒤를 밟았다. 남자는 키가 커서 뒤에서 보면 꼭 서양 사람 같았다. 남자가 피우고 있는 진한 궐련이 그런 착각을 다소 거들었다. 그러자 그 연상이 순식간에 동행자에게 옮겨가 여자는 남편이 사준 가죽 장갑을 끼고 있는 서양인의 첩 같다는 생각이 들었다. 게이타로가 문득 이런 공상을 하며 우습다고 생각하면서도 혼자 더욱 흥을 돋우고 있자니 두 사람은 조금 전에 만났던 정거장 앞으로 가서 걸음을 멈췄는데, 잠시 후에는 다시 선로를 가로질러 건너편으로 갔다. 게이타로도 두 사람이 하는 대로 따라 했다. 그러자 두 사람은 다시 미토시로초의 모퉁이를 이쪽에서 반대편으로 건너갔다. 게이타로도 따라서 그쪽으로 건너갔다. 두 사람은 다시 걷기 시작해 남쪽으로 이동했다. 모퉁이에서 50미터쯤 가자 거기에도 붉게 칠한 쇠기둥[71] 하나가 서 있었다. 두 사람은 그 기둥 옆으로 다가가 멈춰 섰다. 그들은 다시 미타 선을 이용하여 남쪽으로 돌아가거나 아니면 똑바로 갈 사람들이라는 것을 그제야 깨달은 게이타로는 자신도 반드시 같은 전차를 타지 않으면 안 될 거라는 각오를 했다. 그들은 약속이나 한 듯이 게이타로 쪽을 돌아보았다. 원래 게이타로가 있는 곳에서 전차가 골목길을 돌아 나오기 때문이었는데, 그래도 게이타로는

71 오가와마치의 '남쪽 승강장'을 말한다.

그리 좋은 기분이 아니었다. 게이타로는 모자챙을 뒤집어 아래로 쓱 내려보기도 하고 손으로 얼굴을 쓰다듬어보기도 하고 되도록 처마 밑으로 다가가보기도 하고 일부러 엉뚱한 쪽을 바라보기도 하면서 전차가 나타나기만을 애타게 기다렸다.

머지않아 한 대가 왔다. 게이타로는 일부러 두 사람이 탄 후에 올라타서 의심을 사지 않으려고 궁리했다. 그래서 잠깐 뒤쪽에서 머뭇거리고 있었더니 여자가 예의 그 긴 코트 자락을 밟을 것만 같이 질질 끌며 전차 발판에 발을 올려놓았다. 그러나 바로 뒤따라 탈 줄 알았던 남자는 뜻밖에 탈 기색을 보이지 않고 발을 모은 채 두 손을 외투 주머니에 넣고 서 있었다. 게이타로는 그제야 남자가 여자를 배웅하러 일부러 여기까지 온 것이라는 사실을 깨달았다. 사실 게이타로는 남자보다 여자에게 더 흥미를 갖고 있었던 것이다. 남자와 여자가 여기서 헤어진다면 물론 남자를 버리고 여자가 가는 곳만 확인하고 싶었다. 하지만 자신이 다구치로부터 의뢰받은 일은 여자와 관계가 없는 까만 중절모자를 쓴 남자의 행동뿐이었기 때문에 게이타로는 꾹 참고 전차에 오르는 것을 그만두었다.

## 36

여자는 전차에 올랐을 때 남자에게 살짝 목례만 하고 그대로 안으로 들어가버렸다. 겨울밤이라 유리창은 모두 닫혀 있었다. 여자는 새삼스레 창을 열고 안에서 고개를 내밀 만큼의 애교도 보여주지 않았다. 그래도 남자는 우두커니 서서 전차가 움직이기를 기다리고 있었다. 전차가 움직이기 시작했다. 두 사람 사이에 인사를 주고받는 것이 더 이상 필요하지 않다고 생각한 것인 양 전력(電力)은 빛나는 창을 서둘러 남쪽으로 옮겨가 버렸다. 그때 남자는 입에 물고 있던 궐련을 흙바닥에 던졌다. 그러고 나서 발길을 돌려 다시 삼거리 교차로까지 가더니 이번에는 왼쪽으로 꺾어 들어가 양품점 앞에서 멈췄다. 그곳은 게이타로가 어떤 사람에게 부딪혀 대나무 지팡이를 떨어뜨린 기억이 새로운 정거장이다. 그는 숨바꼭질하듯이 남자의 뒤를 쫓아 여기까지 왔고 다시 보고 싶지도 않은 양품점 앞에 장식되어 있는 최신 무늬의 넥타이며 실크해트며 불규칙한 줄무늬의 무릎 담요를 들여다보며 이렇게 조심해서는 탐정 일의 흥도 깨질 뿐이라고 생각했다. 여자가 이미 떠난 이상 자신의 일에 싫증이 났다고 하면 미안한 일이지만, 전과 같아야 할 답답함의 정도가 갑자기 현저하게 느껴져 견딜 수가 없었다. 게이타로가 의뢰받은 일은 중절모자를 쓴 남자가 오가와마치에서 내리고 나서 두 시간 내의 행동에 한정된 것이니 이미 정찰의 임무는 끝났다며 하숙으로 돌아가 자려고도 생각했다.

그때 기다리던 전차가 온 모양인지 남자는 긴 손으로 쇠기둥을 쥐자마자 완전히 멈추지도 않은 전차에 깡마른 몸을 보기 좋게 올려놓았다. 지금까지 주저하고 있던 게이타로는 갑자기 이 순간을 놓쳐서는 안 된다는 생각이 들어 곧장 같은 전차에 뛰어올랐다. 전차 안은 그렇게 붐비지 않아 승객은 자유롭게 서로의 얼굴을 살펴볼 여유가 있었다. 게이타로가 전차 안에 몸을 넣자마자 이미 자리를 잡고 앉아 있던 대여섯 명의 시선이 한꺼번에 몰려왔다. 그중에는 지금 막 앉은 중절모자의 남자도 섞여 있었는데, 게이타로를 보는 남자의 눈에는 어, 하는 느낌이 있었으나 미행당하고 있을지도 모르겠다는 의심은 전혀 드러나지 않았다. 게이타로는 점차 마음이 느긋해져 남자와 같은 쪽을 택해 앉았다. 이 전차가 어디로 가나 싶어 앞쪽을 보니 까만 글씨로 에도가와행이라고 쓰여 있었다. 게이타로는 남자가 갈아타기만 하면 자신도 빨리 내릴 생각으로 정거장에 도착할 때마다 남자의 동정을 살폈다. 남자는 시종 주머니에 손을 찔러 넣은 채 대개는 자신의 정면이나 자기 무릎 위를 보고 있었다. 그 모습을 형용하자면 아무것도 생각하지 않고 무슨 생각에 빠져 있는 식이었다. 그런데 구단시타(九段下)에 접어든 무렵부터 긴 목을 쭉 빼고 어떤 것을 확인하고 싶은 것처럼 창밖을 내다보기 시작했다. 게이타로도 그만 남자에게 이끌려 시치미를 떼고 잘 보이지도 않는 바깥을 내다보았다. 잠시 후 전차가 달리는 울림 속에서 유리창에 부서지는 빗소리가 뚝뚝 들리기 시작했다. 게이타로는 들고 있는 대나무 지팡이를 바라보며 이것 대신 우산을 가져왔으면 좋았을걸, 하고 생각했다.

　게이타로는 서양 요릿집을 나온 이후 중절모자를 쓴 남자의 인품과 전혀 세상을 의심하지 않는 눈빛을 주의 깊게 본 결과 문득 이런 갑갑함을 느끼며 쓸데없는 재료를 모으는 것보다는 차라리 노골적으로 이쪽에서 말을 걸어 당사자의 허락을 받은 사실만을 다구치에게 보고하는 것이 재치 있는 일이 아닐까 생각했다. 이제 와서 늦은 감이 있긴 하지만 이런 생각을 하며 그에게 자신을 직접 소개하는 편법을 궁리하기 시작했다. 그러는 사이에 전차는 결국 종점에 이르고 말았다. 비는 점점 거세진 모양인지 전차가 멈추자 쏴 하는 소리가 느닷없이 귀를 덮쳤다. 중절모자의 남자는 이거, 참, 하면서 외투 옷깃을 세우고 바짓부리를 접었다. 게이타로는 지팡이를 짚고 일어났다. 남자는 빗속으로 나가더니 곧바로 다가오는 인력거를 잡았다. 게이타로도 뒤처지지 않도록 인력거 한 대를 잡았다. 인력거꾼은 끌채를 올리며 어디로 모실깝쇼, 하고 물었다. 게이타로는 저 인력거 뒤를 따라가게, 하고 말했다. 인력거꾼은 예이, 하며 무턱대고 달리기 시작했다. 외길을 달려 야라이의 파출소 아래에 이르자 인력거꾼은 다시 끌채를 멈추고 손님, 어디로 가십니까, 하고 물었다. 아무리 덮개 안에서 몸을 빼고 봐도 남자가 탄 인력거는 그림자조차 보이지 않았다. 인력거 안의 게이타로는 지팡이를 짚은 채 빗소리 속에서 방향을 잃었다.

# 보고

## 1

눈을 뜨자 게이타로는 익숙한 다다미 여섯 장짜리 방에서 여느 때처럼 자고 있는 자신이 아주 이상하게 여겨졌다. 어제의 사건은 모두 진짜 같기도 하고 또 종잡을 수 없는 꿈 같기도 했다. 더 정확히 형용하자면 '진짜 꿈' 같기도 했다. 취한 기분으로 길거리를 활발하게 돌아다녔다는 기억도 함께 갖고 있었다. 그보다는 취한 기분이 세상에 넘칠 만큼 가득 차 있다는 느낌이 제일 강했다. 정거장도 전차도 취한 기분으로 가득 차 있었다. 보석상도, 가죽 가게도, 빨갛고 파란 깃발을 흔드는 사람도 같은 공기에 취해 있었다. 파르스름한 페인트칠을 한 서양 요릿집의 2층도, 거기에 자리를 잡고 앉아 있던 눈썹 사이에 점이 있는 신사도, 살결이 흰 여자도 모두 이 공기에 싸여 있었다. 두 사람의 이야기에 나오는, 어디에 있는지 모르는 곳의 이름도, 남자가 여자에게 주겠다고 약속한 산호 구슬도 모두 일종의 취한 듯한 기분을 띠고 있었다. 가장 취한 기분에 가득 차서 활약한 것은 대나무 지팡이였다. 게이타로가 지팡이를 짚은 채 인력거 덮개를 때리는 비 아래에서 방향을 잃었을 때는, 그 기분이 최고조에 달해 행동으로 옮기기 전에 매듭을 짓는다는 의미에서 그에게 거의 여우에게 홀린 사람의 느낌을 갖게 했다. 그때 게이타로는 가게의 불빛이 쓸쓸하게 비추는 젖은 거리와 언덕 위에 조그맣게 보이는 파출소와 그 왼쪽에 어렴풋이 거무스름하게 보이는 나무숲을 둘러보며 과연 이것이 오늘 한 일의 결말이란 말인가 하고 의심했다. 게이타로는 어쩔 수 없이 인력거꾼에게, 생각지도 않았던 혼고로 가달라고 말한 일을 기억하고 있었다.

게이타로는 누워서 천장을 바라보며 자신에게 가장 새로운 어제의 세계를 순서 없이 눈앞에 떠올렸다. 그는 아직 덜 깬 눈과 머리로 누에가 실을 뽑듯이 차례로 나오는 기념할 만한 장면을 질리지도 않고 응시하고 있었는데, 나중에는 눈앞에 둥둥 떠다니는 꿈이 귀찮아서 견딜 수가 없었다. 그래도 차례로 저쪽에서 멋대로 나타나기 때문에 그는 제정신이면서도 뭔가에 홀린 게 아닐까 하는 의심이 들었다. 그는 이 가벼운 의심과 관련하여 예의 그 지팡이를 떠올리지 않을 수 없었다. 어제의 남자도 여자도 그의 눈에는 그림을 보는 것만큼이나 선명했다. 용모는 물론이고 복장에서 걸음걸이에 이르기까지 모조리 기억의 거울에 확실히 비쳤다. 그런데도 두 사람 다 먼 나라에 있는 것만 같았다. 먼 나라에 있지만 아주 가까이에 있는 것을 보는 것처럼 선명한 색과 형태를 갖추고 눈동자를 침범해왔다. 게이타로는 왠지 이 신기한 영향이 지팡이로부터 나온 것인지도 모른다는 느낌을 갖고 있었다. 그는 어젯밤 터무니없이 많은 운임을 내고 하숙집 문으로 들어섰을 때 아무 생각 없이 그 지팡이를 든 채 자기 방으로 들어가, 이것은 남의 눈에 띄는 곳에 둘 것이 아니라는 얼굴로 자기 전에 장 속 고리짝 뒤에 던져놓았다.

오늘 아침에는 뱀 대가리에 별 의미가 없는 것처럼 여겨졌다. 특히 앞으로 다구치를 만나 정탐 결과를 보고해야 한다는 실제 문제가 떠오르자 그런 느낌은 더욱 강해졌다. 게이타로는 오후부터 밤까지 묘하게도 일종의 공기에 취한 기분으로 하루를 활동했다는 자각은 분명히 있었지만, 막상 그 활동 결과를 보통 사람이 처세에 이용할 수 있도록 논리 정연한 보고로 정리하는 단계에 이르자 자신이 받은 임무에 성공한 건지 실패한 건지 도무지 알 수가 없었다. 따라서 지팡이 덕을 본 것인지 아닌지도 확실하지 않았다. 잠자리에서 앞뒤 사정을 되풀이해본 게이타로는 바로 지팡이의 덕을 본 것 같기도 했다. 또한 결코 그 덕을 보지 않은 것 같기도 했다.

아무튼 게이타로는 일단 숙취의 마수를 떨쳐버려야 한다고 결심하고 갑자기 이불을 밀치고 벌떡 일어났다. 그러고 나서 세면대로 내려가 얼어버릴 만큼 차가운 물로 머리를 빡빡 감았다. 이것으로 어제의 꿈을 머리카락 뿌리에서부터 떨쳐내고 보통 사람으로 되돌아온 듯한 기분이 들어 기세 좋게 3층 방으로 올라갔다. 그곳 창을 시원하게 열어젖힌 그는 동쪽을 향해 똑바로 서서 우에노 숲 위로 높은 데서 비치는 햇빛을 온몸으로 받으며 열 번쯤 심호흡을 했다. 이렇게 평범한 사람처럼 정신 작용을 자극한 후 그는 잠깐 쉬면서 다구치에게 보고해야 할 사항의 순서나 조항에 대해 가능한 한 실제적으로 이리저리 생각했다.

# 2

곰곰이 따져보니 다구치에게 도움이 될 만한 것은 전혀 얻지 못한 것 같아서 게이타로는 약간 불안해졌다. 하지만 그쪽에서는 오늘 아침에도 자신의 보고를 기다리고 있을 것 같아 마음이 조급해진 게이타로는 곧바로 다구치의 집에 전화를 했다. 지금 바로 찾아가도 되겠느냐고 묻자 어지간히 기다리게 한 후 예의 그 서생을 통해 괜찮다고 해서 그는 지체 없이 우치사이와이초로 갔다.

다구치의 집 문 앞에는 인력거 두 대가 기다리고 있었다. 현관에도 구두와 게다가 한 켤레씩 놓여 있었다. 그는 지난번과 달리 일본식 방으로 안내되었다. 그곳은 다다미 열 장짜리 정도의 널찍한 방이었는데 긴 도코노마에는 큼직한 족자 두 폭이 걸려 있었다. 서생이 찻종처럼 깊은 찻잔에 엽차 한 잔을 내왔다. 그 서생이 오동나무 속을 파내고 만든 손화로도 가져왔다. 부드러운 방석도 그 서생이 권해주었을 뿐 여자는 일절 나오지 않았다. 게이타로는 널찍한 방 한가운데에 단정히 앉아 주인의 발소리가 다가오기를 갑갑한 마음으로 기다렸다. 그런데 주인은 용무가 끝나지 않은 모양인지 아무리 기다려도 좀처럼 나타나지 않았다. 하는 수 없이 게이타로는 오래되어 갈색으로 변한 족자의 가격을 상상해보기도 하고 손화로 가장자리를 쓰다듬어보기도 하고 하카마를 입은 무릎에 양손을 단정히 올리고 혼자 격식을 차리고 앉아 있어보기도 했다. 자신의 주위가 모두 너무 깨끗하게 정돈되어 있는 만큼 기분이 아주 생소해서 그는 쉽사리 마음이 안정되지 않았다. 나중에는 아래위로 판자를 어긋나게 단 선반 위에 있는 화첩 같은 것을 꺼내볼까도 생각했지만 그 근사한 표지가 이건 장식이니 손을 대선 안 된다고 거절하는 듯이 빛나고 있어 그만 손을 뻗기가 어려웠다.

이렇게 게이타로의 마음을 괴롭힌 주인은 그를 겨의 한 시간이나 기다리게 한 후에야 드디어 응접실에서 나왔다.

"야, 이거 너무 오래 기다리게 했군그래. ……손님이 좀체 돌아가지 않아서 말이야."

게이타로는 이 변명에 적당할 것 같은 대답을 한마디 하고 거기에 곁들여 공손히 고개를 숙여 인사했다. 그러고 나서 바로 어제 일을 말하려고 했으나 이런 자리에 임하고 보니 뭘 어떻게 이야기해야 좋을지 갑자기 또 갈피를 잡지 못하고 헤매는 바람에 말을 꺼낼 기회를 놓치고 말았다. 주인은 처음부터 자못 바쁘다는 듯이 말하고 행동하면서도 어딘가 배 속에 여유의 저장고라도 있는 사람처럼 결코 정탐의 결과를 들으려고 서두르지 않았다. 혼고에는 얼음이 얼었는가, 3층에는 바람이 세게 불지 않는가, 하숙에도 전화가 있는가 등 말투는 지극히 재미있는 것 같았지만 사실 시시한 것만 물었다. 게이타로는 상대의 질문에 따라 주인이 만족할 정도로 대답을 해나갔는데, 상대는 이런 무의미한 이야기를 해나가면서 은근히 그의 태도를 주시하고 있는 것 같았다. 그것까지는 게이타로도 어렴풋이 알아차렸다. 하지만 주인이 자신에게 왜 그런 주의를 기울이는지 그 이유는 전혀 알 수 없었다. 그러자,

"어땠나, 어제 일은? 잘됐나?" 하고 주인이 돌연 물어왔다. 게이타로도 이런 정도의 질문을 할 거라는 생각은 처음부터 하고 있었지만, 솔직하게 대답한다면 '어땠나'라고 묻는 사람을 무시하는 성의 없는 대답이 되기에 잠깐 머뭇거린 뒤,

"그렇습니다. 알려주신 사람만은 가까스로 찾아냈습니다" 하고 대답했다.

"미간에 점이 있었나?"

게이타로는 그 부분에서 살짝 솟아난 까만 살점을 하나 봤다고 대답했다.

"옷차림도 내가 말해준 대로던가? 까만 중절모자에 희끗희끗한 외투를 입었고?"

"그렇습니다."

"그럼 대충 틀림은 없겠지. 4시와 5시 사이에 오가와마치에서 내렸겠지?"

"시간은 좀 늦어진 것 같았습니다."

"몇 분 정도나?"

"몇 분인지는 모르겠습니다만, 5시가 훨씬 지난 것 같았습니다."

"훨씬 지났다? 그렇게 훨씬 지났다면 그런 사람은 기다리지 않아도 되지 않았나? 4시에서 5시라고 일부러 시간을 정해 알려주었을 정도니까, 5시가 지났다면 자네의 임무는 끝난 거나 마찬가지고. 그대로 돌아가서 사실대로 보고하지 않은 이유는 뭔가?"

게이타로는 지금껏 기분 좋게 이야기하던 연장자로부터 돌연 이렇게 호되게 혼나리라고는 꿈에도 생각지 못했다.


3


게이타로는 지금까지 시타마치 출신의 주인을 눈앞에 그리고 있었다. 그런데 돌연 규율밖에 모르는 군인처럼 그를 위압해오자 순식간에 마음의 중심을 잃고 말았다. 친구에게라면 말할 수 있는 '자네를 위해서니까'라는 대답도 갖고 있었지만, 이 경우에는 그것도 전혀 도움이 되지 않았다.

"그냥 제 사정으로 시간이 지나도 그곳을 떠나지 않은 겁니다."

게이타로가 이렇게 대답하자마자 다구치는 조금 전의 험악한 태도를 누그러뜨리고,

"그야 나한테는 잘된 일이지" 하고 기분 좋게 받아들였는데 "하지만 자네의 그 사정이란 건 대체 뭔가?" 하고 되물었다. 게이타로는 조금 머뭇거렸다.

"그거야 뭐 듣지 않아도 상관없네. 자네 일이니까. 얘기하고 싶지 않으면 안 해도 되네."

다구치는 이렇게 말하고 자기 앞으로 끌어당긴 휴대용 담배합의 서랍을 열고 그 안에서 뿔로 만든 길쭉한 귀이개를 찾아냈다. 그것을 오른쪽 귀에 넣고 자못 가렵다는 듯이 긁어댔다. 게이타로는 보지 않는 척하며 일부러 자신을 보고 있는 듯한, 또는 귀에만 정신이 팔려 있는 듯한 다구치의 찡그린 얼굴이 기분 나쁘게 느껴졌다.

"실은 정거장에 한 여자가 서 있었습니다." 그는 결국 털어놓고 말았다.

"나이 든 여자였나, 젊은 여자였나?"

"젊은 여자였습니다."

"역시 그렇군."

다구치는 이렇게 한마디만 할 뿐 더 이상 아무 말도 잇지 않았다. 게이타로도 갑자기 기세가 꺾여 말을 끊었다. 두 사람은 잠시 마주 본

채 입을 열지 않았다.

"아니, 나이가 들었든 젊었든 그 여성에 대해 묻는 것은 좋지 못했네. 그건 자네한테만 관계있는 일일 테니까 그만두기로 하지. 나는 그저 얼굴에 점이 있는 남자에 대한 조사 결과만 들으면 되니까."

"하지만 그 여자가 내내 점이 있는 남자의 행동에 끼어들었습니다. 무엇보다 여자는 그 남자를 만나려고 기다리고 있었으니까요."

"허어."

다구치는 살짝 생각지도 못했다는 표정을 지었지만 "그럼 그 여성은 자네가 아는 사람도 뭣도 아닌 건가?" 하고 물었다. 게이타로는 물론 아는 사람이라고 대답할 용기가 없었다. 멋쩍긴 했지만 본 적도 말을 나눠본 적도 없는 여자라고 솔직히 말하지 않을 수 없었다. 다구치는 그런가, 하고 온화하게 게이타로의 대답을 들었을 뿐 조금도 추궁하는 기색을 보이지 않았는데, 갑자기 스스럼없는 태도로,

"어떤 여자였나, 그 젊은 여성이라는 사람은? 외모로 보면" 하며 흥미진진해하는 얼굴을 휴대용 담배합 위로 내밀었다.

"아니, 뭐, 시시한 여자였습니다." 게이타로는 앞뒤 사정상 이렇게 대답하고 말았는데 실제로 머릿속에서도 시시한 듯한 느낌이 들었다. 상대와 경우에 따라서는 음, 외모는 꽤 괜찮은 편이다, 라는 정도는 처음부터 말할 수 있었다. 다구치는 '시시한 여자'라는 게이타로의 판단을 듣고 곧바로 큰 소리로 웃었다. 게이타로는 그 의미를 이해할 수 없었지만 어쩐지 머릿속에서 큰 파도가 부서지는 듯한 마음이 들어 얼마간 얼굴이 뜨거워졌다.

"됐네, 그걸로. ……그러고 나서는 어떻게 되었나? 여자가 정거장에서 기다리고 있을 때 남자가 와서 말일세."

다구치는 다시 평소의 태도로 돌아가 진지하게 사건의 경과를 물으려고 했다. 사실 게이타로는 자신이 앞으로 이야기할 일의 전말을 어떻게 파악할 수 있었는가 하는 고생담을 우선 첫머리에 부연해서 설명한 다음, 같은 이름의 정거장이 두 군데나 되어 헤맨 일부터 신기한 수수께끼가 살아 움직이는 지팡이를 어떻게 안고 나와 이용했는가에 이르기까지 자신의 공로가 되도록 중대하게 들리도록 자세히 말하고 싶었으나 만나자마자 4시와 5시에 관련된 문제로 한바탕 당한 데다 멋대로 감시 시간을 연장한 이유가 된 그 여자가 이유도 뭐도 안 되는 생면부지의 여자였다는 난처한 점이 있어 자신을 광고할 용기는 완전히 사라지고 말았다. 그래서 남자와 여자가 서양 요릿집에 들어가고 나서의 일만 아주 담백하게 이야기하고 보니, 집을 나설 때 자신이 걱정했던 대로 정말이지 막연하기만 한, 마치 회색 구름 한 줌을 다구치의 코앞에 펼쳐 보여준 것과 같은 빈약한 보고가 되고 말았다.

4

그래도 다구치는 별로 싫은 내색을 하지 않았다. 점잖게 낀 팔짱을 끝까지 풀지 않고 그저 음, 이라거나 그렇군, 이라거나 그래서, 라는 이음말을 이따금 던질 뿐이었다. 그 대신 보고가 다 끝나도 아직 뭔가 기대하고 있는 사람처럼 지금까지의 자세를 쉽사리 바꾸지 않았다. 게이타로는 어쩔 수 없이 "그것뿐입니다. 정말 시시한 결과여서 송구스럽습니다" 하고 변명을 덧붙였다.

"아니네, 꽤 참고가 되었네. 정말 수고 많았어. 상당히 힘들었겠군

그래."

다구치의 이 인사말에는 물론 대단한 감사의 뜻이 포함되어 있지는 않았지만, 자신이 바보 같기만 한 지금의 게이타로에게는 이 정도로 붙임성 있게 말해주는 것만 해도 과분하게 들렸다. 그제야 게이타로는 가까스로 창피를 당하지 않고 끝났다며 안심할 수 있었다. 동시에 느슨해진 기분이 곧바로 다구치에게 작용했다.

"그 사람은 대체 누굽니까?"

"글쎄, 누굴까? 자네는 어떻게 판단했나?"

게이타로 앞에는 까만 중절모자를 쓰고 옷깃이 벌어진 희끗희끗한 외투를 입은 남자의 모습이 생생하게 나타났다. 그 사람의 모습이며 말투며 걸음걸이까지 죄다 확실히 보이기는 했지만 다구치의 물음에 대한 대답은 한마디도 나오지 않았다.

"잘 모르겠습니다."

"그럼 성격은 어땠나?"

성격이라면 게이타로도 대충 짐작할 수 있었다. "온화한 사람 같았습니다" 하고 관찰한 대로 대답했다.

"젊은 여자하고 얘기하는 걸 보고 그렇게 말하는 거 아닌가?"

이렇게 말했을 때 다구치의 입가에 희미한 미소의 그림자가 어른거리는 것을 본 게이타로는 뭐라고 대답하려던 입을 다시 다물어버렸다.

"젊은 여자한테는 누구든 다정한 법이네. 자네도 경험이 전혀 없는 건 아니겠지? 특히 그 녀석은 남보다 갑절은 그럴지도 모르니까" 하며 다구치는 거리낌 없이 웃음을 터뜨렸다. 하지만 웃으면서도 게이타로에게 똑바로 시선을 던지고 있었다. 게이타로는 누가 옆에서 자신을 보면 눈치 없는 어리석은 사람으로 비칠 거라고 생각하면서도 역시 거북해하며 다구치와 함께 웃지 않을 수 없었다.

"그럼 여자는 어떤 사람이었나?"

다구치는 여기서 갑자기 관찰의 초점을 남자에게서 여자로 옮겼다. 그리고 이번에는 게이타로에게 이런 질문을 던졌다. 게이타로는 곧바로 솔직하게 "여자는 남자보다 더 알기가 어렵습니다" 하고 대답하고 말았다.

"여염집 여자인지 화류계 여자인지 대충 구별도 안 되던가?"

"그렇습니다" 하고 말하면서 게이타로는 잠깐 생각해보았다. 가죽 장갑이며 순백색 목도리며 아름답게 웃는 얼굴이며 긴 코트가 속속 기억의 표면으로 떠올랐지만 그것들을 종합해본들 어디에서도 그 질문에 답할 수 있을 만한 중요한 점은 얻을 수 없었다.

"비교적 수수한 코트를 입고 가죽 장갑을 끼고 있었습니다만……."

여자가 몸에 걸친 물건 중에서 특히 게이타로의 주의를 끈 이 두 가지도 다구치에게는 아무런 흥미를 주지 못하는 것 같았다. 그는 곧 진지한 얼굴로 "그럼 남자와 여자의 관계에 대해 무슨 의견 같은 건 없나?" 하고 물었다.

게이타로는 조금 전에 자신의 보고가 순조롭게 끝난 증거로 수고했다는 인사말까지 들은 마당에 이렇게 어려운 질문들이 계속 나오리라고는 털끝만치도 생각해보지 않았다. 더군다나 궁지에 몰린 탓인지 그것이 차례로 점차 어려운 쪽으로 치닫는 것 같아 견딜 수가 없었다. 다구치는 게이타로가 말문이 막힌 모습을 보고 다시 같은 질문을 다른 말로 설명해주었다.

"예를 들면 부부라든가 오뉘라든가 아니면 그냥 친구라든가 정부(情婦)라든가 말이네. 여러 가지 관계 중에서 뭐라고 생각하나?"

"저도 여자를 봤을 때는 처녀일까 유부녀일까 생각해봤습니다만……, 하지만 아무래도 부부는 아닌 것 같았습니다."

"부부가 아니라고 해도 육체상의 관계는 있었을 것 같나?"

5

게이타로의 가슴에도 처음부터 그런 의심이 다소 일지 않은 건 아니었다. 새삼 자신의 마음을 해부해보면 그들 두 사람 사이에 비밀스러운 관계가 이미 성립했을 거라는 가정이 멀리서 그를 조종했고, 그 때문에 정찰의 흥미가 한층 예민해졌을지도 모른다. 육체와 육체 사이에 일어나는 이 관계 외에 남녀 사이에 연구할 만한 교섭은 일어날 수 없는 거라고 주장할 만큼 이론가는 아니었지만, 뜨거운 피를 지닌 청년이 늘 그렇듯이 그런 관점에서 남녀를 바라볼 때야 비로소 남녀다운 마음이 일어난다고 생각하고 있어서 되도록 그 관점을 벗어나지 않고 세상을 바라보고 싶었던 것이다. 인간이라는 커다란 세계를 확실히 알 수 없는 대신 젊은 게이타로의 눈에는 남녀라는 작은 우주가 이렇게 선명하게 비쳤다. 따라서 게이타로는 대개의 사회적 관계를 가능한 한 그 한 점까지 떨어뜨려 즐기고 있었다. 정거장에서 만난 두 사람의 관계도 게이타로가 의식하지 못하는 머릿속에서는 처음부터 이미 그런 한 쌍의 남녀로 결부되어 있었던 것 같다. 게이타로는 또 그 배후로 죄악을 상상하여 쓸데없는 것에 두려움을 가질 만한 도덕가도 아니었다. 게이타로는 남 못지않은 도의심의 소유자로서 흔해빠진 인간의 한 사람이었지만 그 도의심은 그의 공상과 달리 만일의 경우가 아니면 늘 작동하는 것은 아니기 때문에 정거장의 두 사람을 자신이 가장 흥미 있어 하는 남녀 관계로 다시 봐도 별로 불쾌해지지 않았던 것이다. 그는 단지 두 사람의 나이 차가 많다는 것이 의심스러웠다. 하지만 또 한편으로는 그 차이가 오히려 그의 눈에 비치는 '남녀 세계'의 특징을 잘 보여주는 것 같기도 했다.

두 사람에 대한 그의 마음은 부지불식간에 이렇게 누그러져 있었지만, 결국 다구치로부터 정식으로 그런 질문을 받고 보니 책임 여하와는 상관없이 머릿속에서는 단호한 대답이 정리된 형태로 나오기 힘들었다. 그래서 이렇게 말했다.

"육체상의 관계가 있었을지도 모릅니다만, 없었을지도 모릅니다."

다구치는 그저 웃을 뿐이었다. 그때 하카마를 입은 예의 그 서생이 쟁반에 명함 한 장을 올려 가져왔다. 다구치는 살짝 그것을 받아 든 채 "뭐, 알 수 없는 게 사실이겠지" 하고 게이타로에게 대답했는데, 바로 서생을 보고 "응접실로 안내하게……" 하고 명령했다. 조금 전부터 상당히 궁한 처지에 있던 터라 게이타로는 새로운 손님이 찾아온 것을 좋은 기회로 삼아 이제 여기서 일단락 짓자고 생각하고 옷차림을 가다듬자 다구치는 일부러 그가 일어나기 전에 만류했다. 그리고 게이타로가 난감해하는 것에도 아랑곳하지 않고 다시 질문을 이어갔다. 그중에서 게이타로가 명료하게 대답할 수 있는 것은 하나도 없었기 때문에 그는 대학에서 구술시험을 치렀을 때보다 더 괴로웠다.

"그럼 이만하겠네만, 남자하고 여자 이름은 알았겠지?"

다구치가 마지막이라고 말한 이 물음에도 게이타로는 물론 만족스러운 답을 갖고 있지 않았다. 게이타로는 서양 요릿집에서 두 사람의 대화에 주의를 기울이는 동안에도 누구누구 씨라느니 무슨무슨 코

(子)라느니 또는 오(御) 뭐라느니 하는 말[1]이 언젠가는 반드시 섞여 나올 거라고 기다리고 있었는데, 그들은 특별히 그걸 피할 필요라도 있는 것처럼 서로의 이름은 물론이고 제삼자의 이름도 결코 입에 올리지 않았던 것이다.

"이름은 전혀 모릅니다."

다구치는 이 대답을 듣고 손화로의 몸통에 댄 손을 움직이며 박자를 맞추듯이 손가락 끝으로 오동나무로 된 테두리를 두드리기 시작했다. 잠시 그것을 되풀이한 후 "어떻게 된 건지 정말 요령부득이군" 하고 말했는데 곧바로 말을 이어 "하지만 자네는 정직하네. 그게 자네의 장점일 거야. 모르는 것을 아는 것처럼 보고하는 것보다는 훨씬 나을지도 모르지. 뭐 산다면 그 점을 높이 사겠네" 하며 웃기 시작했다. 게이타로는 자신의 관찰이 말 그대로 실용적이지 않았다는 것을 깨닫고 다소 자신의 멍청함이 부끄럽기도 했는데, 하지만 불과 두세 시간의 주의와 인내와 추측으로는 설령 자신보다 열 배나 빈틈없는 사람에게 대신 부탁했다고 한들 다구치를 만족시킬 만한 결과를 얻을 수 있는 건 아니었을 거라고 굳게 믿고 있어서 이 평가가 그렇게 고통스럽지는 않았다. 그 대신 정직하다고 칭찬받은 일도 대단히 기쁜 것은 아니었다. 이 정도로 정직한 것은 아주 평범한 것에 지나지 않은 것으로 보였기 때문이다.

1 코는 여자 이름 끝에 주로 붙이고, 오는 여자 이름 앞에 친근함의 뜻으로 붙인다.

# 6

게이타로는 조금 전부터 고개를 들 수 없는 다구치 앞에서 단 한마디라도 좋으니 자신의 속마음을 거침없이 마음껏 얘기해보고 싶었는데, 그때 문득 지금 여기서 말하지 않으면 다시는 말할 기회가 없을 거라는 생각이 들었다.

"요령부득인 결과뿐이라 저도 심히 죄송스럽게 생각합니다만, 물으시는 그런 세세한 일은 저처럼 어수룩한 사람이 그 정도의 시간에 알아낼 수는 없는 것 같습니다. 이렇게 말하면 건방지게 들릴지도 모르겠습니다만, 그런 잔꾀를 부려 뒤를 밟는 것보다 직접 만나 물어보고 싶은 걸 솔직히 물어보는 편이 수고스럽지도 않고 또 확실한 것을 알 수 있지 않을까 싶습니다."

이렇게만 말한 게이타로는 세상 물정에 밝은 상대로부터 필시 비웃음을 사거나 놀림을 당할 거라고 생각하며 다구치의 얼굴을 쳐다봤다. 그러자 뜻밖에도 다구치는 오히려 진지한 태도로 "자네가 그 정도의 일을 알고 있었나? 감동했네" 하고 말했다. 게이타로는 일부러 대답을 삼갔다.

"자네가 말하는 방법은 가장 멍청한 짓 같지만 가장 간편하고 또 가장 정당한 방법이네. 그걸 알고 있다면 인간으로서 훌륭한 거지." 다구치가 되풀이했을 때 게이타로는 점점 더 대답이 궁해졌다.

"그 정도로 분명한 생각이 있는 자네한테 그런 하찮은 일을 의뢰한 것은 내 불찰이네. 사람을 잘못 본 것이나 마찬가지니까. 하지만 이치조가 자네를 소개할 때 그렇게 말했네. 자네는 탐정 같은 일에 흥미를 갖고 있다고 말이야. 그래서 그만 어처구니없는 일을 부탁한 거지. 하지 말았어야 했는데……."

"아니, 스나가한테 분명히 그런 의미의 말을 한 것은 기억하고 있습니다." 게이타로는 난처한 심정으로 대답했다.

"그랬나?"

다구치는 게이타로의 모순을 이 한마디로 잘라버리고 더 이상 추궁하는 우는 범하지 않았다. 그리고 바로 문제를 바꿨다.

"그럼 어떻겠나, 잠자코 뒤를 밟지 말고 자네 말대로 정정당당하게 현관으로 들어가면. 자네한테 그럴 만한 용기가 있나?"

"없지는 않습니다."

"그렇게 따라다닌 뒤에?"

"그렇게 따라다녔다니요, 저는 그 사람들한테 불명예가 될 만한 관찰은 결코 하지 않았다고 생각합니다."

"당연하지. 그렇다면 한번 가보게. 소개할 테니."

다구치는 이렇게 말하면서 큰 소리로 웃었다. 하지만 이 제의가 꼭 농담이라고는 생각되지 않아서 게이타로는 소개장을 들고 정말 미간의 점과 마주 보고 이야기해볼까 하는 마음이 일었다.

"만나고 싶으니 소개장을 써주십시오. 저는 그 사람하고 이야기해보고 싶은 마음이 있으니까요."

"좋네. 이것도 다 경험이니까, 뭐 만나서 직접 연구해보게. 자네라면 내 부탁으로 저번 날 밤에 뒤를 밟았다는 얘기 정도는 반드시 하겠지. 하지만 그건 상관없네. 말하고 싶으면 해도 좋아. 나를 신경 쓸 필요는 없으니까. 그리고 자네한테 용기가 있다면 그 여자하고의 관계도 물어보게. 어떤가, 그걸 물을 만한 배짱은 있나?"

다구치는 여기서 잠깐 말을 끊고 게이타로의 얼굴을 봤는데, 게이타로가 대답도 하기 전에 다시 말을 이었다.

"하지만 둘 다 자연스럽게 말을 할 수 있게 될 때까지는 물어서도, 이야기해서도 안 되네. 아무리 용기가 있다고 해도 몰상식한 놈으로 몰릴 게 뻔하니까. 그 정도가 아닐 거야. 그 사람은 그렇지 않아도 꽤 만나보기 힘든 편이니까, 그런 말을 함부로 했다가는 당장 돌아가라는 말 정도는 할지도 모르지. 소개해주는 대신 그런 점은 조심해야 할 거네."

게이타로는 물론 잘 알겠다고 대답했다. 하지만 마음속에서는 까만 중절모자의 사내가 도저히 다구치가 말하는 사람처럼 보이지 않았다.


7


다구치는 벼룻집과 두루마리를 가져오게 해서 소개장을 술술 써내려갔다. 잠시 후 수신인 이름을 다 적고 나서 "그냥 형식적인 문구만 늘어놔도 되겠지" 하고 말하며 손화로 앞에 비춘 편지를 게이타로에게 읽어주었다. 그중에는 쓴 당사자가 고백한 것처럼 특별히 이렇다 하게 주의할 만한 일은 전혀 없었다. 그저 이 사람은 올해 대학을 갓 졸업한 법학사로, 경우에 따라서는 자신이 돌봐줘야 하는 사람이니 아무쪼록 만나서 이야기를 해보라는 것뿐이었다. 다구치는 게이타로의 얼굴을 보고 이의가 없다는 것을 확인한 후 바로 두루마리를 둘둘 말아 봉투에 넣었다. 그러고 나서 겉봉에 '마쓰모토 쓰네조 귀하(松本恒三樣)'라고 크게 쓰고는 일부러 봉하지도 않고 게이타로에게 건넸다. 게이타로는 진지하게 '마쓰모토 쓰네조 귀하'라는 글자를 바라보았는데 굵직하고 야무지지 못한 서체로 이 사람이 이런 글씨를 쓰는 구나 싶을 만큼 서툰 글씨였다.

"그렇게 감탄해서 언제까지고 보고만 있어선 안 되네."

"번지가 안 쓰여 있는 것 같은데요."

"아, 그런가? 그건 내 실수네."

다구치는 다시 편지를 받아서 수신인의 주소와 번지를 적어 넣었다.

"자, 이렇게 하면 되겠지. 맛없이 크기만 한 도바시(土橋)의 오즈시(大壽司)²식이라고 할까? 뭐, 도움이 되기만 하면 될 테니, 참게."

"예, 괜찮습니다."

"내친김에 여자한테도 한 통 쓸까?"

"여자도 아십니까?"

"경우에 따라서는 알고 있을지도 모르지" 하고 대답한 다구치는 어쩐지 의미심장한 웃음을 지어 보였다.

"지장만 없으시다면 이왕 쓰신 김에 한 장 써주셔도 좋겠습니다."

게이타로도 반쯤 농담 삼아 부탁했다.

"뭐, 그만두는 게 안전하겠지. 자네처럼 젊은 남자를 소개했다가 무슨 문제라도 생기면 책임을 져야 하니까. 로맨 어쩌고 하지 않나, 자네 같은 사람을 말이지. 나야 학문이 없어서 요즘 유행하는 하이칼라³한 말을 금방 잊어버려서 곤란하지만, 뭐라고 하더라, 거 소설가가 쓰는 말 말이네."

그렇다고 게이타로는 그거야 이런 말이지요, 하고 가르쳐줄 생각이 들지 않았다. 그저 에헤헤 하고 바보처럼 웃고만 있었다. 그리고 오래

---

2 신바시의 도바시 다리 근처에 있던 초밥집으로 초밥이 커서 유명했다.

머물수록 점점 심한 놀림을 받을 것 같아서 마음속으로 이야기가 일단락되면 얼른 돌아가려고 생각했다. 게이타로는 다구치가 준 소개장을 품속에 넣고 "그럼 이삼일 안에 이걸 갖고 찾아가보겠습니다. 그일로 또 찾아뵙게 될 테니까요" 하면서 부드러운 방석 위를 미끄러져 내려왔다. 다구치는 "정말 수고 많았네" 하고 공손하게 인사했을 뿐 로맨틱도 코즈메틱[4]도 깡그리 잊어버린 듯한 얼굴로 일어났다.

게이타로는 돌아가는 길에 방금 만난 다구치와 앞으로 만나려는 마쓰모토, 그리고 마쓰모토를 만났던 그 멋진 여자를 붙였다 떨어뜨렸다 하면서 자꾸만 그 관계에 대해 생각했다. 그렇게 생각하면 할수록 한 발씩 미궁 속으로 끌려 들어가는 듯한 재미를 느꼈다. 오늘 다구치의 집에서 얻은 것은 마쓰모토라는 이름뿐이었지만 게이타로에게는 그 이름이 자신을 위해 여러 가지로 착종된 사실을 단단히 동여매고 있는 묘한 자루처럼 여겨졌고 거기서 뭐가 나올지 모르는 만큼 마쓰모토에게는 기대가 많았다. 다구치의 설명에 따르면 다가가기 힘들 것처럼 보이기도 하지만 그가 본 바로는 다구치보다는 이야기하기가 몇 배나 쉬울 것 같았다. 게이타로는 오늘 다구치로부터 받은 인상 중에 사람을 다루는 점에서는 정말 노련하다는 감탄과 인물로서도 어딘가 대단하다고 생각되는 점이 때때로 그의 눈을 찌르듯이 깜박깜박

3 문명개화의 시대인 메이지 시대에 유행한 말이다. 서양에서 귀국한 사람 또는 서양풍의 문화를 좋아하는 사람이 주로 높이 세운 옷깃(high collar)의 셔츠를 입은 데서 유래한 말이다. 서양물이 들었다는 의미의 속어로 탄생했다가 나중에는 일반적으로 널리 사용되는 말이 되었다. 서양물이 들거나 유행을 좇으며 새로운 것을 좋아하는 것 또는 그런 사람이나 모습, 요컨대 서양식의 머리 모양이나 복장, 사고방식을 의미했다가 나중에는 새롭고 세련된 것이라는 일반적인 의미로도 쓰였다.
4 cosmetic. 포마드를 막대 모양으로 굳힌 것.

빛났음에도 불구하고 그 앞에 앉아 있는 동안 내내 뭔가에 묶여 자유롭게 움직일 수 없는 갑갑한 느낌을 지울 수 없었다. 줄곧 감시를 받고 있는 듯한 이 상태는 일시적인 것이 아니라 아무리 면담의 횟수를 거듭한다고 해도 결코 줄어들지 않을 거라는 생각까지 들었다. 게이타로는 이런 식으로 마음을 놓을 수 없는 다구치와는 반대로 마쓰모토는 뭐든지 거리낌 없이 물어도 화낼 것 같지 않고 말소리 자체에 이미 정겨움이 담겨 있는 사람이라고 상상했다.

8

이튿날 아침 일찍 준비를 하고 마쓰모토를 만나러 나가려는데 공교롭게도 차가운 비가 내리기 시작했다. 창문을 빼꼼히 열고 높은 3층에서 밖을 내다봤을 때는 이미 세상이 온통 젖어 있었다. 기와지붕에 배어드는 듯한 쓸쓸한 색을 잠시 바라보던 게이타로는 다구치의 소개장을 책상 위에 놓고 나갈까 말까 잠깐 고민했는데, 얼른 만나보고 싶은 마음이 강하게 일어 결국 책상 앞을 떠났다. 그리고 두부 장수의 나팔 소리가 음침한 공기를 뚫고 날카롭게 울리는 길로 내려섰다.

마쓰모토의 집은 야라이에 있어 게이타로는 요 전날 밤 여우에 홀린 듯했던 파출소 아래의 경치를 상상하면서 그곳으로 가니 언덕 아래와 위 둘 다 두 갈래로 갈라져 있고 경사진 한가운데만 일그러진 채 불룩해져 있었다. 게이타로는 차가운 비가 하카마 자락에 세차게 뿌리는 것도 마다하지 않고 발길을 멈추고는 그날 밤 인력거꾼이 끌채를 쥔 채 오도 가도 못한 것은 이 근처일 거라고 짐작되는 곳을 둘러보았다. 오늘도 마찬가지로 비가 쫙쫙 쏟아져 그가 밟고 있는 흙은 지하의 납관까지 썩게 할 만큼 젖어 있었다. 다만 낮이라 주위는 어둑하면서도 밝아서 발길을 멈췄을 때의 느낌은 요 전날과는 완전히 달랐다. 게이타로는 뒤쪽에 거무스름하게 솟은 메지로다이(目白台) 숲과 오른쪽 안쪽으로 몽롱하게 겹쳐진 미즈이나리(水稲荷) 신사의 나무숲을 보며 언덕을 올라갔다. 그러고 나서 같은 번지의 집이 몇 채나 있는 야라이를 빙글빙글 돌았다. 처음에는 좁은 골목길을 오른쪽으로 꺾기도 하고 왼쪽으로 꺾기도 하며 젖은 탱자나무 울타리를 들여다보기도 하고 오래된 동백나무로 둘러싸여 있는 묘지 같은 곳을 지나기도 했지만 마쓰모토의 집은 쉬이 눈에 띄지 않았다. 결국 찾다 못해 어떤 골목길 모퉁이에 있는 인력거 영업소를 발견하고 그곳의 젊은이에게 물었더니 별것도 아니라는 듯이 바로 가르쳐주었다.

마쓰모토의 집은 이 인력거 영업소와 비스듬히 마주 보는 건너편 골목으로 들어가 막다른 곳에 있는 대나무 울타리로 둘러싸인 깔끔한 집이었다. 문으로 들어서니 아이가 북을 치고 있는 소리가 들렸다. 현관에서 사람을 불러도 북소리는 도통 그치지 않았다. 대신 주위는 쥐 죽은 듯이 고요해서 사람이 살고 있는 냄새조차 나지 않았다. 비에 갇힌 집 안쪽에서 나타난 열예닐곱 살쯤 되는 하녀가 무릎을 꿇고 소개장을 받아 든 채 말없이 물러갔다가 잠시 후 다시 나와서는 "심히 무례한 말씀을 드리게 되어 죄송하지만 비가 오지 않는 날 오시지 않겠습니까?" 하고 말했다. 지금껏 취직 활동을 하면서 여러 곳에서 거절 당해온 게이타로에게도 이 같은 거절 방식만은 이상하게 들렸다. 게이타로는 비가 내리면 왜 면담에 지장이 있는지 당장에 반문하고 싶었다. 하지만 하녀와 언쟁을 벌이는 것도 이상한 일이라 "그럼 날씨가 좋은 날 찾아오면 뵐 수 있는 거죠?" 하고 확인 삼아 다시 물어보았다. 하녀는 그저 "네" 하고 대답할 뿐이었다. 게이타로는 어쩔 수 없이 다시 빗속으로 나왔다. 쏴아 하는 소리가 갑자기 거세게 들리는 가운데 아이가 치는 북소리가 아직도 둥둥 울리고 있었다. 그는 야라이의 언덕길을 내려가면서 이상한 사람도 다 있군, 하는 생각을 몇 번이고 되풀이했다. 어쩌면 다구치가 만나기 힘들다고 한 것은 이런 걸 말한 게 아닐까 하는 생각도 했다. 그날은 집으로 돌아와서도 기분이 어쩔 수 없이 정지된 상태에 고정된 채 어느 방향으로도 나아갈 수 없는 것이 고통스러웠다. 오랜만에 스나가에게라도 찾아가 지금까지 있었던 일이나 한가하게 이야기하며 한나절을 보낼까 하는 생각도 했지만, 어차피 가는 거라면 지금의 일이 일단락되어 자신에게도 어림잡은 얼거리를 말할 수 있게 되지 않았을 때에는 이야기할 가치도 없기 때문에 결국 가지 않기로 했다.

이튿날은 전날과 딴판으로 날씨가 좋았다. 일어날 때 온갖 더러움을 비가 다 씻어낸 것처럼 깨끗하게 빛나는 파란 하늘을 눈이 부신 듯이 올려다본 게이타로는 오늘이야말로 마쓰모토를 만날 수 있겠다며 기뻐했다. 그는 요 전날 밤 고리짝 뒤에 감춰둔 지팡이를 꺼내 오늘은 이걸 한번 가져가보자고 생각했다. 그는 지팡이를 짚고 다시 야라이의 언덕을 올라가면서 어제의 그 하녀가 오늘도 나와서, 일부러 또 찾아오셨는데 죄송합니다만, 오늘은 날씨가 너무 좋으니 좀 더 흐린 날 오시지 않겠습니까, 라고 하면 어떨까 상상했다.

## 9

그런데 어제와 달리 문으로 들어서도 아이가 울리는 북소리는 들리지 않았다. 현관에는 전에 눈에 띄지 않던 칸막이 장지가 세워져 있었다. 그 칸막이 장지에는 엷고 산뜻하게 그린 학 한 마리가 멈춰 서 있을 뿐이고 체경(體鏡)처럼 가늘고 긴 모양이 일반적인 것과는 치수가 달라 게이타로의 주의를 끌었다. 하녀가 맞이하러 나온 것은 다르지 않았는데 그 뒤로 발소리를 거침없이 통통 울리며 두 아이가 칸막이 뒤로 와서는 신기하다는 표정으로 게이타로를 바라보았다. 어제에 비해 이만큼의 변화를 포착한 게이타로는 일단 들어오라는 말과 함께 유리문이 닫혀 있는 방으로 안내되었다. 하녀는 방 한가운데에 있는 어항처럼 큼직한 도자기 화로 양쪽에 방석을 하나씩 놓고 그 하나에 게이타로를 앉게 했다. 방석이 사라사[5] 무늬가 있는 아주 동그란 모양이어서 게이타로는 신기하게 여기며 그 위에 앉았다. 도코노마에는 솔로 난폭하게 쓸듯이 그린 듯한 산수화 족자가 걸려 있었다. 게이타로는 어느 게 나무고 어느 게 바위인지 알 수 없는 그림을, 경멸할 만한 장식품인 것처럼 바라보았다. 그리고 그 옆에는 징이 걸려 있고 그것을 치는 채까지 갖춰져 있어 점점 더 이상한 방이라고 생각했다.

그때 옆방의 장지문이 열리더니 미간에 점이 있는 주인이 나왔다. "잘 왔네" 하고 말하고는 곧장 게이타로의 코앞에 앉았는데, 그 모습은 결코 붙임성 있는 편이 아니었다. 다만 어딘가 너글너글해서 상대를 그다지 중시하지 않는 점이 오히려 게이타로의 마음을 편하게 해주었

---

5 다섯 가지 색을 이용하여 인물, 새와 짐승, 꽃과 나무 또는 기하학적 무늬를 물들인 피륙.

다. 그래서 화로 하나를 사이에 두고 얼굴과 얼굴을 마주하면서도 게이타로는 그다지 거북한 느낌이 들지 않았다. 게다가 이 집 주인은 요전날 밤 게이타로의 얼굴을 봐서 분명히 기억하고 있을 텐데도 지금 만나보니 기억하는지 못 하는지 태연하기만 한 데다 그런 기색은 말로도 태도로도 드러내지 않아 게이타로는 더욱더 어렵게 여길 필요를 느끼지 않았다. 그리고 주인은 어제 비가 와서 만남을 사절한 이유나 변명을 한마디도 하지 않았다. 말하기 싫은 건지 말하지 않아도 된다고 생각한 건지 게이타로는 그것조차도 전혀 판단할 수 없었다.

자연스럽게 소개자인 다구치에 대한 이야기부터 시작했다. "앞으로 다구치 밑에서 일하려는 거 맞나?" 하는 질문을 필두로 주인은 게이타로의 지망이며 졸업 성적을 대충 물었다. 그러고 나서 게이타로가 일찍이 생각해본 적이 없는 사회관이나 인생관 같은 까다로운 문제를 이따금 꺼내 그를 괴롭혔다. 마음속으로 마쓰모토라는 사람은 세상에 알려지지 않은 학자 가운데 한 명이 아닐까 하고 게이타로가 의심할 만큼 묘한 이론을 언뜻언뜻 내비쳤다. 그뿐 아니라 마쓰모토는 다구치를 쓸모는 있지만 머리가 나쁜 사람이라고 매도했다.

"무엇보다 그렇게 바빠서는 머리로 짜임새 있는 생각을 할 틈이 없으니 틀려먹은 거지. 그 사람 머리는 언제나 절구통 안에서 절굿공이로 휘저어지는 된장 같은 거라네. 지나치게 활동을 많이 해서 아무것도 안 되는 거지."

게이타로는 이 주인이 다구치에 대해 왜 이렇게까지 비난을 해대는지 그 이유를 도통 알 수가 없었다. 하지만 게이타로가 신기하게 느낀 것은 이 정도로 거친 말을 쏟아내는 주인의 태도나 말투에서 독살스러운 느낌이나 얄미운 점은 눈곱만큼도 찾아볼 수 없다는 점이었다.

마쓰모토가 비난하는 말은 남을 매도해본 경험이 없는 듯한 차분함을 띤 그의 목소리를 통해 게이타로의 귀에 들렸기 때문에 게이타로도 강력하게 반발할 생각이 들지 않았다. 단지 일종의 별난 사람이라는 느낌에 새로운 자극을 받았을 뿐이다.

"그런데도 바둑을 두고 우타이(謠)6를 한다네. 여러 가지 것을 하지. 하긴 어느 것이나 더럽게 서툴지만 말이야."

"그게 여유가 있다는 증거 아닐까요?"

"여유라니, 자네. ……난 어제 비가 오니까 날이 좋을 때 다시 와달라고 자네를 거절하지 않았나? 그 이유를 지금 말할 필요는 없겠지만, 아무튼 그렇게 멋대로 거절하는 법이 세상에 있다고 생각하나? 다구치라면 절대 그런 식으로 거절하지 못할 걸세. 다구치가 기꺼이 사람을 만나는 것은 왜라고 생각하나? 다구치는 세상에 추구하는 바가 많은 사람이라 그런 거네. 다시 말해 나 같은 고등유민(高等遊民)7이 아니기 때문이지. 아무리 남의 감정을 상하게 해도 난처하지 않다는 여유가 없기 때문이라네."


10


"실은 다구치 씨한테 아무 얘기도 듣지 못하고 왔습니다만, 지금 말

6 일본의 전통 가면극인 노가쿠(能樂)의 가사에 가락을 붙여 노래하는 것.
7 소세키가 만든 말로 『그 후』에도 나온다. 대학을 나와서도 직장을 얻으려고 하지 않고 직업 때문에 마음을 더럽히거나 안달하지 않는, 여유로운 시간을 가진 사람을 가리킨다. 다시 말해 『그 후』의 다이스케처럼 경제적인 여유가 있어 무리를 해서 먹고살기 위한 직업을 가질 필요가 없는 지식인을 말한다.

쏨하신 고등유민이라는 말은 진심으로 그렇게 쓰시는 겁니까?"

"말 그대로의 의미로 난 유민일세. 한데 그건 왠가?"

마쓰모토는 큼직한 화로 가장자리에 양 팔꿈치를 대고 한쪽 주먹으로 턱을 괴면서 게이타로를 보았다. 게이타로는 초면인 손님을 손님으로 여기지 않는 듯한 마쓰모토의 모습에 과연 고등유민의 본색이 있는 듯하다고 생각했다. 마쓰모토는 담배 애호가인 듯 오늘은 커다랗고 동그란 대통이 달린 목제 서양 파이프를 입에서 떼지 않고, 아직 불이 꺼지지 않았다는 증거를 보여주기라도 하는 것처럼 이따금 생각났다는 듯이 짙은 연기를 봉화처럼 뻐끔뻐끔 내뿜었다. 그 연기가 어느새 그의 얼굴 옆에서 사라져가는 모습은 어디에도 긴장할 필요를 느끼지 않는 듯한 그의 이목구비와 아울러 지금까지 경험한 적이 없는 평온한 기분을 느끼게 했다. 마쓰모토는 살짝 성겨지기 시작한 머리를 한가운데서 좌우로 가르마를 타고 있어 납작한 머리가 더욱 순순히 가라앉아 있는 것으로 보였다. 그는 다시 세상의 보통 사람들이 입지 않는 갈색 민무늬 하오리를 입고 같은 색 덧버선을 흰색 버선 위에 겹쳐 신고 있었다. 그 색이 바로 승려의 법의를 연상시키는 점이 게이타로의 눈에는 또 묘하게 특별한 남자처럼 비쳤다. 고등유민을 자처하는 사람을 만난 것은 이번이 처음이기는 하지만, 약간 허를 찔린 듯한 기색의 게이타로에게는 마쓰모토의 풍채나 태도가 너무나도 그런 계급의 대표자인 듯한 느낌을 준 것이 사실이다.

"실례지만 가족은 많습니까?"

게이타로는 고등유민을 자처하는 사람에게 어쩐 일인지 우선 이것을 물어보고 싶었다. 그러자 마쓰모토는 "그럼, 애들이 많네" 하고 대답하고 게이타로가 잊고 있던 파이프로 연기를 훅 내뿜었다.

"부인은……"

"물론 아내도 있지. 그건 왜 묻나?"

게이타로는 돌이킬 수 없는 어리석은 질문을 해서 수습할 수 없게 된 것을 후회했다. 상대가 그다지 감정 상한 모습을 보이지 않았다고 해도 신기하다는 듯이 자신의 얼굴을 바라보며 해결을 기대하고 있는 이상은 무슨 말이라도 하지 않으면 안 되는 처지가 되었다.

"당신 같은 분이 보통 사람과 마찬가지로 가정적으로 살아갈 수 있을까 싶어 여쭤봤을 뿐입니다."

"내가 가정적으로……. 왜? 고등유민이라서 그러나?"

"그런 것은 아니지만, 어쩐지 그런 마음이 들어 여쭤봤던 겁니다."

"고등유민은 다구치 같은 사람보다 가정적인 법이라네."

게이타로는 더 이상 할 말이 없게 되었다. 그의 머릿속에서는 대답에 막혀버린 난처함, 여기서 화제를 바꾸려는 노력, 그것을 실마리로 가죽 장갑을 낀 여자와의 관계를 확인하고 싶은 희망, 이 세 가지가 한꺼번에 작동하고 있어서 원래부터 그다지 질서정연하지 않았던 그의 생각에 더욱 어두운 그림자를 던졌다. 하지만 마쓰모토는 그런 일에는 전혀 개의치 않는 듯이 난처해하는 게이타로의 얼굴을 태평하게 바라보았다. 만약 이 사람이 다구치였다면 솜씨 좋게 상대를 때려눕히는 대신, 때려눕히고는 바로 그쪽에서 국면을 바꿔 상대를 볼썽사납게 쩔쩔매게 하는 일은 결코 하지 않는 멋진 재주를 갖고 있을 텐데, 하고 게이타로는 생각했다. 마음을 놓을 수는 있지만 사람을 대하는 점에 뛰어난 숙련도를 결여하고 있는 마쓰모토 앞에서 게이타로는 뜻밖에도 두 사람의 차이를 본 듯한 느낌이 들었는데, 우연히 마쓰모토는 "자네는 그런 문제를 생각해본 적이 없는 것 같군그래" 하고 물어주었다.

"예, 전혀 생각해보지 않았습니다."

"생각할 필요는 없지. 혼자 하숙하고 있는 이상은 말이야. 하지만 아무리 혼자라도 넓은 의미에서 남녀 문제는 생각하지 않나?"

"생각한다기보다는 오히려 흥미가 있다고 하는 게 더 적절할지도 모르겠습니다. 흥미라면 물론 있습니다."


## 11

두 사람은 인간으로서 누구나 이해관계를 느끼는 이 문제에 대해 잠시 이야기를 나누었다. 하지만 나이 차이 때문인지 수준 차이 때문인지 마쓰모토가 하는 말은 중요한 살점을 빼고 뼈대만 늘어놓은 듯해서 게이타로의 혈관으로 들어와 함께 흐르지 않으면 안 될 만큼의 절실한 힘은 전혀 갖고 있지 않았다. 조리가 서지 않은 게이타로의 단편적인 말도 입 밖으로 나오자마자 바로 열기를 잃고 마쓰모토의 가슴에는 조금도 가 닿지 못하는 듯했다.

이렇게 인연이 먼 이야기를 하는 중에 단 하나 게이타로의 귀에 새롭게 울린 것은 러시아의 문학가인 고리키[8]라는 사람이 자신이 주장하는 사회주의를 실행하는 데 필요한 자금을 조달하기 위해 아내와 함께 미국으로 건너갔을 때의 이야기였다. 당시 고리키는 엄청난 인기를 한 몸에 받아 초대나 환영회 등으로 정신없이 바쁜 상황에서도

---

8 막심 고리키(Maksim Gorky, 1868~1936). 러시아의 소설가. 작품으로 『첼카시』, 『어머니』, 『밑바닥에서』 등이 있다. 무산계급적, 사회주의적 작품이 많다.

자신의 목적을 어렵지 않게 착착 진행시키고 있었다. 그런데 그가 본국에서 데려간 아내가 본처가 아니라 그의 정부에 지나지 않는다는 사실이 누군가에 의해 폭로되었다. 그러자 지금까지 열광적이었던 그의 명성이 순식간에 사라져 그 넓은 신대륙에서 누구 한 사람 그와 악수하려는 자가 없는 바람에 고리키는 부득이하게 그대로 미국을 떠났다는 이야기였다.

"러시아와 미국은 남녀 관계에 대한 해석이 그만큼 다르다네. 고리키의 행동은 러시아라면 거의 문제가 안 될 만큼 아주 사소한 사건이었을 텐데. 시시하게 말이야." 마쓰모토는 정말 시시하다는 듯한 표정을 지었다.

"일본은 어느 쪽일까요?" 게이타로가 물었다.

"뭐, 러시아 쪽이겠지. 나는 러시아 쪽으로 족해" 하며 마쓰모토는 다시 봉화 같은 짙은 연기를 뻐끔뻐끔 내뿜었다.

이야기가 여기에 이르자 일전의 여자에 대해 묻는 것이 게이타로에게는 조금도 어렵지 않을 것 같았다.

"요 전날 밤 간다의 서양 요릿집에서 당신을 뵌 것 같습니다만."

"그래, 만났지. 똑똑히 기억하고 있네. 그러고 나서 돌아올 때도 전차 안에서 만나지 않았나? 자네도 에도가와까지 왔던 것 같은데, 그 근처에서 하숙이라도 하는 건가? 그날 밤에는 비가 와서 곤란했지?"

마쓰모토는 과연 게이타로를 기억하고 있었다. 그것을 처음부터 말하지 않고 이제 와서 가까스로 알았다는 척도 하지 않고 그저 말해도 그만 안 해도 그만이라는 식의 태도가 순진함에서 나온 건지 배짱에서 나온 건지 아니면 대범함 같은 그의 천성에서 나온 건지 게이타로로서는 판단하기가 어려웠다.

"동행이 있었던 것 같던데요."

"그래, 미인 한 사람을 데리고 있었지. 자네는 혼자였지 아마?"

"혼자였습니다. 당신도 돌아갈 때는 혼자였지 않았습니까?"

"그랬지."

다소 시원시원하게 진행되던 문답은 여기서 뚝 그치고 말았다. 마쓰모토가 다시 여자 이야기를 꺼내지 않을까 싶어 기다리고 있자니, "자네 하숙은 우시고메인가 고이시카와인가?" 하고 전혀 관계없는 것을 물었다.

"혼고입니다."

마쓰모토는 납득이 되지 않는다는 표정으로 게이타로를 쳐다봤다. 혼고에 살고 있는 게이타로가 왜 종점인 에도가와까지 왔던 건지, 그 설명을 듣고 싶다는 듯한 마쓰모토의 눈빛을 봤을 때 게이타로는 성가시니 여기서 일단 기분 좋게 모든 걸 털어놓자고 결심했다. 만약 화를 낸다면 사죄하면 되는 거고, 사죄를 해도 받아들이지 않는다면 정중하게 고개를 숙여 인사하고 돌아가면 될 거라고 생각했다.

"실은 당신 뒤를 밟아서 일부러 에도가와까지 왔던 겁니다" 하고 말하고는 마쓰모토의 얼굴을 보자 의외로 예상했던 만큼의 변화를 보이지 않아 게이타로는 일단 안심했다.

"뭐 때문에?" 마쓰모토는 거의 평소와 같은 느릿한 어조로 되물었다.

"어떤 사람한테 부탁을 받았습니다."

"부탁을 받았다? 누구한테?"

마쓰모토는 비로소 조금 놀란 목소리에 평소보다 강한 악센트를 넣어 이렇게 물었다.

## 12

"실은 다구치 씨의 부탁을 받은 겁니다."

"다구치라면, 다구치 요사쿠 말인가?"

"그렇습니다."

"아니, 자네는 일부러 다구치의 소개장을 들고 나를 만나러 온 거 아닌가?"

이렇게 하나하나 추궁당하는 것보다 자기 쪽에서 눈 딱 감고 지금까지의 경과를 이야기하는 것이 편할 것 같아 게이타로는 다구치의 속달 편지를 받고 곧장 오가와마치 정거장으로 미행하러 간 모험의 시작에서부터 전차가 종점인 에도가와에 도착한 후 빗속에서 오도 가도 못하고 쩔쩔매게 된 일에 이르기까지의 자초지종을 숨김없이 다 털어놓았다. 원래부터 그저 조리 있는 이야기만을 할 목적으로 과장은 물론이고 부연 설명의 번거로움도 가능한 한 피했기 때문에 시간은 별로 걸리지 않았다. 그런 탓인지 마쓰모토는 게이타로의 이야기가 진행되는 동안 한마디도 끼어들지 않았다. 이야기가 끝나고 나서도 즉시는 말을 할 기미를 보이지 않았다. 게이타로는 주인의 침묵이 감정이 상한 결과가 아닐까 짐작하고는 화를 내기 전에 얼른 사죄하는 것보다 더 나은 건 없겠다고 생각했다. 그러자 주인 쪽에서 돌연 말을 하기 시작했다.

"거참 괘씸한 놈이군, 그 다구치라는 놈 말이야. 거기에 이용당하는 자네도 자네고. 정말 바보라니까."

이렇게 말한 주인의 얼굴을 보니 기가 막힌다는 표정은 확연히 눈에 띄었지만, 그에 비해 노기를 띤 모습은 어디에도 드러나지 않아 게이타로는 오히려 안심했다. 이럴 때 바보라 불리는 것쯤은 그에게 아무것도 아니었던 것이다.

"정말 나쁜 짓을 했습니다."

"사과를 받고 싶은 마음은 전혀 없네. 그저 자네가 딱해서 하는 말이네. 그런 자한테 이용당하고 말이야."

"그렇게 나쁜 사람입니까?"

"도대체 무슨 필요가 있다고 그런 어리석은 일을 떠맡은 건가?"

이때 게이타로의 입에서는 도저히 호기심에서 떠맡았다는 말이 나오지 않았다. 그는 어쩔 수 없이 생계의 필요 때문에 무슨 일이 있어도 다구치에게 의지해야 하는 사정이 있어서 바람직한 일이 아니라는 걸 알면서도 그만 승낙하고 말았다는 식으로 대답했다.

"생계가 곤란하면 어쩔 수 없지만 이젠 그만두는 게 좋을 걸세. 쓸데없는 짓 아닌가? 추운데 비를 맞고 남 뒤나 밟다니."

"저도 좀 질렸습니다. 앞으로는 안 할 생각입니다."

이 술회를 들은 마쓰모토는 아무 말 없이 그저 쓴웃음만 지었다. 게이타로에게는 그것이 경멸의 의미로도 연민의 의미로도 해석되었기에 어쨌든 몹시 부끄러웠다.

"자네는 나한테 미안한 일을 했다는 식인 것 같은데, 정말 그런가?"

근본 취지로 거슬러 올라가면 그렇게까지 느끼지 않았던 게이타로도 이런 질문을 받고 보니 내친걸음이라 그렇게 생각하지 않을 수 없었다. 또 그렇게 대답하지 않을 수도 없었다.

"그럼 다구치한테 가서 일전에 나하고 함께 있던 젊은 여자는 고등매춘부(高等淫賣)[9]라고, 내 자신이 그렇게 보증했다고 말해주게."

"정말 그런 여자입니까?"

게이타로는 다소 놀란 얼굴로 이렇게 물었다.

"뭐, 아무래도 좋으니까 고등매춘부라고만 말해주게."

"예에."

"예에가 뭔가, 분명히 그렇게 말해야 하네. 말할 수 있겠나, 자네?"

게이타로는 현대 교육을 받은 청년의 한 사람으로서 이런 의미의 말을 연장자 앞에서 입에 담는 무례를 꺼릴 만한 남자는 아니었다. 하지만 마쓰모토가 굳이 그 다섯 자를 다구치의 귀에 억지로 밀어 넣으려는 속마음에는 뭔가 불쾌한 어떤 것이 숨어 있는 것 같아서 그렇게 가볍게 받아들일 마음이 들지 않았다. 게이타로가 대답이 궁해 못마땅한 표정을 짓자 그것을 본 마쓰모토는, "뭐, 자네가 걱정하지 않아도 되네. 상대가 다구치니까" 하고 말했는데, 잠시 후에는 그제야 생각났다는 듯이, "자네는 나와 다구치의 관계를 아직 모르겠군?" 하고 물었다. 게이타로는 "아직 아무것도 모릅니다" 하고 대답했다.


# 13


"그 관계를 말하면 자네가 다구치한테 그 여자를 고등매춘부라고 말할 용기만 줄어들 테니 결국 나한테는 손해겠지만, 언제까지 죄 없는 자네를 바보로 만드는 것도 딱한 일이니 알려주겠네."

이렇게 서론을 말하고 나서 마쓰모토는 다구치와 자신이 사회적으로 어떻게 교섭하고 있는지를 설명해주었다. 그 설명은 너무 간단

9 유흥비를 벌거나 사치스러운 생활을 하기 위해 매춘을 하는 양가의 처녀라는 뜻으로 쓰고 있다.

히 끝나 게이타로는 무척 놀랐다. 한마디로 하면 다구치와 마쓰모토는 가까운 친척이었던 것이다. 마쓰모토에게는 누님이 둘 있는데 한 사람이 스나가의 어머니, 또 한 사람이 다구치의 아내다. 이러한 친척 관계를 처음으로 이해했을 때 게이타로는 다구치의 처남에 해당하는 마쓰모토가 외삼촌 자격으로 다구치의 딸과 시간을 정해 정거장에서 만나 어느 요릿집에서 식사를 했다는 사실은 세상의 사건 중에서 가장 평범한 일 중의 하나라고 생각했다. 복잡하게 얽힌 무늬라도 숨겨져 있는 것처럼 자신이 피워 올린 아지랑이를 흩날리면서 열심히 뒤를 밟은 일이 참으로 바보스럽게 여겨졌다.

"조카분은 또 왜 거기까지 나온 겁니까? 단지 저를 낚기 위해서였습니까?"

"스나가한테 갔다가 돌아오는 길이었네. 내가 다구치 자형 집에서 이야기를 나누고 있을 때 그 애가 전화를 걸어 네 시 반경에 거기서 기다리고 있을 테니 돌아갈 때 잠깐 내려달라더군. 귀찮아서 그만두려고 했는데 꼭 하면서 이러쿵저러쿵하는 바람에 내린 거지. 오늘 아침에 아버지한테 들으니 외삼촌이 세밑 선물로 반지를 사준다고 했으니까 정거장에서 기다리고 있다가 도망가지 못하게 꼭 붙들고 같이 가서 사달라고 하라고 했다면서 한참 전부터 거기서 기다리고 있었다더군. 나는 알지도 못하는데 혼자 멋대로 사달라며 꼼짝하지 않아서 어쩔 수 없이 서양 요리로 적당히 넘기려고 결국 다카라테이로 데려간 거였네. ……정말 다구치라는 놈은 등신이지. 일부러 그런 수고까지 해가면서 그런 쓸데없는 짓을 할 필요는 없지 않은가? 속은 자네보다 다구치가 훨씬 등신이네."

게이타로는 속은 자신이 훨씬 더 어리석은 사람 같았다. 그걸 알고 나니 정탐한 결과를 보고할 때도 좀 더 적절하게 처리할 수 있었을 텐데, 하며 스스로 얼굴을 붉히지 않을 수 없었다.

"전혀 모르는 일이었군요?"

"어떻게 알겠나, 자네? 아무리 고등유민이라도 그럴 여유가 있을 리 없잖은가?"

"조카분은 어떨까요? 아마 알고 있었을 것 같은데요."

"그렇겠지" 하고 말하고 마쓰모토는 잠시 생각하더니 이내 확실한 어조로 "아니, 몰랐을 거네" 하고 단언했다. "그 등신 다구치한테 한 가지 장점이 있다면 뭐냐고 묻는데 말이야, 그 남자는 아무리 장난을 쳐도 그 사람이 창피를 당하겠다 싶은 아슬아슬한 순간에 뚝 그치든지 아니면 자신이 그 자리에 나타나 그 사람의 체면이 손상당하기 전에 깔끔하게 처리한다네. 그런 걸 보면 등신인 건 틀림없지만 감탄할 만한 구석이 있지. 다시 말해 방법은 악랄해도 결말은 묘하게 따뜻한 정이 담긴 인간다운 점을 보여주거든. 이번 일도 아마 자기 혼자만 알고 있을 거네. 자네가 우리 집에 안 왔다면 아마 나는 이 사건을 끝내 몰랐겠지. 처음부터 자기 딸한테까지 자기가 바보란 걸 증명하는 책략을 떠들고 다닐 만큼 무자비한 사람은 아니네. 그러니까 이왕이면 장난도 그만두면 좋을 텐데, 아무래도 그걸 그만두지 못하는 점이 요컨대 등신이라는 거지."

다구치의 성격에 대한 마쓰모토의 이런 비평을 잠자코 듣고 있던 게이타로는 자신의 바보 같은 짓을 돌아보며 후회하기보다는, 자신을 바보로 만든 책임자를 원망하기보다는, 오히려 장난을 친 다구치를 믿음직하게 여기는 마음이 자신의 마음속에서 가장 강하게 인다는 걸 자각했다. 하지만 정말 그런 사람이라면 왜 그 사람 앞에서 이야기를 하면 그렇게 답답한 느낌이 드는 걸까 하는 미심쩍은 마음도 저절로 싹트지 않을 수 없었다.

"이야기를 들으니 대충 다구치 씨를 알게 된 것 같습니다만, 저는 그분 앞에서는 어쩐지 마음이 차분해지지 않고 이상하게 힘듭니다."

"그야 그쪽도 자네를 경계하니까 그렇겠지."


14


이런 말을 듣고 보니 게이타로에게는 다구치가 자신을 경계하는 눈빛이나 말투가 의심할 여지가 없는 생생한 기억으로 떠올랐다. 하지만 다구치처럼 노련한 사람이 왜 학교를 갓 졸업한 풋내기인 자신을 마음에 걸려 하는지 게이타로로서는 전혀 납득이 가지 않았다. 게이타로는 지금까지 누구 앞에서도 보이는 그대로의 자신으로 통용되는 사람이라고 굳게 믿었던 것이다. 게이타로는 그저 이런 청년으로서 남이 꺼리거나 마음을 쓸 자격조차 없는 사람이라고 자신을 대수롭지 않게 여겨온 터라 경험의 정도가 다른 연장자로부터 자신의 생각과는 다른 대우를 받는 것이 오히려 이상하게 생각되었다.

"제가 그렇게 표리부동한 사람으로 보이는 걸까요?"

"글쎄, 그렇게 세세한 건 한번 봐서는 알 수 없지. 하지만 그렇게 보이든 말든 자네를 대하는 내 태도와는 전혀 관계없으니까 된 거 아닌가?"

"하지만 다구치 씨가 그렇게 생각한다면……."

"다구치는 자네라서 그렇게 생각하는 게 아니네. 누구를 봐도 그렇게 생각하니까 어쩔 도리가 없는 일이지. 그렇게 오랫동안 사람을 부려왔으니 속임을 당한 일도 꽤 많았을 테니까. 간혹 자연 그대로의 아름다운 사람이 자기 앞에 나타나도 역시 경계를 하는 거지. 그게 그런 사람의 업보라고 생각하면 그걸로 된 거 아닌가? 다구치는 내 자형이니까 이렇게 말하면 이상하게 들릴지 모르겠지만, 원래 성품은 좋은 사람이라네. 결코 나쁜 사람이 아니야. 다만 여러 해 동안 사업의 성공만 안중에 두고 그렇게 세상과 싸워온 사람이라 사람을 보는 눈이 묘하게 치우쳐 이놈은 도움이 될까, 이놈은 안심하고 쓸 수 있을까, 뭐 이런 것만 생각하는 거지. 그렇게 되면 여자가 자기한테 반해도 자신한테 반한 건지 자기가 갖고 있는 돈에 반한 건지, 바로 그걸 의심하지 않을 수 없게 되는 걸세. 미인도 그러니 자네 같은 사람이 딱딱한 취급을 받는 건 당연하다고 생각해야겠지. 그게 다구치다운 점이니까."

이런 평가를 듣고 게이타로는 자신도 다구치라는 사람을 확실히 이해한 것 같았다. 하지만 그를 납득시킬 만큼의 판단을 이런 식으로 일일이 그의 머리에 쇠망치로 때려 박듯이 넣어주는 마쓰모토는 대체 어떤 사람일까? 그 점에 이르면 게이타로는 여전히 망막한 구름을 대하는 것 같았다. 이 남자보다는 평가에 오르기 전의 다구치가 오히려 살아 있는 인간 같은 느낌이었다.

같은 마쓰모토라 해도 요 전날 밤 간다의 서양 요릿집에서 다구치의 딸을 상대로 산호 구슬이 이러쿵저러쿵하던 때가 훨씬 더 살아 움직이는 것 같았다. 오늘 게이타로 앞에 앉아 있는 사람은 커다란 파이프를 입에 문 목각 인형의 영혼이 입을 여는 듯한 느낌을 줄 뿐이어서 게이타로는 그저 그 사람의 본체를 생생히 떠올리려고 애쓴 것에 지나지 않았다. 게이타로가 한편으로 명료한 마쓰모토의 평가에 경의를 표하면서도 다른 한편으로는 마쓰모토가 어떤 사람인가를 이런 식으로 생각하며 자신은 머리가 나쁘다, 직관력이 떨어진다, 보통 사람보다 못한 인물이 아닐까 하고 의심하고 있을 때 이 망연한 마쓰모토가 입을 열었다.

"그래도 다구치가 등신짓을 해준 게 자네한테는 오히려 운이 좋았던 셈이네."

"그건 왜죠?"

"분명히 무슨 일자리든 마련해줄 걸세. 이대로 놔두면 다구치도 뭐도 아니지. 그건 책임지고 보증할 수 있네. 하지만 재미없는 건 날세. 괜히 미행만 당하고 손해를 봤으니까."

두 사람은 얼굴을 마주하고 웃었다. 게이타로가 사라사 무늬의 동그란 방석에서 일어났을 때 주인은 일부러 현관까지 배웅하러 나왔다. 마쓰모토는 현관에 장식되어 있던 학 수묵화 칸막이 장지 앞에서 키가 큰 야윈 몸을 잠깐 멈추고 구두를 신는 게이타로의 뒷모습을 바라보고 있었는데, "묘한 지팡이를 갖고 있군그래. 잠깐 좀 보세" 하고 말했다. 그리고 그것을 게이타로의 손에서 받아 들고 "이야, 뱀 대가리로군. 꽤 잘 팠는걸. 이거 산 건가?" 하고 물었다. "아뇨, 아마추어가 판 것을 받은 겁니다" 하고 대답한 게이타로는 그것을 흔들며 다시 에도가와 쪽으로 야라이의 언덕길을 내려갔다.

# 비 오는 날[1]

## 1

비 오는 날 마쓰모토가 면담을 사절한 이유를 당사자에게 직접 물을 기회를 얻지 못한 채 그만 오랜 시간이 지나고 말았다. 게이타로도 정신없이 지내느라 그럭저럭하는 사이에 잊어버렸다. 문득 그 이유를 들은 것은 게이타로가 다구치의 소개로 어떤 일자리를 얻은 게 인연이 되어 그 집에 거리낌 없이 드나들게 되고 나서의 일이다. 그 무렵 게이타로의 머리에서는 정거장에서 겪은 일이 이미 새로운 냄새를 잃

---

1 1911년 11월 29일 저녁, 소세키는 다섯째 딸 히나코(雛子)의 갑작스러운 죽음을 맞는다. 장례식이 끝나고 화장한 뼈를 수습한 그날 일기에 "내 위에 금이 갔다. 내 정신에도 금이 간 것 같다. 왜냐하면 떠올릴 때마다 회복하기 힘든 애수가 일기 때문이다"(12월 3일)라고 적었다. 그때의 방문객이었던 나카무라 고쿄(中村古峽)에게 소세키는 "'비 오는 날'에 관해서는 나한테 감회 깊은 일이 있네. 3월 2일(히나코의 생일)에 붓을 들어 3월 7일(히나코의 백일재)에 탈고했으니 나는 죽은 딸에게 좋은 공양을 했다고 기뻐하고 있네"(1912년 3월 21일)라고 쓴 편지를 보냈다. 그런 의미에서 이 장은 히나코에 대한 진혼이다.

어가고 있었다. 스나가가 이따금 그 이야기를 꺼내면 게이타로는 그저 쓴웃음을 지을 뿐이었다. 스나가는 자주 게이타로에게 왜 그 전에 자기에게 털어놓지 않았느냐고 힐문했다. 우치사이와이초의 이모부가 사람을 속여먹는다는 것쯤은 어머니에게 들어 알고 있지 않느냐며 나무란 적도 있다. 나중에는 자네가 여자를 너무 밝혀서라고 놀렸다. 게이타로는 그때마다 "바보 같은 소리 하지 말게" 하는 말로 일관했지만, 마음속으로는 늘 스나가의 집 문 앞에서 본 뒷모습의 여자를 떠올렸다. 그녀가 곧 정거장의 여자였다는 사실도 떠올렸다. 그리고 어딘가 먼 데서 부끄러운 마음이 일었다. 그 여자의 이름이 지요코이고 그녀의 여동생 이름이 모모요코라는 사실도 지금의 게이타로에게는 새로운 소식이 아니었다.

게이타로가 마쓰모토를 만나 모든 속사정 이야기를 다 듣고 나서 다구치에게 얼굴을 내미는 것은 다소 멋쩍기는 하겠지만 그렇다고 얼굴을 드러내지 않으면 매듭이 지어지지 않는 상황이라 비웃음을 당할 각오를 하고 다시 다구치의 집 문을 들어서자 아니나 다를까 다구치는 큰 소리로 웃었다. 하지만 그 웃음에는 자신의 기략(機略)을 뽐내는 오만한 울림보다는 길을 잃은 사람에게 본래의 길을 되찾아주었다는 승리의 기쁨이 담겨 있다고 게이타로는 해석했다. 그때 다구치는 훈계하기 위해서라거나 교육의 방법이라는 식으로 생색내는 말은 일절 하지 않았다. 다만 나쁜 뜻으로 한 게 아니었으니 화를 내서는 안 된다며 양해를 구하고는 그 자리에서 바로 꽤 괜찮은 일자리를 마련해주겠다고 약속했다. 그러고는 손뼉을 쳐서 정거장에서 마쓰모토를 기다렸던 큰딸을 불러 이 아이가 내 딸이라고 일부러 소개해주었다. 그리고 이분은 이치조의 친구라며 딸에게 게이타로를 소개했다. 딸은 왜 이 사람에게 자신을 소개하는지 이해할 수 없다는 듯 아주 서먹서먹한 태도로 공손하게 인사했다. 게이타로가 지요코라는 이름을 안 것은 이때였다.

이렇게 다구치의 가족과 처음으로 접하게 된 게이타로는 그 뒤로도 볼일이 있거나 방문이라는 형식으로 다구치의 집에 드나드는 일이 많아졌다. 때때로 현관 옆의 서생 방으로 들어가 예전에 전화로 말을 나눈 적이 있는 그와 세상 돌아가는 이야기를 나누기도 했다. 물론 안쪽으로 들어갈 필요도 생겼다. 부인이 불러 집안 용무를 보는 경우도 있었다. 중학교에 들어가는 장남이 영어를 물어봐 대답하느라 진땀을 뺀 일도 드물지 않았다. 이렇게 드나드는 횟수가 늘어남에 따라 게이타로가 두 딸을 가까이할 기회도 자연히 많아졌지만, 일종의 느슨한 게이타로의 모습과 비교적 단단히 죄어진 다구치 집안의 가풍이 워낙 다르고 또 마주 앉을 시간도 부족하여 그들은 쉽사리 허물없이 지내기 힘든 처지였다. 물론 형식만을 중시하는 딱딱한 말만 주고받는 것은 아니었지만 대개는 5분도 걸리지 않는 당장 필요한 말만 주고받을 뿐이어서 그들 사이에 친밀함이 생길 틈은 별로 없었다. 그들이 여느 때와 달리 밤늦도록 공공연하게 무릎을 맞대고 오랫동안 스스럼없이 이야기를 나눈 것은 정월 중순의 가루타² 모임 때였다. 그때 게이타로는 지요코로부터 당신은 참 느리네요, 라는 말을 들었다. 모모요코는, 전 당신과 한편이 되는 게 싫어요, 질 게 뻔하니까요, 라며 화를 냈다.

그러고 나서 다시 한 달쯤 지나 매화가 핀다는 소식이 신문에 실릴 즈음, 게이타로는 어느 일요일 오후 오랜만에 스나가의 집 2층에 있

2 일본에서 정월에 하는 놀이 중 하나로, 주로 실내에서 한다. 가루타 모임에서 남녀가 처음 만나는 일이 자주 있었다.

다가 놀러 온 지요코를 우연히 만났다. 셋이서 차례로 두서없는 이야기를 나누는 중에 문득 마쓰모토에 대한 평판이 지요코의 입에서 흘러나왔다.

"그 외삼촌도 참 별나요. 비가 오면 한동안 손님을 안 받는 일이 있거든요. 지금도 그러시나?"


## 2


"실은 저도 비가 오는 날 갔다가 거절당한 사람인데요……." 게이타로가 말하자 스나가와 지요코는 약속이라도 한 듯이 웃음을 터뜨렸다.

"자네도 어지간히 운이 나쁜 사람이군. 설마하니 그 지팡이는 안 가져갔겠지?" 스나가가 놀리기 시작했다.

"하지만 무리겠죠, 비 오는 날 지팡이를 들고 가다니요, 안 그래요, 다가와 씨?"

이치로 따져 끽소리도 못 하게 하는 지요코의 변호를 듣고 게이타로도 쓴웃음을 지었다.

"다가와 씨의 지팡이는 대체 어떤 건가요? 저도 좀 보고 싶어요. 보여줘요, 네, 다가와 씨. 밑으로 내려가서 보고 와도 되죠?"

"오늘은 안 가져왔습니다."

"왜 안 가져왔어요? 오늘은 그래도 날씨가 좋은 편인데."

"소중한 지팡이라 아무리 날씨가 좋아도 평범한 날에는 안 갖고 다닌데."

"진짜예요?"

"뭐, 그렇지요."

"그럼 국경일에만 짚고 다니나요?"

게이타로는 혼자서 두 사람을 상대하는 것이 다소 힘들었다. 다음에 우치사이와이초에 갈 때는 반드시 가져가서 보여주겠다는 약속을 하고 가까스로 지요코의 추궁에서 벗어났다.

그 대신 지요코로부터는 마쓰모토가 비 오는 날 손님을 만나지 않는 이유를 듣기로 했다.

가을인데도 드물게 흐린 11월의 어느 날 오후였다. 지요코는 어머니의 심부름으로 마쓰모토가 좋아하는 성계를 들고 야라이로 찾아갔다. 오랜만에 놀다 갈까 하며 일부러 타고 온 인력거까지 보내버리고 느긋하게 눌러앉아 있었다. 마쓰모토에게는 열세 살짜리 딸을 시작으로 아들, 딸, 아들, 이렇게 번갈아 차례로 태어난 네 아이가 있었다. 모두 두 살 터울로 태어나 평범하게 자라고 있었다. 가정에 화사한 기운을 더하는 이 생생한 장식물 외에 마쓰모토 부부는 이제 두 살이 된 요이코(宵子)³를 반지에 박힌 진주처럼 소중히 안고 떼어놓지 않았다. 진주처럼 투명하고 창백한 피부와 칠흑같이 짙고 검은 눈을 가진 그 아이는 작년 히나마쓰리 전날 밤 마쓰모토 부부의 다섯 번째 아이로 태어났다. 지요코는 다섯 아이 중 이 아이를 가장 귀여워했다. 올 때마다 반드시 뭔가 장난감을 사다 주었다. 어떤 때는 단것을 너무 많이 주어 외숙모가 화를 낸 적도 있다. 그러면 지요코는 요이코를 소중히 품에 안고, 툇마루로 나가 자, 요이코, 하며 일부러 외숙모에게 두 사람의 친한 모습을 보여주었다. 외숙모는 웃으면서 뭐야, 싸우지도 않

3 히나마쓰리(雛祭り). 3월 3일, 여자아이의 성장을 축하하는 일본의 전통 축제) 전날(3월 2일) 저녁(宵)에 태어나 두 살 때 죽은 다섯째 딸 히나코에 관한 기억이 여기에 삽입되어 있다.

고, 라고 말했다. 마쓰모토는 너, 그 아이가 그렇게 좋으면 축의금 대신 줄 테니까 시집갈 때 데려가, 라며 놀렸다.

그날도 지요코는 앉자마자 요이코를 데리고 놀기 시작했다. 요이코는 태어나고 나서 여태까지 한 번도 머리를 자르지 않아 머리카락이 굉장히 가늘고 부드럽게 자라 있었다. 그리고 피부가 창백한 탓인지 머리카락은 햇빛을 받으면 윤기 있는 보랏빛을 머금고 반짝이며 곱슬곱슬해졌다. "요이코, 머리 묶어줄게" 하며 지요코는 곱슬곱슬한 머리를 정성껏 빗었다. 그러고 나서 많지 않은 한쪽 귀밑머리 한 다발을 갈라내 그 밑부분에 빨간 리본을 달았다. 요이코의 머리는 제사상에 올리는 떡처럼 평평하고 동그랗게 퍼져 있었다. 요이코는 짧은 손을 제사상에 올리는 떡 한쪽 구석에 가까스로 올려 리본 끝을 누르면서 엄마가 있는 데까지 아장아장 걸어가 이본, 이본, 하고 말했다. 엄마가 아, 머리 잘 묶었네, 하며 칭찬하자 지요코는 기쁘게 웃으면서 아이의 뒷모습을 바라보고 이제 아빠한테 가서 보여주고 와, 하고 시켰다. 요이코는 다시 위태위태한 걸음으로 마쓰모토의 서재 입구까지 가서 네 발로 엎드렸다. 요이코가 아빠에게 인사를 할 때는 반드시 네 발로 엎드렸다. 요이코는 거기서 자신의 엉덩이를 가능한 한 높이 쳐들고 제사상에 올리는 떡 같은 머리를 문턱에서 10센티미터도 안 되는 데까지 숙이고는 다시 이본, 이본, 하고 말했다. 책을 읽고 있던 마쓰모토가 돌아보며 아아, 머리 예쁘구나, 누가 묶어줬지, 하고 묻자 요이코는 고개를 숙인 채 지이, 지이, 하고 대답했다. 지이, 지이, 라고 한 것은 혀가 잘 돌아가지 않는 요이코가 평소 지요코를 부르는 말이었다. 뒤에 서서 보고 있던 지요코는 조그만 입술에서 나오는 자신의 이름을 듣고 또 기뻐하며 큰 소리로 웃었다.

## 3

그사이에 아이들이 모두 학교에서 돌아오자 이제까지 빨간 리본에 점령되어 있던 가정에 갑자기 몇 가지 화사한 색이 더해졌다. 유치원에 다니는 일곱 살짜리 남자아이가 소용돌이무늬가 그려진 북 같은 것을 들고 와서는 요이코, 쳐줄 테니까 이리 와, 하며 데려갔다. 그때 지요코는 주머니 같은 모양의 빨간 모직 버선이 복도를 지나가는 모습을 바라보고 있었다. 그 버선 끈 끝에는 동그란 술이 달려 있어 작은 발이 움직일 때마다 그 술도 획획 튀어 올랐다.

"저 버선은 네가 짜준 거 맞지?"

"네, 귀엽네요."

지요코는 그곳에 앉아 잠깐 외삼촌과 이야기를 나누었다. 그사이에 흐린 하늘에서 쓸쓸한 빗방울이 떨어지기 시작하나 싶더니 삽시간에 소리를 내며 잎이 다 떨어진 벽오동을 흠뻑 적셨다. 마쓰모토도 지요코도 약속이나 한 듯이 유리창 너머로 비를 바라보며 손화로에 손을 쬐었다.

"파초가 있어서 소리가 더 크게 나네요."

"파초는 잘 안 시들어. 얼마 전부터 오늘은 시들까, 오늘은 시들까, 하고 날마다 이렇게 보고 있는데 좀처럼 시들지 않는다니까. 산다화가 지고 벽오동 잎이 다 떨어져도 아직 푸른 걸 보라고."

"묘한 것에 다 감탄하네요. 그러니까 쓰네조는 한가한 사람이라는 말을 듣는 거예요."

"그 대신 네 아버지는 파초 연구 같은 건 죽어도 못 할 거야."

"그런 연구 같은 건 하고 싶어 하시지도 않아요. 하지만 외삼촌은 우리 아버지보다 훨씬 더 학자 같네요. 전 정말 탄복했어요."

"건방진 소리 마라."

"어머, 정말이에요. 뭘 물어봐도 다 알고 있잖아요."

두 사람이 이런 이야기를 하고 있는데 지금 이런 분이 오셨다며 하녀가 한 통의 소개장 같은 것을 들고 와 마쓰모토에게 건넸다. 마쓰모토는 "지요코, 기다리고 있어라. 곧 또 재미있는 걸 가르쳐줄 테니까" 하고 웃으면서 일어섰다.

"싫어요. 또 저번처럼 서양 담배 이름이나 잔뜩 외우게 하려고."

마쓰모토는 아무 대답도 하지 않고 객실 쪽으로 나갔다. 지요코도 거실로 돌아갔다. 거실에는 비에 갇힌 하늘의 빛을 벌충하기 위해 이미 전깃불[4]이 켜져 있었다. 부엌에서는 이미 저녁 준비를 시작한 모양인지 가스풍로[5] 두 개가 분주하게 파란 불꽃을 토해내고 있었다. 얼마 후 아이들은 커다란 식탁에 둘씩 마주 보고 앉았다. 요이코만은 하녀가 데리고 따로 밥을 먹는 것이 보통이었는데 이날 밤에는 지요코가 그 역할을 대신했다. 지요코는 주홍색으로 칠한 조그마한 밥그릇과 생선살을 담은 작은 접시를 쟁반 위에 올려서 다다미 여섯 장짜리 옆방으로 요이코를 데려갔다. 그곳은 식구들이 옷을 갈아입을 때 자주 이용하는 방이어서 옷장 두 개와 전신거울 하나가 벽에서 튀어나온 듯이 자리 잡고 있었다. 지요코는 그 전신거울 앞에 장난감 같은 밥그릇과 접시를 담은 쟁반을 놓았다.

4 소세키의 집에 전기가 들어온 것은 1911년의 일이었던 듯하다. 나쓰메의 부인 나쓰메 교코가 진술한 『소세키에 대한 추억(漱石の思い出)』에는 "이 무렵이 되어도 아직 석유 남포등을 사용하고 있었는데, 전등은 사치라는 식으로 말하며 전등을 다는 데 절대 찬성해주지 않았습니다"라고 되어 있다. 진척이 없자 부인은 남편이 집을 비운 사이에 전기를 끌어왔다고 한다.
5 메이지 30년대 후반부터 가정에 급속도로 보급되었다.

"자, 요이코, 맘마야. 많이 기다렸지?"

지요코가 죽을 한 숟가락씩 떠서 입에 넣어줄 때마다 요이코는 맛있다, 맛있다, 하거나 주세요, 주세요, 하며 여러 가지 재롱을 부려야 했다. 나중에는 자기 혼자 먹겠다며 지요코 손에서 숟가락을 뺏어 들자 지요코는 또 정성껏 숟가락 쥐는 법을 가르쳐주었다. 요이코는 물론 아주 짧은 단어밖에 발음할 수 없었다. 그렇게 쥐는 게 아니라고 나무라면 꼭 제사상에 올리는 떡처럼 평평한 머리를 갸웃하며 이렇게, 이렇게, 하며 되물었다. 그것이 재미있어 지요코가 몇 번이나 되풀이하자 늘 하던 대로 이렇게, 하고 말하다 말고 살짝 옆으로 돌린 커다란 눈으로 지요코를 올려다보더니 갑자기 오른손에 든 숟가락을 내팽개치고 지요코의 무릎 앞에 엎드려버렸다.

"왜 그래?"

지요코는 아무런 눈치도 채지 못하고 요이코를 안아 일으켰다. 그러자 마치 잠든 아이를 안은 것처럼 그냥 축 늘어지기만 해서 지요코는 갑자기 큰 소리로 요이코, 요이코, 하고 불렀다.


4


요이코는 깜빡 잠이 든 사람처럼 눈을 반쯤 감고 입도 반쯤 벌린 채 지요코의 무릎 위에 널브러졌다. 지요코는 손바닥으로 등을 두세 번 두드렸으나 아무런 반응이 없었다.

"외숙모, 큰일 났어요. 얼른 와보세요."

외숙모는 놀라 젓가락과 밥공기를 내팽개친 채 발소리를 내며 들어왔다. 왜 그래, 하면서 전등 바로 아래에서 요이코의 얼굴을 위로 하고 보니 입술은 이미 보라색을 띠고 있었다. 입에 손바닥을 대봐도 숨쉬는 소리가 나지 않았다. 요이코의 어머니는 숨이 막힌 듯한 괴로운 소리로 하녀에게 젖은 수건을 가져오라고 시켰다. 젖은 수건을 요이코의 이마에 올리고는 "맥은 있어?" 하고 지요코에게 물었다. 지요코는 바로 작은 손목을 쥐었지만 맥이 어디 있는지 전혀 알 수 없었다.

"외숙모, 어떡하면 좋아요?" 하며 창백한 얼굴로 울음을 터뜨렸다. 어머니는 거기에 멍하니 서서 보고 있는 아이에게 "빨리 아버지 오시라고 해" 하고 말했다. 네 아이가 모두 응접실 쪽으로 뛰기 시작했다. 그 발소리가 복도 끝에서 멈췄나 싶더니 마쓰모토가 의아해하는 얼굴로 나왔다. "무슨 일이야?" 하면서 아내와 지요코를 위에서 덮치듯이 요이코를 들여다보았는데, 한 번 보고는 갑자기 눈살을 찌푸렸다.

"의사는……?"

의사는 지체 없이 달려왔다. "상태가 좀 이상합니다" 하고는 곧바로 주사를 놓았다. "힘들 것 같습니까?" 고통스럽고 긴장된 물음이 굳게 다문 주인의 입술 사이로 새어 나왔다. 그리고 절망을 두려워하는 이상한 빛으로 가득 찬 세 사람의 눈이 한꺼번에 의사에게 고정되었다. 거울을 꺼내 동공을 살펴보던 의사는 그때 요이코의 옷자락을 걷어 항문을 보았다.

"이래서는 어쩔 도리가 없을 것 같습니다. 동공도 항문도 열려버렸으니까요. 정말 안됐습니다."

의사는 이렇게 말했지만 다시 심장 부위에 주사 한 대를 놓았다. 물론 아무 도움도 되지 않았다. 마쓰모토는 투명해 보이는 딸의 살갗에 주삿바늘이 들어갈 때 저절로 미간이 찡그려졌다. 지요코는 무릎 위에 뚝뚝 눈물을 떨어뜨렸다.

"병인은 뭔가요?"

"정말 이상합니다. 그냥 이상하다는 말씀밖에 드릴 수 없을 것 같습니다. 아무리 생각해도……" 하며 의사는 고개를 갸우뚱거렸다. "뜨거운 겨자 물이라도 써보면 어떨까요?" 마쓰모토가 문외한의 소견을 말했다. "괜찮겠지요." 의사는 곧 대답했지만 그 얼굴에는 권하는 기색이 손톱만큼도 없었다.

지체 없이 뜨거운 물을 대야에 담아와 김이 무럭무럭 피어오르는 한가운데에 겨자 한 봉지를 털어 넣었다. 어머니와 지요코는 말없이 요이코의 옷을 벗겼다. 의사는 뜨거운 물 안에 손을 넣어 "찬물을 좀 더 탑시다. 너무 뜨거워 화상이라도 입으면 안 되니까요" 하며 주의를 주었다.

의사는 요이코를 안고 뜨거운 물 속에 5분쯤 담그고 있었다. 세 사람은 숨을 죽이고 부드러운 피부색을 지켜보았다. "이제 됐겠지요. 너무 오래 있으면……" 하고 말하면서 의사는 요이코를 대야에서 꺼냈다. 어머니는 곧바로 받아 들고 타월로 정성껏 닦고 원래 옷을 입혀주었는데, 축 늘어진 요이코의 상태가 전과 조금도 달라지지 않자 "잠깐 이대로 자게 두지요" 하며 원망스럽다는 듯이 마쓰모토의 얼굴을 쳐다보았다. 마쓰모토는 그게 좋겠다고 대답하고는 다시 객실로 돌아가 손님을 현관에서 배웅했다.

이윽고 작은 요와 조그마한 베개가 요이코를 위해 장에서 꺼내졌다. 여느 밤처럼 그 위에서 편안하게 잠에 빠져 있는 것으로밖에 보이지 않는 요이코의 모습을 바라보던 지요코는 흐흑 하고 울며 푹 엎드렸다.

"외숙모, 제가 엄청난 일을 저질렀어요······."

"네가 그런 게 아니야······."

"하지만 제가 밥을 먹이고 있었으니까····· 외삼촌께도 외숙모께도 정말 죄송해요."

지요코는 조금 전에 자신이 저녁을 먹이고 있었을 때는 평소와 다르지 않게 건강했다는 말을 띄엄띄엄 몇 번이고 되풀이했다. 마쓰모토는 팔짱을 끼고 "역시 아무래도 이상해" 하고 말했지만 "이봐 오센, 여기에 눕혀두는 건 불쌍하니까 저쪽 방으로 데려가지" 하며 아내를 재촉했다. 지요코도 거들었다.

5

적당한 병풍이 없어서 그저 알맞은 위치를 골라 아무것도 둘러싸지 않은 채 머리만 북쪽으로 향하게 하고 살짝 눕혔다. 오센은 요이코가 오늘 아침에 갖고 놀던 풍선을 거실에서 가져와 머리맡에 놓아주었다. 얼굴에는 하얗게 표백한 무명천을 덮었다. 지요코는 때때로 그것을 들춰보고 울었다. "여보, 잠깐만요." 오센이 마쓰모토를 돌아보고는 코 막힌 소리로 "마치 관음보살처럼 귀여운 얼굴이에요"라고 말했다. 마쓰모토는 "그래?" 하며 자신이 앉아 있는 자리에서 요이코의 얼굴을 들여다보았다.

얼마 후 칠하지 않은 나무 책상 위에 붓순나무와 향꽂이, 흰 경단이 놓이고 촛불이 약한 불빛을 발했을 때 세 사람은 비로소 잠에서 깨어나지 않는 요이코와 자신들이 멀리 떨어지고 말았다는 허전한 느낌에 사로잡혔다. 그들은 차례로 향을 올렸다. 그 향냄새가 두 시간 전과는 전혀 다른 세계로 이끌린 그들의 코를 끊임없이 자극했다. 다른 아이들은 평소대로 일찍 잠자리에 들었지만 열세 살짜리 장녀 사키코만은 자지 않고 향 옆을 떠나지 않았다.

"너도 자거라."

"우치사이와이초에서도 간다에서도 아직 아무도 안 오네요."

"이제 곧 오겠지. 걱정 말고 어서 자."

사키코는 일어나서 복도로 나갔지만 거기서 돌아보며 지요코를 불렀다. 지요코가 일어나 복도로 나가자 조그만 소리로 무서우니까 변소까지만 같이 가줘요, 하고 부탁했다. 변소에는 전등이 켜져 있지 않았다. 지요코는 성냥을 그어 작은 등롱에 불을 붙이고 사키코와 함께 복도를 돌아갔다. 돌아올 때 하녀 방을 들여다보니 밥 짓는 하녀가 단골 인력거꾼과 화로를 사이에 두고 소곤소곤 무슨 이야기를 나누고 있었다. 요이코의 불행을 자세하게 이야기하고 있는 것 같았다. 다른 하녀는 거실에서 손님 맞을 준비를 하느라 쟁반을 닦기도 하고 그릇을 늘어놓기도 했다.

그러는 사이에 연락을 받은 친척들 두세 명이 들렀다. 다시 오겠다며 돌아간 사람도 있었다. 사람이 올 때마다 지요코는 요이코의 갑작스러운 최후를 되풀이해서 이야기했다. 자정이 지나자 오센은 경야를 할 사람들을 위해 일부러 이동식 고타쓰를 준비해서 방에 넣어두었지만 이용하는 사람은 아무도 없었다. 사람들이 억지로 권하는 바람에 주인 부부는 침실로 물러갔다. 그 후 지요코는 짧아진 향 대신에 몇 번이나 새로운 향을 피웠다. 비는 여전히 그치지 않았다. 저녁에 파초에 떨어지던 빗소리는 더 이상 들리지 않고 대신 함석 차양에 떨어지는 무척이나 쓸쓸하고 슬픈 소리가 끊임없이 그녀의 귀에 들려왔다. 이 빗속에서 그녀가 이따금 요이코의 얼굴을 덮은 무명천을 들추고는 흐느껴 우는 사이에 날이 밝았다.

그날은 여자들이 다 같이 요이코의 흰 수의를 지었다. 우치사이와 이초에서 모모요코가 새로 오고 그 밖에 친하게 지내는 집의 부인 두 명이 와서 작은 소매나 옷자락이 이 사람 저 사람 손으로 건네졌다. 지요코는 반지와 붓과 벼루를 들고 다니며 사람들에게 나무아미타불이라는 여섯 글자를 한 장씩 써달라고 했다. "오라버니도 써주세요" 하며 스나가 앞으로 갔다. "어떻게 쓰는 거지?" 하고 물은 스나가는 이상해하며 붓과 종이를 받아 들었다.

"작은 글씨로 쓸 수 있는 만큼 가득 써주세요. 나중에 여섯 자씩 직사각형으로 잘라서 관 속에 뿌려줄 거니까요."

모두들 단정히 앉아 나무아미타불 여섯 자를 적었다. 사키코는 보면 안 된다고 말하면서 소매로 가리고 꼬불꼬불한 글자를 썼다. 열한 살짜리 남자아이는 전 가타카나로 쓸게요, 하고 양해를 구하더니 전보처럼 나무아미타불(ナムアミダブツ)이라고 쭉 써내려갔다. 오후가 되어 드디어 관에 넣을 때 마쓰모토는 지요코에게 "네가 옷을 갈아입혀줘" 하고 말했다. 지요코는 울면서 대답도 못 하고 차가워진 요이코의 옷을 벗겨 안아 일으켰다. 요이코의 등에는 온통 보랏빛 반점이 생겨 있었다. 옷을 다 갈아입히자 오센이 작은 염주를 손에 쥐여주었다. 마찬가지로 작은 삿갓과 짚신을 관에 넣었다. 어제저녁까지 신고 있던 털실로 짠 빨간 버선도 넣었다. 버선 끝에 달린 동그란 구슬이 흔들흔들 흔들리던 모습이 바로 지요코의 눈앞에 떠올랐다. 사람들이 사다 준 장난감도 발이나 머리 있는 데에 넣었다. 마지막으로 나무아

미타불이라고 쓴 직사각형 종이를 눈처럼 뿌린 다음 뚜껑을 덮고 하얀 비단을 씌웠다.


# 6


도모비키(友引)[6] 날에 장례를 치르는 건 좋지 않다는 오센의 말에 따라 장례식을 하루 미뤘기 때문에 집 안은 음울한 분위기 속에서 평소보다 북적였다. 일곱 살짜리 남자아이 가키치가 늘 갖고 놀던 북을 치다가 야단을 맞고는 살그머니 지요코 옆으로 와서 요이코는 이제 돌아오지 않느냐고 물었다. 스나가가 웃으면서 내일은 가키치도 화장 터에 데려가서 요이코와 함께 태워버릴 거라고 놀리자 가키치는 난 그런 거 싫어, 하면서 커다란 눈을 빙빙 굴리며 스나가를 쳐다보았다. 사키코는 엄마, 나도 내일 장례식에 가고 싶어요, 하면서 오센을 졸랐다. 나도 갈래, 하며 아홉 살짜리 시게코도 졸랐다. 오센은 그제야 생각난 것처럼 안쪽에서 다구치 부부와 이야기를 나누고 있던 남편을 부르더니 "당신, 내일 갈 거예요?" 하고 물었다.

"가야지. 당신도 가는 게 좋을 거야."

"네, 가기로 했어요. 아이들한테는 뭘 입혀야 할까요?"

"가문(家紋)을 넣은 예복이면 되지 않을까?"

"하지만 무늬가 너무 화려해서요."

"하카마를 입히면 되겠지. 남자아이는 세일러복이면 될 거고. 당신

6 음양도에서 사물의 승패가 없다고 하는 날. 흔히 이날 장사를 지내면 친구의 죽음을 부른다고 하여 꺼린다.

은 검정 예복이면 될 테고, 그런데 검정색 오비는 있어?"

"있어요."

"지요코, 너도 있으면 상복을 입고 같이 서 있어줘."

이런 일을 살펴준 후 마쓰모토는 다시 안쪽으로 돌아갔다. 지요코도 다시 향을 피우러 일어섰다. 관 위를 보니 어느새 예쁜 화환이 올려져 있었다. "언제 온 거야?" 하고 옆에 있는 여동생 모모요코에게 물었다. 모모요코는 작은 목소리로 "조금 전에" 하고 대답했는데, "어린아이니까 하얀 꽃만 있으면 쓸쓸하다고 외숙모가 일부러 빨간 꽃을 섞게 했대" 하고 설명했다. 자매는 잠시 거기에 나란히 앉아 있었다. 10분쯤 지나 지요코는 모모요코 귀에 입을 대고 "모모요코, 너 죽은 요이코 얼굴 봤어?" 하고 물었다. 모모요코는 "응" 하고 고개를 끄덕였다.

"언제?"

"조금 전에 입관할 때 봤잖아. 그건 왜?"

지요코는 그걸 잊고 있었다. 여동생이 만약 보지 않았다고 하면 둘이서 관 뚜껑을 다시 한번 열어보려고 했던 것이다. "그만둬, 무서우니까" 하고 말하며 모모요코는 고개를 가로저었다.

밤에는 스님이 와서 독경을 했다. 지요코가 옆에서 들으니 마쓰모토는 스님을 붙들고 삼부경(三部經)[7]이 어떻다느니 와산(和讚)[8]이 어떻다느니 하는 이상한 이야기를 하고 있었다. 신란 스님[9]과 렌뇨 스

---

7 불교에서 특별히 존중하는 세 가지 경전. 각 종파에 따라 다른데, 여기서는 정토삼부경(淨土三部經)으로 『아미타경(阿彌陀經)』, 『무량수경(無量壽經)』, 『관무량수경(觀無量壽經)』을 가리킨다.

8 불교의 가르침이나 부처의 덕을 쉬운 일본 말로 기리는 찬가. 민중이 친숙하게 받아들이고 일상에서 이를 노래하는 중에 저절로 불전의 깊은 뜻을 이해할 수 있도록 만들어져 있다. 신란(親鸞)의 『정토화찬(淨土和讚)』, 『고승화찬(高僧和讚)』이 유명하다.

9 신란(親鸞, 1173~1262), 가마쿠라 초기의 고승으로 정토진종의 개조.

님[10]이라는 이름도 가끔 흘러나왔다. 10시가 좀 지났을 무렵 마쓰모토는 과자와 시주를 스님 앞에 내놓고 이제 됐으니 돌아가셔도 됩니다, 하며 양해를 구했다. 스님이 돌아간 후 오센이 그 이유를 묻자, "스님도 빨리 주무시는 게 편하겠지. 요이코도 독경 소리 듣는 건 싫을 거고" 하며 시치미를 뗐다. 지요코와 모모요코는 얼굴을 마주 보며 웃었다.

이튿날은 바람 없는 맑은 하늘 아래 작은 관이 조용히 옮겨졌다. 길가의 사람들은 작은 관을 뭔가 불가사의한 것이라도 되는 양 눈으로 전송했다. 마쓰모토는 백지를 바른 초롱이나 칠하지 않은 나무로 만든 상여가 싫다며 요이코의 관을 수레에 실었던 것이다. 그 수레를 빙 둘러 친 검은 천이 흔들릴 때마다 하얀 비단을 덮은 작은 관 위에 장식한 화환이 언뜻언뜻 내비쳤다. 그 근방에서 놀던 아이들이 달려와 신기한 듯이 수레를 들여다보았다. 수레와 마주쳤을 때 모자를 벗고 지나간 사람도 있었다.

절에서는 독경도 분향도 형식대로 마쳤다. 넓은 본당에 앉아 있는 동안 지요코는 희한하게도 눈물 한 방울 나오지 않았다. 외삼촌과 외숙모의 얼굴을 봐도 특별히 슬픔에 싸여 있는 것 같지 않았다. 분향 때 시게코가 가루 향을 집어 향로 안에 넣는다는 것이 잘못하여 재를 한 줌 집어 말향(抹香)[11] 안에 넣었을 때는 우습다며 웃음을 터뜨렸을 정도다. 식이 끝나자 마쓰모토와 스나가 외에 한두 명은 관을 따라 화장터로 가고 지요코는 다른 사람들과 함께 다시 야라이로 돌아왔다. 인력거 위에서는 애달픈 심정이 조금 줄어든 지금보다는 고통스러울

10 렌뇨(蓮如, 1415~1499). 무로마치 시대의 고승으로 정토진종을 중흥시킨 승려.
11 주로 불공을 드릴 때 사용하는 가루 향. 예전에는 침향(沈香)과 전단(栴檀) 가루를 사용했으나 지금은 붓순나무 잎과 껍질로 만든다.

만큼 슬펐던 어제와 그제의 기분이 맑고 아름다운 것을 많이 포함하고 있었던 것 같아 그때 맛보았던 통렬한 비애가 오히려 그리웠다.

7

화장한 뼈를 담아오기 위해 갈 때는 오센과 스나가, 지요코, 그리고 평소 요이코를 돌보던 기요라는 하녀, 이렇게 네 명이 동행했다. 가시와기(柏木) 역에서 내리면 2백 미터쯤 되는 곳이었는데, 그것도 모르고 집에서부터 인력거를 타고 갔기 때문에 오히려 시간이 더 걸렸다. 지요코는 생전 처음으로 가보는 화장터[12]였다. 오랜만에 본 교외의 풍경은 잃어버린 물건을 생각해냈을 때처럼 기뻤다. 눈에 들어오는 것은 푸른 보리밭과 무밭, 그리고 상록수 안에 빨간색이나 노란색, 갈색이 잡다하게 섞인 숲이었다. 앞쪽에 가는 스나가는 이따금 뒤를 돌아보며 아나하치만(穴八幡)[13] 신사라느니 스와의 숲[14]이라며 지요코에게 가르쳐주었다. 인력거가 어둡고 완만한 고갯길에 이르렀을 때 스나가는 또 약간 높은 삼나무 숲 속에 있는 길쭉한 탑을 가리켰다. 거기에는 '고보(弘法) 대사 천오십 년 공양탑'이라고 새겨져 있었다. 그 아래로 얼룩조릿대가 무성한 우물을 끼고 있는 찻집 한 채가 다리 옆을 자못 시골길다워 보이게 했다. 벌거숭이가 되기 시작한 키 큰 나뭇가

12 신주쿠에 지금도 있는 오치아이(落合) 화장터를 가리킨다. 뼈를 수습하러 가는 묘사는 소세키가 일기에 적은 내용과 거의 일치한다.
13 신주쿠에 있는 다카다하치만구(高田八幡宮)의 속칭.
14 신주쿠에 있는 스와(諏訪) 신사의 숲.

지 위에서 색 바랜 작은 잎사귀가 이따금 하나씩 떨어졌다. 그 잎사귀가 공중에서 굉장히 빠르게 돌면서 춤추는 모습이 선명하게 지요코의 눈을 자극했다. 쉽사리 땅바닥에 떨어지지 않고 언제까지고 공중에서 팔랑거리는 것도 그녀에게는 신기한 현상이었다.

화장터는 양지바른 평지에 남향으로 세워져 있어 인력거를 타고 문안으로 들어섰을 때는 지요코의 가슴에 생각보다 밝은 그림자가 비쳤다. 오셴이 사무실 앞에서 마쓰모토입니다만, 하고 말하자 우편국 창구 같은 창 안에 앉아 있던 남자가 열쇠는 갖고 있나요, 하고 물었다. 오셴은 아무래도 이상하다는 얼굴로 갑자기 품과 오비 사이를 뒤지기 시작했다.

"어처구니없는 일을 저질렀어. 열쇠를 거실의 작은 장 위에 놓고 그만······."

"안 가져왔어요? 그럼 어떡하죠? 아직 시간이 있으니까 이치조 오라버니한테 서둘러 갔다 오라고 하면 돼요."

뒤에서 두 사람의 대화를 냉담하게 듣고 있던 스나가는 열쇠라면 제가 가져왔어요, 하고 말하며 소맷자락에서 차갑고 묵직한 것을 꺼내 외숙모에게 건넸다. 오셴이 열쇠를 창구에 보여주는 동안 지요코는 스나가를 나무랐다.

"오라버니는 정말 얄미운 사람이라니까요. 가져왔으면 얼른 꺼내놔야죠. 외숙모님은 요이코 일로 머리가 멍해 있으니까 잊어버리잖아요."

스나가는 그저 웃고만 서 있었다.

"오라버니처럼 인정머리 없는 사람은 이럴 땐 오지 않는 게 나아요. 요이코가 죽어도 눈물 한 방울 안 흘리고."

"인정머리가 없는 게 아니야. 아직 아이를 가진 적이 없으니까 부모와 자식 간의 정을 잘 몰라서 그래."

"어머, 외숙모님 앞에서 그런 한가한 소리를 잘도 하네요. 그럼 전 어떻게 된 거죠? 언제 아이를 가진 적이 있나요?"

"있는지 없는지 나는 모르지. 하지만 지요코는 여자니까 대체로 남자보다 고운 마음을 가졌겠지."

오센은 두 사람의 말다툼을 듣지 못한 사람처럼 용무를 끝내자 바로 대합실 쪽으로 걸어갔다. 대합실 자리에 앉은 오센은 서 있는 지요코를 손짓으로 불렀다. 지요코는 바로 외숙모 옆으로 가서 자리에 앉았다. 스나가도 따라 들어왔다. 그리고 두 사람 맞은편에 있는 평상 같은 데에 걸터앉았다. 기요도 앉아, 하며 자신의 자리를 좀 옆으로 비켜주었다.

네 사람이 차를 마시며 기다리는 동안 유골을 수습하러 온 사람들 두세 무리가 들어왔다. 처음 들어온 사람은 촌티 나는 할멈 혼자였는데 이 사람은 오센과 지요코의 복장을 보고 삼가는 모양인 듯 말이 별로 없었다. 다음에는 옷 뒷자락을 걷어 올린 부자(父子)가 들어왔다. 활기찬 목소리로 항아리 주세요, 하며 가장 싼 16전짜리를 사서 나갔다. 세 번째로는 헝클어진 머리에 허리띠를 맨 남자인지 여자인지 알 수 없는 맹인이 보랏빛 하카마를 입은 여자아이의 손에 이끌려 들어왔다. 그리고 아직 시간이 있겠지, 하고 확인하며 소맷자락에서 꺼낸 궐련을 피우기 시작했다. 스나가는 이 맹인의 얼굴을 보고 벌떡 일어나 휙 밖으로 나가더니 좀처럼 돌아오지 않았다. 그때 사무실 사람이 오센 옆으로 와서 준비가 됐으니 어서 오시죠, 하고 재촉해서 지요코는 스나가를 부르러 뒤편으로 나갔다.

놋쇠 표찰에 누구누구 님이라고 쓴 중급 정도의 아궁이가 늘어선 곳을 섬뜩한 느낌으로 좌우로 보며 뒤쪽으로 빠져나가자 널찍한 공터 구석에 소나무 장작이 산더미처럼 쌓여 있었다. 주위에는 온통 예쁜 죽순대 숲이 푸르게 우거져 있었다. 그 아래가 보리밭이고 그 너머로는 다시 높다란 구릉이 잇따라 길게 이어져 북쪽 전망은 각별히 상쾌했다. 스나가는 이 공터 끝에 서서 확 트인 시계(視界)를 멍하니 바라보고 있었다.

"오라버니, 준비 다 됐대요."

스나가는 지요코의 목소리를 듣고 말없이 돌아왔는데, "저 대숲은 정말 근사해. 왠지 죽은 사람의 기름이 비료가 되어 저렇게 싱싱하게 자라는 것 같지 않아? 여기서 나는 죽순은 아마 무척 맛있을 거야" 하고 말했다. 지요코는 "아아, 싫어" 하고 내뱉고는 재빨리 중급 정도의 아궁이 사이를 빠져나갔다. 요이코의 아궁이는 상급 1호라서 문 위에 보랏빛 천이 쳐져 있었다. 그 앞의 받침대에는 약간 시들기 시작한 어제의 화환이 조용히 놓여 있었다. 그것이 어젯밤 요이코의 육신을 태운 열기의 유품처럼 생각되어 지요코는 갑자기 숨이 막혔다. 화장하는 사람 세 명이 나왔다. 그중 가장 나이 든 사람이 "봉인을……" 하고 말해서 스나가는 "자, 상관없으니까 열어주시오" 하고 말했다. 황공해하던 그 사람은 자기 손으로 봉인을 자르고 찰카닥하는 소리를 내며 자물쇠를 풀었다. 까만 철문이 좌우로 열리자 어둑어둑한 안쪽에 회색의 둥근 것, 검은 것, 흰 것이 모양을 이루지 못하고 한 덩어리가 되어 어렴풋이 보였다. 화장하는 사람이 "지금 꺼내지요" 하고 미리 알리고는 레일 두 줄을 앞쪽으로 이어서 늘려놓고 쇠고리 비슷한 것을 두 개의 관대 끝에 거는가 싶더니 갑자기 드르륵하는 소리와 함께 형태를 이루지 못한 타다 남은 덩어리가 네 사람이 서 있는 바로 코앞으로 나왔다. 지요코는 그 가운데서 제사상에 올리는 떡처럼 볼록하게 부푼 요이코의 두개골이 살아 있던 때의 모습 그대로 남아 있는 것을 보고 갑자기 손수건을 입에 물었다. 화장하는 사람은 이 두개골과 광대뼈 외에 커다란 뼈 두세 개를 남기고 "나머지는 깨끗하게 체로 쳐서 가져오겠습니다" 하고 말했다.

네 사람은 각자 나무젓가락과 대나무 젓가락을 하나씩 들고 제각각 받침대 위의 백골을 집어 하얀 항아리 속에 넣었다. 그리고 서로 권하기라도 하는 듯이 울었다. 다만 스나가만은 창백한 얼굴로 아무 말이 없었고 코도 훌쩍이지 않았다. 화장하는 사람이 "치아는 따로 둘까요?" 하고 물으면서 솜씨 좋게 치아를 따로 집어 주었을 때, 턱뼈를 잘게 부수고 그 안에서 두세 개를 가려내는 것을 본 스나가는 "이렇게 되니까 전혀 사람 같은 기분이 안 드는데. 마치 모래 속에서 자갈을 골라내는 것이나 마찬가지군" 하고 혼잣말처럼 말했다. 하녀가 회삼물 바닥 위에 눈물을 뚝뚝 떨어뜨렸다. 오센과 지요코는 젓가락을 놓고 손수건을 얼굴에 댔다.

인력거에 탈 때 지요코는 삼나무 상자에 넣은 하얀 항아리를 안은 채 무릎 위에 올려놓았다. 인력거가 달리기 시작하자 차가운 바람이 무릎 덮개와 삼나무 상자 사이로 스며들었다. 키 큰 느티나무가 바래서 희읍스름해진 줄기를 길 좌우로 늘어뜨리고 그들을 배웅하거나 마중이라도 하는 양 가느다란 가지를 흔들었다. 그 가느다란 가지가 머리 위의 아주 높은 데서 교차할 만큼 양쪽에서 빽빽하게 뻗어 나와 있는데도 자신이 지나는 곳은 의외로 밝은 것을 기묘하게 생각하며 지요코는 이따금 머리를 들어 먼 하늘을 바라보았다. 집에 도착하여 유골을 불단 앞에 놓았을 때 금세 모여든 아이들이 뚜껑을 열어 보여달라고 하는 것을 지요코는 단연코 거절했다.

얼마 뒤 식구들이 모두 같은 방에 모여 점심 밥상 앞에 앉았다. "이렇게 보면 아이들이 많은 것 같지만 그래도 한 명은 벌써 빠져버렸군 그래." 스나가가 말을 꺼냈다.

"살아 있을 때는 그렇게까지 생각하지 않았는데 떠나고 나니까 제일 아쉬운 것 같구나. 여기 있는 아이들 중에 누가 대신할 수 있었으면 좋았을 것 같은 정도야." 마쓰모토가 말했다.

"너무하시네." 시게코가 사키코의 귓가에 속삭였다.

"외숙모님, 다시 분발해서 요이코를 꼭 빼닮은 아이를 낳아주세요. 귀여워해줄 테니까요."

"요이코 같은 아이는 안 돼, 요이코가 아니면. 밥그릇이나 모자하고 달라서 대신할 게 생긴다고 잃어버린 것을 잊어버릴 수는 없으니까."

"난 비 오는 날 소개장을 들고 만나러 오는 사람이 싫어졌어."

# 스나가의 이야기

## 1

게이타로는 스나가의 집 문 앞에서 뒷모습의 여자를 본 이후로 늘 그 두 사람을 이어주는 인연의 끈을 상상했다. 그 끈에서는 일종의 꿈같은 냄새가 나서 그 두 사람을 눈앞의 스나가와 지요코라고 생각하며 바라볼 때는 오히려 어디론가 사라져버리는 일이 많았다. 하지만 그들이 평범한 사람으로서 게이타로의 육안에 현실적인 자극을 주지 않을 때는 잃어버린 끈이 다시 두 사람 사이를 떼어놓아서는 안 되는 운명처럼 이어주었다. 다구치의 집에 드나들게 되고 나서도 스나가와 지요코의 관계에 대해서는 누구로부터도 말 한마디 들어본 적이 없고 또 두 사람의 모습을 직접 관찰해봐도 은연중에라도 보통의 사촌 이상의 어떤 것도 보이지 않았다. 하지만 처음의 연상에 지배되어 그의 머릿속 어딘가에는 두 사람을 늘 한 쌍의 남녀로 보는 경향이 있었다. 게이타로가 보기에 결혼하지 않은 젊은 남자와 남자의 손을 잡지 않

은 젊은 여자는 요컨대 자연스럽지 못한 너무 불완전한 존재라서 그
가 자신이 아는 그들을 머릿속에서 이렇게 짝을 지어준 것은 아직 불
완전한 처지에서 갈피를 잡지 못하고 있는 두 사람에게 어서 자연이
낳아준 대로의 자격을 주고 싶다는 도의심의 요구에서 생긴 일인지도
몰랐다.

　그것은 까다로운 논리라서 설령 어떤 요구에서 생긴 것이든 게이타
로를 위해 변명할 필요는 없지만, 근래에 들어 우연히 지요코의 혼담
을 들은 그가 머릿속의 세계와 머리 밖에 존재하는 사회의 모순에 잠
시 고개를 갸우뚱한 것은 틀림없는 사실이었다. 게이타로는 서생인
사에키로부터 혼담 이야기를 들었다. 하지만 사에키 같은 자가 아직
일이 매듭지어지기도 전에 집안의 상세한 이야기를 알 리 없었다. 사
에키는 그저 멍한 얼굴 근육을 여느 때보다 긴장시키며 잘은 모르나
그런 소문이 있습니다, 하고 말했을 뿐이다. 지요코를 데려갈 사람의
이름은 물론 몰랐지만 신분이 실업가라는 것은 분명한 것 같았다.

　"지요코 씨는 스나가한테 갈 거라고만 생각했었는데, 그게 아니었
나 보군."

　"그렇게는 안 되겠지요."

　"그건 왜지?"

　"왜냐고 묻는다면 저로서는 분명히 대답하기 어렵지만, 그냥 생각
해봐도 좀 어려울 것 같은데요."

　"그런가? 나는 또 잘 어울리는 부부라고 생각했는데. 친척이기도 하
고 나이도 대여섯 살 차이라면 이상하지도 않고."

　"모르는 사람이 보면 뭐 그렇게도 보이겠지만, 이면에 여러 가지 복
잡한 사정이 있는 모양이던데요."

게이타로는 사에키가 말하는 '복잡한 사정'이라는 것을 미주알고주알 듣고 싶었지만, 왠지 자신을 문외한으로 취급하는 것 같은 그의 말투가 비위에 거슬린 것과 고작 현관을 지키는 서생에게 가정의 내막을 캐물었다는 말을 들으면 자신의 품격에 지장이 있다는 것, 그리고 사에키가 그의 말처럼 그렇게 상세한 사정을 알고 있을 것 같지 않다는 이유로 이야기는 그것으로 그만두었다. 이왕 온 김이니 안으로 들어가 부인에게 인사를 하고 잠깐 이야기를 나눴지만 특별히 평소와 다른 점이 있는 건 아니어서 축하한다고 말할 용기도 나지 않았다.

이는 게이타로가 스나가의 집에서 지요코로부터 야라이의 외삼촌 집에 일어난 불행한 일을 듣기 바로 이삼일 전의 일이다. 그날 게이타로가 오랜만에 스나가를 찾아간 것도 실은 그 결혼 문제에 대해 스나가의 생각을 확인해볼 요량에서였다. 스나가가 어디의 어떤 사람과 결혼하든, 지요코가 어디의 어떤 사람과 결혼하든 게이타로가 상관할 바는 아니었지만, 이 두 사람의 운명이 그렇게 쉽사리 좌우로 미련 없이 갈릴 수 있는 것인지, 또는 자신이 상상한 대로 환영 비슷한 끈 같은 것이 두 사람에게도 보이지 않는 인연이 되어 그들을 부지불식간에 서로 이어주고 있는 것인지, 아니면 꿈에서 짠 끈이라고 형용해야할 어른거리는 것이 어떤 때는 두 사람의 눈에 분명히 보이고 어떤 때는 완전히 끊어져 그들을 따로따로 고립시키는 것인지, 게이타로는 그것이 알고 싶었던 것이다. 물론 그것은 단순한 호기심에 지나지 않았다. 그는 분명히 그렇다고 자각하고 있었다. 하지만 스나가에 대해서라면 그 호기심을 만족시켜도 무례한 일이 아닐 거라는 사실도 자각하고 있었다. 그뿐 아니라 그 호기심을 만족시킬 권리가 있다고까지 믿고 있었다.

# 2

그날은 공교롭게도 지요코가 방해를 한 데다 나중에는 스나가의 어머니까지 나왔기 때문에 상당히 오랫동안 앉아 있었는데도 자세한 이야기를 꺼낼 기회가 전혀 없었다. 다만 게이타로는 우연히도 자기 앞에 나란히 앉아 있는 세 사람이 지금 있는 그대로의 모습으로도 실제로 잘 어울리는 부부와 시어머니가 될 수 있다는 사실에 문득 생각이 미쳤을 때 그들을 세상의 평범한 형식으로 합치게 하는 것은 가장 쉬운 일이라 생각하며 돌아왔다.

다행히도 다음 일요일이 또 모든 일하는 사람들에게 따뜻한 날씨를 베풀어주어 게이타로는 아침 일찍부터 스나가를 찾아가 함께 교외로 나가려고 했다. 게으르고 제멋대로인 스나가는 현관 앞까지 나왔으나 좀처럼 나가려고 하지 않았는데 어머니가 억지로 권하는 바람에 결국 구두를 신었다. 구두를 신은 이상 스나가는 게이타로의 의지대로 어디로든 가는 사람이었다. 그 대신 아무리 상의해도 확실한 어떤 곳으로 꼭 가야 한다고 주장하는 사람은 아니었다. 스나가와 야라이의 마쓰모토가 함께 나가면 두 사람 다 행선지를 생각하지 않고 걷기 때문에 간혹 엉뚱한 곳으로 갈 때가 있었다. 게이타로는 실제로 스나가의 어머니 입에서 그런 일화를 듣기도 했다.

이날 그들은 료고쿠(兩國)에서 기차를 타고 고노다이(鴻の台)[1] 아래까지 가서 내렸다. 그리고 아름답고 넓은 강[2]을 따라 제방 위를 느릿느릿 걸었다. 게이타로는 오랜만에 상쾌하고 좋은 기분으로 물이며

---

1 현재의 지바 현 이치카와(市川) 시 북부에 위치한, 에도가와를 긴 고지대를 중심으로 한 지역.
2 에도가와를 말한다.

언덕이며 돛단배를 둘러보았다. 스나가 역시 경치를 칭찬하면서도 아직 이렇게 바람이 불어대는 제방을 걸을 계절은 아니라며 추운데 데리고 나온 게이타로를 원망했다. 빨리 걸으면 따뜻해진다고 주장한 게이타로는 빠른 걸음으로 걷기 시작했다. 스나가는 어처구니없다는 표정을 지으며 따라왔다. 두 사람은 시바마타(柴又)의 다이샤쿠텐(帝釋天)³ 옆으로 가서 가와진(川甚)⁴이라는 요릿집으로 들어가 밥을 먹었다. 주문한 장어구이가 너무 달아 못 먹겠다며 스나가는 또 언짢은 표정을 지었다. 조금 전부터 두 사람의 기분이 무르익지 않아 차분히 이야기를 나눌 여유가 생기지 않는 것을 괴로워하던 게이타로는 이때 스나가에게 "에도 토박이는 사치스럽군. 아내를 얻을 때도 그렇게 사치를 부리려나?" 하고 물었다.

"사치를 부릴 수만 있다면 누구든 부리겠지. 특별히 에도 토박이만 그러는 건 아니네. 자네 같은 촌놈도 그럴걸."

스나가는 이렇게 대답하고 시치미를 뗐다. 게이타로는 어쩔 수 없이 "에도 토박이는 애교가 없군그래" 하며 웃었다. 스나가도 돌연 우스워졌는지 웃음을 터뜨렸다. 그러고 나서는 두 사람의 기분과 마찬가지로 두 사람의 대화도 원만하게 진행되었다. 스나가가 "자네도 요즘은 꽤 안정을 찾은 것 같군" 하고 평해도 게이타로는 "좀 성실해진 건가?" 하며 얌전히 받아들였고, 게이타로가 "자네는 점점 더 비뚤어지기만 하는 거 아닌가?" 하고 놀려도 스나가는 "왠지 내가 생각해도

---

3 도쿄의 가쓰시카(葛飾) 구 시바마타에 있는 니치렌슈(日蓮宗) 절인 다이쿄지(題経寺)의 속칭이다. 본존이 니치렌이 직접 새겼다는 다이샤쿠텐(帝釋天)이라서 이렇게 불린다.

4 시바마타의 다이샤쿠텐 뒤쪽의 에도가와 강변에 있는 민물고기 요릿집으로 지금도 영업을 하고 있다.

싫어질 때가 있네" 하고 흔쾌히 자신의 약점을 인정할 따름이었다.

이렇게 허물없는 마음으로 두 사람이 마주 보며 서로의 눈 속을 꿰뚫어 보고도 부끄러워하지 않을 때 지요코 이야기가 나온 것은 그 진상을 물어보려고 한 게이타로에게는 우연히 찾아온 행운이었다. 게이타로는 일단 일주일쯤 전에 들었던, 그녀가 조만간 결혼할 거라는 소문을 시작으로 스나가를 몰아세웠다. 그래도 스나가는 조금도 흥분한 모습을 보이지 않았다. 오히려 평소보다 침착한 모습으로 "또 무슨 혼담이 진행되는 모양이네. 이번에는 잘 성사되면 좋을 텐데" 하고 대답했는데, 갑자기 어조를 바꿔 "뭐, 자네는 모르는 일이겠지만, 지금까지도 그런 이야기가 몇 번 있었네" 하고 자못 진부한 일이라는 듯이 설명해주었다.

"자네가 데려갈 생각은 없나?"

"내가 데려갈 것처럼 보이나?"

이야기는 이런 식으로 서로가 질질 끌어가듯이 점점 앞으로 나아갔는데, 드디어 아슬아슬한 이야기까지 털어놓거나 아니면 화제를 바꿀 수밖에 없는 지점까지 내몰렸을 때 스나가는 결국 게이타로에게 "또 지팡이를 가져왔군그래" 하며 쓴웃음을 지었다. 게이타로도 웃으면서 툇마루로 나갔다가 지팡이를 들고 다시 들어와서는, "보다시피" 하며 뱀 대가리를 스나가에게 보여주었다.

# 3

스나가의 이야기는 게이타로가 예상한 것보다 훨씬 길었다. ……

아버지는 일찍 돌아가셨다. 내가 아직 부모와 자식 간의 정을 제대로 알기도 전인 어렸을 때 갑자기 돌아가시고 말았다. 나는 아이가 없어 자신의 피를 나눈 따뜻한 혈육에 대한 정은 지금도 비교적 희박할지 모르지만 나를 낳아준 부모를 그리워하는 마음은 그 후 꽤 깊어졌다. 지금의 마음을 그때도 갖고 있었다면, 하는 생각을 하는 일도 드물지 않다. 한마디로 말하면 당시의 나는 아버지에게 무척 냉담했다. 물론 아버지도 결코 너그러운 편은 아니었다. 지금의 내 가슴에 비치는 아버지의 얼굴은 광대뼈가 튀어나오고 혈색이 안 좋으며 친근감 없고 엄격한 표정으로 가득한 초상에 지나지 않다. 나는 거울에 내 얼굴을 비춰볼 때마다 가슴속에 간직한 아버지의 용모와 무척 닮았다는 생각에 불쾌해진다. 내가 사람들에게 아버지와 마찬가지의 싫은 인상을 주지 않을까 하는 걱정에 주눅 들기 때문만은 아니다. 그래도 이런 음울한 눈썹이나 이마가 보여주는 것보다는 나은 따뜻한 애정이 핏속에 흐르고 있는 지금의 나를 보면 그렇게 냉혹해 보였던 아버지도 마음속에는 나 이상으로 뜨거운 눈물을 갖고 있었던 게 아닐까 하는 생각이 들어 아버지의 안 좋은 겉모습만 유품으로 기억하고 있는 것이 자식으로서 너무나도 무정하다는 마음이 들기 때문이다. 아버지는 죽기 이삼일 전에 나를 머리맡으로 불러 "이치조, 내가 죽으면 어머니의 보살핌을 받아야 한다. 알겠느냐?" 하고 말했다. 나는 태어났을 때부터 어머니의 보살핌을 받았는데 이제 와서 새삼스럽게 아버지가 그런 말을 하는 것이 이상하게 여겨졌다. 말없이 앉아 있자 아버지는 뼈만

남은 얼굴의 근육을 억지로 움직이며 "지금처럼 장난만 치고 말을 듣지 않으면 어머니도 보살펴주지 않을 거다. 좀 더 얌전히 굴어야 해" 하고 말했다. 나는 어머니가 지금까지 보살펴주었으니까 이대로의 자신으로 족하다고 생각했다. 그래서 아버지의 잔소리를 아무 필요가 없는 쓸데없는 말이라 생각하며 병실을 나왔다.

아버지가 돌아가셨을 때 어머니는 많이 울었다. 장례식을 치르기 직전에야 옷을 갈아입은 나는 할 일이 없어 따분한 나머지 혼자 툇마루로 나가 파란 하늘을 올려다보고 있었는데, 소복을 입은 어머니가 무슨 생각을 했는지 별안간 그곳으로 나왔다. 다구치 이모부나 마쓰모토 외삼촌을 비롯하여 함께 서 있는 사람은 모두 건너편에서 북적거리고 있고 옆에는 아무도 보이지 않았다. 어머니는 돌연 내 까까머리에 손을 얹고, 울어서 퉁퉁 부은 눈을 내게 고정했다. 그리고 나지막한 목소리로 "아버지가 돌아가셨어도 엄마가 지금까지처럼 귀여워해줄 테니까 안심해" 하고 말했다. 나는 아무 대답도 하지 않았다. 눈물도 흘리지 않았다. 그때는 그것으로 지나갔지만, 성장한 후 부모에 대한 내 기억을 멀리서 흐리게 하는 것은 두 사람이 그때 했던 말이라는 생각이 그 후 점차 강해지고 명확해졌다. 아무런 의미를 둘 필요도 없는 부모의 말에 나는 왜 깊은 의혹을 가졌는지, 내 자신에게 물어봐도 도통 설명할 수가 없었다. 때로는 어머니에게 직접 추궁해보고 싶은 마음도 일었지만 어머니의 얼굴을 보면 갑자기 용기가 꺾이고 말았다. 그리고 마음속 어딘가에서 그것을 털어놓는 순간 친밀한 모자 사이가 멀어져 지금과 같은 화목한 사이로 돌아갈 기회가 영원히 없을 거라고 내게 속삭이는 것이 있었다. 그렇지 않아도 어머니는 나의 진지한 얼굴을 보며 그런 일이 있었나, 하고 웃으며 어름어름 넘겨버릴 것 같았기 때문에 그렇게 얼버무려졌을 때의 잔혹한 결과를 예상하면 도저히 입에 담을 처지가 아니라며 생각을 고쳐먹고 잠자코 있었다.

나는 어머니에게 결코 유순한 아들이 아니었다. 아버지가 죽기 전에 머리맡으로 불려가 훈계를 들을 만큼 어렸을 때부터 자주 어머니의 말을 듣지 않았다. 좀 더 커서 어머니 한 분뿐이니 더욱 다정하게 해드려야겠다는 분별이 생긴 후에도 역시 어머니가 시키는 대로 하지 않았다. 지난 2, 3년은 특히 걱정만 끼쳐드렸다. 하지만 아무리 서로 함부로 말하더라도 날 때부터 모자지간인 이상 아직 그 소중한 관념이 깊든 얕든 상처를 입은 기억이 없다는 생각에서 만약 그 일을 꺼내 두 사람 모두 후회의 흉터를 남겨야 하는 상처를 입는다면 그것이야말로 돌이킬 수 없는 불행이라고 생각했다. 이 두려움은 신경질적인 성격으로 태어난 내 머리가 만들어낸 것일지도 모른다는 의심도 해봤다. 하지만 그것이 내게는 현재보다도 분명한 미래로서 존재하는 일이 많았다. 그러므로 나는 그때 아버지와 어머니가 했던 말을 그대로 잊어버릴 수 없었던 것을 지금도 한심스럽게 생각한다.


4


아버지와 어머니 사이가 얼마나 원만했는지 나는 알지 못한다. 나는 아직 아내를 들인 적이 없으니 그런 일을 입에 담을 자격이 없을지도 모르지만, 아무리 사이가 좋은 부부라도 때로는 서먹서먹해지기도 하는 것이 인지상정일 테니 그들도 오랫동안 함께 살아오는 중에 서로의 가슴속에서 달갑지 않은 오점을 발견하면서도 남들 모르게 서로 입 밖에 내지 않은 불만을 자기 혼자 쓰라리게 맛보며 참았던 경우도 있었을 것이다. 물론 아버지는 무척 화를 잘 내는 비교적 소극적이고 음침한 사람이었고, 어머니는 나가우타(長唄)[5]를 부를 때 외에는 큰 소리를 내지 않는 성격이라 나는 두 사람이 말다툼을 하는 모습을 아버지가 돌아가실 때까지 한 번도 본 적이 없다. 요컨대 세상 사람들이 보기에 우리 집만큼 조용하고 반듯한 가정은 좀처럼 없었을 것이다. 그렇게까지 노골적으로 남의 욕을 해대는 마쓰모토 외삼촌조차 아직 그렇게 봐도 틀리지 않을 거라고 확신하고 있다.

어머니는 내게 돌아가신 아버지 이야기를 할 때마다 세상의 남편들 중에서 가장 완벽에 가까운 사람이었던 것처럼 설명한다. 이는 얼마간 내 마음속에 흐릿하게 가라앉아 있는 아버지에 대한 기억을 씻어 주기 위한 변호로도 들린다. 또는 어머니 자신의 기억을 시간의 행주로 닦아 점점 광택을 낼 생각으로도 보인다. 하지만 내게 아버지를 자애로움으로 가득 찬 부모로 소개할 때는 어머니의 태도가 완전히 일변한다. 평소 내가 직접 보는 그 온화하던 어머니가 어떻게 이렇게 진지해질 수 있을까 하고 놀랄 만큼 엄숙한 모습으로 나를 꼼짝 못 하게 하는 일도 있었다. 하지만 그것은 내가 중학교에서 고등학교[6]로 올라갈 무렵의 옛날 일이다. 지금은 아무리 어머니를 졸라 그 이야기를 다시 들어봐도 도저히 그런 고상한 기분이 들지 않는다. 그 무렵부터 학교를 졸업할 때까지 내 정서는 요즘 소설에 나오는 주인공처럼 완전히 피폐해지고 말았을 것이다. 현대의 분위기에 중독된 자신을 저주

5 에도 시대에 유행한 긴 속요.
6 구(舊)제도에서 중학교는 5년, 고등학교는 3년이었다.

하고 싶으면 나는 때때로 단 한 번만이라도 좋으니 어머니 앞에서 그런 숭고함을 느껴보고 싶다는 바람이 일지만 동시에 그 바람이 도저히 이뤄질 수 없는 과거의 꿈이라는 서글픈 생각도 든다.

어머니의 성격은 우리가 옛날부터 익숙하게 써온 자애로운 어머니라는 말 외에는 형용할 길이 없다. 내가 보기에 어머니는 그 말을 위해 태어나고 또 죽는다고 해도 별 지장이 없는 사람이다. 참으로 딱한 노릇이지만 그래도 어머니는 생활의 만족을 그 한 점에만 집중하고 있어서 나만 충분히 효도할 수 있다면 어머니에게는 그 이상의 기쁨이 없을 것이다. 하지만 만약 그런 내가 어머니의 뜻을 거스르는 일이 많았다면 그만큼의 불행도 없는 셈이다. 그런 생각을 하면 나는 정말 마음이 괴로울 때가 있다.

생각난 김에 여기서 잠깐 말하겠는데, 나는 태어날 때부터 외아들이 아니었다. 어렸을 때 다에라는 여동생과 매일 같이 놀았던 일을 지금도 기억하고 있다. 여동생은 평소 커다란 무늬가 있는 겉옷을 입고 인형처럼 머리를 잘라 늘어뜨리고 있었다. 그리고 나를 항상 이치조짱, 이치조짱이라고 했지 절대 오라버니라고는 부르지 않았다. 여동생은 아버지가 돌아가시기 몇 해 전에 디프테리아[7]로 죽고 말았다. 그 무렵에는 혈청주사가 아직 발명되지 않아서 치료가 무척 어려웠을 것이다. 나는 물론 디프테리아라는 병명도 몰랐다. 집으로 문병을 온 마쓰모토 외삼촌이 너도 디프테리아 아냐, 하고 놀려서 아니, 그렇지 않아요, 난 군인이에요, 하고 대답한 일을 지금도 잊지 않고 있다. 여동

---

[7] 열이 나고 목이 아프며 음식을 잘 삼킬 수 없고 호흡 기관의 점막이 상하며 갑상샘이 부어 호흡 곤란을 일으키고, 후유증으로 신경 마비나 심장·콩팥의 장애가 따르는 급성 법정 전염병으로 주로 어린아이가 많이 걸린다.

생이 죽고 나서 한동안 아버지의 못마땅한 얼굴이 상당히 자상해 보였다. 어머니에게 당신한테는 정말 미안하게 됐어, 하고 말하던 얼굴이 유난히 온화했기 때문에 어린아이였지만 바로 그때의 말까지 작은 가슴에 새겨두었다. 하지만 어머니가 그 말에 어떻게 대답했는지는 전혀 기억나지 않는다. 아무리 생각해내려고 해도 생각나지 않는 것을 보면 처음부터 기억하지 않았을 것이다. 어렸을 때부터 그만큼 예민하게 아버지를 관찰하는 능력을 갖고 있던 내가 어머니에 대한 주의가 부족했던 것도 참 희한한 일이다. 사람이 자신보다는 쓸데없이 남을 알고 싶어 하는 습성이 있는 존재라면 나에게 아버지는 어머니보다는 훨씬 남처럼 보였던 것일지도 모른다. 거꾸로 말하자면 어머니는 관찰할 필요도 없을 만큼 나와 친밀했던 것이다. 하여튼 여동생은 죽었다. 그 이후로 나는 아버지에게도, 어머니에게도 외아들이었다. 아버지가 돌아가시고 난 후 지금의 나는 어머니에게 외아들이다.

## 5

그러므로 나는 가능한 한 어머니를 소중히 하지 않으면 안 된다. 하지만 실제로는 같은 이유에서 나는 제멋대로 굴고 있다. 나는 작년에 학교를 졸업한 후 오늘에 이르기까지 아직 취직 문제로 단 하루도 고민해본 적이 없다. 졸업 성적은 오히려 좋은 편이었다. 석차를 기준으로 사람을 뽑는 지금의 관례를 이용하려고 했다면 친구들이 꽤 부러워할 만한 자리를 잡을 기회도 없지 않았다. 실제로 한번은 어떤 방면에서 추천을 의뢰받은 모 교수가 나를 불러 의향을 물어본 적도 있다. 그런데도 내 마음은 움직이지 않았다. 물론 자만심으로 이런 이야기를 하는 건 아니다. 속마음을 털어놓자면 오히려 자만과는 반대인데, 전적으로 신념의 결핍에서 온 소극적인 생각이라 불쾌하다. 하지만 아침부터 밤까지 마음고생을 하여 세상 사람들의 칭찬을 받아본들 무슨 소용이 있겠느냐는 뻔뻔스러움은 물론 거절할 때부터 따라다니고 있었다. 나는 설레기 위해 태어난 사람이 아닌 것 같다. 법률을 공부하지 않고 식물학이나 천문학이라도 했다면 그래도 성미에 맞는 일이 하늘에서 떨어졌을지도 모른다고 생각한다. 나는 세상에 대해 몹시 소심한 주제에 자신에 대해서는 무척 참을성이 많은 사람이라 그렇게 생각하는 것이다.

내가 이렇게 제멋대로 지낼 수 있었던 것은 말할 것도 없이 아버지가 남겨준 약간의 재산 덕분이다. 만약 이 재산이 없었다면 나는 어떤 고난을 겪더라도 법학사라는 명함을 이용하여 세상과 맞서지 않으면 안 되었을 것이다. 이런 생각을 하니 돌아가신 아버지에게 새삼 감사의 말씀을 드리고 싶고, 동시에 자신이 제멋대로 구는 것은 이 재산 덕분에 가까스로 존재를 인정받고 있는 것이니 상당히 불안정하고 얄팍한 게 틀림없다고 추단한다. 그리고 그 희생이 되고 있는 어머니가 더한층 가엾어진다.

예스러운 교육을 받은 여성들이 그렇듯이 어머니는 집안의 이름을 떨치는 것이 자식의 첫 번째 도리라는 생각을 무엇보다 우선시하고 있다. 하지만 어머니는 집안의 이름을 떨친다는 것이 명예를 의미하는지 재산을 의미하는지 권력을 의미하는지 아니면 덕망을 의미하는지, 거기에 대해서는 아무런 분별도 갖고 있지 않다. 단지 막연하게 하나가 머리 위에 떨어지면 그 밖의 모든 것이 뒤따라 문 앞에 모여들 거라는 정도로 생각하고 있다. 그러나 나는 그런 문제에 대해 어떤 것도 어머니에게 설명해줄 용기가 나지 않는다. 설명해주기 위해서는 우선 내 식견으로 그럴듯하다고 인정한 방식으로 집안의 이름을 떨친 다음이 아니면 그럴 만한 자격이 없기 때문이다. 나는 어떤 의미에서도 가문을 떨칠 수 있는 사람이 아니다. 다만 더럽히지 않을 만큼의 식견을 머리에 넣어둘 뿐이다. 그리고 그 식견은 어머니에게 보여주어 기쁘게 하기는커녕 그녀와는 완전히 동떨어져 아무 인연도 없는 것이라 어머니도 불안할 것이다. 나도 쓸쓸하다.

내가 어머니에게 끼치는 수많은 걱정 중에서 첫째로 들어야 하는 것은 지금 말한 내 결점이다. 하지만 이 결점을 바로잡지 않고도 부족함 없이 살아갈 수 있을 만큼 어머니는 나를 사랑해주기 때문에 그저 죄송한 마음을 잃지 않고 이대로 밀고 나가지 못할 것도 없지만, 이렇게 제멋대로 행동하는 것보다 어머니에게 좀 더 예민한 실망을 안겨줄 것 같아 남몰래 가슴 아파하는 것은 결혼 문제다. 결혼 문제라기보다 나와 지요코를 둘러싼 주변 사정이라고 하는 편이 적절할지도 모른다. 그걸 설명하기 위해서는 이야기 순서상 먼저 지요코가 태어나기 전으로 거슬러 올라갈 필요가 있다. 그 무렵의 다구치 이모부는 결코 지금만큼 세력이 있는 사람도 자산가도 아니었다. 그저 장래성이 있는 사람이라고 해서 아버지가 어머니의 여동생인 이모를 그에게 시집보내도록 주선한 것이다. 다구치 이모부는 원래 우리 아버지를 선배로서 존경하고 있었다. 무슨 일이 있을 때마다 의논도 하고 신세를 지기도 했다. 양가 사이에 새롭게 생겨난 이 친밀한 관계가 세월과 함께 가속도가 붙어 더욱 원만하게 진행되고 있을 때 지요코가 태어났다. 그때 어머니는 무슨 생각을 했는지 이 아이가 크면 며느리로 주지 않겠느냐고 다구치 부부에게 부탁했다고 한다. 어머니 말에 따르면 그들은 그때 어머니의 부탁을 흔쾌히 받아들였다고 한다. 물론 뒤이어 모모요코가 태어나고 고이치라는 남자아이도 태어났기에 지요코를 시집보내려면 어디로든 보낼 수 있지만 반드시 나에게 보내야 할 만큼 확실히 어머니에게 약조를 했는지 어떤지는 나도 알지 못한다.

6

하여튼 나와 지요코 사이에는 둘 다 철들기 전부터 이미 이런 인연의 끈이 있었다. 하지만 그것은 우리 두 사람을 맺어주기에는 무척 미심쩍은 끈이었다. 두 사람은 물론 하늘로 날아오르는 종달새처럼 자유롭게 자랐다. 인연의 끈을 맺어준 사람조차 확실히 그 끝을 쥐고 있다는 생각을 하지 않았을 것이다. 어머니 때문에 나는 미심쩍은 인연의 끈이라는 말을 여기서 기이한 인연이라는 의미로 쓸 수 없는 것을 깊이 슬퍼한다.

어머니는 내가 고등학교에 들어갔을 때 넌지시 지요코에 대해 이야기했다. 그 무렵 나는 물론 이성에 대한 관심이 있었다. 하지만 내 머리에 미래의 아내라는 관념은 전혀 없었다. 그런 이야기에 어울리는 차분함조차 갖고 있지 않았다. 특히 어렸을 때부터 함께 놀기도 하고 싸우기도 하면서 거의 한집에서 자란 것이나 마찬가지인 친한 소녀는 너무 가까워서인지 무척 평범하게 보여 이성에 대한 일반적인 자극을 주기에는 부족했다. 이는 나만 그런 게 아니고 아마 지요코도 마찬가지일 것이다. 오랫동안 친하게 지내면서 나는 지금껏 지요코에게 남자로 취급받은 경험을 떠올릴 수가 없다는 것이 그 증거다. 지요코가 본 나는 화를 내든 눈물을 흘리든 애교를 부리든 추파를 던지든 늘 변함없는 이종사촌 오라버니에 지나지 않는다. 물론 이는 얼마간 순수한 기질로 태어난 지요코의 성정에서 나온 것이기도 하고 그 점에서는 또 나만큼 지요코를 속속들이 아는 사람도 없겠지만, 단지 그것만으로 남녀의 장벽이 없어질 리 없을 것이다. 딱 한 번…… 하지만 이것은 나중에 이야기하는 편이 좋을 듯하다.

어머니는 자신의 말에 귀를 기울이지 않는 나를 수줍음 때문이라고 해석하고 다시 시기를 기다리는 사람처럼 이 문제를 품에 넣었다. 나도 수줍음을 부정할 용기는 없다. 하지만 지요코에게 마음이 있어 수줍어하는 것이라고 받아들인 어머니는 정반대의 사실을 받아들인 것이나 마찬가지다. 요컨대 어머니는 미래에 대한 준비라는 생각에서 우리 두 사람을 되도록 사이좋게만 키우려고 노력한 결과 남녀로서의 두 사람이 점차 멀어지게 했다. 그 사실을 알도록 만든 나는 참으로 잔혹했다.

그날 일을 말하는 것이 내게는 정말 고통스럽다. 어머니는 고등학교 시절에 넌지시 비쳤던 지요코 문제를 내가 대학 2학년이 될 때까지 혼자 가만히 품고 있었던 모양인지 어느 날 밤, 그러니까 봄방학 무렵 꽃 소식이 있던 어느 날 밤 살짝 내 앞에 꺼냈다. 그때는 나도 꽤 어른스러워졌기 때문에 조용히 그 문제를 받아들여 안팎으로 신중하게 살펴볼 여유가 생겼다. 그때는 어머니도 그저 멀리서 넌지시 비치기만 하는 것이 아니라 자신의 희망에 정당한 형식을 부여하는 일을 잊지 않았다. 나는 아무 생각 없이 이종사촌 여동생은 혈족[8]이라 싫다고 대답했다. 어머니는 지요코가 태어났을 때 부탁해두었으니까 받아들이면 될 거라며 나를 놀라게 했다. 왜 그런 일을 부탁했느냐고 물으니, 왜고 뭐고 내가 좋아하는 아이고 너도 싫어할 리 없으니까, 라고 갓난아기는 애초에 불가능한 일을 근거로 대답을 해서 나를 난처하게 했다. 그것을 좀 더 추궁하자 끝내 눈물을 글썽이며, 실은 너를 위해서가 아니야, 전적으로 나를 위해 부탁한 거지, 라고 말했다. 하지만 그것이 어떻게 어머니를 위한 일이 되는지, 그 이유를 아무리 물어도 말해주지 않았다. 마지막으로 무슨 일이 있어도 지요코는 싫은 거냐고 물었다. 나는 싫지도 좋지도 않다고 대답했다. 하지만 당사자도 나에게 시집올 마음이 없고 다구치 이모부도 이모도 나에게 주고 싶어하지 않으니 그런 말을 하는 것은 그만두는 게 좋다, 그쪽에서 불편해할 뿐이다, 라고 말했다. 어머니는 약속이니 불편해해도 상관없다, 또 불편해할 리 없다고 주장하며 옛날에 다구치 이모부가 아버지에게 신세를 지거나 폐를 끼친 일들을 늘어놓았다. 하는 수 없이 나는 이 문제는 졸업할 때까지 결론을 짓지 말고 놔두자고 말했다. 어머니는 불안 속에서 한 가닥 희망을 발견한 듯한 얼굴로 다시 한 번 신중하게 생각해보라고 부탁했다.

이런 사정으로 지금까지 어머니 혼자 품고 있던 문제를 그 후에는 나도 품지 않을 수 없게 되었다. 다구치 이모부는 또 자기 식대로 같은 문제를 마음에 품고 있는 게 아닐까? 가령 지요코를 다른 데 시집 보내려고 하는 경우에도, 그런 일이 생겨 일단 이쪽의 승낙을 얻을 필

8 1898년에 제정된 이른바 '메이지 민법'에서 '혈족'에 관한 혼인 금지 조건은 1) 직계 혈족 간의 혼인, 2) 방계의 부자, 부부, 형제 내의 혼인, 3) 직계 인척 간의 혼인, 4) 양자, 그 배우자, 직계 비속 또는 그 배우자와 양친 또는 그 직계 존속 사이의 혼인을 가리킨다. 따라서 이종사촌 사이인 스나가와 지요코의 혼인은 법적으로 아무런 문제가 없다.

요가 있다고 한다면 이모부도 마음에 걸릴 게 틀림없다.

7

나는 불안해졌다. 어머니의 얼굴을 볼 때마다 어머니를 속이고 그 날그날을 고식적으로 보내고 있는 듯해서 죄스러웠다. 한때는 생각을 고쳐먹고 가능하다면 어머니의 희망대로 지요코를 아내로 맞이할까 하는 생각도 했다. 나는 그 때문에 일부러 볼일도 없는 다구치 이모부 집으로 놀러 가서 넌지시 이모부나 이모의 눈치를 살폈다. 바짝 다가서는 어머니에게 대응할 준비 작업으로서 미리 나를 멀리하는 기색 같은 것은 그들의 말에도 거동에도 전혀 보이지 않았다. 그들은 그럴 만큼 천박하거나 불친절한 사람들이 아니었던 것이다. 하지만 딸의 장래 남편으로 내가 그들의 눈에 얼마나 딱하게 보였는지는 오래전부터 간파하고 있었고 그런 경향은 조금도 변하지 않았을 뿐 아니라 근래에는 오히려 더욱 두드러진 것처럼 보였다. 그들은 첫째로 유약한 체격과 창백한 안색 때문에 나를 사위로 받아들이지 않을 생각인 듯했다. 물론 나는 신경이 날카롭게 움직이는 성격이라 과장되게 생각하거나 불필요하게 비뚤어지게 보는 나쁜 버릇이 있어서 자신의 가슴에 담아둔 이모부와 이모에 대한 상세한 관찰을 여기서 거리낌 없이 말하는 실례는 범하고 싶지 않다. 다만 한마디로 말하자면 그들은 처음에 지요코를 내 아내로 삼겠다고 분명히 말했을 것이다. 적어도 줘도 되겠다는 정도의 생각은 했을 것이다. 하지만 그 후 그들이 차지한 사회적 지위와 그들과는 반대 방향으로 나아가는 내 성격이 이중으로

그것을 실행할 만한 유리한 점을 빼앗아 흐려지기 시작한 빈껍데기뿐
인 공허한 도리를 그들의 머릿속 어딘가에 버려두고 가버렸다고 생각
해도 될 것이다.

　나와 그들은 어떤 사람의 결혼 문제에 대해서도 많은 이야기를 할
기회를 갖지 못했다. 다만 언젠가 이모와 나는 이런 대화를 나누었다.

　"이치조, 너도 이제 슬슬 배우자를 찾아야겠네. 엄마는 진작부터 걱
정하고 있는 것 같더라."

　"좋은 사람 있으면 어머니께 알려주세요."

　"너한테는 얌전하고 상냥하고 친절한 간호사 같은 여자가 좋겠지."

　"간호사 같은 신부가 없나 하고 찾아봤자 올 사람은 아무도 없을걸
요."

　내가 쓴웃음을 지으며 스스로 조소하듯이 이렇게 말했을 때 지금까
지 저쪽 구석에서 뭔가를 하고 있던 지요코가 문득 고개를 들었다.

　"제가 가드릴까요?"

　나는 그녀의 눈을 깊숙이 쳐다봤다. 그녀도 내 얼굴을 쳐다봤다. 하
지만 두 사람 다 거기서 의미 있는 어떤 것도 발견할 수 없었다. 이모
는 지요코 쪽을 돌아보지도 않았다. 그리고 "너처럼 노골적이고 덜렁
덜렁하기만 한 애가 어떻게 이치조 마음에 들겠니?" 하고 말했다. 나
는 나지막한 이모의 목소리에서 나무라는 듯하기도 하고 걱정하는 듯
하기도 한 울림을 들었다. 지요코는 그저 깔깔거리며 재미있다는 듯
이 웃을 뿐이었다. 그때 모모요코도 옆에 있었는데, 언니의 말을 듣고
웃으면서 자리에서 일어났다. 형식을 갖추지 않은 거절을 당했다고
해석한 나도 잠시 후에 자리에서 일어났다.

　이 사건이 있고 난 후 나는 같은 문제로 어머니의 만족을 얻기 위한

노력을 점점 더 떳떳하지 않게 여기게 되었다. 이런 점에서 자존심이 강한 아버지의 아들로서 내 신경은 스스로도 놀랄 만큼 과민하다. 물론 나는 그때 이모의 말에 결코 감정이 상하지는 않았다. 아직 이쪽의 정식 요청을 받지 않은 이모로서는 그렇게 하는 것 외에 달리 의향을 내비칠 방법도 없었을 것이다. 지요코의 경우에는 무슨 말을 하건 웃건 간에 늘 그녀의 속마음을 그대로 거침없이 드러낸 것에 지나지 않는다고 생각했다. 나는 그때 지요코가 했던 말이나 태도로 보아 그녀가 내게 오고 싶어 하지 않는다는 것만은 종전대로 확실히 알았지만, 동시에 만약 우리 어머니와 마주 앉아 차분히 이야기라도 한다면 네, 그런 이유라면 시집을 가겠어요, 하고 그 자리에서 승낙하지 말란 법도 없다는 생각이 들어 은근히 걱정했을 정도다. 그녀가 그렇게 말할 때는 자신의 이해관계나 부모의 의향을 아무렇지 않게 희생할 수 있는 무척 순수한 여자라고 나는 평소부터 믿고 있었기 때문이다.


8


고집이 센 나는 어머니를 기쁘게 해드리는 것보다 되도록 내 자아가 상처 입지 않기를 바랐다. 그 결과 내가 모르는 사이에 지요코가 어머니에게 설득당할지도 모른다는 걱정에 암암리에 그것을 막을 궁리를 했다. 어머니는 지요코가 태어났을 때 이미 내 아내로 정했던 만큼 여러 조카들 중에서 지요코를 유난히 예뻐했다. 지요코도 어렸을 때부터 우리 집을 제집처럼 여기며 스스럼없이 자고 가기도 했다. 그런 연고로 다구치 이모부의 집과 우리 집이 옛날에 비하면 비교적 소원해진 요즘에도 지요코만은 이모, 이모, 하며 낳아준 부모라도 만나러 오는 듯이 환한 얼굴로 자주 들락거린다. 단순한 지요코는 자신에게 들어오는 혼담도 숨기지 않고 어머니에게 털어놓았다. 사람 좋은 어머니는 또 그것을 순순히 들어주기만 할 뿐 원망하는 눈빛 한번 보이지 않았다. 이렇게 깊은 관계인 두 사람 사이에 내가 두려워하는 대화가 언제든 일어날 수 있었던 것이다.

내 궁리라는 것은 우선 이 점에 관해 당분간 어머니의 입을 막아두려고 조심하는 것에 지나지 않았다. 그런데 막상 정색을 하고 어머니에게 그 말을 꺼내려고 하면, 단지 자신의 주장을 밀고 나가기 위해 약한 부모의 자유를 빼앗는 것은 잔인한 자식이나 할 짓이라는 생각이 어딘가에서 고개를 들었기 때문에 그만 관두는 일이 많았다. 물론 나이 든 사람에게 걱정스러운 표정을 짓게 하는 것이 그저 한심한 일이라는 생각만으로 그만두었다고는 말할 수 없다. 지요코와 그렇게 친하게 지내면서도 지금까지 대담한 말을 털어놓을 수 없었던 어머니인지라 설령 이대로 놔둔다고 해도 당분간은 괜찮을 거라는 생각이 어머니에게 말하려는 나를 다소 눌렀던 것이다.

그래서 나는 지요코에 관해 이렇다 하게 명료한 조치를 취하지 않고 지내왔다. 물론 이렇게 불안한 상태로 지내는 동안에도 다구치 이모부의 집과 왕래가 완전히 끊긴 것이 아니어서 가끔은 단지 어머니가 기뻐하는 얼굴을 보겠다는 목적만으로 우치사이와이초까지 전차를 타고 간 기억조차 있다. 그러던 어느 날 밤 오랜만에 지요코가 새로 배운 진기한 요리를 대접하겠다며 붙잡는 바람에 나는 저녁 밥상 앞에 앉았다. 늘 집을 비우던 이모부가 그날은 마침 집에 있어 식사 중에 스스럼없이 이야기를 이어나갔기에 젊은 사람의 쾌활한 웃음소리가 장지문에 울릴 정도로 온 집 안이 떠들썩했다. 식사가 끝난 후 이모부는 무슨 생각에선지 갑자기 나에게 "이치조, 오랜만에 한판 둘까?" 하고 말했다. 나는 내키지 않았지만 모처럼의 일이라 그러죠 뭐, 하고 대답하며 이모부와 함께 별실로 물러났다. 우리 두 사람은 그곳에서 바둑을 두세 판 두었다. 물론 하수들끼리의 승부라 시간이 걸릴 리도 없어 바둑돌을 정리하고 나서도 그리 늦은 시간이 아니었다. 우리 둘은 담배를 피우며 다시 이야기를 시작했다. 그때 나는 적당한 기회를 봐서 일부러 이모부에게 "지요코의 혼담은 아직 성사되지 않았습니까?" 하고 물었다. 그것은 원래 내가 지요코에게 별 뜻이 없다는 것을 보여주기 위한 물음이었다. 하지만 또 한편으로는 하루라도 빨리 이 문제를 해결하면 나도 안심이고 지요코도 행복할 거라고 생각했기 때문이다. 그러자 이모부는 역시 남자인 만큼 아무런 주저함도 없이 이렇게 말했다.

"아니, 아직은 좀처럼 잘될 것 같지가 않아. 그런 이야기를 듣고 오는 사람이야 더러 있지만 아무튼 번거로운 일이라 난처해. 게다가 알아볼수록 귀찮기만 하고, 뭐 대충 정리되면 결정해버릴까 하고 생각하고 있지. 혼담이라는 건 묘한 거라서 말이야. 지금이니까 너한테 말하는데 사실 지요코가 태어났을 때 네 어머니께서 그 아이를 네 신부로 달라고 했지. 이제 막 태어난 갓난아이를 말이야."

이모부는 이때 웃으면서 내 얼굴을 쳐다봤다.

"어머니는 진심으로 그렇게 말했다고 합니다."

"진심이었겠지. 처형은 또 솔직한 사람이니까 말이야. 정말 좋은 사람이지. 지금도 이따금 진지하게 네 이모한테 그 얘기를 하는 모양이더라."

이모부는 다시 큰 소리로 웃었다. 나는 과연 이모부가 이 사건을 이렇게 가볍게 해석하고 있다면 어머니를 위해 살짝 변명이라도 해줄까 하고 생각했다. 하지만 만약 세상 물정에 밝은 사람이 내가 알아들으라고 교묘하게 한 말이라면 한마디라도 하는 것이 어리석은 짓이라며 생각을 고쳐먹고 입을 다물었다. 이모부는 친절한 사람이고 또 세상 물정에 밝은 사람이다. 이때 그가 했던 말을 어떻게 받아들여야 할지 나는 지금도 알 수 없다. 다만 내가 그때 이후 지요코를 신부로 맞이하지 않는 쪽으로 점점 더 기울었던 것만은 사실이다.

## 9

그러고 나서 두 달쯤 나는 다구치 이모부의 집에는 얼씬도 하지 않았다. 어머니만 걱정하지 않았다면 그 이후로도 우치사이와이초에는 발길을 하지 않았을지도 모른다. 설령 어머니가 걱정한다고 해도, 단지 어머니에 대한 걱정만이 문제라면 어쩌면 내 멋대로 끝까지 밀고 나갔을지도 모른다. 나는 그렇게 생겨먹은 사람이다. 그런데 두 달쯤 지났을 때 나는 불현듯 자신의 외고집을 꺾지 않으면 불리하다는 사실을 깨달았다. 사실상 내가 다구치 집안과 소원해질수록 어머니는 온갖 기회를 동원하여 점점 더 지요코와 접촉하려고 애를 썼던 것이다. 그리고 내가 가장 두려워하는 지요코와의 직접 담판을 어머니가 언제 어느 때 할지 모르는 상황이 점점 닥쳐온 것이다. 아무튼 나는 과감히 이 위기를 우선 넘기려고 했다. 그리고 그런 결심과 함께 다시 다구치 이모부의 집 문턱을 넘기 시작했다.

나를 대하는 그들의 태도는 물론 변함이 없었다. 그들에 대한 내 태도도 두 달 전 그대로였다. 나와 그들은 원래대로 웃고 장난치고 말꼬리를 잡고 늘어지기도 했다. 요컨대 내가 다구치 이모부 댁에서 보낸 시간은 떠들썩할 정도로 활기찼다. 솔직히 말하자면 내게는 다소 지나치게 활기찼던 것이다. 따라서 마음속이 늘 공허한 노력으로 지쳐 있었다. 날카로운 눈으로 주의한다면 어딘가 거짓의 그림자가 드리워져 본래의 자신을 추하게 채색하고 있었을 것이다. 그러는 동안 내 기분과 말이 종이의 앞뒷면처럼 딱 맞는 유쾌함을 느낀 적이 한 번 있다. 집안의 관례로서 1년에 한두 번 다구치 가족이 다 같이 놀러 가는 날에 있었던 일이다. 나는 아무것도 모르고 안으로 들어갔다가 지요코 혼자 조용히 앉아 있는 것을 보고 깜짝 놀랐다. 지요코는 감기에 걸린 모양인지 목에 찜질을 하고 있었다. 평소와 달리 창백한 안색도 쓸쓸해 보였다. 지요코가 웃으면서 "오늘은 집 보는 당번이에요" 하고 말했을 때야 나는 모두가 나갔다는 사실을 알았다.

그날 지요코는 아픈 탓인지 평소보다 조용하고 차분했다. 내 얼굴을 보기만 하면 꼭 놀리는 말을 늘어놓으며 시비를 걸어오던 지요코가 혼자 묘하게 가라앉아 있는 모습을 봤을 때 나는 문득 가엾다는 마음이 일었다. 그래서 자리에 앉자마자 다정한 위로의 말이 그럴 생각도 없이 저절로 흘러나왔다. 그러자 지요코는 이상한 표정을 지으며 "오늘은 정말 다정하네요. 아내를 얻으면 그렇게 다정하게 대해줘야 해요" 하고 말했다. 스스럼없고 친하다고만 생각했던 나는 지금까지 지요코에게 아무리 불친절하게 대해도 된다고 암암리에 스스로에게 허락해왔다는 사실을 그때야 비로소 깨달았다. 그리고 지요코의 눈 속 어딘가에 희미하게나마 기쁜 빛이 떠도는 것을 보고 나는 자신이 그동안 잘못했다는 사실을 깨닫고 후회했다.

우리 두 사람은 거의 같이 자란 것이나 마찬가지인 우리들의 과거를 돌아보았다. 옛날의 기억을 더듬는 말이 서로의 입술에서 당시를 되살리는 실마리가 되어 새어 나왔다. 나는 지요코의 기억력이 나보다 훨씬 뛰어나 세세한 일까지 또렷하게 기억하고 있는 것에 놀랐다. 지요코는 4년 전 나를 현관에 세워둔 채 하카마의 터진 곳을 꿰매준 일까지 기억하고 있었다. 그때 지요코가 썼던 실은 무명실이 아니라 비단실이었다는 것까지 기억하고 있었다.

"전 오라버니가 그려준 그림을 아직도 갖고 있어요."

아니나 다를까 그 말을 듣고 보니 지요코에게 그림을 그려준 기억이 있었다. 하지만 그것은 지요코가 열두세 살 때의 일로, 그녀의 아버지가 사준 물감과 종이를 내 앞으로 밀어놓고 억지로 그리게 한 것이었다. 그 이후로 지금껏 한 번도 붓을 쥔 적이 없는 것으로도 그림에 대한 내 소양을 알 수 있는데, 빨간색이나 초록색의 단순한 자극이 대충 그녀의 눈에 비치기만 하면 흥미는 거기서 그치고 마는 그런 그림이었다. 그 그림을 아직 갖고 있다는 말을 들은 나는 달갑지 않다는 듯이 쓴웃음을 짓지 않을 수 없었다.

"보여줄까요?"

나는 안 봐도 된다며 거절했다. 지요코는 개의치 않고 일어나 자기 방에서 내가 그린 그림을 담아놓은 손궤를 들고 나왔다.

## 10

지요코는 그 안에서 내가 그린 그림을 대여섯 장 꺼내 보여주었다. 빨간 동백꽃이며 보라색 과꽃이며 여러 색깔의 달리아를 그린 것이었는데 어느 것이나 단순한 화초의 사생에 지나지 않았지만 필요 없는 곳까지 시간을 아끼지 않고 일부러 공을 들여 세심하고 예쁘게 칠한 솜씨는 지금의 내가 봐도 아주 놀랄 만한 그림이었다. 나는 그만큼 면밀했던 옛날의 자신에 감탄했다.

"오라버니, 그걸 그려주었을 때는 지금보다 훨씬 친절했어요."

지요코는 뜬금없이 이렇게 말했다. 나는 그 말의 의미를 전혀 알 수 없었다. 그림에서 눈을 들어 지요코의 얼굴을 보니 그녀도 커다란 검은 눈동자를 가만히 내게 고정하고 있었다. 나는 무슨 까닭에 그런 말을 하느냐고 물었다. 지요코는 그래도 대답하지 않고 내 얼굴을 물끄러미 쳐다볼 뿐이었다. 잠시 후 평소보다 나지막한 목소리로 "하지만 이젠 부탁해도 그렇게 정성껏 그려주지 않겠지요" 하고 말했다. 나는 그려준다고도 안 그려준다고도 대답할 수 없었다. 다만 마음속으로 지극히 당연하다며 그녀의 말에 수긍했다.

"그래도 용케 이런 걸 다 정성껏 간수해두었네."

"시집갈 때도 가져갈 생각이에요."

나는 이 말을 듣고 묘하게 슬퍼졌다. 그리고 그 슬픈 기분이 곧장 지요코의 가슴에 전달될 것 같아 더욱 두려웠다. 그 순간 나는 이미 눈물이 그렁그렁한 검고 커다란 눈을 내 앞에 상상한 것이다.

"그렇게 시시한 건 가져가지 않는 게 좋아."

"괜찮아요, 가져가더라도 그건 제 거니까요."

지요코는 이렇게 말하면서 빨간 동백꽃이나 보라색 과꽃 그림을 포개서 다시 손궤 안에 넣었다. 나는 기분을 전환하려고 일부러 그녀에게 언제쯤 시집을 갈 생각이냐고 물었다. 지요코는 이제 곧 갈 거라고 대답했다.

"하지만 아직 정해진 건 아니지?"

"아뇨, 벌써 정해졌어요."

지요코는 분명히 대답했다. 지금까지 내가 안심할 수 있는 마지막 수단으로서 하루라도 빨리 지요코의 혼담이 성사되면 좋겠다고 마음속으로 빌고 있던 내 심장은 이 대답과 함께 덜컥하는 소리를 내며 파도쳤다. 그리고 모공에서 스며 나오는 진땀이 등줄기와 겨드랑이 밑을 불시에 덮쳤다. 지요코는 손궤를 안고 일어섰다. 장지문을 열 때 지요코는 위에서 나를 내려다보며 "거짓말이에요"라는 분명한 한마디를 던지고는 자기 방 쪽으로 가버렸다.

나는 움직일 생각도 없이 원래 자리에 앉아 있었다. 내 가슴에는 분한 생각이 하나도 깃들지 않았다. 지요코가 시집을 가고 안 가고의 문제가 나에게 어떤 영향을 미치는지 그때야 비로소 실감할 수 있었던 나는 그것을 자각하게 해준 그녀의 장난에 감사했다. 나는 지금까지 스스로 깨닫지 못한 채 지요코를 사랑하고 있었는지도 모른다. 어쩌면 지요코도 스스로 깨닫지 못하는 사이에 나를 사랑하고 있었는지도 모른다. 나는 자신이라는 정체가 그만큼 이해하기 힘든 무서운 것일까 하는 생각을 하며 멍하니 앉아 있었다. 그러자 저쪽에서 전화벨이 따르릉따르릉 울렸다. 지요코가 툇마루를 따라 종종걸음으로 와서 내게 함께 전화를 걸어달라고 부탁했다. 나는 함께 전화를 건다는 의미를 이해할 수 없었지만 곧장 일어나 그녀와 함께 전화기 앞으로 갔다.

"아까 호출해놨어요. 전 목소리가 쉬고 목이 아파서 말을 할 수 없으니까 오라버니가 대신 말해줘요. 듣는 건 제가 할 테니까요."

나는 상대의 이름도 모르고 또 상대의 말도 들을 수 없는 전화를 걸기 위해 상반신을 앞으로 구부려 준비를 했다. 지요코는 이미 수화기를 귀에 대고 있었다. 수화기를 통해 지요코의 머리로 전해지는 말은 그녀 혼자 점유할 뿐 나는 그저 그녀가 나직한 소리로 말하는 대답을 영문도 모른 채 큰 소리로 상대에게 전해줄 뿐이었다. 그래도 처음에는 우스꽝스러움에도 개의치 않고, 시간이 걸리는 것도 마다하지 않고 태연하게 해냈지만 점차 지요코의 입에서 내 호기심을 도발하는 대답이나 질문이 나와 나는 상체를 숙인 채 자, 잠깐 그것 좀 줘봐, 하며 왼손을 똑바로 지요코 쪽으로 내밀었다. 지요코는 웃으면서 싫다고 도리질을 쳤다. 나는 자세를 더 똑바로 하고 지요코의 손에서 수화기를 뺏으려고 했다. 지요코는 결코 수화기를 손에서 놓지 않았다. 뺏으려고 하고 뺏기지 않으려고 하는 두 사람 사이에 실랑이가 벌어졌을 때 지요코는 재빨리 전화를 끊었다. 그리고 큰 소리로 웃기 시작했다.


11


만약 이런 광경이 1년 전에 일어났다면, 하고 나는 그 후 몇 번이고 되풀이해서 생각했다. 그런 생각을 할 때마다 너무 늦었다, 이미 시기를 놓쳤다, 하고 운명의 선고를 받는 듯했다. 지금부터라도 이런 광경을 두 번, 세 번 거듭할 기회를 잡을 수 있지 않을까 하고 그 운명이 넌지시 나를 부추기는 날도 있었다. 정말이지 오로지 두 사람의 애정을 서로 반사하기 위해 눈빛을 사용하는 수단만 꺼리지 않았다면 지요코와 나는 그날을 기점으로 시작했어도 지금쯤 인간의 이해관계로 갈라놓을 수 없는 사랑에 빠졌을지도 모른다. 다만 나는 그것과 반대되는 방침을 취했다.

다구치 이모부 부부의 의향이나 우리 어머니의 희망은 남이 일러준 지혜와 마찬가지로 별 의미가 없는 것이고, 오직 그녀와 나의 꾸밈 없는 천성만을 비교한다면 우리는 도저히 이루어질 가망이 없다고 나는 평소부터 믿고 있었다. 그 이유가 뭐냐고 물어도 만족할 만한 대답은 할 수 없을지 모른다. 나는 남에게 설명하기 위해 그렇게 믿는 게 아니니까. 나는 일찍이 문학을 좋아하는 친구로부터 단눈치오[9]와 한 소녀의 이야기를 들은 적이 있다. 단눈치오라는 사람은 지금 이탈리아에서 가장 유명한 소설가라고 하니 내 친구는 단눈치오의 위세를 소개할 생각이었겠지만, 나는 거기서 예로 인용된 소녀가 그 소설가보다 훨씬 더 흥미로웠다. 그 이야기는 이렇다.

어느 날 단눈치오가 어떤 모임에 초대를 받아 갔다. 문학자를 국가의 장식물처럼 극구 찬양하는 서양이라 단눈치오는 그 자리에 모인 사람들로부터 엄청난 존경과 사랑과 함께 위인 같은 대접을 받았다. 단눈치오가 거기에 모인 모든 사람들의 주의를 한 몸에 받으며 사람들 사이를 이리저리 배회하는 중에 어찌 된 일인지 손수건을 발밑에 떨어뜨리고 말았다. 혼잡한 탓에 그는 물론이고 옆에 있는 사람들도

---

9 가브리엘레 단눈치오(Gabriele D'Annunzio, 1863~1938). 이탈리아의 소설가로 세기말 문학의 대표적 작가. 대표작으로는 통칭 '장미의 로맨스' 3부작이라 불리는 『쾌락(Il piacere)』(1889), 『죄 없는 자(L'innocente)』(1892), 『죽음의 승리(Il trionfo della morte)』(1894) 외에 희곡 「프란체스카 다 리미니(Francesca da Rimini)」(1901 상연) 등이 있다. 단눈치오는 이미 『그 후』에서도 언급되었다.

전혀 알아채지 못했다. 그러자 아직 나이 어린 아름다운 여자가 바닥에서 손수건을 주워 단눈치오 앞으로 가져갔다. 그녀는 손수건을 단눈치오에게 건넬 생각으로 이거 당신 건가요, 하고 물었다. 단눈치오는 고맙다고 대답했지만, 여자의 아름다운 용모에 대한 약간의 호감을 보여주고 싶었는지 "당신 거라 생각하고 가지세요, 드릴 테니까" 하며 마치 소녀가 기뻐할 것이라 예상하고 말을 했다. 여자는 한마디 대답도 없이 잠자코 그 수건을 손끝으로 집어 난로 옆으로 가더니 갑자기 불 속에 던져 넣어버렸다. 단눈치오를 제외하고 그 자리에 있던 사람들은 모두 미소를 흘렸다.

　나는 이 이야기를 들었을 때 나이 어린 다갈색 머리의 이탈리아 미인을 떠올리는 대신 지요코의 눈과 눈썹을 상상했다. 그리고 그 소녀가 지요코가 아니라 여동생인 모모요코였다면 설사 마음속으로 어떻게 생각하든 그 자리에서는 고맙다고 말하며 흔쾌히 손수건을 받았을 게 틀림없다고 생각했다. 다만 지요코는 그렇게 할 수 없다.

　입이 험한 마쓰모토 외삼촌은 늘 이 자매를 큰 두꺼비와 작은 두꺼비라는 별명으로 불렀다. 두 사람 다 얇은 입술에 비해 입이 너무 길어서 꼭 두꺼비 입 모양의 동전 지갑 같다며 그렇게 부르는 바람에 두 사람을 웃게 하기도 하고 화나게 하기도 했다. 이는 성격과 관계없는 얼굴 모양에 대한 이야기지만, 그 외삼촌이 입버릇처럼 이 자매에 대해 작은 두꺼비는 얌전해서 좋은데 큰 두꺼비는 너무 맹렬하다고 평가할 때마다 나는 외삼촌이 지요코를 어떻게 관찰하고 있기에, 하는 생각에 그의 안목에 의문을 품었다. 지요코의 말이나 행동이 때로 맹렬하게 보이는 것은 그녀가 여자답지 않고 거칠고 막된 점을 안에 숨기고 있어서가 아니라 너무나도 여자답고 상냥한 감정을 전후 사정을 생각하지 않고 그대로 드러내기 때문이라고 나는 굳게 믿고 있다. 지요코가 갖고 있는 선악과 시비의 분별은 학문이나 경험으로부터 거의 독립해 있다. 그저 상대를 향해 직감적으로 타오를 뿐이다. 그러므로 상대는 경우에 따라 벼락을 맞은 듯한 느낌을 받는다. 지요코의 반응이 강하고 격렬한 것은 가슴속에서 순수한 덩어리가 한꺼번에 다량으로 튀어나온다는 의미지, 가시나 독이나 부식제 같은 것을 내뿜거나 끼얹는 것과는 전혀 다르다. 설사 아무리 격하게 화를 낼 때도 나는 지요코가 내 마음을 깨끗이 씻어준 듯한 기분이 들었던 경우가 지금까지 여러 차례 있었다는 것이 그 증거다. 드물게는 고상한 사람을 만났다는 느낌마저 들었을 정도다. 나는 세상 앞에 홀로 서서 지요코야말로 모든 여자 중에서 가장 여성스러운 여자라고 변호해주고 싶을 정도다.

## 12

이토록 좋게 생각하는 지요코를 아내로 맞이한다고 무슨 문제가 있을까? ……실은 나도 자신의 가슴에 대고 이렇게 물은 적이 있다. 그러면 이유고 뭐고 생각하기도 전에 일단 나는 두려워졌다. 그리고 부부로서의 두 사람을 오랫동안 눈앞에 상상할 수도 없었다. 이런 것을 어머니에게 말하면 필시 놀랄 것이고, 동년배 친구에게 이야기해도 어쩌면 통하지 않을지도 모른다. 하지만 굳이 기억을 침묵 속에 묻을 필요도 없으니 그것을 나만의 감상으로 놔두지 않고 여기서 고백하자면, 한마디로 지요코는 두려움을 모르는 여자다. 그리고 나는 두려움만을 알아버린 남자다. 그러므로 단순히 어울리지 않을 뿐 아니라 부부가 된다면 그 관계가 정반대로 이루어질 수밖에 없다.

나는 늘 생각한다. '순수한 감정만큼 아름다운 것은 없다. 아름다운 것만큼 강한 것은 없다'라고. 강한 사람이 두려워하지 않는 것은 당연하다. 내가 만약 지요코를 아내로 맞이한다면 아내의 눈에서 나오는 강렬한 빛을 견딜 수 없을 것이다. 그 빛이 꼭 분노를 드러내는 것이라고는 할 수 없다. 인정의 빛도, 사랑의 빛도, 혹은 깊은 사모의 빛도 마찬가지다. 나는 분명 그 빛 때문에 꼼짝하지 못할 게 뻔하다. 그것과 같은 정도로 또는 그 이상으로 빛나는 것을 그녀에게 답례로 돌려주기에는 감정에 좌우되기 쉬운 나는 너무나 모자라다. 나는 향기 좋은 청주 한 통을 받아도 그것을 마음껏 맛볼 자격을 갖지 못한, 술을 마시지 못하는 사람으로서 지금까지 세상의 교육을 받아온 것이다.

지요코가 내게 시집온다면 반드시 잔혹한 실망을 경험해야 한다. 지요코는 천성적으로 아름다운 감정을 아끼지 않고 있는 대로 남편에게 쏟을 것이고, 그 대신 남편에게는 자신으로부터 정신적인 영양분을 얻어 세상에서 크게 활약하는 것을 유일한 보답으로 기대할 것임에 틀림없다. 나이가 어리고 학문이 부족하며 식견도 좁다는 점에서 보면 딱하다고 해야 할 지요코는 두뇌와 수완을 현실 세계에 쏟아 부어 육안으로 보이는 권력이나 재력을 얻지 못하면 남편이 아니라고 생각하고 있다. 단순한 지요코는 설령 내게 시집을 와도 역시 그런 활동을 요구하고 또 요구하기만 하면 내가 할 수 있을 것이라고 생각하고 있다. 두 사람 사이에 가로놓인 근본적인 불행은 여기에 있다고 해도 좋을 것이다. 나는 지금 말한 대로 아내로서 지요코의 아름다운 감정을 그렇게 다량으로 받아들일 수 없는 극히 소심한 성격이지만, 설령 달군 돌에 물을 부었을 때처럼 그것을 모조리 빨아들인다고 해도 도저히 그녀가 바라는 대로 이용할 수는 없을 것이다. 만약 순수한 지요코의 영향이 나의 어딘가에 나타난다고 한다면 그것은 아무리 설명해도 그녀가 전혀 이해할 수 없는 데서 생각지도 못한 형태로 발현될 뿐일 것이다. 만일 지요코의 눈에 들어와도 그녀는 그것을 포마드를 발라 굳힌 내 머리나 순백색 비단 버선으로 감싼 내 발보다 달가워하지 않을 것이다. 요컨대 지요코가 보기에는 내게 아름다운 감정을 영원히 낭비하여 점차 결혼의 불행을 한탄하는 것에 지나지 않는 것이다.

자신과 지요코를 비교할 때마다 나는 반드시 두려워하지 않는 여자와 두려워하는 남자라는 말을 되풀이하고 싶어진다. 나중에는 그것이 내가 만든 말이 아니라 서양인의 소설에 그대로 나온 말인 것 같다는 기분이 든다. 얼마 전에 강론을 좋아하는 마쓰모토 외삼촌으로부터 시와 철학의 차이에 대한 이야기를 들은 후로는 두려워하지 않는 여자와 두려워하는 남자라고 하면 순간적으로 나와 인연이 먼 시와 철학을 떠올린다. 외삼촌은 전문적인 학식이 없어도 이런 방면에 흥미를 갖고 있는 만큼 여러 가지로 재미있는 이야기를 들려주었는데, 나를 붙들고 "너처럼 감정에 휘둘리기 쉬운 사람은" 하고 넌지시 시인답게 나를 평한 것은 틀린 말이다. 내가 보기에 두려워하지 않는 것이 시인의 특색이고 두려워하는 것은 철인(哲人)의 운명이다. 내가 과감한 행동을 하지 못하고 꾸물거리는 것은 무엇보다 먼저 결과를 생각하고 쓸데없는 근심을 하기 때문이다. 지요코가 바람처럼 자유롭게 행동하는 것은 앞이 보이지 않을 만큼 강한 감정이 가슴에서 한꺼번에 솟아나기 때문이다. 지요코는 내가 알고 있는 사람 중에서 가장 두려움이 없는 사람이다. 그러므로 두려워하는 나를 경멸하는 것이다.

나는 또 감정이라는 자신의 무게로 인해 넘어질 것 같은 지요코를, 운명의 아이러니를 이해하지 못하는 시인이라며 깊이 동정한다. 아니, 때에 따라서는 지요코 때문에 전율한다.


## 13

스나가가 들려준 이야기의 마지막 부분은 게이타로의 이해력을 다소 괴롭혔다. 솔직히 말하면 게이타로 역시 나름대로 시인이라고도 철학자라고도 할 수 있는 남자일지 모른다. 하지만 그것은 옆에서 그를 본 사람이 평하는 말이고 게이타로 자신은 결코 그 어느 쪽이라고도 생각하지 않았다. 따라서 시라느니 철학이라느니 하는 말도 달나라가 아니면 도움이 되지 않는 꿈같은 것으로, 거의 일고의 가치도 없다고 생각할 정도로 가망 없는 것이라며 단념하고 있었다. 게다가 게이타로는 이론을 무척 싫어했다. 자신의 몸을 왼쪽으로나 오른쪽으로 움직일 수 없는 단순한 이론은 아무리 잘 만들어져도 게이타로에게는 아무런 소용이 없는 위조지폐나 마찬가지였다. 따라서 두려워하는 남자라느니 두려워하지 않는 여자라는 점괘 같은 문구를 잠자코 듣고 있을 수는 없었지만, 훈훈한 신상 이야기가 차분히 이어지고 거기에 감상이 흘러들어 게이타로도 잘 이해할 수는 없지만 순순히 귀를 기울이지 않을 수 없었던 것이다.

스나가도 그것을 알아차렸다.

"이야기가 너무 이론으로 흘러 까다로워졌군그래. 너무 혼자 신나서 떠드는 바람에."

"아니, 괜찮네. 무척 재미있네."

"지팡이 효과가 있는 거 아닌가?"

"신기하게도 정말 있는 것 같네. 이왕 하는 김에 그 뒷이야기까지 해주지 않겠나?"

"이제 없네."

스나가는 그렇게 잘라 말하고 조용한 수면 위로 눈을 옮겼다. 게이타로도 잠시 잠자코 있었다. 신기하게도 지금 들은 시인지 철학인지 알 수 없는 스나가의 이야기가 확실치 않은 모양의 뭉게구름처럼 머리 위로 우뚝 솟아 쉽사리 사라질 것 같지 않았다. 아무 말도 하지 않고 앞에 앉아 있는 스나가도 게이타로의 눈에는 평소의 틀에 박힌 모습을 떠난 일종의 괴이한 인물로 비쳤다. 아무래도 그 뒤의 이야기가 있을 게 틀림없다고 생각한 게이타로는 제일 마지막에 했던 이야기는 언제쯤 있었던 일이냐고 물었다. 3학년 때쯤의 일이라고 스나가는 대답했다. 게이타로는 그 관계가 지난 1년여 동안 어떤 경로를 거쳐 어떻게 진행되었고 지금은 어떻게 해석하고 있느냐고 물었다. 스나가는 쓴웃음을 지으며 일단 밖으로 나가자고 말했다. 두 사람은 계산을 끝내고 밖으로 나왔다. 스나가는 앞에 선 게이타로가 득의양양하게 흔드는 지팡이의 그림자를 보고 다시 쓴웃음을 지었다.

시바마타의 다이샤쿠텐 경내로 들어섰을 때 그들은 평범한 불당을 도리상 참배했다는 듯한 얼굴로 금세 문을 나섰다. 그리고 두 사람 모두 기차를 이용하여 곧장 도쿄로 돌아가고 싶은 생각이 들었다. 역으로 가자 굼뜬 시골 기차가 출발할 시각까지는 시간이 꽤 남아 있었다. 두 사람은 바로 그곳에 있는 찻집으로 들어가 쉬었다. 게이타로는 조금 전에 스나가가 한 약속을 구실로 다음 이야기를 들었다.

내가 대학 3학년에서 4학년으로 올라가던 여름방학 때의 일이다. 집 2층에 틀어박혀 더운 여름을 어떻게 지내면 좋을까 궁리하고 있는데 어머니가 아래에서 올라와 한가해지면 잠깐 가마쿠라에라도 다녀오는 게 어떻겠느냐고 말했다. 가마쿠라에는 일주일쯤 전에 다구치 이모부 식구들이 피서를 가 있었다. 원래 이모부는 그다지 해변을 좋아하지 않는 성격이라 식구들은 매년 가루이자와(輕井澤)[10]의 별장으로 가곤 했는데, 그해는 반드시 해수욕을 하고 싶다는 딸들의 희망을 받아들여 자이모쿠자(材木座)[11]에 있는 어떤 사람의 저택을 빌렸던 것이다. 가마쿠라로 떠나기 전에 지요코가 작별 인사도 할 겸 알리러 와서는, 아직 가보지는 않았지만 산의 응달진 북쪽의 시원한 벼랑 위에 2층인가 3층으로 지어진 비교적 널찍한 집이라고 하니 꼭 놀러 오라고 어머니에게 권하는 것을 나는 옆에서 듣고 있었다. 그래서 나는 어머니야말로 거기 가서 놀다 오면 기분 전환도 되고 좋을 거라고 말했다. 어머니는 품에서 지요코의 편지를 꺼내 보여주었다. 지요코와 모모요코가 같이 쓴 편지에는 어머니와 내가 함께 오게 하라는 이모의 명령을 전하는 식으로 쓰여 있었다. 어머니가 간다면 늙은이 혼자 기차를 타게 하는 것은 마음이 놓이지 않으니 반드시 내가 따라갈 수밖에 없다. 비뚤어진 성격의 나로서는 그렇게 복작거리는 곳에 둘이 들이닥치는 것은 설사 신세를 지지 않는다고 해도 미안해서 싫었다. 하지만 어머니는 가고 싶어 하는 눈치였다. 그리고 나 때문에 가고 싶어 하는 얼굴로 보여서 나는 더더욱 싫었다. 하지만 결국 가기로 했다. 이렇게 말해도 남들에게는 통하지 않을지 모르지만 나는 고집이 센

---

10 나가노(長野) 현 아사마(淺間) 산 기슭의 피서지로 이 시대부터 별장 등이 지어지기 시작했다.
11 가마쿠라의 해안 가까이에 있는 마을 이름.

남자인 동시에 또 고집이 별로 없는 남자인 것이다.


## 14


어머니는 내성적인 성격이라 평소에도 여행을 좋아하는 편이 아니다. 옛날 방식에 중점을 두지 않으면 용서하지 않는 엄격한 아버지가 살아 계실 무렵에는 밖에도 그리 자주는 나갈 수 없었던 것 같다. 실제로 내게는 아버지와 어머니가 오락을 목적으로 함께 집을 비웠던 기억이 없다. 아버지가 돌아가시고 자유롭게 되고 나서도 불행히 어머니에게는 아무 때나 좋아하는 곳에 갈 기회가 주어지지 않았다. 혼자 멀리 간다거나 오랫동안 집을 비울 기회를 갖지 못한 어머니는 모자 둘만의 가정에서 이렇게 몇 해를 늙어갔던 것이다.

가마쿠라로 가기로 결심한 날 나는 어머니를 위해 가방 하나를 들고 직행 열차[12]에 올랐다. 어머니는 기차가 움직이자 옆자리에 앉은 내게 기차도 참 오랜만에 타는구나, 하고 말하며 웃었다. 그 말을 들은 나도 실은 그리 자주 하는 경험이 아니었다. 새로운 기분에 이끌린 우리 두 사람의 대화는 평소보다 생기가 넘쳤다. 무슨 이야기를 했는지 지금은 전혀 기억나지도 않는 것을 묻거나 듣거나 하는 이야기가 이어졌다 끊어졌다 하는 사이에 기차는 목적지에 도착했다. 미리 알리지 않아서 역에는 아무도 마중 나오지 않았지만, 인력거를 탈 때 아무개 씨의 별장이라고 했더니 인력거꾼은 곧바로 알아듣고 달리기 시

---

12 신바시에서 출발하는 요코스카(橫須賀)행 기차일 것이다. 가마쿠라까지는 두 시간쯤 걸렸다.

작했다. 한동안 보지 않은 사이 갑자기 새로운 집이 많아진 모랫길을 지나면서 소나무 사이로 멀리 보이는 밭의 아름다운 노란 꽃을 바라보았다. 언뜻 보니 마치 유채꽃과 비슷한 느낌의 생소한 꽃이었다. 나는 인력거 위에서 어른거리는 저 색은 뭘까 하고 생각한 끝에 돌연 호박이라는 것을 깨닫고 혼자 우스워졌다.

인력거가 별장 문 앞에 도착했을 때 미닫이문을 떼어낸 객실 안에서 움직이는 사람의 그림자가 길에서도 잘 보였다. 나는 그중에서 유카타[13]를 입은 남자가 있는 것을 보고 아마 이모부가 어제쯤 도쿄에서 온 걸 거라고 생각했다. 그런데 안에 있는 사람이 모두 우리를 맞이하러 현관으로 나왔는데도 이모부만은 전혀 얼굴을 내밀지 않았다. 물론 이모부라면 그 정도의 일은 있을 수 있다고 생각하고 객실 안으로 들어가 보니 거기에서도 그의 모습은 보이지 않았다. 내가 두리번거리는 동안 이모와 어머니는 기차 안이 필시 더웠을 거라는 둥 전망이 좋은 곳을 얻어서 좋다는 둥 늙은 여자들만의 수다스러운 인사를 주고받기 시작했다. 지요코와 모모요코는 어머니를 위해 유카타를 권하기도 하고 벗어놓은 기모노를 바람에 쐬어 말려주기도 했다. 나는 하녀의 안내로 목욕탕에 가서 찬물로 얼굴과 머리를 씻었다. 해안에서 꽤 떨어진 곳에 있는 고지대지만 물은 의외로 좋지 않았다. 수건을 짜고 쇠 대야의 밑을 보니 순식간에 모래 같은 침전물이 가라앉았다.

"이걸 쓰세요." 지요코의 목소리가 돌연 뒤에서 들렸다. 돌아보니 마른 하얀 타월을 내 어깨 쪽으로 내밀고 있었다. 나는 타월을 받아들고 일어났다. 지요코는 다시 옆에 있는 경대의 서랍에서 빗을 꺼내

13 목욕을 한 뒤 또는 여름철에 입는 무명 홑옷.

주었다. 내가 거울 앞에 앉아 머리를 빗는 동안 지요코는 목욕탕 입구의 기둥에 몸을 기대고 내 젖은 머리를 바라보고 있었는데, 내가 아무 말도 하지 않자 먼저 "물이 안 좋죠?" 하고 물었다. 나는 여전히 거울을 들여다본 채 색깔이 왜 그런 거지, 하고 말했다. 물 이야기가 끝났을 때 나는 빗을 경대 위에 놓고 타월을 어깨에 걸친 채 일어났다. 지요코는 나보다 먼저 기둥에서 떨어져 객실 쪽으로 가려고 했다. 나는 아닌 밤중에 홍두깨 격으로 뒤에서 그녀의 이름을 부르며 이모부는 어디 계시지, 하고 물었다. 그녀는 걸음을 멈추고 돌아보았다.

"아버지는 사오일 전에 잠깐 계셨는데 그제 다시 볼일이 생겨서 도쿄로 돌아가셨어요."

"여기 안 계시는 거야?"

"네. 그건 왜요? 어쩌면 오늘 저녁에 고이치를 데리고 다시 오실지도 모르지만요."

지요코는 내일 만약 날씨가 좋으면 다 같이 물고기를 잡으러 가기로 했으니까 아버지가 어떻게든 오늘 저녁까지 오지 않으면 곤란하다고 했다.

그리고 내게도 꼭 같이 가자고 권했다. 나는 물고기보다는 조금 전에 본 유카타를 걸친 남자가 어디 있는지 알고 싶었다.


15


"아까 어떤 남자가 혼자 객실에 있지 않았어?"

"그 사람은 다카기 씨예요. 저기, 아키코 씨의 오라버니요. 알죠?"

나는 안다고도 그렇지 않다고도 대답하지 않았다. 하지만 마음속으로 다카기라 불리는 사람이 어떤 사람인지 금방 알았다. 모모요코의 학교 친구 중에 다카기 아키코라는 여자애가 있다는 것은 전부터 알고 있었다. 모모요코와 함께 찍은 사진을 보고 그녀의 얼굴도 알고 있었다. 그림엽서에서 그녀의 필적도 보았다. 오라버니 한 사람이 미국에 가 있다는 둥 이제 막 돌아왔다는 둥의 이야기도 그 무렵에 들었다. 가정 형편이 나쁘지 않으니까 그 사람이 가마쿠라로 놀러 와 있는 정도는 이상히 여길 일이 아니었다. 설사 이곳에 별장을 갖고 있다고 해도 이상하지 않았다. 하지만 나는 그 다카기라는 남자가 살고 있는 집을 지요코에게 물어보고 싶었다.

"바로 요 아래예요" 하고만 대답할 뿐이었다.

"별장이야?" 나는 다시 물었다.

"네."

우리 두 사람은 다른 이야기는 하지 않고 객실로 돌아왔다. 객실에서는 어머니와 이모가 아직 바다의 색깔이 어떻다는 둥 대불(大佛)[14]이 어디쯤에 있다는 둥 별것도 아닌 것을 무슨 문제라도 되는 양 묻거나 가르쳐주고 있었다. 모모요코는 지요코에게 아버지가 이날 저녁까지 올 거라고 일부러 알려왔다는 사실을 말해주었다. 두 사람은 내일 물고기 잡으러 갈 때의 즐거움을 지금 눈앞에 그려내고 이미 손안에 잡은 사람처럼 이야기를 나누었다.

"다카기 씨도 가는 거겠지?"

"오라버니도 같이 가요."

---

14 가마쿠라의 하세(長谷)에 있는 거대한 불상.

나는 안 간다고 대답했다. 그 이유로 집에 볼일이 있어 오늘 밤에 도쿄로 돌아가야 한다는 설명을 덧붙였다. 하지만 마음속에서는 그러지 않아도 이렇게 복작거리는 곳에 만약 이모부가 고이치라도 데려온다면 그야말로 내가 잘 곳도 없어질 것이라고 염려했던 것이다. 게다가 나는 자매가 알고 있는 다카기라는 남자를 만나는 것이 싫었다. 그가 조금 전까지 두 사람과 내 이야기를 하고 있다가 내가 온 것을 보고 애써 뒷문으로 돌아갔다는 모모요코의 이야기를 들었을 때 나는 일단 거북함을 피할 수 있어 잘되었다며 기뻐했다. 나는 그만큼 모르는 사람을 무서워하는 성격인 것이다.

내가 돌아간다는 이야기를 들은 두 사람은 놀란 듯한 얼굴로 만류하기 시작했다. 특히 지요코는 기를 쓰고 나섰다. 지요코는 나를 붙들고 이상한 사람이라고 말했다. 어머니 혼자 남겨두고 곧바로 돌아가는 법이 어디 있느냐고 했다. 지요코는 자신의 여동생이나 남동생에게보다 내게 훨씬 더 자유롭게 말할 수 있는 특권을 갖고 있었다. 나는 평소부터 지요코가 내게 행동하는 것처럼 대담하고 솔직하고(어떤 때는 선의이기는 하지만) 위압적으로 타인에게 행동할 수 있다면 그 밖에 결점이 많은 나 같은 사람도 아주 유쾌하게 세상을 살아갈 수 있을 거라고 상상하며 이 작은 폭군을 무척 부러워했다.

"서슬이 퍼렇구나."

"오라버니는 불효자예요."

"그럼 이모님께 물어보고 올 테니까 만약 이모님이 묵고 가는 게 낫겠다고 하시면 묵고 가세요, 알았죠?"

모모요코는 중재를 하는 듯한 어조로 이렇게 말하고는 곧장 늙은이들이 이야기를 나누고 있는 객실로 갔다. 어머니의 의향은 물론 물어볼 것도 없었다. 따라서 모모요코가 두 늙은이들에게 들은 대답을 여기서 말하는 것도 사족에 지나지 않을 것이다. 요컨대 나는 지요코의 포로가 된 것이다.

얼마 후 나는 잠깐 마을로 나갔다 온다는 구실로 오후의 뜨거운 해를 양산으로 가리고 별장 부근을 여기저기 돌아다녔다. 오랫동안 못본 이곳의 옛 모습을 회상하기 위해서라는 말을 못 할 것도 없지만 그런 예스러운 기분을 즐기고 싶은 풍류가 있었다고 하더라도 당시의 내게는 그런 것에 빠질 만한 차분함도 여유도 없었다. 나는 그저 그 근방의 표찰을 읽으며 어슬렁어슬렁 걸어 다녔다. 그리고 비교적 근사한 단층집 문기둥에서 다카기(高木)라는 두 글자를 봤을 때 이곳인 모양이군, 하며 잠시 문 앞에 우두커니 서 있었다. 그러고 나서는 정말 아무런 목적도 없이 더욱 느릿느릿한 걸음으로 15분쯤 걸었다. 하지만 이는 내가 다카기의 집을 보기 위해 일부러 밖으로 나온 게 아니라고 자신의 마음에 선고한 것이나 다름없는 짓이었다. 나는 재빨리 돌아왔다.


16


사실 나는 다카기라는 남자에 대해 거의 아는 게 없었다. 딱 한 번 모모요코로부터 그가 적당한 배우자를 찾고 있다는 말을 들었을 뿐이다. 그때 모모요코가 언니라면 어떨까요, 하며 잠깐 의논하는 듯이 내 안색을 살핀 일을 기억하고 있다. 나는 평소와 다름없이 냉담한 어조로 좋을지도 모르지, 아버님이나 어머님께 말씀드려봐, 하고 말했던 기억이 있다. 그러고 나서는 내가 이모부 집에 발을 들여놓은 횟수가 얼마나 되는지 모르지만 적어도 내가 있는 자리에서는 다카기라는 이름은 여태까지 누구의 입에도 오르지 않았다. 그만큼 친하지도 않고 얼굴조차 본 적이 없는 남자의 집에 무슨 흥미가 있다고 나는 일부러 모래가 타는 듯한 더위를 무릅쓰고 밖으로 나왔단 말인가. 나는 지금껏 그 이유를 누구에게도 말하지 않았다. 나 자신에게도 그때는 제대로 설명할 수 없었다. 다만 먼 곳에 있는 일종의 불안이 내 몸을 움직이려고 왔다는 막연한 느낌이 가슴에 비쳤을 뿐이다. 그것이 가마쿠라에서 지낸 이틀 동안 어떤 확실한 형태로 발전한 결과를 보고 나니 나를 산보로 이끌어낸 것도 역시 같은 힘에 틀림없었다고 지금에서야 생각하는 것이다.

별장으로 돌아와 채 한 시간도 지나지 않았을 때 내가 본 문패와 같은 이름의 남자가 홀연히 내 앞에 나타났다. 다구치 이모는 다카기 씨야, 하며 정중히 남자를 내게 소개했다. 그는 언뜻 보기에도 단단한 체형에 혈색 좋은 청년이었다. 나이는 어쩌면 나보다 위일지도 모르겠다 싶었는데, 그 팔팔하고 시원시원한 얼굴 생김새를 형용하려면 반드시 청년이라는 글자가 필요할 정도로 그는 생기가 흘러넘쳤다. 나는 이 남자를 처음으로 봤을 때 반대되는 두 사람을 일부러 비교하기 위해 자연이 같은 방에 나란히 세워놓은 게 아닐까 하는 의심이 들었다. 물론 불리한 쪽을 대표하는 것이 나였기 때문에 새삼스레 이렇게 대면하게 된 것이 내게는 그저 지나친 장난으로밖에 받아들여지지 않았다.

두 사람의 용모부터가 이미 심술궂은 대조를 이루었다. 게다가 옷차림이나 사람을 대하는 태도에서 보면 나는 현격한 차이를 자각하지 않을 수 없었다. 내 앞에 있는 사람은 어머니, 이모, 이종사촌 여동생 등 모두 친밀한 혈족뿐인데도 그들에게 둘러싸여 있는 내가 다카기에 비하면 오히려 손님으로 온 것처럼 보일 만큼 그는 자유롭고 스스럼없이 게다가 어느 정도 품격을 떨어뜨릴 위험도 없이 자신을 다루는 기술을 터득하고 있었다. 낯선 사람을 두려워하는 나로서는 이 남자는 태어나자마자 사교클럽 뒤에 버려져 오늘까지 같은 곳에서 그대로 성인으로 성장한 것 같다고 평하고 싶었다. 그는 10분도 지나지 않아 모든 대화를 내 손에서 빼앗아갔다. 그리고 그것을 모조리 한 몸에 집중시켰다. 그 대신 나를 따돌리지 않기 위한 주의를 기울여 이따금 내게도 한두 마디 말을 걸었다. 공교롭게도 그것이 내게는 흥미가 일지 않는 화제뿐이어서 나는 모두를 상대로 말할 수도 없고 다카기 한 사람을 상대로 말할 수도 없었다. 그는 다구치 이모를 친근하게 어머님, 어머님, 하고 불렀다. 지요코에게는 나와 마찬가지로 어렸을 때부터 친하게 지낸 사람이 쓰는 지요짱이라는 호칭을, 자연의 명령이라도 받은 것처럼 사용했다. 그리고 내가 조금 전에 도착했을 때 마침 지요짱과 당신 이야기를 하고 있던 참이었다고 말했다.

나는 처음 그의 용모를 봤을 때부터 이미 그가 부러웠다. 이야기하는 것을 듣고 곧바로 그에게 미치지 못한다고 생각했다. 이런 경우 그것만으로도 나를 불쾌하게 하기에 충분했을지도 모른다. 하지만 점점 그를 관찰하는 중에 그는 자신에게 자신 있는 점을 열등한 내게 보여주려는 태도로 자랑스러운 얼굴을 드러내는 것이 아닐까 하는 의심이 들었다. 그러자 나는 갑자기 그가 미워지기 시작했다. 그리고 말을 할 기회가 와도 일부러 침묵을 지켰다.

지금의 차분한 심정으로 그때의 일을 돌이켜보면 이렇게 해석한 것은 어쩌면 내 마음이 비뚤어져서인지도 모른다. 나는 남을 의심하는 한편 의심하는 자신도 동시에 의심하지 않을 수 없는 성격이라 결국 남에게 이야기할 때도 확실한 것을 말하기 어려운데, 만약 그것이 정말 비뚤어진 성격 탓이라고 한다면 그 이면에는 아직 형태로 응결되지 못한 질투심이 숨어 있었던 것이다.


## 17


나는 남자로서 질투심이 강한 편인지 약한 편인지 스스로도 잘 알수가 없다. 경쟁자가 없는 외아들로서 오히려 귀하게 자란 나는 적어도 가정 안에서 질투심을 느낄 기회가 없었다. 소학교나 중학교 때는 다행히 나보다 성적이 좋은 학생이 별로 없었던 탓인지 지극히 평온하게 지낸 것 같다. 고등학교에서 대학에 걸쳐서는 석차에 그다지 중점을 두지 않는 것이 일반적인 관습이었던 데다 해마다 자신을 높이 평가하는 식견이라는 것이 더해져 점수를 잘 받고 못 받고는 그다지 신경 쓰이지 않았다. 그 밖에도 나는 아직 통절한 사랑에 빠진 경험이 없다. 한 여자를 놓고 둘이서 다툰 기억은 더더욱 없다. 고백하자면 나는 젊은 여자, 특히 아름답고 젊은 여자에 대해서는 보통 이상으로 정밀한 주의를 기울이는 남자다. 길을 걷다가 예쁜 여자의 얼굴이나 옷을 보면 구름 사이로 밝은 해가 비쳤을 때처럼 마음이 환해진다. 가끔은 그 소유자가 되어보고 싶다는 생각도 든다. 하지만 그 얼굴이나 옷이 얼마나 덧없이 변할 수 있는지를 금세 예상하고는 취기가 걷히고 갑자기 오싹해지는 사람의 비참함을 느낀다. 나로 하여금 아름다운 사람을 끈질기게 따라다니지 못하게 하는 것은 바로 술에 버림받은 쓸쓸함이 방해해서일 뿐이다. 나는 그런 기분에 사로잡힐 때마다 젊은 시절에서 돌연 노인이나 꼬마로 돌아간 것이 아닐까 하는 생각이 들어 굉장히 불쾌해진다. 하지만 어쩌면 그 때문에 사랑의 질투라는 것을 모르고 지낼 수 있었는지도 모른다.

　나는 평범한 사람이고 싶은 희망을 갖고 있어 질투심이 없는 것을 자랑하고 싶은 마음은 전혀 없지만, 지금 말한 이유에서 다카기라는 남자를 직접 볼 때까지는 그런 이름이 붙은 감정에 강력하게 마음을 빼앗긴 적이 없었던 것이다. 나는 그때 다카기에게서 받은 말로 표현하기 힘든 불쾌감을 분명히 기억하고 있다. 그리고 자신의 소유도 아닌, 그리고 소유할 마음도 없는 지요코가 원인이 되어 이 질투심이 타올랐다고 생각했을 때 나는 어떻게 해서든 내 질투심을 억누르지 않으면 스스로의 인격에 미안할 것 같았다. 나는 존재의 권리를 잃은 질투심을 안고 아무에게도 보이지 않는 마음속으로 고민하기 시작했다. 다행히 지요코와 모모요코가 햇볕이 약해졌으니 바다로 나가자는 말을 꺼냈기 때문에 다카기가 반드시 그들을 따라갈 것임에 틀림없다고 생각한 나는 어서 혼자 뒤에 남게 되기를 바랐다. 아니나 다를까 그들은 다카기에게 같이 나가자고 했다. 그런데 뜻밖에도 그는 무슨 변명을 둘러대며 쉽사리 일어서려고 하지 않았다. 나는 그것이 나에 대한 배려일 거라고 짐작하고 더욱더 불쾌해져서 언짢은 표정을 지었다. 그들은 다음으로 내게 가자고 했다. 나는 물론 응하지 않았다. 다카기의 면전에서 한시라도 빨리 벗어날 수 있는 기회가 주어지지 않는다면 손을 뻗어 빼앗고 싶을 정도였는데, 그때의 기분으로는 두 사람과 해변까지 가려는 노력조차 하기 싫었다. 어머니는 실망한 듯한 얼굴로 같이 갔다 오지 그러니, 하고 말했다. 나는 잠자코 먼 바다 위를 바라보았다. 자매는 웃으면서 일어났다.

"여전히 성격이 비뚤어졌다니까요. 꼭 장난꾸러기 어린애 같아요."

지요코에게 이런 욕을 먹은 나는 사실 누가 보더라도 장난꾸러기 어린애처럼 보였을 것이다. 나 자신도 장난꾸러기 어린애 같다고 생각했다. 요령이 좋은 다카기는 툇마루로 나가 두 사람에게 삿갓처럼 큼직한 밀짚모자를 가져다주며 잘 다녀오라고 했다.

두 사람의 뒷모습이 별장 문으로 사라진 뒤 다카기는 한동안 늙은이들을 상대로 이야기를 나누었다. 이렇게 피서를 오면 마음 편하고 좋지만 하루를 어떻게 보낼지가 큰 문제가 되어 오히려 고통스럽다는 이야기를 했는데, 실제로 더위와 무료함 때문에 활기에 가득 찬 몸을 주체하지 못하는 것처럼 보였다. 얼마 후 지금부터 밤까지 뭘 하며 보내지, 하고 혼잣말처럼 말하고는 갑자기 무슨 생각이라도 난 것처럼 당구[15]는 어떻습니까, 하고 내게 물었다. 다행히도 나는 태어나서 당구라는 유희를 해본 적이 없어서 곧바로 거절했다. 다카기는 마침 좋은 상대가 생겼다고 생각했는데 유감이라면서 돌아갔다. 나는 활발하게 움직이는 다카기의 뒷모습을 바라보며 그는 앞으로 자매가 있는 해변으로 갈 것이 분명하다고 생각했다. 하지만 나는 앉은 자리를 떠나지 않았다.

15 다이쇼 시대부터 쇼와 전기에 걸쳐 도시의 샐러리맨 등이 즐겨 치기 시작했다.

# 18

다카기가 떠난 뒤 어머니와 이모는 잠시 그에 대한 이야기를 나누었다. 초면인 사람이었던 만큼 어머니는 특히 인상이 깊었던 모양이다. 허물없고 무척 자상한 사람 같다며 칭찬했다. 이모는 또 어머니의 평을 일일이 실례를 들어가며 확인해주는 것 같았다. 이때 나는 다카기에 대해 알 수 있었던 극히 빈약한 지식의 대부분을 교정해야만 했다. 내가 모모요코에게서 들은 바로는 미국에 있다가 돌아왔다고 했는데 이모의 말에 따르면 그게 아니라 전적으로 영국에서 교육받은 사람이었다. 이모는 영국풍 신사라는 말을 누구에게 들은 모양인지 두세 번 같은 말을 사용하며 아무런 지식이 없는 어머니를 놀라게 했을 뿐 아니라, 그래서 그런지 어딘가 품위 있는 구석이 있다고 어머니에게 설명해주었다. 어머니는 그저 감탄할 뿐이었다.

두 사람이 이런 이야기를 하는 동안 나는 거의 한마디도 하지 않았다. 그저 겉으로 보기에 평소의 모습과 전혀 달라진 데가 없는 어머니가 이때 다카기와 나를 비교하며 마음속으로 어떤 생각을 했을까 생각하니 어머니가 가엾기도 하고 원망스럽기도 했다. 그런 어머니가 지요코와 나라는 오래된 관계를 한편에, 지요코와 다카기라는 새로운 관계를 다른 한편에 두고 상상하면 과연 어떤 심정일까 생각하니 비록 사소한 것이라도 피할 수 있었던 불안을 일부러 느끼게 하기 위해 어머니를 데려온 것이나 마찬가지가 되어서 나는 그러지 않아도 불쾌한 데다 늙은이에게 죄송스러운 고통까지 맛보았다.

전후 사정으로 미루어왔을 뿐이고 실제로는 사실이 되어 나타나지 않았기 때문에 뭐라 말하기는 어렵지만, 이모는 이 기회를 이용하여 혹시 인연이 된다면 지요코를 다카기에게 줄 생각이라는 것을 우리 모자에게 의논인지 선고인지 모를 형식으로 숨김없이 털어놓겠다는 의도였는지도 모른다. 모든 일에 눈치가 빠르면서도 이럴 때는 오히려 나보다 둔감한 어머니는 어땠는지 모르지만 나는 그 자리에서 이모의 입을 통해 나와 지요코를 영원히 떼어놓을 담판의 첫마디가 나올 것을 예상하고 있었다. 행인지 불행인지 이모가 아직 아무 말도 하기 전에 자매가 해변에서 널찍한 밀짚모자의 챙을 팔랑거리며 돌아왔다. 어머니를 위해 내 예상이 적중하지 않은 것을 기뻐한 것은 사실이다. 동시에 그 일이 나를 초조하게 한 것도 거짓말은 아니다.

저녁이 되어 나는 자매와 함께 도쿄에서 올 이모부를 맞이하러 역에 다녀오라는 어머니의 말을 듣고 집을 나섰다. 자매는 똑같이 유카타를 입고 하얀 버선을 신고 있었다. 뒤에서 지켜보는 이모의 눈에는 자매가 얼마나 자랑스럽게 비쳤을까? 또 지요코와 나란히 걷는 내 모습이 어머니에게는 얼마나 예사롭지 않고 가치 있는 그림이었을까? 자연으로부터 어머니를 속이는 재료로 사용되는 자신을 괴롭게 생각하여 문을 나설 때 뒤를 돌아보았더니 어머니와 이모는 아직도 이쪽을 보고 있었다.

도중에 지요코는 뭔가 생각난 듯이 돌연 발길을 멈추고 "아, 다카기 씨한테 같이 가자고 하는 걸 깜빡했네" 하고 말했다. 모모요코는 바로 내 얼굴을 쳐다봤다. 나는 발길을 멈추었지만 입은 열지 않았다. "이제 어쩔 수 없어, 여기까지 왔으니까" 하고 모모요코가 말했다. "하지만 아까 말해달라는 부탁을 받았거든" 하고 지요코가 말했다. 모모요코는 또 내 얼굴을 보며 망설였다.

"오라버니, 시계 갖고 있죠? 지금 몇 시예요?"

나는 시계를 꺼내 모모요코에게 보여주며 말했다.

"아직 늦은 건 아니야. 데려올 생각이면 데려와도 돼. 나는 먼저 가서 기다리고 있을 테니까."

"이미 늦었어. 다카기 씨가 만약 올 생각이라면 아마 혼자서라도 올 거야. 나중에 깜빡했다고 사과하면 되지 뭐."

자매는 두세 번 입씨름을 한 뒤 돌아가지 않기로 했다. 다카기는 모모요코의 예상대로 아직 기차가 도착하기 전에 빠른 걸음으로 역 구내로 들어와서는 자매에게 정말 너무하네요, 그렇게까지 부탁해두었는데, 하고 말했다. 그러고 나서 어머님은요, 하고 물었다. 마지막으로 나를 보고 아까는 실례했다며 붙임성 있게 인사를 건넸다.


19


그날 밤은 이모부와 이종사촌 동생이 온 데다 우리 모자까지 새롭게 식탁에 가세했기 때문에 식사 시간이 평소보다 꽤 늦어졌을 뿐 아니라 은근히 걱정한 대로 혼잡한 가운데 젓가락과 밥공기가 움직이는 광경을 보게 되었다. 이모부는 웃으면서 이치조, 꼭 불난 집 같지, 하지만 가끔은 이렇게 시끌벅적하게 식사를 하는 것도 재미있는 거야, 하며 에둘러 변명했다. 조용한 밥상에 익숙한 어머니는 이렇게 북적대는 가운데서도 실제로 이모부의 말대로 유쾌한 표정을 짓고 있었다. 어머니는 내성적인 성격인데도 이렇게 쾌활한 자리를 좋아한다. 어머니는 그때 우연히 화제에 오른 소금에 살짝 절여서 구운 전갱이 어린 것인 매가리가 맛있다며 자꾸 칭찬했다.

"어부한테 부탁해두면 얼마든지 가져다줄 거예요. 뭐하면 돌아갈 때 좀 가져가요. 언니가 좋아해서 주고 싶었는데, 그만 기회가 없기도 했고 또 금방 상해버리니까 말이에요."

"언젠가 나도 오이소에서 구해 일부러 도쿄까지 가져간 적이 있는데 어지간히 조심하지 않으면 도중에……."

"상하나요?" 지요코가 물었다.

"이모, 옥돔은 안 좋아해요? 나는 이것보다 옥돔이 더 맛있던데." 모모요코가 말했다.

"옥돔은 또 옥돔대로 좋지." 어머니는 점잖게 대답했다.

이렇게 장황하고 번거로운 대화를 내가 기억하고 있는 것은, 그때 어머니의 얼굴에 드러난 자못 만족스러운 기분을 아주 주의 깊게 보고 있었기 때문이다. 또 내가 어머니와 마찬가지로 얼간해서 구운 매가리를 좋아하기 때문이다.

이왕 말이 나왔으니 말하기로 하자. 나는 기호나 성격이라는 면에서 어머니와 무척 닮은 면과 완전히 다른 면을 모두 갖고 있다. 이는 아직 아무에게도 말하지 않은 비밀인데, 실은 단지 자신이 알아야 할 것으로서 지난 몇 년간 나는 어머니와 자신이 어디가 어떻게 다른지, 어디가 어떻게 닮았는지 남몰래 상세한 연구를 거듭해왔다. 왜 그런 짓을 했느냐고 어머니가 묻는다면 대답할 수는 없다. 설령 나 자신에게 캐물어도 확실히 말할 수 없기에 이유는 말할 수 없다. 하지만 결론부터 말하자면 이렇다. ……결점이라도 어머니와 함께 갖고 있는 거라면 나는 무척 기뻤다. 장점이라도 어머니에게는 없고 나만 갖고 있는 것은 무척 불쾌했다. 그중에서 내가 가장 신경 쓰는 것은 내 얼굴이 아버지만 닮고 어머니와는 전혀 인연이 없는 이목구비를 갖추었다는 점이다. 나는 지금도 거울을 볼 때마다 외모가 좀 떨어지더라도 상관없으니 어머니의 인상을 좀 더 많이 물려받았다면 어머니의 아들다워서 기분이 꽤 좋을 거라고 생각한다.

식사가 늦어진 것처럼 자는 시간도 차례로 늦어져 꽤 늦은 시간이 되었다. 게다가 갑자기 인원이 늘어나 이모는 잠자리 위치나 방 배정을 하는 것만으로도 애를 먹었다. 남자 세 사람은 한데 모여 같은 모기장 안에서 잤다. 이모부는 뚱뚱한 몸을 주체하지 못하고 연신 팔락팔락 부채질을 했다.

"이치조, 어떠냐? 덥진 않냐? 이럴 바에는 도쿄에 있는 게 훨씬 편하겠구나."

나도 내 옆에 있는 고이치도 도쿄에 있는 것이 더 편하다고 말했다. 그렇다면 왜 이런 고생을 하면서까지 굳이 가마쿠라에 내려와 좁은 모기장 안에서 밀치락달치락 자야 하는 것인지 이모부도 고이치도 나도 설명할 수가 없었다.

"이것도 다 재미인 거다."

의문은 이모부의 한마디로 순식간에 수습되었지만 더위는 좀처럼 가시지 않아 쉽게 잠든 사람은 아무도 없었다. 고이치는 젊은 만큼 내일 있을 고기잡이에 대해 아버지에게 자꾸 물었다. 이모부는 또 진지한 말인지 농담인지, 배에 타기만 하면 물고기가 소문을 듣고 무서워서 투항해올 거라는 달콤한 말을 해주었다. 그것이 단지 자신의 아들을 상대로 할 뿐만 아니라 때로는 그렇지, 이치조, 하며 그런 일에 전적으로 냉담한 나까지 듣게 만들어 좀 이상했다. 하지만 그 물음에 상응하는 대답을 할 필요가 있어서 이야기가 끝날 때까지 나는 당연히 동행자의 한 사람으로서 응수했다. 나는 처음부터 갈 생각이 전혀 없었기 때문에 이 변화는 내게 조금 의외라는 느낌이 들었다. 무사태평해 보이는 이모부는 곧 큰 소리로 코를 골기 시작했다. 고이치도 새근새근 잠들었다. 오로지 나만 억지로 눈을 감고 밤이 이슥할 때까지 이런저런 생각을 했다.


## 20


이튿날 눈을 뜨자 옆에 자고 있던 고이치의 모습은 어느새 보이지 않았다. 나는 잠이 덜 깬 머리를 베개에 붙인 채 꿈도 사색도 아닌 길을 더듬으며 이따금 별종의 인간이라도 훔쳐보는 듯한 호기심으로 이모부의 잠든 얼굴을 쳐다보았다. 그리고 나도 자고 있을 때 옆에서 보면 이렇게 근심 없는 얼굴을 하고 있을까, 하고 생각했다. 그때 고이치가 들어와서 형, 날씨가 어떨까, 하고 물었다. 잠깐 일어나봐요, 하며 재촉하는 바람에 하는 수 없이 일어나 툇마루로 나가 보니 바다 쪽에는 온통 부드러운 안개의 막이 드리워져 있고 가까운 곳의 나무숲도 평상시의 색깔로 보이지 않았다. 비가 오나, 하고 나는 물었다. 고이치는 곧장 뜰로 뛰어 내려가 하늘을 올려다보더니 조금 내린다고 대답했다.

고이치는 오늘 뱃놀이가 취소될까 봐 무척이나 걱정되는지 두 누나까지 툇마루로 끌어내 자꾸만 어떨 것 같으냐고 물었다. 나중에는 최후의 심판자인 아버지의 의견이 필요했는지 결국 그때까지 자고 있는 사람을 깨웠다. 이모부는 날씨야 아무래도 좋다는 듯 졸린 눈으로 일단 하늘과 바다를 내다본 뒤 뭐, 이 상태라면 곧 갤 거야, 하고 말했다.

고이치는 그것으로 안심한 모양이었지만 지요코는 믿을 수 없는 무책임한 일기예보라 걱정이라며 내 얼굴을 쳐다봤다. 나는 아무 말도 할 수 없었다. 이모부는 뭐, 괜찮아, 괜찮아, 하며 장담하고는 목욕탕 쪽으로 갔다.

식사를 마칠 무렵부터 안개 같은 비가 내렸다. 그래도 바람이 없어 바다는 평소보다 오히려 잔잔해 보였다. 공교롭게도 궂은 날씨라 사람 좋은 어머니는 모두를 가여워했다. 이모는 곧 본격적으로 비가 쏟아질 테니까 오늘은 그만두는 게 나을 거라고 주의를 주었다. 하지만 젊은 사람들은 모두 가겠다고 주장했다. 이모부는 그럼 할멈들은 남겨두고 젊은 사람들끼리만 가자고 말했다. 그러자 이모가 이모부에게 일부러, 그렇다면 할아버지는 어떻게 할 거예요, 하고 물어 모두를 웃게 했다.

"오늘은 이래 봬도 젊은 사람 쪽이야."

이모부는 이 말을 증명하기 위해서인지 재빨리 일어나 유카타의 뒷자락을 걷어 허리춤에 지르고 아래로 내려갔다. 세 형제자매도 입고 있던 옷차림 그대로 툇마루에서 아래로 내려갔다.

"너희도 뒷자락을 걷어 올리는 게 좋아."

"싫어요."

나는 산적 같은 정강이를 다 드러낸 이모부와 시즈카고젠(靜御前)[16]의 삿갓 비슷한 모양의 밀짚모자를 쓴 두 여자와 검은 허리띠를 동여맨 남동생을 툇마루 위에서 완전히 도시를 떠난 이상한 단체라도 되는 양 바라보았다.

---

16 헤이안 시대 말기의 무장 미나모토노 요시쓰네(源義經)의 애첩. 노(能)나 가부키에 자주 등장한다.

"이치조 오라버니가 또 흉을 보려고 우릴 보고 있어." 모모요코가 희미하게 웃으면서 내 얼굴을 쳐다봤다.

"얼른 내려오세요." 지요코가 나무라듯이 말했다.

"이치조한테 안 신는 게다라도 빌려줘라." 이모부가 주의를 주었다.

나는 두말없이 내려갔는데, 오기로 약속한 다카기가 아직 오지 않은 게 또 문제가 되었다. 아마 날씨가 이래서 지켜보고 있을 거라는 것이 모두의 의견이어서 우리가 슬슬 걸어가는 동안 고이치가 뛰어가 데려오기로 했다.

이모부는 여느 때처럼 자꾸만 내게 말을 걸었다. 나도 상대해주며 보조를 맞추었다. 그러다 보니 남자의 걸음이라 어느새 자매를 추월했다. 나는 한 번 돌아보았는데, 두 사람은 뒤처진 것에 전혀 신경 쓰지 않는 모습이었고 따라잡으려는 노력이라고는 손톱만큼도 없어 보였다. 뒤에서 따라올 다카기를 일부러 기다리기 위한 것이라고만 생각되었다. 그것은 같이 가자고 한 사람에 대한 예의로서 그들이 취해야 할 당연한 행동이었을 것이다. 하지만 그때 내게는 그렇게 생각되지 않았다. 그렇게 생각할 여지가 있어도 그렇게 느껴지지 않았던 것이다. 빨리 오라고 손짓할 생각으로 돌아본 나는 손짓을 그만두고 다시 이모부와 걷기 시작했다. 그리고 그대로 고쓰보(小坪)[17]로 들어가는 입구인 곳에 이르렀다. 그곳은 바다로 튀어나온 산자락을 사람이 지날 정도의 좁은 폭으로 깎아 건너편으로 빙 둘러 갈 수 있도록 만든 언덕길이었다. 이모부는 가장 높은 언덕 모퉁이까지 가서 걸음을 멈췄다.

17 즈시(逗子) 시내의 지명으로 자이모쿠자에서 1킬로미터쯤 떨어진 작은 어항. 고쓰보로 고기잡이를 간 대목은 1911년 7월 22일의 일기를 기초로 하고 있다.

## 21

이모부는 돌연 체격에 어울리는 큰 목소리로 자매를 불렀다. 고백하건대 나는 그때까지 몇 번이나 뒤를 돌아보려고 했다. 하지만 마음이 꺼림칙한 건지 자존심이 허락하지 않는 건지 돌아보려고 할 때마다 목이 멧돼지처럼 뻣뻣해져 뒤로 돌아가지 않았다.

돌아보니 두 사람의 모습은 아직 백 미터쯤 아래에 있었다. 그리고 바로 뒤에서 다카기와 고이치가 따라왔다. 이모부가 거침없이 큰 소리로 얘들아, 하고 불렀을 때 자매는 동시에 우리를 올려다보았는데, 지요코는 바로 뒤에 있는 다카기 쪽을 돌아보았다. 그러자 다카기는 쓰고 있던 밀짚모자를 오른손에 들고 우리를 향해 열심히 흔들었다. 하지만 네 사람 중에서 소리를 내서 이모부에게 응한 것은 고이치뿐이었다. 고이치는 또 학교에서 구령 연습이라도 한 모양인지 바다와 벼랑에 메아리치는 대답과 함께 양손을 한꺼번에 머리 위로 들어 올렸다.

이모부와 나는 벼랑 끝에 서서 그들을 기다렸다. 그들은 이모부가 부른 뒤에도 부르기 전과 마찬가지로 느린 걸음으로 무슨 얘기를 나누면서 올라왔다. 내게는 그것이 예사롭지 않고 어지간히 시시덕거리는 것처럼 보였다. 다카기는 갈색의 헐렁헐렁한 외투 같은 것을 입고 이따금 호주머니에 손을 넣었다. 이렇게 더운 날 설마하니 외투는 아니겠지 하며 처음에는 신기하게 바라보았는데, 점차 다가옴에 따라 얇은 레인코트라는 것을 알 수 있었다. 그때 이모부가 느닷없이 이치조, 요트를 타고 저 근방을 돌아다니며 노는 것도 재미있겠지, 하고 말해서 나는 갑자기 정신을 차린 것처럼 다카기에게서 눈을 떼고 발밑을 내려다보았다. 물가 근처에 새하얗게 칠한 빈 배 한 척이 잔잔한 파도 위에 떠 있었다. 보슬비라고도 할 수 없는 가느다란 비가 그치지 않고 여전히 내리고 있었기 때문에 바다는 온통 부예서 평소라면 손에 잡힐 듯이 보이는 건너편 절벽의 나무나 바위도 거의 한 가지 색으로 보였다. 그사이에 네 사람은 드디어 우리 옆까지 올라왔다.

"많이 기다리시게 해서 죄송합니다. 실은 수염을 깎고 있었는데 도중에 그만둘 수도 없고 해서……." 이모부의 얼굴을 보자마자 다카기가 변명을 했다.

"그렇게 엄청난 걸 껴입고 덥지 않소?" 이모부가 물었다.

"더워도 벗을 수가 없어요. 위는 하이칼라라도 아래는 반칼라[18]니까요." 하며 지요코가 웃었다. 다카기는 레인코트 안에 바로 얇은 반팔 셔츠를 입고 이상한 반바지에 정강이를 다 드러낸 채 검은 버선에 굽 없는 통나무 게다를 신고 있었다. 그는 이렇게 입었다며 레인코트 안을 우리에게 보여준 후 일본에 돌아오니 복장이 자유롭고 레이디 앞에서 조심하지 않아도 되는 것이 좋다고 말했다.

지저분한 어촌으로 들어가는 폭이 채 2미터가 안 되는 좁은 길로 일동이 줄지어 들어서자 불쾌한 냄새가 모두의 코를 찔렀다. 다카기는 호주머니에서 하얀 손수건을 꺼내 짧은 수염 위를 덮었다. 이모부는 돌연 거기에 서서 우리를 보고 있던 아이에게 서쪽 사람인데 남쪽에서 양자로 온 사람의 집이 어디냐는 괴상한 질문을 던졌다. 아이는

18 서양풍의 옷차림이나 생활양식을 뜻하는 하이칼라를 비튼 말이다. 메이지 시대에 하이칼라에 대한 안티테제로서 창출된 것이다. 전형적인 것이 닳고 해진 옷, 찢어진 모자, 굽 없는 통나무 게다, 허리에 찬 수건, 장발, 그리고 거칠고 야만적인 언동 등이었는데, 제일고등학교를 비롯한 구제(舊制) 고등학교에서 유행한 것이 발단이었다. 이러한 경향은 경성(서울)의 경성제국대학교 학생들 사이에서도 보였다.

모른다고 했다. 나는 지요코에게 왜 그렇게 묘한 걸 묻는지 아느냐고 물었다. 어젯밤 물어보려고 사람을 어떤 집에 보냈는데 그 집 주인이 이름은 잊어버렸으니 이러이러한 사람이라 말하며 찾아보면 알 수 있을 거라고 했다는 말을 들었을 때 나는 이 천하태평인 대답과 마찬가지로 천하태평인 질문을 너무나도 여유가 없어 사소한 일에 얽매이는 자신과 비교해보고 묘하게 부럽다는 생각을 했다.

"그렇게 해서 알 수 있을까요?" 하며 다카기가 신기한 표정을 지었다.

"알게 되면 훨씬 더 괴상한 거죠." 지요코가 말하며 웃었다.

"뭐, 괜찮아, 알 수 있을 거야." 이모부가 장담했다.

고이치는 반쯤 장난으로 낯선 얼굴만 보면 서쪽에서 온 사람인데 남쪽에서 양자로 온 사람의 집이 어디냐고 물었고 그때마다 다들 웃었다. 맨 마지막에 볏짚으로 엮은 삿갓을 쓰고 흰 토시와 각반을 찬 채 월금을 켜는 젊은 여자[19]가 쉬고 있는 지저분한 찻집의 할멈에게 같은 질문을 했더니 할멈은 뜻밖에도 바로 저기라고 간단히 가르쳐주어 모두가 또 손뼉을 치며 웃었다. 그곳은 길에서 산 쪽으로 세 단쯤으로 구분된 돌계단을 다 올라간, 약간 높은 데 있는 조그만 초가집이었다.


22


그 좁은 돌계단을 제각각의 복장을 한 여섯 명이 앞뒤로 줄줄이 오

---

19 월금(月琴)은 중국에서 건너온 악기이다. 여자는 월금을 켜며 걸립을 하고 있다.

르는 모습은 옆에서 보면 필시 괴상했을 것이다. 게다가 여섯 명 중에 앞으로 뭘 할지 확실한 생각을 가진 사람은 아무도 없으니 태평하기 짝이 없었다. 정작 이모부마저도 그저 배를 탈 거라는 것만 알고 있을 뿐이고 그 밖에 그물인지 낚시인지, 그리고 어디까지 노를 저어 갈지는 전혀 모르는 것 같았다. 닳아서 군데군데 파인 돌계단을 밟으며 모모요코의 뒤를 따라 오르던 나는 이런 무의미한 행동에 자신을 내맡기고도 후회하지 않는 것을 피서의 멋이라고 하는 걸까, 하고 생각했다. 동시에 이런 무의미한 행동 중에 의미 있는 극의 중요한 한 막이 어떤 남자와 어떤 여자 사이에 암암리에 연출되고 있는 게 아닐까, 하고 의심했다. 그리고 그 한 막 중에서 혹시 자신이 해야 할 역할이 있다면 평온한 얼굴을 한 운명에 가볍게 농락당하는 것밖에 없을 거라고 생각했다. 마지막으로 무슨 일이든 계산하지 않고 그저 무턱대고 해치우는 이모부가 남모르게 이 막을 완성한다면 이모부야말로 비할 데 없이 교묘한 솜씨를 가진 작자라고 해야 할 거라는 생각이 들었다. 내 머리에 이런 그림자가 드리워졌을 때 바로 뒤에서 따라오는 다카기가, 이거 더워서 못 참겠는데, 실례를 무릅쓰고 레인코트를 벗어야겠소, 하고 말했다.

그 집은 아래에서 봤을 때보다 더 작고 지저분했다. 문간에 국자가 하나 걸려 있고 거기에 백일해(百日咳)[20] 요시노 헤이키치(吉野平吉) 일가 일동이라고 쓰여 있어 드디어 주인의 이름을 알 수 있었다. 그것을 찾아내서 모두가 들을 수 있도록 읽어준 눈치 빠른 고이치의 공적 덕분이었다. 안을 들여다보니 천장도 벽도 모조리 검게 빛나고 있

---

20 민간 풍습으로, 백일해(백일해균의 전염으로 발병하는 유아의 호흡기 전염병)의 신이 이 집을 피해 지나가라는 뜻으로 국자를 문에 걸어둔 것이다.

었다. 사람은 노파 한 사람뿐이었다. 노파가 오늘은 날씨가 좋지 않아 손님이 안 올 거라며 일찍 바다로 나갔으니 지금 바닷가로 내려가 불러오겠다며 양해를 구했다. 배를 타고 나갔느냐고 이모부가 물으니 노파는 아마 저 배일 거라고 대답하며 손으로 바다 위를 가리켰다. 안개가 아직 걷히지 않았지만 조금 전보다 하늘이 꽤 밝아져 먼 바다 쪽은 비교적 선명히 보이는 가운데 노파가 가리킨 배는 저쪽 멀리 가로 놓여 있었다.

"저거라면 큰일이겠는데요."

다카기는 가져온 쌍안경으로 보면서 이렇게 말했다.

"정말 천하태평인데요. 데리러 간다니, 어떻게 저런 데까지 데리러 갈 수 있죠?" 하고 지요코가 웃으며 다카기의 손에서 쌍안경을 받아 들었다.

노파는 뭐, 금방이지요, 하고 대답하며 조리를 신은 채 돌계단을 뛰어 내려갔다. 이모부는 시골 사람은 무사태평하군그래, 하며 웃었다. 고이치는 노파의 뒤를 따라갔다. 모모요코는 멍하니 지저분한 툇마루에 걸터앉았다. 나는 마당을 둘러보았다. 마당이라는 이름이 아까울 정도로 툇마루 앞은 채 다섯 평도 안 되었다. 구석에 무화과나무 한 그루가 있었는데 비린내 나는 공기 속에서 푸른 잎이 조금 우거져 있었다. 가지에는 아직 익지 않은 열매가 변명처럼 달렸고, 그 한 갈래에는 벌레 키우는 텅 빈 망이 걸려 있었다. 그 밑에는 야윈 닭 두세 마리가 발톱을 세우고 굶주린 부리로 마구 흙을 쪼아대고 있었다. 나는 그 옆에 엎어놓은 철망으로 된 새장 같은 것을 바라보며 마치 불수감 나무처럼 불규칙하게 뒤틀려 있는 모습이 우스꽝스럽다는 생각을 했다. 그러자 이모부가 갑자기 무슨 냄새가 난다고 말했다. 모모요코는,

난 이제 물고기 같은 건 아무래도 좋으니까 빨리 돌아가고 싶어요, 하고 불안한 듯이 말했다. 그때까지 쌍안경으로 바다 쪽을 보면서 쉴 새 없이 지요코와 이야기를 나누던 다카기가 바로 뒤를 돌아보았다.

"뭘 하는 거지? 잠깐 가서 상황을 보고 오지요."

다카기는 이렇게 말하며 손에 들고 있던 레인코트와 쌍안경을 놓기 위해 뒤쪽 툇마루를 돌아보았다. 옆에 서 있던 지요코는 다카기가 움직이기 전에 손을 내밀었다.

"저한테 주세요. 제가 들고 있을게요."

그리고 다카기에게서 두 물건을 받아 들었을 때 지요코는 또다시 그의 반팔 차림을 보고 웃으면서 "결국 반칼라가 되었네요" 하고 평했다. 다카기는 그저 웃기만 하고 곧장 해변 쪽으로 내려갔다. 나는 그가 황급히 돌계단을 내려가기 위해 손을 흔들 때마다 자못 운동선수처럼 발달한 어깨 근육이 씰룩이는 모습을 뒤에서 말없이 지켜보았다.


23


배를 타기 위해 모두가 나란히 해변으로 내려간 것은 그로부터 한 시간쯤 지나서였다. 해변에서는 무슨 축제 전인지 후인지 모래에 깊숙이 파묻힌, 좁고 긴 천을 매단 긴 장대 두 개가 내 시선을 끌었다. 고이치는 어디선가 물가로 밀려온 마른 나뭇가지를 주워 넓은 모래 위에 커다란 글자와 커다란 얼굴을 여러 개 그렸다.

"자, 타시지요." 까까머리 뱃사공의 말에 여섯 명은 순서 없이 아무렇게나 뱃전에 올랐다. 우연히도 지요코와 나는 뒷사람에게 밀려 뱃

머리 쪽의 칸이 나눠진 곳에 무릎을 맞대고 앉았다. 이모부는 맨 먼저 선실이랄까 한가운데의 넓은 곳에 가장답게 책상다리를 하고 앉았다. 그리고 다카기를 그날의 손님으로 대접할 생각에서인지 자, 이쪽으로, 하며 안내해 그는 마지못해 이모부 옆에 자리를 잡았다. 모모요코와 고이치는 뱃사공과 함께 그들 다음 칸쯤 되는 곳으로 들어가 앉았다.

"어떻습니까, 이쪽이 비어 있는데 오시겠습니까?" 하고 다카기는 바로 뒤쪽에 있는 모모요코를 돌아보았다. 모모요코는 고맙다고만 말하고 자리를 옮기지는 않았다. 나는 처음부터 지요코와 한 돗자리에 앉은 것을 탐탁하게 여기지 않았다. 내가 다카기에게 질투를 느낀 것은 이미 분명히 밝혀두었다. 그 질투의 정도는 어제나 오늘이나 같았을지 모르지만 그것과 함께 내 가슴에 경쟁심은 아직 티끌만큼도 싹트지 않았다. 나도 남자인지라 앞으로 어떤 여자와 격렬한 사랑에 빠지지 말란 법도 없다. 하지만 나는 단언한다. 만약 그 사랑과 같은 정도의 격렬한 경쟁을 해야 원하는 사람을 얻을 수 있다면 나는 어떤 고통과 희생을 감수하고서라도 손을 품속에 넣은 채 초연히 연인을 버릴 생각이다. 남자답지 못하다고, 용기가 부족하다고, 의지가 박약하다고 남들이 평한다면 그런 평은 얼마든지 감내할 것이다. 하지만 그만큼 고달픈 경쟁을 하지 않으면 내 사람이 되기 힘들 만큼 어디로 가도 좋은 여자라면 그렇게 고달픈 경쟁을 할 가치가 없는 여자라고 볼 수밖에 없는 것이다. 나는 나를 좋아하지 않는 여자를 억지로 안는 기쁨보다는 상대의 사랑을 자유의 들판에 놓아주었을 때의 남자다운 기분으로 내 실연의 상처를 쓸쓸하게 지켜보는 것이 양심에 비추어 훨씬 더 만족스럽다고 생각한다.

나는 지요코에게 이렇게 말했다.

"지요짱, 가는 게 어때? 저쪽이 더 넓고 편할 것 같은데."

"왜요, 여기 있으면 방해되나요?"

지요코는 이렇게 말하고 꿈쩍도 하지 않았다. 나는 너무 노골적으로 들리든, 빈정거리는 말로 들리든 다카기가 저기 있으니까 그쪽으로 가라고 말할 용기는 도저히 나지 않았다. 다만 지요코에게 그런 말을 들은 내 가슴에 일종의 기쁨이 번뜩인 것은 말과 마음이 얼마나 다른지를 폭로하는 좋은 증거로, 자신의 박약한 성정을 자각하지 못한 내게는 아픈 타격이었다.

그렇게 생각해서인지 어제 만났을 때보다는 조금 소극적이 된 것처럼 보이는 다카기는 지요코와 나 사이에 오간 대화를 들으면서도 모른 척하고 있었다. 배가 물가를 떠났을 때 그는 "마침 날씨도 좋아졌네요. 해가 쨍쨍 내리쬐는 것보다는 차라리 이런 날씨가 더 좋지요. 뱃놀이에는 안성맞춤인 날씹니다" 하는 말을 이모부와 나누고 있었다. 이모부는 느닷없이 큰 목소리로 "선장, 대체 뭘 잡는 거요?" 하고 물었다. 이모부도 다른 사람들도 이때까지 뭘 잡는지 전혀 모르고 있었던 것이다. 까까머리 뱃사공은 난폭한 말로 문어를 잡을 거요, 하고 대답했다. 이 기발한 대답에는 지요코도 모모요코도 놀랐다기보다는 우스웠던 모양인지 갑자기 소리를 내어 웃었다.

"문어는 어디 있소?" 이모부가 다시 물었다.

"이 근방에 있지요." 뱃사공이 다시 대답했다.

그리고 대중목욕탕에서 쓰는 물바가지를 조금 더 깊게 만들어 밑바닥에 유리를 끼운 타원형 나무통을 물에 넣고 그 안으로 얼굴을 집어 넣은 채 바다 속을 들여다보기 시작했다. 뱃사공은 이 묘한 도구를 거울이라고 부르며 여분으로 가져온 두세 개를 바로 우리에게 빌려주었다. 첫 번째로 그것을 사용한 것은 뱃사공 옆에 앉은 고이치와 모모요 코였다.


24


거울이 차례로 돌았을 때 이모부는 이거 정말 선명한데, 뭐든 다 보여, 하며 무척 감탄했다. 이모부는 인간 사회의 일에 대체로 정통한 탓인지 만사를 얕보는 사람인데도 이런 자연계의 현상에 맞닥뜨리면 바로 놀라는 성격이다. 나는 지요코에게서 건네받은 거울을 받아 들고 마지막으로 유리 한 장 너머로 바다 속을 들여다보았는데, 전부터 상상한 것과 조금도 다르지 않은 아주 평범한 바다 속이 눈에 들어왔다. 다소 울퉁불퉁한 작은 바위가 온통 늘어서 있고 그 사이로 검푸른 해초가 끝없이 퍼져 있었다. 마치 미적지근한 바람에 희롱당하는 것처럼 해초는 파도의 넘실거림에 조용히 그리고 영구히 가늘고 긴 줄기를 앞뒤로 흔들고 있었다.

"이치조 오라버니, 문어 보여요?"

"안 보여."

나는 얼굴을 들었다. 지요코는 다시 고개를 집어넣었다. 지요코가 쓰고 있던 흐늘흐늘한 밀짚모자 가장자리가 물에 잠겨 뱃사공이 젓는 배의 기세를 거스를 때마다 가련한 물결을 일으켰다. 나는 그 뒤로 보이는 지요코의 검은 머리와 하얀 목덜미를 얼굴보다 아름답다고 생각하며 바라보았다.

"지요짱, 찾았어?"

"없어요. 어디에도 문어 같은 건 헤엄치고 있지 않아요."

"어지간히 익숙하지 않으면 좀처럼 찾을 수 없다고 합니다."

이는 다카기가 지요코를 위해 설명해준 말이다. 지요코는 양손으로 통을 누른 채 뱃전으로 내밀고 있던 몸을 다카기 쪽으로 비틀며 "어쩐지 안 보이더라니" 하고 말했지만, 그대로 물장난이라도 치는 듯이 양손으로 누르고 있던 통을 움직여 부글부글 소리를 냈다. 모모요코가 건너편에서 언니를 불렀다. 고이치는 어디 있는지도 모르는 문어를 무턱대고 찔러댔다. 찌를 때는 3, 4미터쯤 되는 가늘고 긴 해장죽 끝에 이삭 같은 것을 단 이상한 것을 이용했다. 뱃사공은 통을 입에 물고 한 손으로 장대를 쓰면서 배가 움직이는 동안 문어가 있는 곳을 찾아내면 곧바로 그 긴 대나무로 솜씨 좋게 흐물흐물한 괴물을 찔렀다.

뱃사공은 혼자 문어를 몇 마리나 배 위로 잡아 올렸는데 어느 것이나 비슷한 크기로 특별히 놀랄 만한 것은 아니었다. 처음에는 모두가 신기해하며 잡아 올릴 때마다 야단법석을 피웠지만 나중에는 그렇게 활달한 이모부조차 조금은 질린 모양인지 "이렇게 냅다 문어만 잡아대도 별수 없군그래" 하고 말했다. 다카기는 담배를 피우면서 배 바닥에 뭉쳐 있는 어획물을 바라보았다.

"지요짱, 문어가 헤엄치는 걸 본 적 있어요? 좀 와보세요, 상당히 묘합니다."

다카기는 이렇게 말하며 지요코를 불렀는데, 옆에 앉아 있는 내 얼굴을 봤을 때 "스나가 씨, 보시겠습니까? 문어가 헤엄치고 있어요" 하고 덧붙였다. 나는 "그런가요? 재미있겠네요" 하고만 대답하고 바로 자리에서 일어서려고 하지 않았다. 지요코는 어디요, 하면서 다카기 옆으로 가서 새로운 자리를 차지했다. 나는 원래 자리에서 그녀에게 아직도 헤엄치고 있는 거야, 하고 물었다.

"네, 재미있어요. 얼른 와서 보세요."

문어는 다리 여덟 개를 똑바로 모아서 길쭉한 몸을 단숨에 쓰윽 하고 움직이며 배 밑바닥에 닿을 때까지 물속을 일직선으로 나아갔다. 그중에는 오징어처럼 검은 먹물을 뿜어대는 것도 섞여 있었다. 나는 엉거주춤한 자세로 잠깐 그 광경을 들여다보다 다시 원래 자리로 돌아왔는데, 지요코는 그대로 다카기 옆을 떠나지 않았다. 이모부는 뱃사공에게 문어는 이제 됐다고 말했다. 뱃사공은 돌아갈 거냐고 물었다. 저쪽에 커다란 대바구니 같은 것이 두세 개 떠 있어서 문어만으로는 허전하다고 생각한 이모부는 한 대바구니 옆으로 배를 저어 가까이 가게 했다. 배 안에 있는 사람들이 약속이나 한 듯이 일제히 일어나 바구니 안을 들여다보니 20센티미터가 넘는 물고기가 좁은 물속을 종횡으로 바삐 돌아다니고 있었다. 어떤 것은 비늘에 물빛을 벗어나지 않은 파란빛을 띠고 자신의 힘으로 전후좌우에 만드는 물결을 몸 안으로 통과시키는 것처럼 반짝였다.

"한 마리 건져 올려보세요."

다카기는 큼직한 사내끼 손잡이를 지요코에게 쥐여주었다. 지요코는 재미 삼아 그것을 받아 들고 물속에서 움직여보려고 했지만 꿈쩍도 하지 않자 다카기가 자신의 손을 더해 둘이서 함께 바구니 속을 미덥지 못하게 휘저었다. 하지만 물고기는 건져 올려질 것 같지 않아서 지요코는 그것을 바로 뱃사공에게 돌려주었다. 뱃사공은 그 사내끼로 이모부가 말한 대로 몇 마리든 물에서 건져 올렸다. 우리는 기괴한 문어의 단조로움을 깰 만한 벤자리, 농어, 감성돔이라는 변화를 기뻐하며 다시 물가로 나왔다.

## 25

나는 그날 밤 혼자 도쿄로 돌아왔다. 어머니는 다들 붙잡는 바람에 돌아올 때는 고이치나 다른 누군가가 바래다준다는 조건으로 가마쿠라에 이삼일 더 머물기로 했다. 나는 아주 예민해진 신경으로, 어머니는 어떻게 그렇게 그들이 권하는 대로 잘도 머물러 있는 것일까 하며 너무나도 느긋한 어머니를 답답하게 생각했다.

그러고 나서는 다카기와 얼굴을 마주한 적이 없다. 지요코와 나, 그리고 다카기가 더해진 일종의 삼각관계가 더 이상 발전하지 않고 그중의 패배자에 해당하는 내가 마치 운명의 갈림길을 예견한 듯한 태도로 도중에 그 관계 밖으로 도망친 것은 이 이야기를 듣는 사람에게는 필시 바라던 바가 아닐 것이다. 나 자신도 얼마간 불길이 잡히기도 전에 서둘러 화재 현장에서 철수해버린 듯한 기분이다. 이렇게 말하면 내가 처음부터 어떤 의도를 갖고 일부러 가마쿠라에 간 것으로 보이겠지만 질투심만 있고 경쟁심을 갖지 못한 내게도 그에 상응하는 자만심은 이따금 음침하고 어두운 가슴 어딘가에서 어른어른 피어올랐던 것이다. 나는 자신의 모순을 충분히 연구했다. 그리고 지요코에 대한 자만심을 끝까지 적극적으로 이용할 수 없게 하기 위해 다른 사상이나 감정이 내 마음을 빼앗으러 어수선하게 교대로 찾아오는 번거로움에 시달렸던 것이다.

지요코는 때로 천하에 단 한 사람인 나를 사랑하는 것처럼 보였다. 그래도 나는 나아갈 수가 없었다. 하지만 미래에 대해서는 눈을 딱 감고 과감하게 나아가볼까 하는 생각을 하는 중에 그녀는 순식간에 내 손에서 벗어나 생판 남이나 다름없는 표정을 짓곤 했다. 내가 가마쿠라에서 보낸 이틀 동안 이미 이런 밀물이나 썰물이 두세 차례 있었다. 어떤 때는 자신의 의지로 이 변화를 지배하면서 일부러 다가오기도 하고 또 일부러 물러나기도 하는 것이 아닐까 하는 희미한 의혹마저 내 가슴에 일게 했다. 그뿐이 아니다. 나는 지요코의 언행을 한 가지 의미로 해석하고 또 그 직후에 똑같은 것을 완전히 반대되는 의미로 해석하고는 사실 어느 쪽이 옳은지 몰라 공연히 화가 치밀었던 일도 적지 않았다.

나는 지난 이틀 동안 아내로 맞이할 생각도 없는 여자에게 걸려들 뻔했다. 그리고 다카기라는 남자가 눈앞에 출몰하는 한 싫어도 끝까지 걸려들 것만 같은 기분이 들었다. 나는 다카기에게 경쟁심을 갖지 않는다고 앞에서 말했지만, 오해를 막기 위해 다시 한번 같은 말을 되풀이하고 싶다. 만약 지요코와 다카기와 내가 삼각관계가 되어 연애인지 사랑인지 인정인지 모를 회오리바람 속에 휩쓸린다면 그때 나를 움직이는 힘은 다카기에게 이기려는 경쟁심이 아니라고 나는 단언한다. 그것은 높은 탑 위에서 아래를 내려다봤을 때 무서워지는 것과 동시에 뛰어내리지 않을 수 없는 신경작용 같은 것이라 단언한다. 다카기에게 이기거나 지는 것으로 귀결되는 표면적인 결과만 놓고 보면 경쟁으로 보일지도 모르지만 동력은 완전히 독립된 작용이다. 게다가 그 동력은 다카기가 없으면 결코 내게 덮쳐오지 않는다. 나는 그 이틀 동안 괴상한 힘이 번뜩이는 것을 아주 심하게 느꼈다. 그리고 굳은 결심과 함께 곧바로 가마쿠라를 떠났다.

나는 강한 자극으로 가득 찬 소설을 읽을 수도 없을 만큼 약한 남자다. 강한 자극으로 가득 찬 소설을 실행하는 일은 더더욱 할 수 없는 남자다. 나는 자신의 기분이 소설이 되려는 순간 놀라서 도쿄로 돌아온 것이다. 그러므로 기차 안에서 나는 반은 승자였고 반은 패자였다. 비교적 승객이 적은 이등칸[21] 안에서 나는 스스로 쓰기 시작해서 스스로 찢어버린 듯한 이 소설의 뒷부분을 이리저리 상상했다. 거기에는 바다가 있고 달이 있고 물가가 있었다. 젊은 남자의 그림자와 젊은 여자의 그림자가 있었다. 처음에는 남자가 격해져서 여자가 울었다. 나중에는 여자가 격해져서 남자가 달랬다. 결국에는 두 사람이 손을 잡고 조용한 모래 위를 걸었다. 또는 액자가 있고 다다미가 있고 시원한 바람이 불었다. 그곳에서 젊은 남자 둘이 의미 없는 언쟁을 벌였다. 점차 뜨거운 피가 올라와 볼이 붉어졌고 결국 두 사람 다 자신의 인격을 손상시키는 말을 하지 않을 수 없게 되었다. 마지막에는 일어나 서로 주먹을 휘둘렀다. 어쩌면……. 연극 비슷한 광경이 몇 장면이나 눈앞에 그려졌다. 나는 그 어떤 장면도 겪어볼 기회를 잃었고, 차라리 자신을 위해서는 잘된 일이라고 기뻐했다. 사람들은 나를 늙은이 같다며 비웃을 것이다. 만약 시(詩)에만 호소할 뿐 세상을 살아가지 않는 사람이 늙은이라면 나는 비웃음을 받아도 만족한다. 하지만 만약 시가 고갈되어 메말라버린 사람이 노인이라면 나는 이 평가에 만족하고 싶지 않다. 나는 시종일관 시를 찾아 발버둥치고 있는 것이다.

---

21 당시의 열차는 일등, 이등, 삼등으로 구별되어 있었다. 일등칸의 운임은 삼등의 세 배, 이등은 삼등의 두 배였다.

## 26

나는 도쿄로 돌아오고 나서의 기분을 상상하고 어쩌면 자극을 눈앞에 둔 가마쿠라에 있는 것보다 오히려 더 초조해지는 것이 아닐까 하고 걱정했다. 그리고 상대도 없이 혼자 초조해하는 일의 엄청난 고통을 공연히 가슴속에 그려보았다. 우연히도 결과는 다른 쪽으로 빗나갔다. 나는 내가 희망한 대로 평소와 가까운 안정과 냉정과 무관심을 쓸쓸한 2층 방으로 비교적 쉽게 가져올 수 있었다. 나는 새것 냄새가 나는 모기장을 방 가득히 치고 처마에서 울리는 풍경 소리를 들으며 잤다. 저녁에는 거리로 나가 화초 화분을 안은 채 현관 격자문을 열고 들어오기도 했다. 어머니가 안 계셔 모든 시중은 사쿠(作)라는 하녀가 들었다. 가마쿠라에서 돌아와 처음으로 집에서 밥상을 마주했을 때 식사 시중을 위해 검은색 둥근 쟁반을 무릎 위에 놓고 내 앞에 단정하게 앉은 사쿠의 모습을 본 나는 새삼스레 그녀와 가마쿠라에 있는 자매의 차이를 느꼈다. 물론 사쿠는 얼굴이 예쁜 여자는 아니다. 하지만 내 앞으로 나와 단정히 앉는 것 말고는 아무것도 모르는 사쿠의 모습이 내게는 정말 음전하고 조심스러우며 여자로서 무척 가련해 보였다. 사쿠는 사랑이 무얼까 하고 생각하는 것조차 이미 자신의 신분에는 너무나도 건방진 일이라고 체념한 사람처럼 얌전히 앉아 있었다. 나는 드물게도 사쿠에게 부드러운 말을 건넸다. 그리고 사쿠에게 나이가 어떻게 되느냐고 물었다. 사쿠는 열아홉이라고 대답했다. 다시 나는 불쑥 시집가고 싶지 않느냐고 물었다. 사쿠는 얼굴이 붉어진 채 고개를 숙이고 있어 노골적으로 물어본 내가 미안해졌다. 나와 사쿠는 그때까지 볼일이 있을 때 말고는 거의 말을 나눈 적이 없었던 것이다. 나는 가마쿠라에서 새로운 기억을 가져온 반동으로 그때 처음으로 내 집에서 일하는 하녀의 여성스러움을 인식했다. 사랑이란 물론 사쿠와 나 사이에 쓸 수 있는 말이 아니다. 나는 그저 사쿠의 몸 주위에서 나오는 차분하고 마음 편하고 온순한 분위기를 사랑했던 것이다.

내가 사쿠 덕분에 위안을 얻었다고 하면 나 자신에게조차 이상하게 들린다. 하지만 지금 생각해봐도 그것 외의 다른 원인은 전혀 생각나지 않는 것으로 보아 역시 사쿠가, 아니 사쿠라기보다는 그때의 사쿠가 대표로 내게 보여준 여성이 갖고 있는 어떤 방면의 성질이 상상의 자극에조차 초조해하던 내 머리를 진정시켜주었던 것 같다. 고백하자면 이따금 가마쿠라의 경치가 눈앞에 떠올랐다. 물론 그 경치 속에서는 사람이 활동하고 있었다. 다만 그것이 내게서 멀리 있는, 나와는 도저히 이해관계를 함께할 수 없는 사람의 활동처럼 보인 것은 다행스러운 일이었다.

나는 2층으로 올라가 서가를 정리했다. 깔끔한 걸 좋아하는 어머니가 늘 신경을 쓰며 청소를 게을리하지 않는데도 책을 하나하나 늘어놓고 나니 눈이 닿지 않는 곳에 쌓인 먼지가 의외로 많아서 남김없이 다 정돈하기까지는 꽤 시간이 걸렸다. 나는 더위에 어울리는 한가한 작업이라 내키기만 하면 손에 든 책을 언제까지고 탐독해보자는 마음 편한 방침으로 되도록 시간이 오래 걸리도록 달팽이처럼 일을 진행했다. 사쿠는 때아닌 먼지떨이 소리를 듣고 계단에서 이초가에시[22]로 틀어 올린 머리를 내밀었다. 나는 사쿠에게 서가 일부를 걸레로 닦아달라고 했다. 하지만 얼마나 걸릴지 모르는 일을 끝날 때까지 도와달라

---

22 뒤통수에서 묶은 머리채를 좌우로 갈라 반달 모양으로 둥글려서 은행잎 모양으로 틀어 올린 머리 모양.

고 하는 것도 딱한 노릇이라 곧 아래층으로 내려보냈다. 한 시간쯤 책을 엎어놓기도 하고 세우기도 하느라 조금 지쳐서 담배를 피우며 쉬고 있자 사쿠가 다시 계단에서 얼굴을 내밀었다. 그리고 자기가 할 수 있는 일이 없느냐고 물었다. 나는 사쿠에게 뭔가 시키고 싶었다. 불행히도 서양 글자를 읽지 못하는 사쿠가 손을 댈 수 없는 책 정리라서 딱하지만 나는 괜찮다고 거절하고 다시 아래층으로 내려보냈다.

사쿠에 대해 이렇게 일일이 말할 필요도 없지만, 조금 전부터의 관계로 그때 사쿠가 했던 행동을 기억하고 있어서 이야기한 것이다. 나는 궐련 한 대를 다 피운 후 다시 정리를 시작했다. 이번에는 사쿠를 위해 나 한 사람의 세계를 방해받을 염려 없이 서가의 두 번째 단을 단숨에 정리했다. 그때 우연히 서가 뒤에서 오래전에 친구에게 빌리고는 돌려주지 못하고 잊고 있던 묘한 책을 발견했다. 얇고 조그만 책이어서 그만 다른 책 뒤로 떨어졌고 먼지투성이가 된 채 오늘까지 내 눈을 속였던 것이다.


## 27


내게 이 책을 빌려준 이는 문학을 좋아하던 친구였다. 예전에 나는 그 친구와 소설 이야기를 하면서 사려 깊은 사람은 만사 생각만 할 뿐 전혀 활발한 행동을 할 용기가 없으니 소설로 써도 재미없을 거라고 말했다. 내가 평소 소설을 그다지 즐겨 읽지 않는 것은 내게 소설 속의 인물이 될 자격이 부족하기 때문이고, 자격이 부족한 것은 생각만 거듭하며 꾸물거리는 탓이라고 전부터 생각하고 있었다. 그래서 나는 그만 그런 질문을 해보고 싶었던 것이다. 그때 그는 책상 위에 있던 이 책을 가리키며 여기에 그려진 주인공은 놀랄 만큼 사려가 깊고 행동도 아주 과감하다고 말했다. 나는 대체 어떤 이야기가 쓰여 있느냐고 물었다. 일단 읽어봐, 라며 그는 이 책을 내게 건넸다. 제목에는 게당케(Gedanke)[23]라는 독일어가 쓰여 있었다. 그는 러시아 책을 번역한 것이라고 가르쳐주었다. 나는 얇은 책을 들고 재차 그 줄거리를 물어보았다. 그는 줄거리 같은 건 아무래도 좋다고 대답했다. 그리고 거기에 쓰여 있는 것이 질투인지 복수인지 심각한 장난인지 별난 계략인지 진지한 행동인지 미치광이의 추리인지 보통 사람의 계산인지 모르겠지만, 눈부신 행동과 마찬가지로 눈부신 사고도 같이 있으니까 아무튼 읽어보라고 말했다. 나는 책을 빌려 돌아왔다. 하지만 읽을 마음은 들지 않았다. 탐독하지도 않는 주제에 소설가들을 모두 바보로 취급한 데다 친구가 했던 말에서도 마음이 동할 만한 흥미를 전혀 느끼지 못했기 때문이다.

이 사건을 깨끗이 잊고 있던 나는 아무 생각 없이 그 『게당케』를 지금 책장 뒤에서 꺼내 수북이 깔린 먼지를 털었다. 그리고 본 기억이 있는 예의 그 독일어 제목을 보자마자 문학을 좋아하던 그 친구와 그때 그가 했던 말을 떠올렸다. 그러자 불현듯 어디서 생겼는지 모를 호기심에 사로잡혀 곧장 첫 페이지를 펼치고 읽기 시작했다. 거기에는 놀랄 만한 이야기가 쓰여 있었다.

23 레오니트 니콜라예비치 안드레예프(Leonid Nikolaievich Andreyev, 1871~1919)의 소설 『생각』 독일어 번역본으로 소세키의 장서에 있다. 안드레예프는 20세기 초 러시아 소설가로 대표작으로 『붉은 웃음』(1904), 『일곱 명의 사형수』(1908) 등이 있다. 소세키는 『그 후』에서 『일곱 명의 사형수』를 언급하고 있다. 『게당케』의 영역은 'Thought'. 우에다 빈(上田敏)이 번역하여 1909년 6월 『마음(心)』이라는 제목으로 간행했다.

한 여자에게 마음이 있던 남자가 그 여자가 자신을 상대해주지 않을 뿐 아니라 오히려 자신이 알고 있는 사람에게 시집간 것에 원한을 품고 신혼인 그녀의 남편을 죽이려는 계획을 세웠다. 하지만 그냥 죽이려는 게 아니었다. 아내가 보는 앞에서 죽이지 않으면 재미가 없다. 게다가 보고 있는 아내는 그가 살인자라는 것을 알면서도 언제까지고 손가락을 물고 바라보고만 있을 뿐 도저히 손쓸 방도가 없는 복잡한 살해 방법을 택하지 않으면 성에 차지 않는다. 그는 그 수단으로 한 가지 방법을 생각해냈다. 어느 날 밤 만찬 자리에 초대된 기회를 이용하여 그는 갑자기 격렬한 발작을 일으킨 척했다. 옆에서 보면 마치 미친 사람처럼 행동을 한 그는 동석한 사람들이 모두 완전히 미친 사람으로 여기는 것을 확인하고 마음속으로 책략이 계획대로 진행된 것을 자축했다. 그는 사람들 눈에 띄기 쉬운 사교장 안에서 같은 행위를 두세 번 되풀이한 후 발작으로 정신이 이상해지는 위험한 사람이라는 평판을 사람들에게 퍼뜨릴 수 있었다. 그는 이렇게 수고스러운 준비를 한 다음 손쓸 방도가 없는 살인죄를 저지를 생각이었다. 자주 일어나는 그의 발작이 활발한 교제를 어둡게 하기 시작하고 나서 지금까지 친하게 왕래하던 이 사람 저 사람의 문이 갑자기 그에게는 굳게 닫혔다. 하지만 그것은 그가 걱정할 일이 아니었다. 그에게는 여전히 자유롭게 출입할 수 있는 곳이 한 군데 있었다. 그것은 곧 그가 죽음의 나라로 밀어내려는 친구와 그 아내의 집이었다. 그는 어느 날 아무렇지 않은 얼굴로 친구의 집 문을 두드렸다. 거기서 세상 돌아가는 이야기를 하며 시간을 보내는 척하면서 암암리에 눈앞의 사람에게 덤벼들 기회를 엿보았다. 그는 책상 위에 있는 묵직한 문진을 들고 느닷없이 이것으로 사람을 죽일 수 있을까, 하고 물었다. 친구는 물론 그의 물음을 진지하게 받아들이지 않았다. 그는 개의치 않고 온 힘을 문진에 실어 아내가 보고 있는 가운데 그녀가 가장 사랑하는 남편을 쳐서 죽였다. 그리고 광인이라는 이름으로 정신병원에 보내졌다. 그는 놀랄 만큼 깊은 사고력과 분별력과 추리력으로 위와 같은 사건의 전말을 기초로 자신이 결코 미치광이가 아닌 이유를 열심히 변명한다. 그런가 하면 그 변명을 또 의심한다. 그뿐 아니라 그 의심을 또 변명하려고 한다. 그는 결국 제정신일까, 광인일까, 책을 손에 든 나는 소름이 끼칠 만큼 두려웠다.

<br>

## 28

내 머리는 내 가슴을 억제하기 위해 만들어졌다. 행동의 결과에서 볼 때 심한 후회를 남기지 않은 과거를 돌아보면, 이것이 인간의 평소 모습인가 하는 생각이 들기도 한다. 하지만 가슴이 뜨거워질 때마다 엄숙한 머리의 위력을 억지로 가하는 것은 누구나 경험하는 대로 극히 고통스러운 일이다. 나는 고집쟁이라는 점에서 보면 오히려 음침한 성격에다 화를 잘 내는 사람이라 발작에 마음이 사로잡힌 사람이 갑자기 이성의 힘으로 저지하는 고통, 즉 엄청난 자동차의 속력을 즉각적으로 줄이는 듯한 고통은 거의 맛본 적이 없다. 그런데도 어떤 경우에는 마음속으로 생명의 중심축이 억지로 뒤틀렸다고 형용할 수밖에 없는 활력의 연소를 느낀다. 머리와 가슴의 다툼이 일어날 때마다 늘 머리의 명령에 굴종해온 나는, 어떤 때는 내 머리가 강해서 굴종시킬 수 있는 거라고 생각하고 어떤 때는 내 가슴이 약해서 굴종하는 거라고 생각한다. 하지만 아무래도 이 다툼은 생활을 위한 다툼이면서도 남몰래 내 생명을 갉아먹는 다툼이라는 두려움에서 벗어날 수가 없었다.

그러므로 나는 『게당케』의 주인공을 보고 놀란 것이다. 친구의 생명을 벌레 목숨처럼 가볍게 여기는 그는 이성과 감정 사이에서 아무런 모순도 저항도 느끼지 않았다. 그가 가진 모든 지력은 복수의 연료가 되어 잔인하고 흉악한 행동을 능숙하게 해치우는 방편으로 제공되지만 추호도 후회라는 것을 몰랐다. 그는 주도면밀한 사고를 이끌고 온몸의 독혈을 상대의 머리에 끼었을 수 있는 위대한 배우였다. 또는 보통 이상의 두뇌와 정열을 겸비한 광인이었다. 나는 평소의 자신과 비교할 때 그렇게 주위를 둘러보지 않고 한 가지 일에 마음을 집중하여 행동하는 『게당케』의 주인공이 몹시 부러웠다. 동시에 진땀이 날 정도로 무서웠다. 그렇게 할 수만 있다면 무척 통쾌할 거라고 생각했다. 일을 저지르고 난 후에는 필시 견디기 힘든 양심의 고문을 당하게 될 거라고 생각했다.

하지만 만약 다카키에 대한 내 질투가 어떤 불가사의한 경로를 거쳐 향후에는 지금의 수십 배나 격렬하게 타오른다면 어떨까, 하고 나는 생각했다. 하지만 나는 그때의 자신을 스스로 상상할 수가 없었다. 처음에는 사람이 원래부터 다르게 생겨먹었으니 도저히 그런 짓을 할 수 없다는 생각에서 곧바로 이 문제를 기각하려고 했다. 다음에는 나도 그 정도의 복수쯤은 충분히 해치울 수 있다는 생각이 들었다. 마지막에는 나처럼 평소 머리와 가슴의 다툼에 시달리며 꾸물거리는 사람이야말로 그렇게 맹렬하고 흉악한 행동을 냉정하고 타산적으로, 그리고 조직적으로 마음껏 할 수 있다는 생각이 들었다. 마지막에 왜 그렇게 생각했는지 나 자신도 모른다. 다만 그렇게 생각했을 때 갑자기 이상한 기분에 사로잡혔다. 그 기분은 순수한 공포도 불안도 불쾌도 아니었다. 그런 것보다는 훨씬 복잡한 것 같았다. 하지만 정리되어 마음에 나타난 상태에서 보자면 마치 얌전한 사람이 술 때문에 대담해져 이렇다면 뭐든지 할 수 있다는 만족감을 느끼면서도 동시에 취기에 진 자신은 품성이라는 면에서 평소의 자신보다 훨씬 타락했다는 것을 깨닫고, 그리고 그 타락은 술의 영향이니 어디로 어떻게 피하든 인간으로서 도저히 벗어날 수 없는 일이라며 침통하게 체념한 것과 같은 이상한 기분이었다. 나는 그런 이상한 기분과 함께 지요코가 보고 있는 데서 다카기의 정수리에 묵직한 문진을 뼛속 깊숙이 내리치는 꿈을, 커다란 눈을 뜬 채 꾸고는 화들짝 놀라 일어났다.

아래층으로 내려가자마자 돌연 목욕탕으로 가서 머리에 물을 쫙쫙 끼얹었다. 거실의 시계를 보니 벌써 정오가 지난 시간이어서 내친김에 거기에 앉아 밥을 먹기로 했다. 식사 시중은 평소처럼 사쿠가 들었다. 나는 두 입, 세 입 말없이 밥 덩어리를 우겨넣다가 불쑥 하녀에게 내 안색이 이상하냐고 물었다. 사쿠는 깜짝 놀란 눈을 크게 뜨고 아니라고 대답했다. 그것으로 문답이 끊어지자 이번에는 사쿠가 무슨 일이 있었느냐고 물었다.

"아냐, 별일 없어."

"갑자기 더워졌으니까요."

나는 말없이 두 공기를 먹었다. 차를 따라 마시기 시작했을 때 나는 또 불쑥 사쿠에게 가마쿠라 같은 데 가서 북적대기보다는 집에 있는 게 조용하고 좋아, 하고 말했다. 사쿠는 하지만 그쪽이 더 시원하잖아요, 하고 말했다. 나는 아니, 오히려 도쿄보다 더울 정도야, 그런 데에 있으면 조바심만 나서 못써, 하고 설명해주었다. 사쿠는 어머니가 당분간 그곳에 계시는 거냐고 물었다. 나는 곧 돌아올 거라고 대답했다.


## 29

나는 내 앞에 앉아 있는 사쿠의 모습을 보고 단숨에 그려낸 나팔꽃 같다는 생각을 했다. 다만 고귀한 명가의 손으로 그려지지 않은 것이 유감이지만, 그런 종류의 그림과 마찬가지로 마음속은 간략하게 그려진 것으로 여겨졌다. 사쿠의 인품을 그림에 비유해서 무슨 소용이 있느냐고 물을지도 모르겠다. 깊은 의미가 있는 건 아니지만 실은 사쿠의 시중을 받으며 밥을 먹는 동안 방금 『게당케』를 읽은 자신과 지금 검게 칠한 쟁반을 들고 단정히 앉아 있는 사쿠를 비교하며 내 마음은 왜 이렇게 칙칙한 유화처럼 복잡한 걸까, 하는 생각에 질렸기 때문이다. 고백하자면 나는 고등교육을 받은 증거로 오늘날까지 내 머리가 남보다 복잡하게 작동하는 것을 자랑스럽게 생각하고 있었다. 그런데 어느새 그 작동에 지쳤다. 무슨 업보로 이렇게까지 일을 잘게 쪼개지 않으면 살아갈 수 없는 걸까 생각하니 한심했다. 나는 밥공기를 밥상 위에 놓으며 사쿠의 얼굴을 보고 고귀하다는 느낌을 받았다.

"사쿠, 너도 이런저런 생각을 하는 일이 있어?"

"저 같은 사람은 특별히 생각할 만한 일이 없는걸요."

"생각하지 않는 거야? 그게 좋지. 생각할 일이 없는 게 제일이야."

"있어도 지혜가 없어서 조리가 안 서요. 아무 소용이 없는 거죠."

"다행이야."

나는 무심코 이렇게 말하여 사쿠를 놀라게 했다. 사쿠는 갑자기 내게 놀림을 받았다고 생각했을 것이다. 미안한 말을 했다.

그날 저녁 생각지도 않게 어머니가 불쑥 가마쿠라에서 돌아왔다. 나는 그때 해가 저물기 시작한 2층 툇마루에 등의자를 내놓고 앉아 사쿠가 맨발로 뜰에 물 뿌리는 소리를 듣고 있었다. 아래층으로 내려가 현관으로 나갔을 때 나는 어머니를 바래다주기로 했던 고이치 대신 지요코가 어머니 뒤를 따라 신발 벗는 곳으로 들어온 것을 보고 깜짝 놀랐다. 나는 등의자 위에서 지요코에 대해서는 전혀 생각하지 않고 있었던 것이다. 생각한다고 해도 지요코와 다카기를 떼어놓을 수가 없었다. 그리고 두 사람은 당분간 가마쿠라라는 무대를 떠날 수 없을 거라고 믿고 있었다. 나는 햇볕에 타서 약간 거무스름해진 듯한 어머니와 얼굴을 마주하고 인사하기 전에 우선 지요코에게 어떻게 왔느냐고 묻고 싶었다. 실제로 나는 그 말을 먼저 꺼냈다.

"이모님을 모셔왔어요. 왜요? 놀랐어요?"

"그거 참 고맙구나" 하고 나는 대답했다. 지요코에 대한 내 감정은 가마쿠라로 가기 전과 가고 나서가 상당히 달라져 있었다. 가고 나서와 돌아오고 나서도 또 상당히 달랐다. 다카기와 한 묶음이 된 지요코에 대한 감정과 이렇게 혼자 떨어진 그녀에 대한 감정 역시 상당히 달랐다. 지요코는 연로하신 어머니를 고이치에게 맡기는 것이 불안해서 자신이 직접 따라왔다며 사쿠가 발을 씻는 동안 어머니의 홑옷을 옷장에서 꺼내 여행 때 입었던 옷을 갈아입히기도 하면서 원래의 지요코처럼 바지런히 움직였다. 나는 어머니에게 그 뒤로 무슨 재미있는 일이 있었느냐고 물었다. 어머니는 만족스러운 얼굴을 하면서 이렇다 하게 특별한 일은 없었다고 대답하고는 "하지만 오랜만에 기분 전환

한번 잘했다, 덕분에"라고 말했다. 내게는 그것이 옆에 있는 지요코에게 하는 감사 인사로 들렸다. 나는 지요코에게 오늘 다시 가마쿠라로 돌아가느냐고 물었다.

"여기서 자고 갈 거예요."

"어디서?"

"글쎄요, 우치사이와이초로 가도 되지만 거긴 너무 넓어서 썰렁하니까요. ……오랜만에 여기서 자고 갈까 봐요, 어때요, 이모?"

내게는 지요코가 처음부터 우리 집에서 자고 갈 생각으로 온 것처럼 보였다. 고백하자면 나는 그곳에 앉은 지 10분도 되지 않아 다시 눈앞에 있는 지요코의 언동을 어떤 입장에서 관찰하거나 평가하거나 해석하지 않으면 안 되게 되었다. 그것을 깨달았을 때 나는 심한 불쾌감을 느꼈다. 또 그런 노력을 하기에는 신경이 완전히 지쳐 있다는 것도 깨달았다. 나는 자신이 자신을 거역하여 어쩔 수 없이 마음을 이렇게 움직이는 걸까? 아니면 나는 싫어하는데도 지요코가 억지로 그렇게 움직이도록 하는 걸까? 어느 쪽이든 화가 났다.

"지요짱이 아니라 고이치가 와도 됐을 텐데."

"하지만 제게는 책임이 있잖아요. 이모를 초대한 건 저니까요."


30


"그럼 나도 초대를 받았으니까 데려다달라고 할 걸 그랬군."

"그러니까 사람들이 하는 말을 듣고 좀 더 있었으면 좋았잖아요."

"아니, 그때 말이야. 내가 돌아올 때."

"그러면 간호사 같잖아요. 좋아요, 간호사라도. 따라와줄게요. 왜 그렇게 말하지 않았어요?"

"말해도 거절할 것 같았으니까."

"저야말로 거절당할 것 같았어요, 그렇죠, 이모? 어쩌다 초대에 응했으면서도 아주 언짢은 표정만 짓고 있던걸요. 오라버니, 그건 병 같은 거예요."

"그러니까 지요코가 따라와줬으면 싫었던 거겠지." 어머니가 웃으면서 말했다.

나는 어머니가 돌아오기 바로 한 시간 전까지만 해도 지요코가 올 거라고는 전혀 예상하지 못했다. 지금 새삼스럽게 되풀이할 필요도 없지만, 동시에 나는 어머니가 다카기에 대한 소식을 가져올 거라는 것을 거의 확실한 미래로서 예상하고 있었다. 어머니의 온화한 얼굴이 불안과 실망으로 흐려질 때의 죄스러움도 예상하고 있었다. 나는 지금 그 예상과 완전히 반대되는 결과를 눈앞에서 보았다. 그들은 둘다 평소와 다름없이 친한 이모 조카 사이였다. 그들 각자는 특유의 따뜻함과 시원시원함을 평소와 다름없이 서로에게 또 내게 기분 좋게 더해주었다.

그날 밤은 산보하러 나갈 시간을 아껴서 두 여자와 함께 2층으로 올라가 더위를 식히며 이야기를 나누었다. 나는 어머니가 말한 대로 일곱 가지 풀이 그려진 기후 초롱[24]을 처마 끝에 걸고 그 안에 가느다란 초를 넣고 불을 켰다. 더우니 전등을 끄자고 말한 지요코는 망설

---

24 기후(岐阜)의 특산물로 가는 뼈대에 얇은 종이를 발라 아주 시원해 보이는 느낌을 주는 초롱이다. 여기에 그려진 일곱 가지 풀이란 가을의 대표적인 일곱 가지 화초로 싸리, 나팔꽃(또는 도라지), 참억새, 마타리, 패랭이꽃, 칡, 향등골나무다.

이지 않고 방을 어둡게 했다. 바람은 없고 달은 높이 떠 있었다. 기둥에 기대고 있던 어머니가 가마쿠라가 떠오른다고 말했다. 얼마 전부터 해변에 익숙해진 지요코는, 전차 소리가 들리는 데서 달을 보니 왠지 이상한 기분이 든다고 말했다. 나는 조금 전에 앉았던 그 등의자에 앉아 부채질을 하고 있었다. 사쿠가 아래층에서 두 번쯤 올라왔다. 한 번은 담배합의 불을 바꿔 넣고는 내 발밑에 놓고 갔다. 두 번째는 근처에서 주문한 아이스크림을 쟁반에 담아 가져왔다. 나는 그때마다 마치 계급제도가 엄중한 봉건시대에 태어난 것처럼 비천한 하녀의 위치를 평생의 분수로 알고 있는 사쿠와 어떤 사람 앞에 나서도 레이디로서 행동할 만한 품위를 갖춘 지요코를 비교하지 않을 수 없었다. 지요코는 사쿠가 와도 사쿠가 아닌 다른 여자가 왔을 때와 마찬가지로 아무 신경도 쓰지 않았다. 사쿠는 일단 일어나 계단 옆까지 가서는 내려가기 직전에 반드시 돌아보며 지요코의 뒷모습을 쳐다보았다. 나는 내가 가마쿠라에서 다카기를 옆에서 보며 지낸 이틀간을 떠올리며 생각할 일이 없어서 아무 생각도 안 한다고 말한 사쿠에게 지요코라는 하이칼라한 유독성 재료가 주어진 것을 가엾게 바라보았다.

'다카기는 어떻게 됐을까'라는 물음이 누차 내 입가를 맴돌았다. 하지만 소식에 대한 단순한 흥미 외에 어떤 목적을 가진 불순한 것이 자신을 앞으로 밀어냈기 때문에 그때마다 멀리서 누가 비겁하다고 비난할까 무서워서인지 그만 묻는 것을 떳떳하지 않게 여기게 되었다. 게다가 지요코가 돌아가고 어머니만 남게 되면 다카기에 대한 이야기는 얼마든지 할 수 있으니까, 라는 생각도 했다. 하지만 사실 나는 지요코의 입으로 직접 다카기 이야기를 듣고 싶었다. 그리고 지요코가 다카기를 어떻게 생각하는지, 그것을 확실히 가슴에 담아두고 싶었다.

이는 질투의 작용일까? 만약 이 이야기를 듣는 사람이 질투라고 한다면 나는 거기에 전혀 이견이 없다. 지금의 마음으로 생각해봐도 아무래도 다른 이름을 붙이기는 힘들 것 같다. 그렇다면 내가 그만큼 지요코를 사랑하고 있었던 것일까? 문제가 그렇게 옮겨가면 나도 대답이 궁해질 수밖에 없다. 나는 실제로 지요코에게 맥박이 뛸 만큼 열렬한 사랑을 느끼지 않았기 때문이다. 그러면 나는 남보다 두 배, 세 배나 질투가 심한 셈이 되는데, 어쩌면 그럴지도 모른다. 하지만 좀 더 적절히 평하자면 아마 나는 천성인 제멋대로 된 성격이 원인일 거라고 생각한다. 다만 거기에 한마디 덧붙이고 싶다. 내가 보기에 이미 가마쿠라를 떠난 뒤에도 여전히 다카기에 대한 질투심이 이렇게 불타오른다면 그것은 내 성정에 결함이 있을 뿐 아니라 지요코 자신에게도 무거운 책임이 있는 것이다. 상대가 지요코라서 내 약점이 이렇게까지 짙게 가슴을 물들인 거라고 나는 분명히 말할 수 있다. 그렇다면 지요코의 어떤 부분이 내 인격을 타락시킨 것일까? 그것은 도저히 모르겠다. 어쩌면 그녀의 친절함이 아닐까 하는 생각도 든다.


# 31


지요코는 여느 때와 마찬가지로 스스럼없는 모습이었다. 어떤 문제가 나와도 지요코는 어렵지 않게 말했다. 그것은 필경 마음속으로 아무것도 생각하지 않고 있다는 증거라고만 여겨졌다. 지요코는 가마쿠라로 가고 나서 혼자 수영을 배우기 시작해 지금은 발이 닿지 않는 곳까지 가는 게 즐겁다고 했다. 조심성이 많은 모모요코가 그것을 위험하게 여겨 마치 잘못이라도 비는 듯이 슬픈 목소리로 만류하는 것이 재미있었다고 말했다. 그때 어머니는 걱정스럽기도 하고 질리기도 하다는 표정으로 "아니, 여자가 그렇게 경솔한 짓을 하다니. 앞으로는 이모를 봐서라도 제발 그런 위험한 장난은 그만둬라" 하고 부탁했다. 지요코는 그저 웃으면서 괜찮아요, 하고 대답할 뿐이었는데, 문득 툇마루의 의자에 앉아 있는 나를 돌아보며 이치조 오라버니도 이런 말괄량이는 싫지요, 하고 물었다. 나는 그저 별로 좋아하지는 않아, 하고 말하고 달빛이 구석구석 비치는 바깥을 바라보았다. 만약 내가 자신의 품격을 존중하는 걸 잊었다면 '하지만 다카기 씨는 마음에 들어 하겠지'라는 말을 그 뒤에 붙였을 것이다. 그래도 거기까지 가지 않은 것은 내 체면상 다행스러운 일이다.

지요코는 이처럼 스스럼없었다. 하지만 밤이 이슥하여 어머니가 이제 자자는 말을 꺼낼 때까지 그녀는 다카기에 대해서 끝내 한마디도 하지 않았다. 나는 그것이 명백한 고의라는 것을 알아차렸다. 백지 위에 까만 잉크 한 점이 떨어진 듯한 느낌이었다. 가마쿠라로 가기 전까지는 지요코를 세상의 여성 중에서 가장 순수한 한 사람이라고 믿고 있었던 나는 가마쿠라에서 지낸 단 이틀 동안 처음으로 그녀의 기교[25]를 의심하기 시작했다. 그 의심이 지금에야 비로소 내 가슴에 뿌리를 내리려고 했다.

'왜 다카기 이야기를 안 하는 걸까?'

25 1911년의 「단편(斷片)」에 "○ Art 여자의 언동/연극(아이를 도구로)"라고 되어 있다. 기교(art)는 소세키 특유의 여성관으로 소세키 문학의 어두운 주인공들의 내면을 채색한다. 스나가 이치조에게 지요코의 '언동'은 모두 의심의 대상일 수밖에 없다. 만약 가마쿠라로 초대한 것이 그녀의 '기교'에서 나온 행위라면 자신이 선택할 길은 그것과의 '전쟁', 즉 지요코를 거절하는 것밖에 없다는 인식에 도달한다.

나는 누워서 이렇게 생각하며 고심했다. 동시에 이런 문제에 수면 시간을 빼앗기는 것이 어리석다는 것을 잘 알고 있었다. 그러므로 고심하는 것이 한심해서 더욱 화가 치밀었다. 나는 평소대로 2층에 혼자 누워 있었다. 어머니와 지요코는 아래층 방에 이불을 나란히 펴고 한 모기장 안에 누웠다. 내 바로 밑에서 새근새근 편하게 자고 있을 지요코를 상상하며 결국 이리저리 뒤척이며 잠을 이루지 못하고 괴로워하는 나는 패배한 것이라고 생각하지 않을 수 없었다. 나는 몸을 뒤척이는 것마저 싫었다. 자신이 아직 잠들지 못하고 있다는 약점이 아래층으로 전해지는 것이 지요코의 가슴에 승리의 통지로 전해지는 것을 치욕으로 여겼기 때문이다.

이렇게 같은 문제를 다각도로 생각하고 있는 동안 내게는 같은 그 문제가 여러 가지로 보였다. 다카기의 이름을 입 밖에 내지 않은 것은 전적으로 나에 대한 지요코의 호의에 지나지 않는다. 내 기분을 상하지 않게 하려는 친절한 마음에서 지요코는 일부러 그것만은 삼갔던 것이다. 이렇게 해석하면 가마쿠라에 있었을 때의 나는 그렇게까지 단순한 지요코로 하여금 내 앞에서 다카기라는 이름을 꺼낼 용기를 잃게 할 만큼 불합리하게 언짢은 마음을 드러낸 것이리라. 만약 그렇다면 나는 남의 기분을 상하게 하기 위해 사람들 속으로 들어간 불쾌한 동물이다. 집 안에 틀어박혀 교제를 하지 않는다면 그것으로 충분하다. 하지만 만약 친절을 가장하지 않은 기교가 지요코의 본심이라면……. 나는 기교라는 말을 잘게 나눠 생각했다. 다카기를 미끼로 나를 낚으려는 생각일까? 낚으려는 것은, 최후의 목적도 없으면서 그저 그녀에 대한 내 애정을 일시적으로 자극하며 즐길 생각인 걸까? 아니면 내게 어떤 의미에서 다카기처럼 되라고 말하는 걸까? 그렇게 한다면 나를 사랑할 수 있을 거라는 뜻일까? 아니면 다카기와 내가 싸우는 것을 바라보며 재미있었다고 말할 생각일까? 또는 다카기를 내 눈앞에 드러내놓고 이런 사람이 있으니 얼른 단념하라는 속셈일까?…… 나는 기교라는 두 글자를 끝까지 세분하여 생각했다. 그리고 기교라면 전쟁이라고 생각했다. 전쟁이라면 무슨 일이 있어도 승부를 내야 한다고 생각했다.

나는 잠을 이루지 못하고 패배한 자신을 분하게 생각했다. 전등은 모기장을 칠 때 꺼버려서 방 안에 빈틈없이 퍼져 있는 어둠이 질식할 만큼 답답하게 느껴졌다. 나는 보이지 않는 데서 눈을 뜨고 머리만 굴리는 고통을 견딜 수 없었다. 뒤척이는 것조차 삼가며 참고 있던 나는 벌떡 일어나 방 안을 밝혔다. 내친김에 툇마루로 나가 덧문 한 장을 빼꼼히 열었다. 달이 기운 하늘 아래로는 바람도 불지 않았다. 나는 그저 비교적 서늘한 공기를 피부와 목으로 받았다.


32


이튿날은 평소 혼자 잘 때보다 한 시간 반이나 빨리 눈을 떴다. 바로 일어나 아래층으로 내려가자 이초가에시로 틀어 올린 머리 위에 하얀 바탕의 수건을 쓰고 직사각형 목제 화로의 재를 치우고 있던 사쿠가 어머, 벌써 일어나셨어요, 하면서 세수할 도구를 목욕탕에 놓아주었다. 나는 돌아갈 때 먼지투성이의 거실을 발끝으로 걸어 현관으로 나갔다. 그때 내친김에 두 사람이 자고 있는 방을 모기장 너머로 들여다보니 잠귀가 밝은 어머니도 어제 기차 여행의 피로 탓인지 아직도 조용히 잠에 빠져 있었다. 물론 지요코도 꿈속에 파묻힌 듯 베개에 머리를 얹고 정신없이 자고 있었다. 나는 아무런 목적도 없이 바깥으로 나갔다. 아침 산보의 정취를 오랫동안 잊고 있던 내게는 평소와 다르지 않은 거리의 모습이 더위와 혼잡함에 물들지 않은 안식일처럼 평온해 보였다. 전차 선로가 지면 위로 시퍼렇게 날선 빛을 똑바로 뻗고 있는 것도 차분한 느낌을 주었다. 하지만 나는 산보가 하고 싶어 나온 게 아니었다. 그저 눈이 너무 빨리 떠져 어중간하게 늘어난 생명의 단편을 운동으로 메울 생각으로 걷는 것이라 하늘에서도 땅에서도 거리에서도 별다른 흥미를 발견할 수 없었다.

한 시간쯤 지나 오히려 피곤한 얼굴로 돌아온 나를 어머니와 지요코는 이상히 여겼다. 어머니는 어디에 갔던 거냐고 물었는데, 나중에는 안색이 안 좋아, 무슨 일 있었던 거야, 하고 물었다.

"어제 잠을 잘 자지 못한 거죠?"

나는 지요코의 이 말에 뭐라 대답해야 할지 몰랐다. 사실은 의기양양하게 잘 잤어, 하고 말하고 싶었다. 불행히도 나는 그만큼의 기교가 없었다. 그렇다고 솔직하게 자지 못했다고 고백하기에는 자존심이 너무 강했다. 나는 끝내 아무 대답도 하지 않았다.

세 사람이 한 식탁에서 아침을 마치자마자 어제 어머니가 시원할 때 오라고 부탁해둔 머리 손질해주는 여자가 찾아왔다. 새로 빤 하얀 천을 가슴에 두르고 문지방 너머에 손을 짚은 그녀는 잘 다녀오셨어요, 하고 친근하게 인사했다. 그녀는 이 직업을 가진 여성에게 공통적인 뛰어난 말솜씨를 갖고 있었다. 그 능숙한 말솜씨로 내성적인 어머니에게 틈틈이 피서를 자랑할 만한 기회를 만들어주었다. 어머니는 만족스러워 보이기는 했지만 그렇다고 수다스럽게 떠벌리지는 않았다. 머리 손질해주는 여자는 더욱 효과적인 상대로 바로 나이 어린 지요코를 선택했다. 지요코는 원래 이 사람 저 사람 가리지 않고 한결같이 허물없이 대응할 수 있는 여자라 아가씨라고 불릴 때마다 적당히 응수하며 이야기에 활기를 불어넣었다. 지요코가 헤엄치던 이야기가 나왔을 때 머리 손질해주는 여자는 활발해서 좋네요, 요즘 아가씨들은 다들 수영 연습을 하지요, 하고 누가 들어도 꾸며낸 듯한 겉치레말을 했다.

묘한 말을 하는 것 같아 우습기도 하지만, 사실 나는 여자가 머리 틀어 올리는 걸 보는 걸 좋아한다. 어머니가 부족한 머리를 변통하여 그럭저럭 틀어 올리는 모습은 아무리 잘하는 이가 한다고 해도 그다지 보기 좋은 그림은 아니지만 그래도 무료함을 달래기에는 그런대로 괜찮은 위안거리다. 나는 머리 손질하는 여자의 손이 움직이는 동안 자연스럽게 완성되어가는 어머니의 작은 마루마게를 바라보고 있었다. 그리고 마음속으로 지요코의 머리를 일본식으로 빗으면 꽤 멋질 거라고 생각했다. 지요코의 머리카락은 색이 아름답고 고불거리지도 않으며 긴 데다 숱도 너무 많지 않기 때문이다. 이럴 때 평소의 나라면 아마 지요쨩, 좋은 기회니까 손질해달라고 해, 하고 권했을 것이다. 하지만 지금의 나는 지요코에게 그런 친근한 요구를 하기가 쉽지 않았다. 그런데 우연히도 지요코가 왠지 자기도 머리를 틀어 올려보고 싶다고 말했다. 어머니도 오랜만이니 해보라며 권했다. 머리 손질해주는 여자는 꼭 틀어 올려보세요, 저는 그 머리를 처음 봤을 때부터 속발(束髮)[26]을 하는 건 아깝다고 생각했거든요, 하며 자못 틀어 올려보고 싶다는 듯이 말했다. 지요코는 결국 경대 앞에 앉았다.

"어떤 모양으로 하지?"

머리 손질하는 여자는 시마다[27]를 권했다. 어머니도 같은 의견이었다. 지요코는 긴 머리를 등 뒤로 늘어뜨린 채 돌연 이치조 오라버니, 하고 불렀다.

"오라버니는 어떻게 하는 게 좋아요?"

"도련님도 아마 시마다가 좋다고 하실 거예요."

나는 덜컥했다. 지요코는 아주 태연해 보였다. 일부러 나를 돌아보고 "그럼 시마다로 해서 보여줄까요?" 하며 웃었다. "괜찮겠지" 하고 대답한 내 목소리는 너무나도 둔하게 들렸다.


## 33


나는 지요코의 머리가 완성되기도 전에 2층으로 올라왔다. 나 같은 신경질적인 사람이 트집을 잡게 되면 무관한 사람의 눈에는 거의 어린애 같아 보이는 짓을 굳이 하고 만다. 나는 도중에 경대 옆을 떠나 아름다운 시마다 머리를 한 여자가 남자로부터 강탈하는 탄성의 세금을 물지 않고 피할 생각이었다. 그때의 나는 그만큼 이 여자의 허영심에 알랑거릴 호의를 갖고 있지 않았던 것이다.

나는 자신에 대해 이리저리 꾸며서 좋게 들리도록 이야기하고 싶지

---

26 서양 여성의 머리 모양을 흉내 내어 메이지 시대에 상류계급의 여성들 사이에 등장한 머리 모양. 메이지 30년대 무렵 여배우인 가와카미 사다얏코(川上貞奴)가 처음으로 한 이래 다이쇼 초기에 걸쳐 유행했으며 여학생들이 많이 한 데서 속발의 한 형태인 히사시가미(庇髮)는 여학생의 이칭이 되기도 했다.

27 시마다마게(島田髷)의 준말. 주로 미혼 여성이나 신부가 하는 것으로 일본의 대표적인 머리 모양이다. 지요코는 서양식 '속발'에서 '시마다마게'로 머리 모양을 바꾼 것이다.

는 않다. 하지만 나 같은 사람도 직사각형의 목제 화로 옆에서 생기는 이런 전술보다는 좀 더 고상한 문제에 머리를 쓸 수 있다고 생각한다. 다만 거기까지 전락하게 되면 벗어날 마음을 먹지 못하는 것이 내 약점이다. 나는 그게 얼마나 시시한지를 잘 알고 있었던 만큼 굳이 그렇게 하는 스스로를 미워하고 채찍질했다.

　나는 비열함과 마찬가지로 허세를 싫어하는 사람이라 아무리 낮고 작아도 자신을 자신답게 이야기하는 것을 명예라고 믿고 가능한 한 감추지 않는다. 하지만 세상에서 인정하는 훌륭한 사람이나 높은 사람은 모두 목제 화로나 부엌에서 일어나는 인생의 갈등을 초월하고 있는 것일까? 나는 이제 막 학교를 졸업한 경험밖에 없는 풋내기에 지나지 않지만 내 지력과 상상에 호소하여 생각한 바로는 아마도 그런 훌륭한 사람과 높은 사람은 어떤 세상에도 존재하지 않는 게 아닐까 싶다. 나는 마쓰모토 외삼촌을 존경한다. 하지만 노골적으로 말하자면 그 외삼촌 같은 사람은 훌륭해 보이는 사람, 높게 보이려는 사람이라고 평하면 그것으로 족하다고 생각한다. 나는 내가 경애하는 외삼촌에 대해서는 가짜나 위조품이라는 이름을 붙이는 무례와 편견을 피하고 싶다. 하지만 사실 마쓰모토 외삼촌은 세속에 구애받지 않은 얼굴을 하면서도 마음속으로는 구애받고 있다. 사소한 일에 안달하지 않는 것처럼 팔짱을 끼고 있지만 머릿속으로는 안달하고 있다. 겉으로 드러내지 않는 것만으로도 보통 사람보다 품위가 있다고 나는 찬사를 보내고 싶다. 그리고 겉으로 드러내지 않는 것은 재산, 나이, 학문, 식견, 수양 덕분이다. 하지만 마지막으로 그와 그의 가정이 적당히 균형을 잡고 있기 때문이기도 하고 그와 사회의 관계가 거꾸로 된 것 같아도 사실은 순조롭기 때문이기도 하다. ……이야기가 그만 옆길로 새고 말았다. 내가 좀스럽게 굴었던 것을 너무 길게 변호했는지도 모르겠다.

나는 앞에서 말한 대로 얼른 2층으로 올라와버렸다. 2층은 해가 가까워 아래층보다 훨씬 더위를 견디기 힘들지만 평소에도 늘 있었던 탓에 나는 하루의 대부분을 이곳에서 지냈다. 나는 여느 때와 마찬가지로 책상 앞에 앉아 그저 턱을 괴고 멍하니 있었다. 오늘 아침 담뱃재를 비운 마졸리카<sup>28</sup> 재떨이가 말끔히 닦여져 내 팔꿈치 앞에 놓여 있는 것을 보고 나는 그 안에 그려진 거위 두 마리를 바라보면서 그 재를 비우던 사쿠의 손을 머릿속에 그려보았다. 그러자 아래층에서 계단을 밟는 소리가 들리고 누군가 올라왔다. 나는 그 발소리를 듣자마자 곧바로 사쿠가 아니라는 것을 알았다. 나는 이렇게 지겨워하며 멍하니 있는 모습을 지요코에게 보이는 것을 굴욕이라고 생각했다. 동시에 옆에 있던 책을 펴고 조금 전부터 읽고 있던 척을 할 만큼 약삭빠른 임기응변도 좋아하지 않았다.

"머리 틀어 올렸으니까 봐줘요."

이렇게 말하며 바로 내 앞에 앉는 그녀를 보았다.

"이상하죠? 오랫동안 올리지 않아서요."

"아주 예쁘게 됐는데. 앞으로는 항상 시마다로 하면 되겠어."

"두세 번 풀었다가 틀고 풀었다가 틀고 하지 않으면 안 돼요. 머리카락이 길들지가 않아서요."

이런 것을 묻고 답하기를 서너 번 되풀이하는 중에 나는 어느새 옛날과 마찬가지로 아름답고 유순하며 악의 없는 지요코를 눈앞에서 보

---

28 중세 말기 이후 이탈리아에서 만들어진 화려하게 채색된 도기. 여기서는 그것을 모방한 도기를 말한다.

는 것 같은 기분이 들었다. 내 마음이 어쩌다가 부드러워진 걸까, 나에 대한 지요코의 태도가 어딘가에서 방향을 바꾼 걸까, 그건 확실히 말하기 힘들다. 이러이러하다고 설명할 수 있는 실마리는 양쪽에 없었던 것으로 기억한다. 만약 이렇게 마음 편한 상태가 한두 시간만 더 이어졌다면 어쩌면 지요코에 대해 내가 품고 있던 이상한 의혹을 과거로 거슬러 올라가 당초부터 똑바로 검은 줄을 긋고 오해라는 이름으로 지워버릴 수 있었을지도 모른다. 그런데 나는 그만 졸렬한 짓을 하고 말았다.

## 34

그건 다른 게 아니다. 잠시 지요코와 이야기를 나누는 중에 그녀가 단순히 머리를 보여주러 올라온 게 아니라 이제 가마쿠라로 돌아가야 해서 인사를 하러 잠깐 얼굴을 비쳤다는 것을 알았을 때 나는 그만 준비가 부족한 실수를 저지른 것이다. "빠르구나. 벌써 돌아가는 거야?" 내가 말했다.

"빠르지는 않아요. 벌써 하룻밤을 잤으니까요. 하지만 이런 머리를 하고 돌아가는 게 어쩐지 우스워요. 시집이라도 가는 것 같잖아요." 지요코가 말했다.

"다들 아직도 가마쿠라에 있는 거야?" 내가 물었다.

"네. 그건 왜요?" 지요코가 되물었다.

"다카기 씨도?" 내가 다시 물었다.

다카기라는 이름은 지금까지 지요코도 입에 담지 않고 나도 화제에 올리는 것을 일부러 피하고 있었다. 하지만 어쩌다가 평소처럼 마음을 터놓고 거리낌 없는 기분이 되살아났고 그 안으로 끌려 들어가려는 참에 그만 무심코 말해버린 것이다. 나는 얼떨결에 이렇게 묻고는 지요코의 얼굴을 봤을 때 금세 후회했다.

내가 미적지근하고 또 융통성이 없는 남자로서 지요코에게 일종의 경멸을 받고 있다는 것은 진작에 말한 대로다. 사실 우리 두 사람의 교제는 서로 그것을 묵인한 상태에서의 친밀한 관계에 지나지 않았다. 그 대신 나는 다행히도 지요코가 늘 경외하는 점을 딱 하나 갖고 있었다. 과묵함이다. 지요코처럼 모든 것을 다 드러내놓고 속을 보여주지 않으면 성에 차지 않는 사람이 보면 늘 뚱한 태도를 보이는 나 같은 사람은 결코 마음에 들 리 없겠지만, 거기에서는 또 꿰뚫어 볼 수 없는 묘한 마음의 존재가 희미하게 보여서 그녀는 옛날부터 나를 완전히 간파할 수 없었고, 따라서 경멸하면서도 어딘가 무서운 구석을 가진 남자로서 어떤 의미에서 존경하고 있었던 것이다. 이는 공공연하게 말하지는 않지만 지요코도 마음속 깊이 정식으로 인정하고 있고 나도 부지불식간에 그녀로부터 내 권리로 요구하고 있던 사실이다.

그런데 우연히 다카기라는 이름을 입에 담았을 때 나는 금세 이 존경을 영원히 지요코로부터 빼앗긴 것 같은 기분이 들었다. 왜냐하면 '다카기 씨도?' 하는 내 물음을 들은 지요코의 표정이 갑자기 변했기 때문이다. 나는 그것을 꼭 승리의 표정이라고는 인정하고 싶지 않다. 하지만 지요코의 눈 속에서 일찍이 내가 그녀에게서 본 적이 없는 일종의 경멸이 빛나고 있었던 것만은 틀림없는 사실이다. 나는 예기치 않은 순간에 손바닥으로 힘껏 따귀라도 맞은 사람처럼 딱 멈추었다.

"오라버니는 그렇게까지 다카기 씨가 마음에 걸려요?"

지요코는 이렇게 말하고 내가 두 손으로 귀를 막고 싶을 만큼 큰 소리로 웃었다. 나는 그때 심한 모욕감을 느꼈다. 하지만 그 순간 아무런 대답도 할 수 없었다.

"오라버니는 비겁해요." 지요코가 이어서 말했다. 이 갑작스러운 형용사에도 나는 깜짝 놀랐다. 나는 너야말로 비겁해, 부르지 않아도 되는 곳에 일부러 사람을 불러놓고 말이야, 하고 말하고 싶었다. 하지만 연약한 여자에게 상대와 같은 정도의 심한 말을 하는 것은 아직 너무 이르다고 생각하며 참았다. 지요코도 그대로 입을 다물었다. 나는 간신히 "왜?" 하는 한마디 질문을 했다. 그러자 지요코의 짙은 눈썹이 움직였다. 지요코는 내가 비겁하다는 의미를 충분히 알고 있으면서도 어쩌다 남의 지적을 받자 상대에게 자신의 약점을 감추기 위해 얼버무리며 시치미를 떼는 것이라고 내 물음을 해석한 모양이었다.

"왜라뇨, 오라버니도 잘 알고 있잖아요?"

"모르니까 말해줘." 내가 말했다. 나는 아래층에 어머니가 계시고 또 감정에 호소하는 젊은 여자의 기질도 잘 알고 있다고 생각했기 때문에 되도록 상대의 긴장을 늦추고 대화를 진정시키기 위해, 그때의 나로서는 거의 무리일 정도로 나직하고 느슨한 태도를 취했던 것인데, 그것이 오히려 지요코의 마음에 들지 않았던 모양이다.

"그걸 모르면 오라버니는 바보예요."

나는 아마 평소보다 얼굴이 창백했을 것이다. 나는 그저 가만히 지요코를 응시했던 일만을 기억하고 있다. 그때 아무것도 두려워하지 않는 지요코의 눈이 내 시선과 말없이 교차하며 서로 잠시 그곳에 멈춰 서 있었던 일도 기억하고 있다.

## 35

"지요짱처럼 활발한 사람이 보면 나처럼 소극적인 사람은 물론 비겁하겠지. 나는 생각한 것을 곧장 입 밖에 내거나 그대로 행동으로 옮길 용기가 없는 아주 결단력이 부족한 사람이니까. 그런 점에서 비겁하다고 한다면 그런 말을 들어도 어쩔 수 없지만……."

"그런 걸 누가 비겁하다고 한대요?"

"하지만 경멸하고 있기는 하겠지. 나는 다 알고 있어."

"오라버니야말로 저를 경멸하고 있는 거 아니에요? 제가 훨씬 더 잘 알고 있어요."

나는 특히 지요코의 이 말을 긍정할 필요를 인정할 수 없어서 일부러 대답을 삼갔다.

"오라버니는 저를 학문도 없고 이치도 모르는 아주 하찮은 여자라고 생각하고 마음속으로 완전히 바보로 취급하고 있어요."

"그건 네가 나를 꾸물대고 결단력이 없는 사람이라고 업신여기는 것과 같은 거야. 나는 너한테 비겁하다는 말을 들어도 상관없다고 생각하지만 적어도 도덕적인 의미에서 비겁하다고 한다면 그건 네가 잘못 생각한 거야. 나는 적어도 너와 관계된 일에 대해 도덕적으로 비겁한 행동을 한 기억이 없다고 생각해. 굼뜨다거나 미적지근하다고 해야 할 것을 비겁하다고 말하면 왠지 도의적인 용기를 결여한, 아니 도덕상의 의무를 이해하지 못하는 비열한 사람인 것처럼 들려서 아주 기분이 나쁘니까 정정해줬으면 좋겠어. 아니면 지금 말한 의미에서 내가 너한테 미안한 일이라도 했다면 솔직히 말해주고."

"그럼 비겁하다는 말의 의미를 말해줄게요" 하며 지요코는 울기 시작했다. 나는 지금까지 지요코를 나보다 강한 여자로 알고 있었다. 하지만 지요코의 강함은 단지 한결같이 부드러운 데서 나온 여자의 마음이 굳어진 것이라고만 해석하고 있었다. 그런데 지금 내 앞에 보이는 지요코는 그저 지기 싫어하는 마음만 가득 찬, 세상에 흔해빠진 속된 여성으로밖에 보이지 않았다. 나는 마음을 움직일 것도 없이 지요코의 눈물 사이로 어떤 설명이 나올지 기다리고 있었다. 지요코의 입술에서 새어 나올 말은 자신의 체면을 지킬 강변 외에 아무것도 없을 거라고 굳게 믿고 있었기 때문이다. 지요코는 젖은 속눈썹을 두세 번 깜박였다.

"오라버니는 저를 말괄량이 바보라고 생각하고 늘 냉소만 하고 있어요. 오라버니는 저를…… 사랑하고 있지 않아요. 그러니까 오라버니는 저하고 결혼할 생각이……."

"그거야 너도……."

"좀 들어보세요. 그건 피차일반이라는 거죠? 그렇다면 그걸로 좋아요. 뭐 받아달라고 말하지는 않겠어요. 하지만 왜 사랑하지도 않고 아내로 맞이할 생각도 없는 저한테……."

지요코는 여기서 갑자기 말이 막혀 우물거렸다. 어리석고 둔한 나는 그 뒤에 무슨 말이 나올지 아직 알아차릴 수가 없었다. "너한테 뭐?" 하며 반쯤 재촉하듯이 물었다. 지요코는 돌연 뭔가를 뚫고 나온 것처럼 "왜 질투하는 거예요?" 하고 잘라 말하고는 전보다 격렬하게 울기 시작했다. 나는 양쪽 볼에서 얼굴로 피가 확 오를 때와 같은 열기를 느꼈다. 지요코는 거의 그것에는 신경도 쓰지 않는 것처럼 보였다.

"오라버니는 비겁해요, 도의적으로 비겁해요. 제가 이모님하고 오라버니를 가마쿠라로 초대한 의도조차 의심하고 있어요. 그것부터가 비겁한 거예요. 하지만 그건 문제도 아니에요. 오라버니는 남의 초대에 응했으면서 왜 평소처럼 유쾌하게 있어줄 수 없는 건가요? 저는 오라버니를 초대했으니까 창피를 당한 거나 마찬가지예요. 오라버니는 우리 집 손님에게 모욕을 줬고, 결과적으로 저한테도 모욕을 준 거예요."

"모욕을 준 기억은 없어."

"있어요. 말이나 행동은 아무래도 상관없어요. 오라버니의 태도가 모욕을 준 거예요. 태도가 주지 않아도 오라버니의 마음이 준 거예요."

"나는 그런 주제넘은 비난을 들을 의무가 없어."

"남자는 비겁하니까 그렇게 구차한 대답을 할 수 있는 거예요. 다카기 씨는 신사라서 얼마든지 오라버니를 받아들일 아량이 있지만 오라버니는 절대 다카기 씨를 받아들일 수 없어요. 비겁하니까요."

# 마쓰모토의 이야기[1]

## 1

그 후 이치조와 지요코 사이가 어떻게 되었는지 나는 모른다. 특별히 어떻게 되지도 않았을 것이다. 적어도 옆에서 보고 있으면 두 사람의 관계는 옛날부터 오늘에 이르기까지 전혀 변하지 않은 것 같다. 두 사람한테 물으면 이런저런 말을 하겠지만 그건 그때의 기분에 따라 천연덕스럽게 앞뒤도 안 맞는 거짓말을 영원한 가치라도 있는 것처럼 이야기한다고 생각하면 틀림없을 것이다. 나는 그렇게 믿고 있다.

그 사건이라면 그 당시에 나도 들었다. 그것도 양쪽에서 들었다. 그건 오해도 뭐도 아니다. 양쪽에서 그렇게 믿고 있으니까, 그리고 양쪽다 그렇게 믿는 것도 무리는 아니니까 아주 당연한 충돌이라고 해야 할 것이다. 따라서 부부가 되든 친구로 지내든 그 충돌만은 도저히 피

---

1 이 장은 마쓰모토가 게이타로에게 스나가 이치조에 대해 언급하는 형식이다. 언제, 어디서, 어떤 정황에서 마쓰모토의 이야기가 전개되는지는 분명하지 않다.

할 수 없는, 뭐 두 사람이 갖고 태어난 업보라고 볼 수밖에 없을 것이다. 그런데 불행히도 두 사람은 어떤 의미에서 밀접하게 끌리고 있다. 게다가 그렇게 끌리는 방식이 또 다른 사람이 어떻게 할 권위도 없는 숙명의 힘에 지배당하고 있으니 무시무시한 거다. 점잖은 경구를 쓴다면 그들은 헤어지기 위해 만나고 만나기 위해 헤어진다는 식의 가엾은 한 쌍이다. 이렇게 말하면 자네가 이해할지 모르겠지만, 그들이 부부가 되면 불행을 낳을 목적으로 부부가 된 것이나 마찬가지 결과에 빠질 거고 또 부부가 되지 않으면 불행을 이어갈 마음으로 부부가 되지 않는 것이나 마찬가지라는 불만을 느낄 것이다. 그러니까 두 사람의 운명은 그저 흘러가는 대로 맡겨두고 자연의 힘으로 직접 발전해가게 두는 것이 상책일 거라고 생각한다. 자네나 내가 이것저것 쓸데없이 도와주려고 애쓰는 것은 오히려 당사자들에게 좋지 않을 것이다. 알다시피 나는 이치조도 지요코도 남이 아니다. 특히 이치조의 어머니에게서는 지금까지 두 사람의 처지에 대해 부탁을 받거나 의논을 받은 적도 여러 차례 있다. 하지만 하늘의 솜씨로도 제대로 안 되는 일을 어떻게 내 힘으로 해결할 수 있겠는가? 다시 말해 스나가 누님은 무리한 꿈을 자기 혼자 꾸고 있는 것이다.

스나가 누님도 다구치 누님도 나와 이치조의 성격이 너무 닮아서 놀란다. 나 자신도 친척 중에서 그런 괴짜가 어떻게 둘씩이나 나왔는지를 생각하면 신기할 따름이다. 스나가 누님은 이치조가 지금 그렇게 된 것은 완전히 내게서 감화를 받은 결과라고 생각하는 모양이다. 누님 마음에 들지 않는 점을 나는 얼마든지 갖고 있는데 그중에서도 그녀를 가장 불쾌하게 하는 것은 어리석은 내가 조카한테 끼쳤다고 생각하는 그 나쁜 영향이다. 오늘까지 이치조를 대해온 내 태도를 돌아보면 그 비난이 지당하다고 수긍한다. 그 때문에 이치조를 다구치 집 안에서 멀어지게 했다는 불평도 더불어 인정해도 상관없다. 다만 두 누님이 나와 이치조를 같은 틀에서 나온 편벽한 사람이라고 간주하고 우리에게 똑같이 눈살을 찌푸리는 것은 틀림없이 잘못된 일이다.

이치조는 세상과 접촉할 때마다 안으로 몸을 사리는 성격이다. 그러므로 하나의 자극을 받으면 그 자극이 차례로 회전하여 점점 깊고 촘촘하게 마음속으로 파고든다. 그리고 어디까지 파고들어도 한계를 모르는 똑같은 작용이 연속되어 그를 괴롭힌다. 끝내는 어떻게든 그 내면의 활동에서 벗어나고 싶다고 간절히 바랄 만큼 괴로워하지만 자신의 힘으로는 어떻게 해볼 도리가 없는 저주처럼 끌려간다. 그리고 언젠가 그 노력 때문에 쓰러질 수밖에 없다, 혼자 쓰러질 수밖에 없다는 두려움을 안게 된다. 그리하여 미치광이처럼 지쳐간다. 이것이 이치조에게는 생명의 근간에 가로놓인 일대 불행이다. 이 불행을 행복으로 바꾸기 위해서는 안으로, 안으로만 향하는 생명의 방향을 거꾸로 돌려 밖으로 몸을 사리게 하는 수밖에 없다. 바깥에 있는 사물을 머리로 옮기기 위해서는 눈을 사용하는 대신 밖에 있는 사물을 머리로 바라본다는 심정으로 눈을 사용하지 않으면 안 된다. 세상에 단 한 사람이라도 좋으니 자신의 마음을 빼앗는 훌륭한 사람이나 아름다운 사람이나 자상한 사람을 찾아내지 않으면 안 된다. 한마디로 말하면 좀 더 변덕스러워지지 않으면 안 되는 것이다. 처음에 이치조는 변덕스러움을 경멸하려고 했다. 지금은 그 변덕스러움을 갈망하고 있다. 이치조는 자신의 행복을 위해 어떻게든 경망스럽고 경박한 재주꾼이 되고 싶다고 진심으로 신에게 빌었다. 이치조는 경박하게 들뜰 수 있는 것 외에 자신을 구할 길이 세상에 하나도 없다는 것을, 내가 충고

하기 전에 이미 알고 있었다. 하지만 아직도 실행하지 못하고 발버둥 치고 있을 뿐이다.

2

나는 이치조를 이렇게 만든 책임자로서 친척들로부터 은근히 원망을 받고 있는데, 나 자신도 그 점에 대해서는 뒤가 켕기는 데가 많기에 어쩔 수가 없다. 다시 말해 나는 성격에 걸맞게 사람을 이끄는 기술을 터득하지 못한 것이다. 그저 내 취향을 이치조에게 전할 수 있을 만큼 전하면 그것으로 족하다는 무분별함으로 젊은이의 유연한 정신을 멋대로 움직여온 것이 모든 일의 화근이 된 듯하다. 내가 그 잘못을 깨달은 것은 이삼 년 전이다. 하지만 깨달았을 때는 이미 늦었다. 나는 그저 어떻게 해볼 수도 없이 팔짱을 긴 채 속으로 탄식할 따름이었다.

사실을 한마디로 말하면 내가 지금 하고 있는 생활은 내게 가장 적합하지만 이치조에게는 결코 적합하지 않다. 나는 원래부터 마음이 쉽게 변하게 생겨먹었는데, 아주 값싼 비평을 하자면, 타고난 변덕쟁이에 지나지 않는다. 내 마음은 끊임없이 밖을 향해 흐르고 있다. 따라서 외부의 자극에 따라 어떻게도 될 수 있다. 이렇게만 말하면 잘 납득이 안 될지도 모르겠지만, 이치조는 기존 사회를 교육하기 위해 태어난 사람이고, 나는 통속적인 세상으로부터 교육받기 위해 나온 사람이다. 내가 이만큼 나이를 먹고도 아직까지 무척 젊은 구석이 있는 것과는 반대로 이치조는 고등학교 시절부터 이미 노숙했다. 이치조는 사회를 생각할 재료로 삼지만 나는 자진해서 사회로 갈아탈 뿐이다. 거기에 이치조의 장점이 있고 아울러 그의 불행이 숨어 있다. 거기에 내 단점이 있고 또 내 행복이 깃들어 있다. 나는 다도를 하면 마음이 고요해지고 골동품을 만지작거리면 예스러운 기분에 젖는다. 그 외에 요세, 연극, 스모를 보면 늘 그때에 어울리는 기분이 될 수 있다. 그 결과 눈앞의 사물에 지나치게 마음을 빼앗기기에 자연히 자기 자신이 없다는 공허한 느낌을 받을 수밖에 없다. 그러므로 이렇게 초연한 생활을 하며 굳이 자아를 내세우려 하는 것이다. 그런데 이치조는 당초부터 자아 외에 어떤 것도 갖고 있지 않다. 이치조의 결점을 보완하는, 아니 그의 불행을 줄이는 생활의 경로는 그저 안으로 숨어들지 않고 외부에 응하는 것 외에 방법이 없다. 그런데도 이치조를 행복하게 할 수 있는 유일한 방책을 나는 그에게서 간접적으로 빼앗고 말았다. 친척들이 원망하는 것도 당연하다. 나는 그나마 본인이 원망하지 않는 것을 다행이라 여길 정도다.

지금으로부터 1년 전쯤의 이야기일 것이다. 여하튼 이치조가 아직 학교를 졸업하기 전의 이야기인데, 어느 날 우연히 찾아와서 잠깐 인사를 하고는 그길로 어디론가 가버린 일이 있다. 그때 나는 어떤 사람의 부탁을 받고 서재에서 일본 꽃꽂이의 역사를 조사하고 있었다. 나는 조사하는 데 정신이 팔려 이치조가 얼굴을 내밀었을 때 왔어, 하며 돌아보기만 했는데, 그래도 그의 혈색이 좋지 않은 게 걱정되어 하던 일을 마무리하자마자 그를 찾으러 서재에서 나왔다. 이치조는 아내와도 사이가 좋으니 어쩌면 거실에서 이야기라도 하고 있을 줄 알았는데 어디에도 그의 모습이 보이지 않았다. 아내에게 물어보니 아이들 방에 있을 거라고 해서 툇마루를 따라 가서 문을 열었더니 이치조가 사키코의 책상 앞에 앉아 여성지의 권두에 실려 있는 미인의 사진을 보고 있었다. 그때 이치조는 나를 돌아보며 지금 이런 미인을 발견하고 10분쯤 전부터 보고 있는 중이라고 말했다. 이치조는 그 얼굴이 눈앞에 있는 동안에는 머릿속의 고통을 잊고 저절로 유쾌해진다는 것이다. 나는 재빨리 어디 사는 어떤 아가씨냐고 물었다. 그러자 신기하게도 이치조는 사진 밑에 쓰여 있는 여자의 이름을 아직 보지 않은 상태였다. 나는 그에게 멍청하기는, 하고 말했다. 그만큼 마음에 든 얼굴이라면 왜 이름부터 먼저 기억해두지 않은 거냐고 물었다. 때와 경우에 따라서는 아내로 맞이하는 것도 불가능하지 않다고 생각했기 때문이다. 그런데도 이치조는 또 무슨 필요가 있다고 이름이나 주소를 기억하느냐고 말하는 듯한 눈빛으로 내 충고를 이상하게 여겼다.

요컨대 나는 사진을 어디까지나 실물을 대표하는 것으로 바라보았고 이치조는 사진을 사진 자체로 바라보았던 것이다. 만약 사진 뒷면에 진짜 주소나 신분, 교육, 성격 같은 것을 써 넣어 종이 위의 초상을 실감나게 하려고 했다면 이치조는 오히려 마음에 든 그 얼굴까지 다 내버렸을지도 모른다. 이것이 이치조와 내가 근본적으로 다른 점이다.


3


이치조가 졸업하기 두세 달 전, 그러니까 작년 4월경이었을 것이다. 이치조의 어머니는 내게 그의 결혼과 관련하여 전에 없이 긴 시간 동안 의논을 했다. 누님의 뜻은 물론 다구치의 큰딸을 이치조의 아내로 맞이하고 싶다는 단순하면서도 완고한 것이었다. 나는 여자에게 이론을 말하는 걸 남자의 수치로 여기는 버릇이 있어서 어려운 이야기는 가능한 한 삼갔지만 아무튼 이런 문제에 대해 되도록 본인의 의사를 허락하지 않는 것은 부모의 의무에 반하는 것이나 마찬가지라는 의미의 말을, 옛날풍인 그녀가 납득할 수 있도록 알기 쉽게 설명했다. 누님은 알다시피 아주 온화한 여자지만, 막상 중요한 순간에는 여성에게 공통적인 특성인 똑같은 의견을 거리낌 없이 몇 번이고 되풀이하는 경향을 남들 이상으로 갖고 있다. 나는 그녀의 집요함을 미워하기보다는 너무 끈기가 좋은 점에 오히려 묘한 연민을 느꼈다. 그래서 지금 친척들 중에 이치조가 존경하는 사람은 나밖에 없으니 아무튼 한번 불러서 차분히 이야기해보지 않겠느냐는 그녀의 청을 흔쾌히 받아들였다.

내가 그 목적을 달성하기 위해 이치조와 이 방에서 만난 것은 그로부터 나흘째 되는 일요일 아침이었다고 기억한다. 졸업시험을 코앞에 둔 바쁜 시기였던 이치조는 자리에 앉아 시험 같은 건 어떻게 되든 상관없다며 쓴웃음을 지었다. 이치조의 설명에 따르면 진작 그 이야기는 그의 어머니로부터 몇 번이나 들었는데 그때마다 확답을 미뤄온 진부한 것이었다. 다만 그것에 대한 이치조의 태도는 문제의 진부함과는 반비례하게 굉장히 절실해 보였다. 이치조는 최근에 어머니로부터 설득을 당했을 때 졸업하고 나서 어떻게든 해결할 테니까 그때까지 기다려달라고 부탁해두었다고 했다. 그런데 시험도 마치기 전에 내가 불렀기 때문에 다소 귀찮아 보였을 뿐 아니라 늙은이는 성미가 급해 곤란하다는 말까지 해가며 호소했다. 나도 지당한 말이라고 생각했다.

내 추측으로는 그가 학교를 졸업할 때까지 이래저래 확답을 미룬

것은 조만간 지요코의 혼담이 자기보다 적당한 후보자로 정해질 것임에 틀림없다고 판단하고 직접적으로 어머니를 실망시키는 대신 주위의 사정이 어머니의 뜻을 뒤집도록 자연스럽게 그녀를 압박해오기를 기다리는 일종의 도피 수단에 지나지 않은 것이었다. 나는 이치조에게 그렇지 않느냐고 물었다. 이치조는 그렇다고 대답했다. 나는 이치조에게 어떻게든 어머니를 만족시킬 생각은 없느냐고 물었다. 이치조는 무슨 일이든 어머니를 만족시키고 싶은 마음은 굴뚝같다고 대답했다. 하지만 지요코를 아내로 맞이하겠다는 말은 결코 하지 않았다. 오기로 지요코를 아내로 맞이하지 않는 거냐고 물었더니 어쩌면 그럴지도 모르겠다고 잘라 말했다. 만약 다구치가 딸을 데려가도 좋다고 하고 지요코가 시집을 가도 좋다고 말한다면 어쩌냐고 확인했더니 이치조는 대답을 하지 않고 묵묵히 내 얼굴만 쳐다봤다. 그의 얼굴을 보니 결코 이야기를 이어갈 마음이 들지 않았다. 두려움이라고 하면 과장일 것이고 동정이라고 하면 너무 처량하게 들릴 것이니 그 얼굴에서 받은 느낌을 뭐라 해야 좋을지 모르겠지만 영원히 상대를 단념해야 하는 절망에다 어떤 매서움과 다정함을 더한 특이한 표정이었다.

이치조는 잠시 후 사람들이 왜 자신을 그렇게 싫어하는 건지 모르겠다고 돌연 의외의 말을 했다. 나는 뜻밖의 말인 데다 평소의 이치조에게 어울리지 않는 말이라 깜짝 놀랐다. 왜 그런 푸념을 하느냐고 나무라듯이 되물었다.

"푸념이 아니에요. 사실이니까 하는 말입니다."

"그럼 누가 널 싫어하는데?"

"실제로 그렇게 말하는 외삼촌부터 저를 싫어하는 거 아닌가요?"

나는 다시 깜짝 놀랐다. 너무 이상해서 두세 차례 입씨름을 한 끝에 추측해보니 내가 이치조 특유의 표정에 지배당해 이야기를 더 이상 진행시키지 않고 멈췄을 때의 태도를 완전히 그에 대한 혐오감에서 나온 것이라고 받아들인 것 같았다. 나는 열심히 오해를 풀려고 했다.

"내가 널 미워할 필요가 어디 있겠어? 어렸을 때부터의 관계로도 알 수 있는 거잖아? 바보 같은 소리 하지 마라."

이치조는 꾸중을 듣고 격해진 모습도 없이 점점 더 창백해진 얼굴로 나를 응시했다. 나는 도깨비불 앞에 앉아 있는 듯한 기분이었다.

4

"난 네 외삼촌이야. 어느 나라에 조카를 미워하는 외삼촌이 있겠어?"

이치조는 이 말을 듣자마자 순간적으로 얇은 입술을 실룩이며 쓸쓸하게 웃었다. 나는 그 쓸쓸함 뒤로 깊은 경멸의 빛을 보았다. 고백하건대 이치조는 이해력이라는 면에서 나보다 뛰어난 두뇌의 소유자다. 나는 그걸 잘 알고 있다. 그러므로 이치조와 만날 때는 그로부터 바보취급을 당할 만한 어리석음이 가능한 한 겉으로 드러나지 않도록 조심하는 것을 게을리하지 않았다. 하지만 때로는 연장자의 교만한 마음에서 그만 친근감이 강한 이치조를 얕보고는 천박한 줄 알면서도 그 자리에서뿐인 무의미한 거드름을 피우며 훈계할 때도 없지는 않았다. 영리한 이치조는 내게 창피를 주려고 자신의 우월함을 이용할 만큼 품위를 잃는 행동을 하지 않았지만, 나는 그때마다 그에 대한 내시세가 하락해가는 듯한 굴욕을 느끼곤 했다. 나는 바로 자신의 말을 정정했다.

"그야 세상은 넓으니까 원수 같은 부모 자식도 있을 거고 서로 죽이는 부부도 없지 않겠지. 하지만 일반적으로 말하면 형제라든가 외삼촌이나 조카라는 이름으로 이어진 이상 그만큼의 친밀함은 어딘가에 있지 않겠어? 너는 상당한 교육도 받았고 또 그만한 머리도 있으면서 왠지 묘하게 비뚤어진 데가 있거든. 그게 네 약점이야. 반드시 고쳐야 해. 옆에서 봐도 불쾌하거든."

"그래서 외삼촌까지 싫어한다고 한 겁니다."

나는 대답이 궁했다. 스스로 알아채지 못한 자신의 모순을 지금 이치조에게서 지적받았다는 기분도 들었다.

"비뚤어진 것만 싹 버린다면 아무것도 아닌 거잖아?" 나는 자못 아무렇지 않다는 듯이 말하고 물러섰다.

"저한테 비뚤어진 데가 있나요?" 이치조가 차분히 물었다.

"있어." 나는 생각도 하지 않고 대답했다.

"어떤 점이 비뚤어진 건가요? 확실히 말해주세요."

"어떤 점이라니, ……있어. 있으니까 있다고 하는 거야."

"그럼 그런 약점이 있다고 치고, 대체 그 약점은 어디서 나온 걸까요?"

"그야 네 일이니까 네가 생각해봐야겠지."

"불친절하네요." 이치조가 과감하게 침통한 어조로 말했다. 나는 일단 그 어조에 당황했다. 다음으로 이치조의 안색을 보고 위축되고 말았다. 그 눈은 너무나도 원망스럽다는 듯이 내 눈을 응시하고 있었다. 나는 그 앞에서 한마디도 대꾸할 용기를 낼 수 없었다.

"저는 외삼촌한테서 듣기 전부터 생각하고 있었어요. 말할 것도 없이 제 일이니까 생각했던 거죠. 가르쳐준 사람이 아무도 없으니까 혼자 생각했던 겁니다. 저는 매일 밤낮으로 생각했어요. 너무 생각을 많이 해서 머리도 몸도 따라올 수 없을 때까지 생각했어요. 그래도 모르겠어서 외삼촌한테 물었던 겁니다. 외삼촌은 자기 입으로 제 외삼촌이라고 분명히 말합니다. 그래서 외삼촌이니까 남보다 친절하다고 하시죠. 하지만 지금 그 말은 외삼촌의 입에서 나왔는데도 제게는 남보다 냉정한 말로만 들립니다."

나는 뺨을 타고 흐르는 이치조의 눈물을 보았다. 어렸을 때부터 정이 들어 지금까지 친하게 지낸 이치조와 나 사이에 이런 광경은 여태한 번도 일어나지 않았다는 것을 나는 자네에게 분명히 말해두고 싶다. 따라서 흥분한 이 청년을 어떻게 다루어야 좋을지 하는 이해가 내게는 전혀 없었다는 것도 아울러 일러두고 싶다. 나는 그저 멍하니 팔짱만 끼고 있었다. 이치조에게는 다시 내 태도 같은 것을 안중에 두고 자신의 말을 조절할 만한 여유가 없었다.

"저는 비뚤어진 걸까요? 분명히 비뚤어졌겠지요. 외삼촌이 그렇게 말하지 않아도 잘 알고 있다고 생각해요. 저는 외삼촌한테서 그런 주의를 받지 않아도 잘 알고 있어요. 저는 그냥 왜 이렇게 됐는지, 그 이유를 알고 싶은 거예요. 아니, 어머니도, 다구치 이모도, 외삼촌도 다들 그 이유를 잘 알고 있을 거예요. 오직 저만 모르는 거죠. 오직 저한테만 알려주지 않아요. 저는 세상 사람들 중에서 외삼촌을 가장 신용하고 있으니까 물었던 거예요. 외삼촌은 그걸 잔혹하게 거절한 거고요. 저는 앞으로 평생의 적으로 외삼촌을 저주하겠어요."

이치조는 일어났다. 나는 그 순간 결심했다. 그리고 그를 불러 세웠다.

# 5

나는 일찍이 어느 학자의 강연²을 들은 적이 있다. 그는 현대 일본의 개화를 해부하여 그런 개화의 영향을 받은 우리는 수박 겉 핥기가 되지 않는다면 반드시 신경쇠약에 빠질 게 뻔하다며 그 이유를 청중 앞에 뻔뻔스럽게 폭로했다. 그리고 사물의 진상은 모를 때야 알고 싶은 법이지만 막상 알고 나면 오히려 모르는 게 약이라며 지나간 옛날이 부러워 지금의 자신을 후회하는 경우도 적지 않은데, 자신의 결론도 어쩌면 그와 비슷한 것일지도 모르겠다고 쓴웃음을 지으며 말하고는 단상에서 물러갔다. 나는 그때 이치조를 떠올리고는 이런 쓸쓸한 진리를 들어야 하는 우리 일본인도 어지간히 딱하지만 이치조처럼 단 한 사람의 비밀을 알아내려다가는 두려워하고 두려워하다가는 알아내려고 하는 청년은 더한층 비참할 거라고 생각하면서 속으로 그를 위해 동정의 눈물을 흘렸다.

이는 단지 우리 일족의 일로 자네와는 전혀 이해관계가 없는 이야기라 전부터 이치조를 걱정해준 자네의 친절이 없었다면 털어놓지 않았겠지만, 사실 이치조의 태양은 그가 태어난 날부터 이미 흐렸던 것이다.

나는 누구에게라도 거리낌 없이 분명히 말할 수 있는데, 모든 비밀은 그것을 개방했을 때 비로소 자연으로 돌아가는 결과로 끝날 수 있다는 주의를 갖고 있기 때문에 원만이라거나 현상 유지라는 말에는

2 1911년 8월 소세키 자신이 와카야마에서 한 강연 「현대 일본의 개화」의 취지를 그대로 여기에 도입하고 있다. 강연 주제는 내발적인 근대화 과정을 밟지 않고 외발적인 근대화에 안달한 메이지 사회에 대한 비판이었다.

일반 사람들만큼 비중을 두지 않는다. 따라서 오늘까지 자진하여 이치조의 운명을 태어난 당시로 거슬러 올라가 거꾸로 비춰주지 않은 것은, 나로서는 오히려 이상한 실수라고 해도 좋을 정도다. 지금 생각해보면 내가 이치조에게 저주받기 직전까지 왜 이 사건을 비밀로 했는지 그 의미를 도대체 알 수가 없다. 내가 그 비밀에 새로운 바람을 불어넣는다고 해도 그들 모자 사이가 나빠질 거라고는 꿈에도 상상할 수 없었기 때문이다.

이치조의 태양은 그가 태어난 날부터 이미 흐렸다는 내 말 뒤에 어떤 사실이 포함되어 있는지는 그와 깊이 교제한 자네의 귀로 들으면 이미 구체적인 울림이 되어 이해했을지도 모른다. 한마디로 말하면 그들은 진짜 모자 관계가 아니다. 또한 오해하지 않도록 한마디 덧붙이자면 진짜 모자보다 훨씬 사이가 좋은 계모와 의붓아들이다. 그들은 피를 나눔으로써 비로소 성립하는 통속적인 친자 관계를 경멸해도 될 만큼 서로 떨어지지 않도록 자연이 애정의 실로 단단히 묶고 있다. 어떤 악마가 휘두르는 도끼날로도 그 실을 끊을 수 없으니 어떤 비밀을 털어놓아도 두려워할 필요가 전혀 없다. 그런데도 누님은 몹시 두려워했다. 이치조도 몹시 두려워했다. 누님은 비밀을 손에 쥔 채, 이치조는 비밀을 손에 쥐게 될 거라고 기다리면서 몹시 두려워했다. 나는 결국 이치조가 두려워하는 것의 정체를 끄집어내 별 뜻 없이 그 앞에 늘어놓았던 것이다.

나는 그때 주고받은 말을 일일이 되풀이하며 지금 자네에게 알릴 용기가 부족하다. 물론 나는 처음부터 큰 사건이라고 보지도 않았고 또 되도록 태연함을 가장할 필요에서 아무것도 아닌 일처럼 이야기했으나 이치조는 그걸 필사적인 긴장 상태에서 목숨을 건 통지처럼 받아들였기 때문이다. 다만 앞에서 이어지는 이야기로서 사실만을 한마디로 간단히 말하자면 이치조는 누님의 아들이 아니라 하녀의 배에서 태어난 아이다. 나 자신의 집에서 일어난 일이 아닌 데다 25년도 더 된 옛날 일이라 나도 자세한 전후 사정은 알 도리가 없지만, 아무튼 그 하녀가 스나가를 임신했을 때 누님은 상당한 돈을 주고 그녀를 내보냈다고 한다. 그러고 나서 고향으로 내려간 임부가 남자아이를 낳았다는 소식을 기다려 다시 아이만 데려와 정식으로 자기 아이로 키웠다고 한다. 이는 누님이 남편에 대한 도리에서 한 일이기도 하겠지만, 무엇보다 자신에게 아이가 생기지 않는 것을 걱정하고 있던 참이라 진심으로 자신의 아이로 애지중지 키워보겠다는 생각도 물론 있었을 것이다. 실제로 그들은 자네가 보다시피, 또 우리가 보다시피 지금까지 가장 사이좋은 모자 관계로 지내왔으니 사정을 밝힌다고 해도 전혀 지장이 없을 것이다. 내 눈에는 세상에 널려 있는, 뜻이 맞지 않는 진짜 부모 자식에 비하면 얼마나 자랑스러운지 모른다. 두 사람도 그것을 알고 난 다음에 지금까지 의좋게 살아온 것을 회고할 때가 훨씬 더 유쾌할 것이다. 적어도 나라면 그럴 것이다. 그래서 나는 이치조를 위해 특별히 이 아름다운 점을 힘닿는 데까지 채색하는 일을 게을리하지 않았다.

6

"나는 그렇게 생각해. 그러니까 조금도 감출 필요가 없어. 너도 건전한 정신을 갖고 있다면 나하고 똑같이 생각하지 않을까? 만약 그렇게 생각할 수 없다면 그게 바로 비뚤어진 점이야. 알겠어?"

"알겠습니다. 잘 알겠습니다." 이치조가 대답했다. 나는 "알았다면 그걸로 됐어, 더는 그 문제에 대해 이러쿵저러쿵 말하지 말자"하고 말했다.

"더는 말하지 않겠습니다. 앞으로는 이 문제로 외삼촌을 성가시게 하는 일은 절대 없을 겁니다. 역시 외삼촌이 말한 대로 저는 비뚤어진 해석만 하고 있었어요. 저는 외삼촌의 이야기를 들을 때까지 굉장히 두려웠어요. 가슴이 오그라들 만큼 두려웠어요. 하지만 이야기를 듣고 모든 게 분명해지니까 오히려 안심이 되고 마음도 편해졌습니다. 이제 두려운 것도 불안한 것도 없습니다. 그 대신 왠지 갑자기 마음이 허전하네요. 쓸쓸합니다. 세상에 혼자 서 있는 듯한 기분이 듭니다."

"하지만 어머니는 예전 그대로 어머니야. 나도 지금까지와 같은 나고. 너한테 달라진 사람은 아무도 없어. 신경 쓰면 안 돼."

"신경 쓰지 않아도 쓸쓸하니까 어쩔 수가 없습니다. 저는 앞으로 집에 가서 어머니 얼굴을 보면 아마 눈물이 날 겁니다. 지금 그때의 눈물을 예상해도 쓸쓸해서 견딜 수가 없습니다."

"어머니한테는 말하지 않는 게 좋을 거야."

"물론 말하지 않을 거예요. 말하면 어머니가 얼마나 괴로운 얼굴을 할지 아니까요."

두 사람은 말없이 마주하고 있었다. 나는 할 일이 없어 무료한 나머지 담배합의 꽁초 담는 통을 두드렸다. 이치조는 고개를 숙이고 하카마의 무릎 언저리를 응시하고 있었다. 얼마 후 이치조가 쓸쓸한 얼굴을 들었다.

"한 가지만 더 묻고 싶은 게 있는데, 얘기해주시겠습니까?"

"내가 알고 있는 거라면 뭐든 얘기해주지."

"저를 낳은 어머니는 지금 어디 있습니까?"

이치조의 생모는 그를 낳고 곧 죽고 말았다. 산후 회복이 좋지 않았다고도 하고 다른 병이 있었다고도 하는데, 자세한 이야기를 해줄 만큼 정보가 많지 않은 내 기억으로는 도저히 굶주린 그의 눈을 진정시킬 수가 없었다. 생모의 마지막에 관한 내 이야기는 불과 2, 3분 만에 끝나고 말았다. 이치조는 유감스러운 표정으로 생모의 이름을 들었다. 다행히 나는 오유미(御弓)라는 고풍스러운 이름을 잊지 않고 있었다. 이어서 이치조는 돌아가셨을 때 친어머니가 몇 살이었는지를 물었다. 나는 그 점에 대해서는 확실한 정보를 갖고 있지 못했다. 이치조는 마지막으로 그의 집에서 일했을 때 생모를 만난 적이 있느냐고 물었다. 나는 있다고 대답했다. 이치조는 어떤 여자였느냐고 되물었다. 딱하게도 내 기억은 꽹장히 희미했다. 사실 나는 그때 열대여섯 살 소년에 지나지 않았다.

"잘은 모르나 시마다 머리를 한 적이 있지."

이 정도 말고는 분명한 대답을 하나도 할 수 없어서 나도 무척 안타까웠다. 이치조는 드디어 체념한 듯한 눈빛으로 맨 마지막에 "그럼 절만이라도 가르쳐주시겠습니까? 어머니가 어디에 묻혀 있는지 그것만이라도 알고 싶어서" 하고 말했다. 하지만 오유미의 위패를 모신 절이 어디인지 내가 알 턱이 없었다. 나는 신음을 토하면서 누님에게 물어보는 수밖에 다른 도리가 없을 거라고 대답했다.

"어머니 말고는 아는 사람이 없을까요?"

"뭐, 없겠지."

"그럼 몰라도 됩니다."

나는 이치조가 가엾기도 하고 그에게 미안하기도 했다. 이치조는 잠시 뜰을 향한 채 화창한 햇살 속에 핀 커다란 동백나무를 바라보다가 곧 시선을 되돌렸다.

"어머니가 지요짱을 아내를 맞이하라는 것도 역시 혈통을 생각해서 친척을 꼭 제 아내로 삼고 싶다는 뜻이겠지요?"

"바로 그거야. 그것 말고는 아무것도 없지."

이치조는, 그렇다면 지요코를 아내로 맞이하겠다는 말을 하지 않았다. 나도 그렇다면 맞이하겠느냐고 묻지 않았다.


# 7


내게 이 만남은 하나의 아름다운 경험이었다. 서로 숨김없이 모든 것을 털어놓을 수 있었다는 점에서 아직까지도 내 빈약한 과거를 장식하고 있다. 상대인 이치조의 입장에서도 어쩌면 생전 처음 받아본 위로가 아니었을까 싶다. 여하튼 이치조가 돌아간 후 내 머리에는 좋은 공덕을 베풀었다는 유쾌한 느낌이 남았다.

"모든 건 내가 책임질 테니까 걱정하지 않아도 돼."

나는 이치조를 현관까지 배웅하면서 마지막으로 이런 말을 그의 등에 대고 따뜻하게 해주었다. 그 대신 누님에게 만난 결과를 보고할 때는 무척 난감했다. 어쩔 수 없어서 나는, 졸업하고 머리에 여유가 생기기만 하면 어떻게든 확실히 해결하겠다고 했으니까 그때까지 기다리는 게 좋겠지요, 지금 이러쿵저러쿵 괴롭히는 건 시험에 방해만 되니까요, 하며 듣기에 무리가 없는 선에서 일단 누님을 달래두었다.

나는 동시에 다구치 자형에게도 사정을 말하고 가능한 한 이치조가 졸업하기 전에 지요코의 혼담이 진행되도록 궁리했다. 자세한 사정을 들은 다구치 자형의 말은 평소대로 빈틈이 없고 간결했다. 다구치 자형은 내 주의가 없어도 그 정도는 이해하고 있다고 대답했다.

　"하지만 결국은 본인을 위해 시집가는 거니까, (이렇게 말하면 감정이 상하겠지만) 처형이나 이치조의 편의 때문에 지요코의 결혼을 억지로 앞당기거나 뒤로 미룰 수는 없는 노릇이지."

　"그야 그렇지요." 나는 인정하지 않을 수 없었다. 나는 원래 다구치 집안과 보통의 친척과 같은 교제를 하고 있기는 하지만 사실 그들의 딸 혼담에 자진해서 말참견을 한 적도 없을 뿐 아니라 그쪽에서 의논해온 일도 없었다. 그래서 여태까지 지요코에게 어떤 후보자가 있었는지 간접적인 이야기조차 거의 듣지 못했다. 다만 작년에 가마쿠라의 피서지에서 이치조가 만나보고 불쾌해했다는 다카기만은 이치조와 지요코에게 들어 그 이름을 기억하고 있었다. 갑작스럽기는 하지만 나는 다구치 자형에게 그 남자는 어땠느냐고 물었다. 다구치 자형은 익살스럽게 웃으며 다카기는 처음부터 후보자로 나선 것이 아니라고 했다. 하지만 상당한 신분과 교육이 있고 독신 남자라면 누구든지 후보자가 될 권리는 있으니까 후보자가 아니라고는 결코 단언할 수 없다고도 했다. 나는 그 애매한 사내에 대해 더욱 자세히 물어보고 다카기가 지금 상하이에 있다는 것을 확인했다. 상하이에 있지만 언제 돌아올지 모른다는 것도 확인했다. 다카기와 지요코 사이는 그 후 아무런 발전도 없지만 편지 왕래는 아직도 끊기지 않았고 그 편지는 반드시 부모가 먼저 본 다음에 본인에게 건네는 조건으로 왕래한다는 사실까지 확인했다. 나는 즉각 지요코에게는 그 남자가 좋지 않겠느냐고 말했다. 다구치 자형은 아직 어디엔가 욕심이 있는지 아니면 달리 생각이 있는 건지 그렇게 할 생각이라고 분명히 말하지는 않았다. 다카기가 어떤 사람인지 전혀 모르는 내가 그 이상 권할 권리도 없어서 나는 그대로 물러났다.

그 후 나는 이치조를 오랫동안 만나지 않았다. 오래라고 해봤자 고작 한 달 반쯤에 지나지 않지만 내게는 졸업시험을 눈앞에 두고도 가정 문제에 신경을 써야 하는 이치조가 무척 마음에 걸렸다. 나는 살짝 누님을 찾아가 넌지시 그의 근황을 알아보았다. 누님은 태연하게, 잘은 몰라도 상당히 바쁜 것 같더라, 졸업을 앞두고 있어서 그렇겠지 뭐, 하며 시치미를 뗐다. 그래도 마음이 안 놓인 나는 어느 날 저녁 식사나 하자며 한 시간쯤 시간을 내게 해 이치조의 집 근처 서양 요릿집에서 함께 저녁을 먹으며 가만히 그를 살폈다. 이치조는 평소처럼 차분했다. 시험 같은 거야 뭐 그럭저럭 해치울 수 있어요, 하며 장담하는 모습은 꼭 허세로만 보이지 않았다. 정말 괜찮겠느냐고 다시 한번 확인했을 때 그는 갑자기 한심한 듯한 표정으로 인간의 머리는 생각보다 견고하게 만들어졌더군요, 실은 저 자신도 두려워서 견딜 수 없습니다만, 신기하게도 아직 고장 나지는 않았습니다, 이런 상태라면 당분간은 쓸 수 있겠지요, 하고 말했다. 농담 같기도 하고 진담 같기도 한 이 말에 나는 묘하게 아주 측은한 느낌을 받았다.


8


신록의 계절이 지나고, 목욕을 마치고 홑옷을 입은 가슴에 부채를 부치고 싶어지는 어느 날 이치조가 다시 훌쩍 찾아왔다. 이치조의 얼굴을 보자마자 내가 맨 먼저 건넨 말은 시험은 어떻게 됐어, 하는 한 마디였다. 이치조는 어제야 간신히 끝났다고 대답했다. 그리고 내일부터 잠시 여행을 다녀올 생각이라 인사를 하러 왔다고 했다. 나는 성적도 아직 모르는데 멀리 내달리려는 그의 심리 상태를 의심하며 다시 다소 불안을 느꼈다. 이치조는 교토 부근에서 스마(須磨)와 아카시(明石)³를 거쳐 경우에 따라서는 히로시마 근처까지도 가고 싶다는 희망을 피력했다. 나는 그 여행이 비교적 야단스러운 것에 놀랐다. 졸업시험에 통과만 되었다면 그래도 좋겠지만, 하고 간접적으로 반대의 뜻을 내비치자 이치조는 시험 결과 같은 것에는 의외로 냉담한 듯한 대답을 했다. 그런 일에 신경을 쓰는 외삼촌이야말로 평소의 모습과 어울리지 않는 거 아닌가요, 라며 거의 상대도 해주지 않았다. 이야기를 나누는 중에 나는 그의 계획이 시험의 통과 여부와 관계없는 다른 방면의 동기에서 싹튼 거라는 사실을 발견했다.

"실은 그 사건 이후로 이상하게 머리를 쓰는 바람에 요즘에는 차분히 서재에 앉아 있는 것도 힘들어서요. 아무래도 여행이 필요하니까 뭐 시험을 중간에 그만두지 않은 것만도 감탄했다는 정도로 칭찬해주고 허락해주세요."

"그거야 네 돈으로 네가 가고 싶은 곳에 가는 거니까 전혀 문제 될 건 없어. 생각해보면 조금은 돌아다니며 기분을 전환하는 것도 좋겠지. 갔다 와."

"예" 하고 말한 이치조는 약간 만족스러운 표정을 지었지만 "실은

---

3 고베 서쪽에 있는 스마와 아카시는 세토나이카이(瀬戸内海)에 면한 곳인데 『겐지 이야기』이래 풍경이 아름다운 명소로 꼽힌다.

큰 소리로 이야기하는 것도 미안하고 죄스럽지만, 외삼촌한테 그 이야기를 듣고 나서부터는 어머니를 볼 때마다 이상한 기분이 들어 견딜 수가 없습니다" 하고 덧붙였다.

"불쾌해지는 거야?" 나는 오히려 진지하게 물었다.

"아뇨, 그냥 미안합니다. 처음에는 쓸쓸해서 견딜 수가 없었는데 점점 미안한 마음으로 변했습니다. 외삼촌한테만 하는 말입니다만, 사실 요즘에는 아침저녁으로 어머니 얼굴을 보는 것도 고통스럽습니다. 예전부터 졸업하면 어머니께 교토와 오사카, 미야지마(宮島)[4]를 구경시켜드릴 생각을 하고 있었기 때문에 옛날 같으면 어머니하고 함께 갈 생각으로 외삼촌한테 집 좀 봐달라고 부탁하러 왔을 겁니다. 그런데 방금 말한 것처럼 상황이 완전히 역전되어 잠시라도 어머니 곁을 떠나 있었으면 하는 생각만 듭니다."

"큰일이구나, 그렇게 이상해진다면 말이야."

"떨어져 있으면 아마도 어머니가 그리워질 거라고 생각합니다만 어떨까요? 그렇게는 안 되는 걸까요?"

이치조는 자못 걱정스럽다는 듯이 이렇게 물었다. 그보다 경험이 풍부한 연장자를 자임하는 나도 그 점에 관한 그의 미래는 도무지 상상할 수가 없었다. 나는 그저 자신에게 신념이 없어서 자기 마음을 남에게 물어보고 안심하고 싶어 하는 그의 마음이 측은하기만 했다. 겉보기에는 너무나도 상냥해 보이지만 실제로는 무척 고집이 센 그가 이렇게 약한 소리를 하는 것은 일찍이 거의 없던 일이었기 때문이다. 나는 힘이 닿는 한 그의 마음을 안심시켰다.

---

4 히로시마 만의 이쓰쿠시마(嚴島)를 말한다. 미야기 현의 마쓰시마(松島), 교토 부의 아마노하시다테(天の橋立)와 함께 일본삼경(日本三景)의 하나로 꼽히는 곳이다.

"그런 걱정은 할수록 손해야. 내가 보증하지. 괜찮으니까 놀다 와. 네 어머니는 내 누님이야. 게다가 나보다는 학문을 안 한 대신 훨씬 양순하고 누구한테나 존경과 사랑을 받을 만한 여성이지. 그런 누님하고 너처럼 정이 많은 아이가 어떻게 떨어질 수 있겠어? 괜찮으니까 안심해."

이치조는 내 말을 듣고 실제로 안심한 듯이 보였다. 나도 다소 안심했다. 하지만 한편으로는 이 정도로 근거 없는 위로의 말이 명석한 두뇌의 소유자인 이치조에게 이만큼 영향을 주었다면 그것은 그의 신경이 어딘가 평정을 잃었기 때문이 아닐까 하는 의심도 들었다. 나는 불현듯 극단적인 사건을 예상하고 혼자 떠나는 여행이 위험스럽게 여겨지기 시작했다.

"나도 같이 갈까?"

"외삼촌하고 함께라면." 이치조가 쓴웃음을 지었다.

"안 돼?"

"평소 같으면 제가 같이 가자고 권했겠지만 아무튼 언제 어디로 떠날지도 모르고, 말하자면 마음 가는 대로 예정이 바뀌는 여행이라 죄송해서요. 게다가 저도 외삼촌이 있으면 속박받는 것 같아서 재미도 없을 거고요……."

"그럼 그만두지." 나는 곧바로 의견을 거둬들였다.


9


이치조가 돌아간 뒤에도 한동안 이상하게 그가 마음에 걸렸다. 이치조의 머리에 어두운 비밀을 날인한 이상 그로 인한 모든 책임은 당연히 내가 지지 않으면 안 된다는 마음이 들었기 때문이다. 나는 누님을 만나 그녀의 눈치도 보고 또 이치조의 근황을 물어보고 싶기도 했다. 거실에 있는 아내를 불러 의논도 할 겸 이유를 말하자 의외로 좀처럼 놀라지 않는 아내는 당신이 너무 쓸데없는 이야기를 하니까 그런 거예요, 하면서 처음에는 거의 상대해주지도 않았지만 결국에는 이치조한테 무슨 말썽이 생기겠어요, 이치조는 나이는 어리지만 당신보다 훨씬 분별력이 있는 사람인걸요, 하면서 혼자 장담하고 나섰다.

"그러면 이치조가 오히려 나를 걱정하고 있다는 건가?"

"그렇고말고요. 누구든 외제 파이프를 물고 팔짱만 끼고 있는 당신을 보면 걱정될 거예요."

그사이에 아이가 학교에서 돌아와 집이 갑자기 떠들썩해졌기 때문에 이치조에 대해서는 잊어버리고 저녁때까지 결국 떠올릴 틈이 없었다. 그러다 누님이 불쑥 찾아왔을 때는 나도 모르게 그만 섬뜩했다.

누님은 여느 때와 마찬가지로 가족이 모여 있는 한가운데에 앉아 아내와 장황하게 그동안 소식이 없어 미안했다는 이야기며 계절 인사를 나누었다. 나도 거기에 자리를 잡은 채 움직일 기회를 잃었다.

"이치조가 내일 여행을 떠난다고 하지 않았나?" 나는 적당한 때를 골라 물었다.

"그 일 말인데……." 누님은 다소 진지한 얼굴로 나를 쳐다보았다. 나는 누님의 말을 끝까지 듣지도 않고 "뭐, 가고 싶다면 가게 해줘요. 시험 보느라 잔뜩 머리를 썼을 거고, 조금은 편히 쉬게 해주지 않으면 몸에도 해로울 테니까" 하고 마치 이치조의 행동을 변호하듯이 말했다. 누님은 물론 같은 생각이라고 대답했다. 다만 이치조의 건강 상태

가 여행을 버텨낼지 그게 걱정이라고 했다. 마지막으로 내가 보기에
는 괜찮더냐고 물었다. 나는 괜찮더라고 대답했다. 아내도 괜찮을 거
라고 대답했다. 누님은 안심했다기보다는 오히려 뭔가 아쉬운 듯한
표정이었다. 나는 누님의 입에서 나온 건강이라는 말이 몸과 관계없
는 정신적인 의미라는 게 분명하다 싶어 마음이 아팠다. 누님은 내 얼
굴에서 직감적으로 영향을 받은 듯한 불안함을 이마에 새기고 "쓰네
조, 아까 이치조가 여기 왔을 때 무슨 이상한 점 없었어?" 하고 물었다.

"그런 게 뭐 있겠어? 이치조는 여전하던데요. 안 그래, 오센?"

"네, 이상한 점은 전혀 없던데요."

"나도 그런가 싶긴 한데, 얼마 전부터 어쩐지 낌새가 이상해서 말이
야."

"어땠는데요?"

"어땠느냐고 하면 뭐 어떻게 말해야 좋을지 모르겠지만 말이야."

"다 시험 때문이야." 나는 곧바로 부정했다.

"형님이 너무 신경을 써서 그래요." 아내도 끼어들었다.

우리 부부는 누님을 위로했다. 결국 누님은 다소 납득한 듯한 표정
으로 다 같이 저녁을 먹을 때까지 이야기에 열중했다. 돌아갈 때는 산
보도 할 겸 아이를 데리고 전차 정거장까지 배웅했는데, 그래도 마음
이 개운치 않아 아이를 먼저 돌려보내고 거절하는 누님 옆에 자리를
잡고 앉아 결국 누님의 집까지 함께 갔다.

나는 다행히 2층에 있던 이치조를 누님 앞으로 불러냈다. 어머니가
너를 몹시 걱정하여 일부러 야라이까지 찾아왔는데 지금 내가 이런
저런 이야기를 해서 가까스로 안심시킨 참이라고 했다. 따라서 여행
을 떠나는 것은 결국 내 책임이니까 되도록 늙은이한테 걱정 끼치지

않도록 도착하면 도착한 데서, 떠나면 떠나는 데서 또 머물게 되면 머무는 데서 꼭 소식 전하는 것을 게을리하지 않도록 하고, 언제든 일이 생기면 곧바로 여기서 부를 수 있게 주의를 하는 게 좋을 거라고 말했다. 이치조는 그 정도의 일이라면 외삼촌이 주의를 주지 않아도 이미 알고 있다며 어머니의 얼굴을 보고 웃었다.

나는 이것으로 누님의 마음을 편하게 해주었다고 믿고 11시경에 전차를 타고 야라이로 돌아왔다.

나를 맞이하러 현관으로 나온 아내는 애타게 기다린 듯이 어땠어요, 하고 물었다. 나는 이제 안심해도 될 거야, 하고 대답했다. 실제로 나는 마음이 놓이는 것 같았다. 그래서 이튿날은 배웅하러 신바시로 나가지도 않았다.


10


이치조는 약속대로 가는 곳마다 소식을 보내왔다. 헤아려보면 대체로 하루에 한 번꼴이었다. 그러나 대부분 여행지의 그림엽서에 두세 줄 간략하게 적은 것에 지나지 않았다. 나는 엽서가 올 때마다 일단 안심했다는 표정을 지어 아내의 웃음을 사곤 했다. 한번은 내가 이런 상태라면 앞으로도 괜찮을 것 같은데, 아무래도 당신 예언이 적중한 모양이야, 라고 말했을 때 아내는 무뚝뚝하게 당연하죠, 3면 기사[5]나 소설 같은 일이 함부로 일어나면 되겠어요, 하고 대답했다. 아내는 소

---

5 신문의 발행 면수가 4면이었을 때에 신문의 3면에 게재된 기사라는 뜻으로, 사회 기사를 이르던 말.

설과 3면 기사를 거의 같은 것으로 간주하는 여자였다. 그리고 그 둘 다 거짓말이라고 믿어 의심치 않을 만큼 로맨스와는 인연이 먼 여자였다.

엽서에 만족하던 나도 이치조가 봉투에 넣어 보낸 편지를 받을 때는 더욱 눈살이 펴졌다. 왜냐하면 내가 두려움을 품고 있던 그의 손이 두루마리 편지지를 음울한 색으로 물들인 흔적이라고는 어디에서도 찾아볼 수 없었기 때문이다. 봉투에 접어 넣은 편지 문구가 엽서보다 그의 변화된 기분을 선명하게 보여주고 있는 것은 실제로 읽어보지 않으면 알 수 없다. 여기에 두세 통 골라두었다.

이치조의 기분을 변화시키는 데 효력이 있었던 것은 교토의 공기나 우지(宇治)[6]의 물 등 여러 가지가 있는데 그중 간사이(關西) 지방[7] 사람이 쓰는 말이 도쿄에서 자란 그에게는 가장 흥미로운 자극이 된 모양이다. 그 부근을 여러 차례 지나본 경험 있는 사람이 들으면 시시하겠지만 당시 이치조의 신경에는 그렇게 매끄럽고 조용한 어조가 진정제 이상으로 부드러운 영향을 주지 않았나 싶다. 뭐, 젊은 여자의? 그건 모른다. 물론 젊은 여자의 입에서 나오면 효과가 클 것이다. 이치조도 젊은 남자라 일부러 그런 곳에 다가갔는지도 모른다. 하지만 여기에 쓰여 있는 것은 신기하게도 노파의 예다.

저는 이 근방 사람의 말을 들으면 희미한 취기에 몸을 맡긴 듯한 기분이 됩니다. 어떤 사람은 끈적거리며 달라붙어 싫다고 합니다만 저는 정반대입니다. 싫은 것은 도쿄 말입니다. 무턱대고

---

6 교토의 남쪽에 있는 차의 명산지.
7 교토와 오사카를 중심으로 한 지방.

각이 많은 별사탕 같은 가락을 의기양양하게 내뱉으니까요. 그리고 듣는 사람의 마음을 거칠게 하며 뻐깁니다. 저는 어제 교토에서 오사카로 왔습니다. 오늘 아사히 신문사에 있는 친구를 찾아갔더니 그 친구가 미노(箕面)⁸라는 단풍의 명소를 안내해주었습니다. 계절이 계절인지라 물론 단풍은 볼 수 없었습니다만 골짜기를 흐르는 내가 있고 산이 있고 깊숙이 들어가니 폭포가 있는 무척 좋은 곳이었습니다. 친구는 나를 쉬게 하려고 신문사의 클럽이라는 2층 건물 안으로 안내했습니다. 그곳에 들어가 보니 폭이 넓고 긴 봉당이 집의 정면 폭을 세로로 가로지르고 있었습니다. 그리고 지면에 까는 납작한 기와가 온통 깔려 있는 모습이 왠지 중국 절에라도 온 듯 아주 차분한 느낌을 주었습니다. 잘은 모르나 이 집은 처음에 누군가 별장으로 지은 것인데 아사히 신문사에서 매수하여 클럽용으로 쓰고 있다고 들었습니다만, 아무리 별장이라고 해도 기와를 깔아 만든 이 널찍한 봉당은 대체 무엇을 위한 것일까요? 너무 묘해서 친구에게 물어봤습니다. 그런데 친구도 모른다더군요. 물론 그건 아무래도 상관없는 일이지요. 다만 외삼촌이 이런 일에 밝으니 혹시 알고 계실까 싶어 잠깐 사족을 덧붙인 겁니다. 제가 알려드리고 싶은 것은 사실 이 널찍한 봉당이 아니었습니다. 봉당에 내려가 있던 노파가 문제였습니다. 노파는 두 명이었습니다. 한 사람은 서 있고 또 한 사람은 의자에 앉아 있었지요. 다만 둘 다 까까머리였습니다. 서 있는 분이 우리가 들어가자마자 친구 얼굴을 보며 인사도 했습니다. 그리고 "아

---

8 오사카 교외에 있는 지역으로 폭포와 단풍으로 유명하다.

이고 이런 실례합니다. 지금 여든여섯 살 먹은 할멈의 머리를 밀고 있는 참이라서요. ……할머니, 가만히 좀 있어요, 이제 다 끝나가니까. ……잘 밀어서 머리카락은 한 올도 없으니까 걱정할 건 하나도 없어요" 하고 말했습니다. 의자에 앉은 노파는 머리를 만져보며 "고맙습니다" 하고 인사말을 했습니다. 친구는 저를 돌아보고 소박한 정취가 있다며 웃었습니다. 저도 웃었습니다. 그냥 웃기만 한 게 아닙니다. 백 년이나 된 옛날 사람으로 태어난 듯 느긋한 기분이 들었습니다. 저는 이런 기분을 선물로 갖고 도쿄로 돌아가고 싶습니다.

나도 이치조가 그런 기분을 누님에게 드리는 선물로 가져오면 좋겠다고 생각했다.


11


다음 편지는 아카시에서 온 것인데, 전에 비해 다소 복잡한 만큼 이치조의 성격을 더욱 뚜렷하게 드러내고 있다.

오늘 밤 이곳으로 왔습니다. 달이 떠서 뜰은 환하지만 제 방은 그림자가 져서 오히려 더 어두운 것 같습니다. 밥을 먹고 담배를 피우며 바다 쪽을 바라보니, ……바다는 바로 뜰 앞에 있습니다. 잔물결조차 일지 않는 조용한 밤이라 강가인지 연못가인지 분간이 안 되는 해변 경치인데, 그곳으로 납량용 배 한 척이 흘러왔습니다. 배의 모양은 밤이라 잘 알 수 없지만 폭이 넓고 밑바닥이 평평해서 도저히 바다에 뜨는 것으로는 보이지 않는, 차분한 형태를 갖춘 것이었습니다. 지붕은 분명히 있었던 것으로 기억합니다. 처마에는 물감을 칠한 초롱이 여러 개 달려 있었습니다. 물론 희미한 빛 안쪽에는 사람이 앉아 있는 것 같았습니다. 샤미센 소리도 들려왔습니다. 하지만 전체적으로 너무나도 차분하게 미끄러지듯이 즐기며 제 앞을 흘러갔습니다. 저는 조용히 그 그림자를 바라보며 할아버지의 젊은 시절 이야기를 떠올렸습니다. 외삼촌도 물론 아시겠지요. 할아버지가 옛날 풍류인들이 즐기던 달맞이 뱃놀이를 실제로 했었다는 이야기 말이에요. 저는 어머니로부터 두세 번 들은 적이 있습니다. 지붕이 있는 배를 저어 아야세가와(綾瀬川)까지 올라가 고요한 달과 잔잔한 물결이 서로 비추는 한가운데 서서 준비해온 은박 부채를 펼쳐 멀리 밤빛을 향해 던진다고 하지 않았습니까? 부채 사북이 빙글빙글 돌면서 바탕 종이에 칠한 은박 가루를 반짝이며 물에 떨어지는 경치는 필시 근사했을 겁니다. 단 하나만 해도 그럴진대 배에 탄 사람들이 모조리 달려들어 반짝이는 빛을 앞다투어 던지는 광경은 상상만 해도 아름답기 그지없습니다. 할아버지는 도코(銅壺)[9] 안에 술을 가득 담고 그 술로 술병을 데운 후 모조리 버리게 했을 만큼 호사가였다고 하니 은박 부채 백 개쯤 한꺼번에 물에 흘려보내도 아무렇지 않았겠지요. 그러고 보니 유전인지 뭔지는 모르겠으나 외삼촌

---

9 구리 등으로 만든 상자 모양의 단지로, 물을 끓이거나 술을 데우는 도구. 화로 안에 놓고 옆의 화기를 이용하여 물을 끓이는데 숯에서 열을 받는 부분과 뜨거운 물을 담아 술병을 담그는 부분으로 나뉘어 있다.

도 가난한 사람치고는, 이라고 하면 실례될지 모르겠지만 아무튼 어딘가 사치스러운 구석이 있는 것 같고, 그렇게 내성적인 어머니도 옛날부터 묘하게 떠들썩한 것을 좋아하는 면이 있었습니다. 다만 저는, ……이렇게 말하면 또 그 문제를 끄집어내는구나, 하고 지레짐작하실지도 모르겠지만 저는 이제 그 일에 대해 외삼촌이 걱정할 만큼 신경 쓰고 있지 않으니 안심하십시오. 다만 저는, 이라고 먼저 말한 것은 결코 언짢은 뜻으로 한 것이 아닙니다. 이 점에서 저는 외삼촌이나 어머니와는 천성적으로 다르다는 것을 말씀드리는 것입니다. 저는 비교적 편하게 자랐고 물질적으로 행복한 아이여서 사치인 줄 모르고 사치를 하면서도 아무렇지 않았습니다. 옷만 해도 어머니가 신경을 써주어 남들 앞에 부끄럽지 않을 만한 옷을 걸치면서도 그걸 당연하게만 여겼습니다. 하지만 그것은 오랫동안 습관에 길들여진 결과 스스로 깨닫지 못한 어리석음에서 나온 것이어서 한번 그것을 깨닫게 되니 갑자기 불안해집니다. 뭐 옷이나 식사는 아무래도 좋은 거라고 하고, 저는 얼마 전에 어느 부호가 돈을 함부로 쓰는 이야기를 듣고 두려워진 적이 있습니다. 그 남자는 게이샤나 호칸[10]을 앞에 잔뜩 모아놓고 가방에서 돈다발을 꺼내 행하라면서 나눠준다고 합니다. 그러고 나서 근사한 옷을 입은 채로 욕탕에 들어갔다 나와서는 또 그 옷을 때밀이한테 준다고 합니다. 그의 난폭한 행동은 그 외에도 많습니다만 어느 것이나 하늘을 두려워하지 않는 몹시 거칠고 오만한 짓들뿐이었습니다. 저는 물론 그 이야기를 들었을 때 그를 증

10 술자리에서 접대를 하며 흥을 돋워주는 남자.

오했습니다. 하지만 기개가 부족한 저는 증오하기보다 오히려 두려워했습니다. 제가 보기에 그 소행은 강도가 칼집에서 칼을 빼다다미에 꽂아놓고 양민을 협박하는 것과 같은 느낌입니다. 저는 사실 하늘이라든가 사람의 도리라든가 아니면 신불 앞에서 변명할 여지가 없다는, 진정으로 종교적인 의미에서 두려웠던 것입니다. 저는 그만큼 겁이 많은 사람입니다. 사치에 다가가기도 전에 사치의 절정에 달해 미쳐 날뛰는 사람이 크게 변화한 후의 모습을 상상하고 견딜 수 없이 두려워진 것입니다. ……저는 그런 일을 생각하고 잔잔한 파도 위를 흘러가는 납량용 배를 바라보며 사람에게는 저 정도의 기분 전환이 딱 적당할 거라고 생각했습니다. 저도 외삼촌이 충고해준 대로 점점 변덕스러워져갑니다. 칭찬해주세요. 달이 비치는 2층 손님은 고베에서 왔다는데 제가 싫어하는 도쿄 말만 쓰고 때로는 시를 읊기도 합니다. 그중에는 요염한 여자 목소리도 섞여 있었는데 2, 30분 전부터는 갑자기 얌전해졌습니다. 하녀에게 물었더니 이미 고베로 돌아갔다고 합니다. 밤도 꽤 깊었으니 저도 이만 쉬겠습니다.


12


어젯밤에도 편지를 썼습니다만, 오늘도 또 아침 이후에 일어난 일을 알려드리겠습니다. 이렇게 연달아 외삼촌께만 편지를 보내면 아마 짓궂은 웃음을 흘리며 녀석, 편지 보낼 데가 없으니까 어쩔 수 없이 누님하고 나한테만 시간을 들여 열심히 소식을 보내는구나, 하고 속으로 말하겠지요. 저도 붓을 들면서 잠깐 그런 생각을 했습니다. 하지만 제게도 그런 연인이 생긴다면 외삼촌도 설령 저한테 편지를 받지 못하더라도 기뻐해주시겠지요? 저도 외삼촌에게 소식 전하는 걸 게을리해도 그것이 더 행복할 거라고 생각합니다. 사실 오늘 아침에는 일어나 2층으로 올라가서는 바다를 바라보고 있는데 그런 행복한 두 사람이 해변을 따라 서쪽으로 지나갔습니다. 그들은 어쩌면 저와 같은 여관에 묵고 있는 손님일지도 모르겠습니다. 여자가 크림색 양산을 쓰고 맨발에 옷자락을 살짝 들면서 얕은 파도 속을 남자와 나란히 걸어가는 뒷모습을 저는 부러운 듯이 바라보았습니다. 바다는 굉장히 맑아서 높은 데서 내려다보면 육지와 가까운 곳은 햇빛이 비치는 공기 속이나 다름없이 뭐든지 들여다보입니다. 헤엄치고 있는 해파리까지 확실히 보입니다. 여관의 손님 두 사람이 나가 헤엄을 치고 있어 그들이 물속에서 하는 일거수일투족이 손에 잡힐 듯이 보이는데, 수영의 기술적 가치가 꽤 떨어지는 것 같습니다. (아침 7시 반)

　이번에는 서양인이 물에 들어가 있습니다. 뒤따라 젊은 여자가 나왔습니다. 그 여자가 파도 속에 서서 2층에 남아 있는 또 한 서양인을 부릅니다. "유, 컴 히어"라고 영어로 말합니다. "잇 이즈 베리 나이스 인 워터"라고 자꾸만 말합니다. 그 영어는 꽤 능숙하고 유창해서 부러울 정도로 술술 나옵니다. 저는 도저히 미치지 못한다고 생각하고 감탄하며 듣고 있었습니다. 하지만 영어가 능숙한 그 여자가 부른 서양인은 좀처럼 내려오지 않았습니다. 여자는 헤엄을 치지 못하는지 하고 싶지 않은 건지 가슴 아래를 물에 담근 채 파도 속에 서 있었습니다. 그러자 먼저 내려온 서양인이 여자의 손을 잡고 깊은 곳으로 데려가려고 했습니다. 여자는 몸을 움츠리며 거부했습니다. 서양인은 결국 바다 속에서 여자를 옆으로 안았습니다. 여자가 뛰어오르며 물을 차는 소리와 웃으면서 깍깍 떠들어대는 소리가 멀리까지 울려 퍼졌습니다. (오전 10시)

이번에는 아래층에서 게이샤 둘을 데리고 묵고 있던 손님이 보트를 저으러 나왔습니다. 보트는 어디서 가져온 건지 모르겠지만 아주 작고 굉장히 어설픈 것입니다. 손님이 저어주겠다며 게이샤를 태우려고 해도 게이샤는 무섭다고 거절하며 좀처럼 타려 하지 않습니다. 하지만 결국 손님의 뜻대로 되었습니다. 그때 어린 게이샤가 일부러 놀라는 척하며 보이는 교태가 정말 바보스러웠습니다. 보트가 그 근방을 돌아오자 나이 든 게이샤가 여관 바로 뒤에 묶여 있는 재래식 목조선을 보고 선장님, 그 배 탈 수 있나요, 하고 큰 소리로 물었습니다. 이번에는 목조선 안에 음식을 싣고 또 바다 위로 나갈 의논을 하는 모양입니다. 보고 있으니 게이샤가 여관 하녀를 시켜 맥주며 과일이며 샤미센 등을 배 안으로 가져오게 하고 마지막에는 자신들도 탔습니다. 그런데 정작 중요한 손님은 어지간히 기운이 좋은 남자인지 아직도 저 멀리에서 노를 젓고 있었습니다. 탈 사람이 아무도 없었던지 이번에는 검게 탄 해변의 벌거숭이 꼬맹이 한 명을 생포했던 모양입니다. 게이샤는 어처구니없다는 표정으로 잠시 그쪽을 바라보고 있었는데, 이윽고 있는 힘을 다해 큰 소리로 바보, 하고 불렀습니다. 그러자 바보라고 불린 손님이 보트를 이쪽으로 저어 돌아왔습니다. 재미있는

게이샤이고 또 재미있는 손님이라고 생각했습니다. (오전 11시)

　제가 이렇게 잡다한 일을 신기한 듯이 알리면 외삼촌은 별난 놈이라며 필시 쓴웃음을 짓겠지요. 하지만 이는 여행 덕분에 제가 나아졌다는 증거입니다. 저는 자유로운 공기와 함께 교제하는 일을 처음으로 배웠습니다. 이런 시시한 이야기를 일일이 쓰는 번거로움을 마다하지 않게 된 것도 결국은 생각하지 않고 보기 때문이 아닐까요? 생각하지 않고 보는 것이 지금의 제게는 가장 편한 것 같습니다. 짧은 여행으로 제 신경이나 버릇이 고쳐졌다면 그 방법이 너무 천박해서 부끄러울 지경입니다. 하지만 저는 지금보다 열 배나 천박하게 어머니가 저를 낳아주었기를 간절히 바라 마지않습니다. 하얀 돛이 구름처럼 무리를 지어 아와지시마(淡路島) 앞을 지납니다. 반대쪽 소나무 산 위에 히토마루(人丸) 신사[11]가 있다고 합니다. 히토마루라는 사람은 잘 모릅니다만, 이왕 왔으니 여유가 있으면 한번 가보려고 합니다.

11 효고 현 아카시에 있는 가키노모토노 히토마로(柿本人麻呂)를 모시는 신사.

# 결말

게이타로의 모험은 이야기로 시작하여 이야기로 끝났다. 그가 알고 자 하는 세상은 처음에는 멀리 보였다. 요즘은 눈앞에 보인다. 하지만 게이타로는 마침내 그 안으로 들어가 아무 일도 할 수 없는 문외한 비 슷했다. 그의 역할은 끊임없이 수화기를 귀에 대고 '세상'을 듣는 일 종의 탐방에 지나지 않았다.

게이타로는 모리모토의 입을 통해 방랑 생활의 단편을 들었다. 하 지만 그 단편은 윤곽과 표면으로만 구성된 극히 얕은 것이었다. 따라 서 야성의 호기심으로 가득 찬 게이타로의 머리에 죄 없는 재미를 불 어넣었을 뿐이다. 하지만 게이타로의 머릿속 틈이 가스 비슷한 모험 담으로 팽창했을 때 그 안쪽에서 그는 인간으로서 모리모토의 모습을 비몽사몽간에 볼 수 있었다. 그리고 마찬가지로 인간으로서 그에게 지식 이외의 동정과 반감을 안겨주었다.

게이타로는 다구치라는 실무가의 입을 통해 그가 사회를 어떻게 바 라보고 있는지를 조금 알았다. 동시에 고등유민이라 자칭하는 마쓰모토라는 남자로부터 그 인생관의 일부를 들었다. 그는 친밀한 사회적 관계로 이어져 있으면서도 성격이 전혀 다른 두 사람의 대조를 가슴에 새기고 얼마간 자신의 세상 경험이 넓어진 것 같은 기분이 들었다. 하지만 그 경험은 면적상 그저 넓게 퍼졌을 뿐 그다지 깊어진 것으로 여겨지지 않았다.

　게이타로는 지요코라는 여성의 입을 통해 어린아이의 죽음에 대해 들었다. 지요코가 말한 '죽음'은 게이타로가 평범하게 상상한 것과 달리 아름다운 그림을 보는 듯한 곳으로 그의 쾌감을 이끌었다. 하지만 그 쾌감 속에는 눈물이 섞여 있었다. 고통을 벗어나기 위해 어쩔 수 없이 흐르기보다는 비애를 가능한 한 오랫동안 안고 있고 싶다는 의미에서 나오는 눈물이었다. 게이타로는 독신이었다. 어린아이에 대한 동정은 지극히 부족했다. 그래도 아름다운 것이 아름답게 죽어 아름답게 묻히는 것은 불쌍했다. 게이타로는 히나마쓰리 전날 저녁에 태어난 여자아이의 운명을 마치 히나 인형의 운명처럼 가련하게 들었다.

　게이타로는 스나가의 입을 통해 좀 다른 모자 관계를 듣고 깜짝 놀랐다. 게이타로도 고향에 홀어머니가 있는 몸이다. 하지만 게이타로와 그의 어머니 관계는 스나가만큼 친밀하지 않은 대신 스나가만큼 업보로 얽히지도 않았다. 게이타로는 자신이 아들인 이상 부모 자식 관계를 이해할 수 있을 거라 믿어 의심치 않았다. 동시에 부모 자식 관계는 평범한 것이라며 체념하고 있었다. 더욱 복잡하게 얽힌 부모 자식 관계는 설령 상상할 수는 있어도 전혀 마음에 와 닿지는 않았다. 그것이 스나가 때문에 깊이 파헤쳐진 듯한 기분이 들었다.

　게이타로는 또 스나가로부터 그와 지요코의 관계에 대한 이야기를 들었다. 그리고 그들은 필경 부부로 맺어질 것인지, 친구로 있어야 할 것인지, 아니면 적으로서 서로 노려보고 있어야 하는지를 의심했다. 그 의심의 결과는 반은 호기심을, 반은 호의를 자극하여 게이타로를 마쓰모토에게 달려가게 했다. 게이타로는 뜻밖에도 마쓰모토가 그저 외제 파이프를 입에 물고 세상을 방관하고 있는 남자가 아니라는 사실을 알게 되었다. 게이타로는 마쓰모토가 스나가에 대해 어떤 생각으로 어떤 조치를 취했는지 자세히 들었다. 그리고 마쓰모토가 그런 조치를 취해야만 했던 사정도 소상히 알아냈다.

돌아보면 게이타로가 학교를 졸업하고 처음으로 실제 세상과 접촉해보고 싶다는 뜻을 두고 나서 오늘에 이르기까지 겪은 일은 단지 남의 이야기를 대충대충 듣고 다닌 것뿐이다. 지식이든 감정이든 귀로 전해지지 않았던 경우는 오가와마치 정거장에서 지팡이를 소중한 듯이 짚고 전차에서 내리는 희끗희끗한 외투를 입은 남자가 젊은 여자와 함께 서양 요릿집으로 들어가는 것을 미행한 정도의 일이다. 그것도 지금에 와서 기억 속에 떠올려놓고 바라보면 모험이나 탐험이라는 이름을 붙일 수도 없는 어린애 장난에 지나지 않았다. 게이타로는 그 덕분에 일자리를 얻을 수 있었다. 하지만 인간의 경험으로서는 우스꽝스럽다는 의미 말고는 통용되지 않는, 그저 자신에게만 진지한 행동에 지나지 않았던 것이다.

요컨대 인간 세상에 대해 게이타로가 가진 최근의 지식과 감정은 모조리 고막의 작용에서 온 것이다. 모리모토에서 시작하여 마쓰모토로 끝나는 몇 자리의 긴 이야기는 처음에는 넓고 얕게 게이타로를 움직이면서 점차 깊고 좁게 그를 움직이기에 이르더니 갑작스럽게 끝났다. 하지만 게이타로는 결국 그 안에 들어갈 수 없었다. 게이타로에게는 그것이 어딘가 부족한 점이고 동시에 다행스러운 점이다. 게이타로는 어딘가 부족하다는 의미에서 뱀 대가리를 저주하고 다행스럽다는 의미에서 뱀 대가리를 축복했다. 그리고 넓은 하늘을 올려다보며 그 앞에서 갑작스럽게 끝난 것처럼 보이는 이 극이 앞으로 어떻게 변화하며 영원히 흘러갈 것인지를 생각했다.

당신의 눈이 빛을 찾고 있다면 어둠을 포용해야 한다

정혜윤(CBS 라디오 프로듀서)

이 소설의 제목은 '춘분 지나고까지'지만 지금 쓰는 나의 글은 '동지 지나고까지'였으면 좋겠다. 『춘분 지나고까지』는 더 많이 생각할수록, 더 오래 생각할수록 뭔가 알 것만 같은 소설이다. 그렇지만 이 소설을 읽고 매일매일 생각하고 또 생각해도 그 알 것 같다는 것이 무엇인지 나로서는 오리무중이고 자꾸만 다른 생각만 든다. 작품 해설에 걸맞은 형식이라도 갖추려고 염치껏 시도는 했지만 치고 들어오는 딴생각 때문에 마음이 혼란스러워서 결국은 작품 해설과는 아무런 관련이 없는 글 한 편 남기게 될지도 모르겠다. 그러니 작품 해설을 기대했던 분이라면 차라리 읽지 말기를 간곡하게 부탁드리고 싶다.

그리스 아르카디아 지방에는 헬리콘이란 평원이 있다. 곡물의 여신 데메테르를 섬기는 땅답게 아주 풍요로운 곳이다. 초록색 물결이 융단처럼 펼쳐져 있는 그곳에 기원전 7세기경에 양치기가 한 명 살고 있었다. 이름은 헤시오도스였다. 그런데 어느 날 기억의 여신 므네모

시네의 딸들인 무사이들이 그를 찾아온다. 그리고 너는 양치기를 할 것이 아니라 시인이 되어라! 하고 지팡이를 줬다. 그런 연유로 시인이 된 헤시오도스는 우리에게 『신통기』를 남겼다. 『신통기』는 신들의 족보, 계보라고 생각하면 될 것이다. 헤시오도스가 무사이를 만난 덕택에 우리는 제우스가 누구인지 아테네가 누구인지 아르테미스가, 포세이돈이 누구인지 시를 통해서 알게 되었다. 계보의 연결 고리는 '탄생'이었다. 그 수많은 신들은 다름 아닌 새로운 것들의 '탄생'의 연속이었던 것이다. 원래 있던 것들 말고 새로운 것들이 태어난다는 것이 얼마나 어려운지를 절감했기 때문일까? 지난여름 나는 넋을 잃고 거의 망연자실, 멍한 표정으로 헬리콘 평원을 내려다보고 있었다. 대체 저 넓은 평원 어디서 헤시오도스가 무사이를 만났을까? 나도 나의 무사이를 만난다면, 혹시 지팡이라도 하나 구입한다면 새로운 탄생을 노래해볼 수도 있을까?

헤시오도스가 맨 처음 적은 신은 제우스가 아니라 카오스였다. 무서운 무질서, 혼돈, 추락하면 끝장인 심연이 우주에 맨 먼저 등장한 것이다. 그다음 신은 가이아였다. 우리가 어머니 대지의 여신이라고 부르는 가이아가 기적적으로 탄생했고 더 기적적으로 가이아는 홀몸으로 우라노스(하늘)를 낳았다. 우라노스는 가이아와 아이를 많이 만들었지만 자신의 지위를 잃을까 두려워 그녀가 아무도 낳지 못하게 막았고 가이아는 배가 많이 아팠다. 그래서 뱃속 자식들에게 누가 좀 아버지를 제거해달라고 부탁했고 크로노스가 아버지의 성기를 잘라버리고 배 밖으로 튀어나왔다. 그때 시간과 공간이 생겨나긴 했는데 세상은 아직 무질서했다. 크로노스를 그의 아들인 제우스가 물리치면서 세상엔 비로소 질서(코스모스)라는 것이 생겼다. 포세이돈은 바다에, 아르테미스는 달에, 하데스는 지하에, 이런 식으로 올림포스의 신들이 제자리를 잡으면서 우주적 질서가 잡힌 것이다. 그렇다면 그 안에서 사는 인간의 좋은 삶이란 어떤 것이어야 할까? 대답은 어렵지만은 않았다. 그 질서 안에서 조화롭게 어우러지는 것, 신들이 그러하듯 각자 자신의 자리를 찾아가는 것이 좋은 삶이었다. 그렇지만 삶의 의미를 우주적 질서 안에서 찾던 시대는 이미 아득해졌고 인간들은 좋은 삶이란 어떤 것인가? 나의 자리는 어디인가? 분열되고 혼란스러운 마음으로 살게 되었다. 이 시대의 오디세우스들은 이타카에 대한 기억이 없고 이타카를 떠난 기억 또한 없다. 우리는 시간을 되돌아가 다시 카오스에서 살고 있는 것만 같다. 헬리콘 평원을 바라볼 때 내 마음 역시 코스모스와는 거리가 멀었다.

그 헬리콘 평원과 멀지 않은 델피에 먼 옛날 자신의 운명에 대해서 혼란스러운 마음으로 신탁을 받으러 갔던 남자가 있었다. 아버지를 죽이고 어머니와 결혼할 것이라는 신탁을 받은 오이디푸스였다. 이 소설의 중반부에 나오는 스나가의 이야기는 전형적인 오이디푸스 콤플렉스를 연상시킨다. 스나가의 어머니는 스나가의 아버지가 돌아가셨을 때 이렇게 말한다.

아버지가 돌아가셨어도 엄마가 지금까지처럼 귀여워해줄 테니까 안심해.

그는 다른 많은 오이디푸스 콤플렉스를 가진 사람들처럼 제법 똑똑해 보이지만 겉모습뿐 아직 유아기의 자아에 갇혀 있다. 늘 자신에 대해서 부정적인 규정을 내린다. 자신은 좋고 아름다운 것을 "마음껏 맛볼 자격을 갖지 못한" 사람으로 "세상의 교육을 받아온 것"이라고 생각하고 "결과를 생각하고 쓸데없이 근심"하는 스타일이면서 '효도와 자아'의 문제로 분열되어 있다고 생각한다. 특히 이모부의 딸 지요코와 사랑에 관해선 두 사람의 자아만을 따로따로 강조한다. 지요코에 대해서 직감이 발달한 여자, 드물게 고상한 사람, 바람처럼 자유롭게 행동하는 사람이지만 자신은 '도저히 그녀가 바라는 사람이 될 수 없다'고 생각한다. 그녀가 바라는 사람이란 어떤 사람일까? 스나가는 그녀가 바라는 것은 안정된 생활, 지위와 권력으로 가문을 빛낼 사람이라고 나름대로 예상해본다. 하지만 그는 그런 사람이 될 수 있을 것 같지가 않다. 왜냐하면 스나가는 문학을 좋아하고 시를 쓰고 싶어 하기 때문이다. 그도 카프카처럼 시와 세계는 서로 대립관계라고 생각한다. 그래서 스나가는 지요코와 결혼하지 않기로 결심하고 고집을 부린다. 그렇지만 둘 사이에 힘겨운 사랑이 없다고도 할 수 없다.

나는 지금까지 스스로 깨닫지 못한 채 지요코를 사랑하고 있었는지도 모른다. 어쩌면 지요코도 스스로 깨닫지 못하는 사이에 나를 사랑하고 있었는지도 모른다.

그는 지요코가 다카기라는 남자와 결혼할 것처럼 보였을 때 "지요코가 보고 있는 데서 다카기의 정수리에 묵직한 문진을 뼛속 깊숙이 내리치는 꿈"을 꾼다. 그의 무의식 안에는 지요코에 대한 마음이 깊숙이 자리 잡고 있는 것이다. 두 사람의 대화는 늘 충분히 말해지지 않는 듯한 느낌을 준다. 뭔가가 덜 말해지고 있다는 것을 우리는 감지한다. 그 덜 말해진 것이 말해지기를 기다리게 된다. 스나가의 친구 게이타로는 스나가의 이모부로부터 별난 일을 부탁받는데 어떤 낯선 남자를 미행해서 보고해달라는 것이었다. 게이타로는 정말 열심히 임무를 수행한다. 낯선 남자를 이리저리 따라다니면서 눈이 빠져라 지켜본다. 그렇지만 막상 보고하게 되었을 때 보고할 것이 없다. 본 대로만 말하는 순간 말한 것이 없는 것처럼 느껴진다. 보이는 것만으로는 거의 아무것도 말할 게 없었기 때문이다. 본 것과 말해지는 것 사이에는 덜 말해진 것이 있고 부족과 결핍이 있고 심연이 있다. 게다가 보이는 것은 절대로 보이는 것만으로 남지 않고 보이지 않는 것과 함께 경험된다. 보이는 것이 남긴 보이지 않는 사건을 다시 경험해보는 것이야말로 그저 보고 마는 것보다 훨씬 중요하다.

그런데 이 충분히 말할 수 없음, 충분히 말해지지 못함은 사랑과 스나가가 헌신하고자 하는 글쓰기의 공통적인 본질일 수도 있다. 사랑의 기다림, 글쓰기의 기다림. 사랑의 불가능성, 글쓰기의 불가능성. 다같은 말처럼 느껴진다. 우리가 말하고자 하는 것과 말하는 것 사이에는 늘 분리와 공백이 있다는 점에서는 그럴 수 있다. 우리는 늘 다 말할 수 없다. 그래서 사랑과 글쓰기는 둘 다 만족스럽지 못하고 만족스럽지 못하기 때문에 미래 지향적이고 이 책에 나오는 어휘를 빌리면 '분투'라는 것을 해보게 한다. 사랑한다는 것, 글을 쓴다는 것. 이것은 어떤 순간에는 반드시 나의 자아를 뛰어넘게 내부로부터 요구당하고 나의 자유를 타인의 발 아래 던져놓을 수밖에 없게 한다. 있는 힘껏 '밖으로' 나갔다가 나 자신을 타인의 호의적인, 아무것도 예상할 수 없기 때문에 신비롭다고 말할 수밖에 없는 처분 아래 맡겨놓게 된다. 이렇게 스나가는 사랑에서도 글쓰기에서도 아직은 미숙하고 혼란스럽기만 하다. 사람을 성장하게 하는 모든 위대한 이야기에서 혼란스러운 마음의 구원은 길을 떠나서 어딘가를 통과하는 것과 관련이 있다. 스나가도 길을 떠난다.

안으로, 안으로만 향하는 생명의 방향을 거꾸로 돌려 밖으로 몸을 사리게 하는 수밖에 없다. (……) 좀 더 변덕스러워지지 않으면 안 되는 것이다. (……) 자신의 행복을 위해 어떻게든 경망스럽고 경박한 재주꾼이 되고 싶다고 진심으로 신에게 빌었다.

이것은 오이디푸스의 여로가 아니라 프랑스의 철학자 질 들뢰즈가 말한 안티 오이디푸스의 세계와 통하기도 한다. 어떻게 해서 인간은 자기 상태를 벗어날 수 있을까? 스나가의 앞길이 오이디푸스의 세계인 죄책감, 가책, 부정성에서 출발한 자기 극복의 드라마, 자기를 뭔가의 제물로 바치는 드라마가 아닌 것만은 분명하다. 그는 이제 막 마음을 열고 바깥세상을 보고 흥미를 보이고 자기 확신도, 자기 방어도, 자아도 없는 글을 써보면서 세계와 접촉이란 것을 하기 시작했다. 그는 짐을 덜고 가벼워지고 싶어 한다.

소설에서 스나가는 아직 어두운 시련을 돌파하는 영웅의 행로를 밟고 있는 것은 아니지만 결국 그도 자기 마음속 깊은 숲을, 미로같이 얽힌 혼란스러운 숲을 통과해내야만 할 것이다. 이것이 새로운 존재가 되는 거의 유일한 길이기 때문이다. 절도 있고 현명해 보이지만 시시한 자기 한계의 드라마, 질서란 이름의 사람을 질식시킬 것 같은 순종의 드라마가 드넓게 광휘를 발하는 이 세상에서 어떤 카오스는 무한해야만 한다. 카오스는 재빨리 바로잡아야 할 부정적 무질서이기만한 것은 아니다. 카오스의 한구석 어딘가가 자기만의 신성한 코스모

스와 맞닿아 있다면 그런 조건 아래에서라면, 카오스는 우리에게 어두운 숲을 통과하는 모험을 피하지 말 것을 권한다. 그런데 아직 질서가 잡히지 않은 세계로 돌진하는 '분투'를 해낼 수 있다는 것이야말로 스나가만큼 혼란스러운 나에게 힘을 주는 생각이기도 하다. 왜냐하면 나 역시 진심으로 새로 태어나고 싶기 때문이다. 내 인생에는 아직 해보지 못한 동작들이 너무 많고 아직 웃어보지 못한 웃음이 너무 많고 아직 걸어보지 않은 길이 너무 많고 아직 해보지 못한 말들이 너무 많고 아직 살아보지 못한 세상이 너무 많고 아직 태어나는 것을 보지 못한 세상 또한 너무 많기 때문이다.

이 소설에는 아주 흥미로운 상징물 한 가지가 나온다. 뱀 지팡이다. "대나무 뿌리를 구부려 손잡이로 만든 아주 간단한 것"으로 "다만 뱀을 새겨 넣은 것이 보통의 지팡이와는" 달랐고 "뱀의 몸뚱이를 대나무에 칭칭 감은 독살스러운 것이 아니라 입을 벌리고 뭔가를 삼키고 있는 머리만 손잡이에 새긴 지팡이"였다. 뱀이 삼키고 있는 것이 개구리인지 달걀인지는 짐작할 수가 없었고 게다가 몸통 밑이 없는 뱀 대가리가 과연 뭔가를 삼키려고 하는 것인지 아니면 뱉어내려고 하나 뱉어내지 못하고 있는 모습인지 애매한 지팡이다. 이 묘한 지팡이는 게이타로가 만난 점쟁이의 입을 통해 이렇게 표현된다.

자기 것 같기도 하고 또 남의 것 같기도 한, 긴 것 같기도 하고 짧은 것 같기도 한, 나가는 것 같기도 하고 들어오는 것 같기도 한 물건을 갖고 있으니까 다음에 무슨 일이 일어나면 제일 먼저 그것을 잊지 않도록 하세요.

세계 전역에 펼쳐진 신화의 세계에서 뱀은 달과 마찬가지로 부활을 상징한다. 허물을 벗고 몇 번이고 다시 태어나기 때문이다. 뱀 지팡이는 여행길의 수호신인 헤르메스의 지팡이(물론 차이는 있다. 헤르메스의 지팡이는 두 마리 뱀이 칭칭 감긴 모양이므로)를 연상시킨다. 헤르메스의 지팡이는 우리 눈에 대립물로 보이는 모든 쌍들, 이를테면 남성과 여성, 죽음과 탄생, 끝과 시작, 선과 악, 빛과 어둠이 사실은 대극의 합일을 통해서 세상과 보다 더 나은 자신을 만드는 힘이라는 것과 관련이 되어 있다.

사랑도 앞으로 할 일도 불안정하고 혼란스러운 상황에서 뱀 지팡이를 제일 먼저 잊지 않는다는 것은 무슨 뜻일까? 내게는 이렇게 말하는 것처럼 읽혔다. 지금 우리의 눈이 빛을 찾고 있다면 반드시 어둠을 포용해야 한다고. 그렇게 할 수 있다면 어둠이 빛이 될 수 있다고. 어둠도 빛이라고. 그렇게 다시 태어날 수 있다고.

## 나쓰메 소세키 연보

**1867년 0세**

2월 9일(음력 1월 5일) 현재의 도쿄 신주쿠(구 에도(江戸) 우시고메바바시타(牛込馬場下))에서 출생. 나쓰메 나오카쓰(夏目直克)와 후처 나쓰메 지에(夏目千枝) 사이에서 5남 3녀 중 막내로 태어남. 본명은 나쓰메 긴노스케(夏目金之助). 태어나자마자 요쓰야(四谷)의 만물상에 양자로 보내졌다가 곧 돌아옴.

**1868년 1세**

11월, 요쓰야의 시오바라 쇼노스케(鹽原昌之助)와 시오바라 야스(鹽原やす) 부부에게 다시 입양됨.

**1870년 3세**

천연두에 걸려 얼굴에 흉터가 약간 생김. 흉터는 평생 고민거리가 됨.

1872년 5세

시오바라가의 장남으로 호적에 오름.


1874년 7세

4월, 양부모의 불화로 양모와 함께 잠시 친가로 감.

11월, 아사쿠사(淺草)의 도다 소학교에 입학.


1876년 9세

양아버지가 아사쿠사의 동장에서 면직되어, 소세키는 시오바라가에

적을 둔 채 생가로 돌아옴.

5월, 이치가야(市ヶ谷) 소학교로 전학.


1878년 11세

2월, 친구들과 만든 잡지에 「마사시게론(正成論)」을 발표.

4월, 이치가야 소학교 졸업. 긴카(錦華) 학교 소학심상과(小學尋常科)

　로 전학하고 11월에 졸업.


1879년 12세

3월, 간다(神田)의 도쿄 부립 제1중학교에 입학.


1881년 14세

1월 21일, 생모 나쓰메 지에 사망.

봄에 도쿄 부립 제1중학교 중퇴.

4월경, 한학을 전문으로 가르치는 니쇼(二松) 학사로 전학.

1882년 15세

봄에 니쇼 학사 중퇴.

1883년 16세

봄에 도쿄 대학 예비문(현재의 도쿄 대학 전신 중 하나) 시험 준비를 위해
세이리쓰(成立) 학사에 입학.

1884년 17세

9월, 도쿄 대학 예비문 예과에 입학. 입학 직후 맹장염을 앓음.

1885년 18세

9월, 도쿄 대학 예비문 예과 3급으로 진급.

1886년 19세

7월, 복막염 때문에 학년 말 시험을 치르지 못하고 낙제.
9월, 에토(江東) 의숙 교사가 되어 의숙 기숙사에서 제1고등중학교(도
　쿄 대학 예비문의 후신)에 다님.

1887년 20세

3월에 맏형이, 6월에 둘째 형이 폐결핵으로 사망.
9월, 제1고등중학교 예과에 진급. 이 시기에 과민성 결막염을 앓음.

1888년 21세

1월, 성을 시오바라에서 나쓰메로 복적.

9월, 제1고등중학교 본과에 진학해서 영문학을 전공.

1889년 22세

1월부터 마사오카 시키(正岡子規)와 친해짐.

5월, 시키의 한시 문집인 『나나쿠사슈(七草集)』에 대해 한문으로 평을 씀. 9편의 칠언절구를 덧붙이면서 처음으로 '소세키'라는 호를 사용.

9월, 한문체의 기행문집 『보쿠세쓰로쿠(木屑錄)』 탈고.

1890년 23세

7월, 제1고등중학교 본과 졸업.

9월, 도쿄제국대학 영문학과 입학. 문부성 대비생(貸費生)이 됨.

1891년 24세

7월, 문부성 특대생이 됨. 셋째 형의 부인 도세(登世)가 입덧 때문에 죽자 큰 충격을 받음. 딕슨 교수의 부탁으로 『호조키(方丈記)』를 영역.

1892년 25세

4월 5일, 병역을 피할 목적으로 친가로부터 분가하여 본적을 홋카이 도(北海道)로 옮김.

5월, 도쿄 전문학교(현재의 와세다 대학)의 강사가 됨.

8월, 마사오카 시키가 그의 고향인 시코쿠(四國) 마쓰야마(松山)에서 요양 중일 때 방문하여 다카하마 교시(高浜虛子)를 처음 만남.

1893년 26세

7월, 도쿄제국대학을 졸업하고 대학원에 진학.

10월, 도쿄 고등사범학교의 영어 촉탁 교사가 됨.


### 1894년 27세

12월 말~1895년 1월, 폐결핵에 걸려 가마쿠라(鎌倉)의 엔카쿠지(圓覺寺)에서 참선을 하며 치료에 임함. 일본인이 영문학을 한다는 것에 위화감을 느끼며 이즈음 신경쇠약 증세가 심해짐.


### 1895년 28세

4월, 시코쿠 에히메(愛媛) 현에 있는 보통중학교에 부임(월급 80엔).

8월~10월, 시키가 마쓰야마로 돌아와 소세키의 하숙집에서 함께 생활. 하이쿠에 열중하며 많은 가작(佳作)을 남김. 이곳에서의 경험은 『도련님(坊っちゃん)』의 소재가 됨.

12월, 귀족원 서기관장(현재의 참의원 사무총장) 나카네 시게카즈(中根重一)의 장녀 나카네 교코(中根鏡子)와 맞선을 보고 약혼.


### 1896년 29세

4월, 구마모토(熊本)의 제5고등학교 강사로 부임(월급 100엔).

6월 9일, 나카네 교코와 결혼. 구마모토에서 신혼 생활을 시작.

7월, 제5고등학교의 교수가 됨.


### 1897년 30세

4월, 교사를 그만두고 문학에 전념하고 싶다는 뜻을 시키에게 편지로 알림.

6월 29일, 아버지 나쓰메 나오카쓰 사망.

7월, 교코와 함께 도쿄로 감. 구마모토에서 도쿄까지의 장거리 여행이 원인이 되어 교코가 유산.

12월, 오아마(小天) 온천을 여행하며 『풀베개(草枕)』의 소재를 얻음.

## 1898년 31세

6월, 제5고등학교 학생으로 문하생이 된 데라다 도라히코(寺田寅彦) 등에게 하이쿠를 지도. 도라히코는 『나는 고양이로소이다(吾輩は猫である)』에 나오는 이학사 간게쓰의 모델로 알려짐.

7월, 교코가 히스테리 증세를 보이며 구마모토 현의 자택 가까이에 흐르는 시라카와(白川)의 이가와부치(井川淵) 하천에 뛰어들어 자살을 기도했지만 근처에 있던 어부가 구함.

## 1899년 32세

5월, 맏딸 후데코(筆子)가 태어남.

6월, 영어과 주임이 됨.

9월, 구마모토 주위에 있는 아소(阿蘇) 산을 여행하며 『이백십일(二百十日)』의 소재를 얻음.

## 1900년 33세

6월, 문부성으로부터 영문학 연구를 위해 2년 동안 영국 유학을 다녀오라는 명을 받음(유학비 연 1,800엔).

9월 8일, 요코하마에서 출항.

10월 28일, 런던 도착.

## 1901년 34세

1월 26일, 둘째 딸 쓰네코(恒子)가 태어남.

5~6월 화학자 이케다 기쿠나에(池田菊苗)가 런던을 방문해서 함께 하
숙. 이케다의 영향으로『문학론』구상을 결심하고 귀국할 때까지
저술에 몰두.

7월, 신경쇠약 재발.

## 1902년 35세

3월, 장인 나카네 시게카즈에게 편지를 보내 영일동맹 체결에 들뜬
일본인들을 비판하고 대규모 저술 구상을 언급.

9월, 신경쇠약이 극도로 악화되고, 일본에도 나쓰메 소세키의 증세가
전해짐. 문부성은 독일 유학생 후지시로 데이스케(藤代禎輔)에게 소
세키를 데리고 귀국하도록 지시.

11월, 마사오카 시키가 7년 동안 앓던 결핵으로 사망했다는 소식을
다카하마 교시의 편지를 받고 알게 됨.

12월 5일, 일본 우편선에 승선해서 귀국길에 오름.

## 1903년 36세

1월 24일, 도쿄 도착.

3월, 도쿄 혼고(本鄕) 구(현재의 분쿄 구) 센다기(千駄木)로 이사.

4월, 제1고등학교 강사가 됨(연봉 700엔). 또한 도쿄제국대학 영문과
교수를 겸함(연봉 800엔).

9월, 제1고등학교의 제자인 후지무라 미사오(藤村操)가 게곤(華嚴) 폭
포에 몸을 던져 자살하는 사건이 발생. 다시 신경쇠약이 악화됨. 교

코와 불화가 심해져 임신 중인 부인을 친정으로 보내고 별거.

10월, 셋째 딸 에이코(榮子)가 태어남.

## 1904년 37세

2월, 러일전쟁 발발.

7월, 어린 고양이 한 마리가 집에 들어오고, 교코가 귀여워함.

9월, 메이지(明治) 대학 고등예과 강사를 겸함(월급 30엔).

12월, 당시 《호토토기스(ホトトギス)》를 주재하고 있던 다카하마 교시
로부터 작품 집필을 권유받고, 『나는 고양이로소이다』 1장을 문학
모임에서 낭독.

## 1905년 38세

1월~1906년 8월, 『나는 고양이로소이다』를 《호토토기스》에 발표.
1회분으로 끝날 예정이었지만 호평을 받아 11회에 걸쳐 장편으로
연재. 이때부터 작가로 살아갈 뜻을 굳힘.

1월, 「런던탑(倫敦塔)」을 《데이코쿠분가쿠(帝國文學)》에, 「칼라일 박
물관(カーライル博物館)」을 《가쿠토(學燈)》에 발표.

4월, 「환영의 방패(幻影の盾)」를 《호토토기스》에 발표.

5월, 「고토노소라네(琴のそら音)」를 《시치닌(七人)》에 발표.

9월, 「하룻밤(一夜)」을 《주오코론(中央公論)》에 발표.

11월, 「해로행(薤露行)」을 《주오코론》에 발표.

12월 14일, 넷째 딸 아이코(愛子)가 태어남.

## 1906년 39세

1월, 「취미의 유전(趣味の遺伝)」을 《데이코쿠분가쿠》에 발표.

4월, 『도련님』을 《호토토기스》에 발표.

9월, 『풀베개』를 《신쇼세쓰(新小說)》에 발표.

10월, 『이백십일』을 《주오코론》에 발표. 평소에 그의 자택에 출입이 잦은 문하생들의 방문을 매주 목요일 오후 3시 이후로 정해서 '목요회'라고 불리게 됨.

11월, 요미우리(讀賣) 신문사에서 입사 의뢰가 왔으나 거절.


1907년 40세

1월, 『태풍(野分)』을 《호토토기스》에 발표.

4월, 제1고등학교와 도쿄제국대학 강사를 사직. 아사히(朝日) 신문사에 소설을 쓰는 전속작가로 입사.

5월, 『문학론』(大倉書店) 출간.

6월 5일, 장남 준이치(純一)가 태어남.

9월, 도쿄 우시고메 구 와세다미나미초(早稻田南町)로 이사. 이후 죽을 때까지 소세키 산방(漱石山房)이라고 불린 이 집에서 거주.

6~10월, 『우미인초(虞美人草)』를 《아사히 신문》에 연재.


1908년 41세

1~4월, 『갱부(坑夫)』 연재.

6월, 「문조(文鳥)」 연재(오사카 《아사히 신문》).

7~8월, 「열흘 밤의 꿈(夢十夜)」 발표.

9~12월, 『산시로(三四郞)』 연재.

12월 16일, 차남 신로쿠(伸六)가 태어남.

1909년 42세

1~3월, 「긴 봄날의 소품(永日小品)」 연재.

3월, 『문학평론』(春陽堂) 출간.

6~10월, 『그 후(それから)』 연재.

9월, 남만주철도주식회사 총재인 친구 나카무라 제코의 초대로 만주
와 한국을 여행. 이때 신의주, 평양, 서울, 인천, 부산을 방문함.

10~12월, 기행문 『만한 이곳저곳(滿韓ところどころ)』 연재.

11월, '아사히 문예란'을 새로 만들고 주재함. 위경련으로 고통받음.


1910년 43세

3월 2일, 다섯째 딸 히나코(ひな子)가 태어남.

3~6월, 『문(門)』 연재.

6~7월, 위궤양 때문에 나가요(長与) 위장병원에 입원.

8월, 슈젠지(修善寺) 온천에서 다량의 피를 토하고 위독한 상태에 빠
짐. 이를 '슈젠지의 대환'이라 부름.

10월~1911년 3월, 슈젠지의 체험을 바탕으로 『생각나는 일들(思い出
す事など)』을 32회에 걸쳐 연재.


1911년 44세

2월, 위궤양으로 입원 중에 문부성으로부터 문학박사 학위 수여를 통
지받지만 거절함.

8월, 오사카 《아사히 신문》의 의뢰로 간사이(關西) 지방에서 순회 강
연을 함.

10월, '아사히 문예란'이 폐지됨. 아사히 신문사에 사표를 내지만 반

려됨. 다섯째 딸 히나코가 급사함.

1912년 45세

1~4월, 『춘분 지나고까지(彼岸過迄)』 연재. 신경쇠약과 위궤양이 재발
하여 고통받음.

7월, 메이지 천황 사망. 연호가 다이쇼(大正)로 바뀜.

10월경, 남화풍의 그림을 그림.

12월, 자택에 전화가 들어옴.

12월~1913년 11월, 『행인(行人)』 연재.

1913년 46세

4월, 위궤양이 재발하고 신경쇠약이 심해져 『행인』 연재 중단(9월부터
재개).

1914년 47세

4~8월, 『마음(こころ)』 연재.

11월, '나의 개인주의'라는 주제로 가쿠슈인(學習院)에서 강연함.

1915년 48세

1월, 제자 데라다 도라히코에게 보낸 연하장에 금년에 죽을지도 모른
다고 씀.

1~2월, 『유리문 안에서(硝子戶の中)』 연재.

3~4월, 교토(京都) 여행. 위통으로 쓰러짐.

6~9월, 『한눈팔기(道草)』 연재.

12월, 아쿠타가와 류노스케(芥川龍之介), 구메 마사오(久米正雄)가 처음으로 목요회에 참가. 이들은 마지막 문하생이 됨.

**1916년 49세**

1월, 「점두록(點頭錄)」 연재.

2월, 아쿠타가와 류노스케에게 보낸 편지에서 그의 작품 『코(鼻)』를 격찬함.

4월, 당뇨병 진단을 받고 치료에 들어감.

5~12월, 『명암(明暗)』 연재.

8월, 오전에는 소설을 쓰고 오후에는 한시를 쓰고 그림을 그림.

11월 초, 목요회에서 만년의 사상으로 알려진 칙천거사(則天去私)에 대해 처음 언급함.

11월 16일, 마지막 목요회가 열리고 모리타 소헤이, 아베 요시시게, 아쿠타가와 류노스케, 구메 마사오 등이 출석함.

11월 21일, 위궤양 악화로 쓰러짐.

12월 2일, 내출혈로 다시 위독한 상태에 빠짐.

12월 9일 오후 6시 45분 사망.

12월 14일, 도쿄 《아사히 신문》에 연재되던 『명암』이 제188회를 마지막으로 연재 중단됨.

　장례식 접수는 아쿠타가와 류노스케가 담당했으며 모리 오가이를 비롯한 많은 명사들이 조문함.

12월 28일, 도쿄 도시마(豊島) 구에 있는 조시가야(雜司ヶ谷) 묘원에 안장됨. 조시가야 묘원은 『마음』의 주인공 K가 자살 후 묻힌 장소임.

1912년 1월 1일부터 4월 29일까지 《아사히 신문》에 연재된 이 작품의 독특한 제목은 소세키가 서문에서 말한 대로 춘분(彼岸) 지나고까지 쓸 예정이라는 의미에서 붙인 것일 뿐 소설 내용과는 아무런 관계가 없다.

20세기 초 제국 일본의 대학을 나온 청년의 취업 분투기, 라고 읽게 만드는 탐정 이야기는 '재미있는 이야기'를 쓰겠다는 약속에서 나온 것일 뿐, 결국은 또 삼각관계로 빠져든다. 애써 통속적인 틀(게이타로)로 꾸몄으나 아무래도 다시 소세키(스나가)로 돌아간다. 통속도 소세키를 만나면 통속성을 잃는다.

옮긴이 송태욱

연세대학교 국문과를 졸업하고 같은 대학 대학원에서 문학박사 학위를 받았다. 도쿄외국어대학원 연구원을 지냈으며, 현재 대학에서 강의하며 전문번역가로 활동하고 있다.

지은 책으로 『르네상스인 김승옥』(공저)이 있고, 옮긴 책으로 『사랑의 갈증』, 『세설』, 『만년』, 『환상의 빛』, 『형태의 탄생』, 『책으로 찾아가는 유토피아』, 『일본 정신의 기원』, 『트랜스크리틱』, 『소리의 자본주의』, 『포스트콜로니얼』, 『천천히 읽기를 권함』, 『번역과 번역가들』, 『연애의 불가능성에 대하여』, 『매혹의 인문학 사전』, 『안도 다다오』, 『빈곤론』, 『해적판 스캔들』, 『오늘의 일본 문학』, 『문명개화와 일본 근대 문학』, 『유럽 근대 문학의 태동』, 『현대 일본 사상』, 『십자군 이야기』(전3권), 『잘라라, 기도하는 그 손을』 등 다수가 있다. 현암사에서 기획한 나쓰메 소세키 소설 전집 번역으로 한국출판문화상 번역상을 수상했다.